U0797450

知音动漫图书 · 漫客小说绘

ZHI YIN COMIC BOOK 以梦想之名 点燃阅读

漫客小说绘

4 / night owl

子夜鸮

颜 凉 雨 ◎ 著

中国致公出版社 知音动漫

知音动漫图书 · 漫客小说绘出品

——安宁来自生活，来自琐碎却珍贵的烟火气。

颜凉雨

目录

CONTENTS

第一章 起 飞

Q I F E I

大风起兮云飞扬，终点线前难翱翔。

1

酒店标间简易的小桌前，吴笙正伏案构思他的“教 NPC 做人计划 3.0”。

徐望从外面刷卡开门。

吴笙停下，抬头问：“给他了？”

“嗯。”徐望的目光柔和下来，带着点点欣慰。

吴笙看出端倪：“还有其他？”

徐望说：“他把 5 号也收了。他主动问我要的。”

吴笙有些意外。

徐望走到离吴笙比较近的床边，坐下来：“他说，他是 6 号，兼 5 号。”

吴笙点点头，也不知道该说什么，但至少小雪不再沉浸在这两天以来的静默压抑里了，他就替他高兴。

“其实……”徐望脸上的笑意渐淡，透出一丝若有似无的伤感，“我还挺舍不得阎王的。”

吴笙沉吟片刻：“小雪说他找不到阎王了，并不一定代表阎王离开了，也许他只是沉睡了，或者……和小雪彻底融合。”

“融合？”徐望不解。

“就是说，他既是小雪，也是阎王。”吴笙说。

“有这种可能吗……”徐望问得小心翼翼，又莫名期盼。

吴笙毫不犹豫地点头："人的大脑构造非常复杂，人格分裂至今也没有明确的治疗手段和结论。不明确，就表示都有可能。"

徐望抬头看天花板，轻轻呼出一口气。希望吴笙是对的，希望吴笙说的都是正确答案——这样的心情，竟如此强烈。

池映雪的父亲已经去世很多年了，这是他从 9/23 出来之后，在网上查池卓临时查到的。那是一篇商业杂志的专访，关于家庭，关于父亲，池卓临都只简单一带而过。

噩梦已经远去，但愿相伴走过噩梦的小雪和阎王也能永远在彼此心底。

"别想了。"吴笙伸手过来摸摸他的头，"一切都会好的。"

"嗯。"徐望应着，目光不经意扫过吴笙桌上的小卡片，也不知道该苦笑还是该佩服，"还没死心啊？"

吴笙歪头："有必须死心的理由吗？"

徐望白他一眼："你都发出去多少张了，也没见到成效。"

"你太心急了，"吴笙语重心长，"十年树木，百年树人。"

徐望叹口气，朝吴笙伸手："你继续树人吧，手机借我。"

吴笙一愣，显然没懂他要干吗。

徐望说："联系一下岳帅。"

"哦对，我们在 9/23 待了三天，按理说他们早该过来了。"吴笙一边嘀咕着，一边把手机拿出来，但迟迟没递过去。

徐望手都伸酸了："给我呀。"

吴笙抬起头，特真诚地看自家队长："我也很担心他们，咱俩一起联系吧。"

徐望："……"

视频发过去，秒连。

岳队长看起来刚洗完澡，小浴袍一穿，出水芙蓉似的："怎么着，想我啦？"

视频这头，吴笙眯起眼，徐望抚额。

"队内气氛太压抑了，放个小假，一来散心，二来还能赚点儿钱嘛。"岳帅撩撩半干的头发，小眼神啪啪飞。

吴笙直接点击屏幕，把大小图切换，让岳队长成为右上角一个模糊的小框框，这才身心舒爽。

"赚钱才是重点吧？"徐望一针见血。

"你们怎么样？ 9/23 过没？"

"过了。"

“……”

岳帅显然只是随口一问，结果视频那边随口一答就扎了他的心。

“你们能不能给答题慢的同学留点儿活路？！”

徐望有些过意不去：“我们也不想这么优秀。”

岳帅一脸生无可恋：“这天没法聊了……”

徐望乐，刚想继续分享 9/23 的具体内容，视频那头的人倒先正色起来，压低声音，就好像多值得被窃听似的：“我跟你说，我在这里得了一个惊天大秘密。”

“有多惊天？”徐望努力想要提起期待，然而失败了。

岳帅凑近屏幕，近得框框里只装得下他半张脸了：“值、一、百、万。”

徐望和吴笙对视一眼，终于认真起来。

“究竟是什么秘密？”吴笙郑重道，“如果真的值，我们可以拿钱和你买。”

岳帅重新把屏幕拉远，露出凝重的整张脸：“我现在还没凑够钱买。”

徐望、吴笙：“……早点儿休息，再见。”

“哎哎，我不是耍你们。”岳帅连忙找补，语速飞快地讲了情报的来源。

说来也并不复杂，他们在一群不拿钱就想要情报的“恶同行”手底下救了个做买卖的。这种情况在无尽海里很常见，本来就是允许互相攻击的，怎么打人都不犯法，所以一些不愿意花钱的就武力打劫情报。他们救人正及时，晚一步，那人就得带着一身伤弹回现实。救完人，他们才知道对方为什么挨打——一个情报卖一百万，这不逼着同行动武吗？

讲到这里的时候，岳队长也很气愤，认为打三折才比较合理。但话又说回来，他敢要这个价，手里就肯定有点儿东西。总之，至少在岳帅看着人是可靠的，那百万身价的情报也值得一买。而且说句不好听的，如果对方真是骗子，都在鸮里，还怕逮不着人吗，到时候追回钱的方法有一百种。

但现在，岳队长面临的问题是：“我这边砸锅卖铁，一日三餐减成一日一餐，也就能凑出来六十万，你们要信得过我，咱们就合伙买，我们出六十，你们出四十，到时候情报大家共享。”

“连是哪方面的情报都不清楚，你就准备砸锅卖铁了？”徐望还是有点儿没底，主要是替岳帅担心，这位同行实在萦绕了一身傻白甜气场。

“我当然问了，”岳帅瞪眼睛，“他要不给我透露点儿干货，好意思开这价吗？”

没等回应，岳帅已收敛玩笑，严肃起来：“这个情报，或许能帮我们提前离开鸮。”

徐望和吴笙沉默下来。

良久，徐望说：“你待在无尽海别动，酒店地址发我们，明天我们就过去。”

岳帅没想到他们这么痛快："你们同意合伙买了？"

"同意了。"徐望没好气地看他，"你赶紧恢复一日三餐，情报费五五分，谁要占你那点儿伙食费便宜。"

……

晚上十一点一过，小伙伴们就陆续醒了，徐望和吴笙第一时间把这事告诉了大家。

况金鑫的反应是又惊又喜："真的？真能提前离开？"

钱艾的反应也是又惊又喜："真的……卖一百万？！那我要再转卖几个人，分分钟百万身家啊！"

池映雪的反应相对冷静一些，和徐望、吴笙一样，眼里也带着一丝怀疑，但说出来的话是："情报费我出。"

徐望看着三个小伙伴，一时竟不知道先回应谁。

不过关于情报费，和岳帅结束视频通话的时候吴军师就自告奋勇了，他出。毕竟是一退股就想往公共账户里扔几百万的男人，上次被拒了，这次必须拿下金主名额。

徐望一直以为自己队伍走的是草根路线，直到这一晚才真正意识到，经济腾飞了。

2

定好明日路线，零点也如期而至。

五人没去坐标点，而是直接在酒店房内迎接紫色旋涡。酒店房间离坐标点大约一公里，他们已经打定主意今天晚上就是观望。

"咕咕——"

遥远的清冷夜空传来熟悉叫声，听在五伙伴耳里，都有点儿像上课铃了。

走进旋涡，世界更迭。

"谢天谢地，总算来人了！"

五伙伴眼前还都是紫色星星，就听见了这声感慨，很近，近得像在身边。

"你说话之前能不能过过脑子，我们不是人啊？"另外一个声音不太高兴，并且似曾相识。

视野终于慢慢清晰，出现在他们面前的是一间休息室，柔软温馨的布艺沙发、复古精致的小桌台，墙壁上的一排排搁板上，各种独立包装的饮品、小食琳琅满目，角落的长条桌上还有冒着热气的咖啡和蛋糕。

但更让小伙伴们意外的，是面前这五位一面之缘、但实在没留下太好记忆的同行。他们是旋涡开启一分钟左右才进来的，显然对方比他们进来得更早，这会儿已经窝进沙发里了。不过两队人马面面相觑，表情都有点儿错愕——徐望他们是视野才清晰，同样的，王断然、陈关、江大川、顾念和孔立泽也才看清紫光里出现的是哪五位。

6/23 抢夺古堡徽章的记忆，瞬间涌上十位伙伴心头。

当然，主要是徐望他们这边的所作所为留下的印象比较深刻，“破釜沉舟”“周而复生”“生灵涂炭”的文具接龙三连击、过目难忘的八仙过海闪亮登场、气球屋上飙演技……一幕幕过往犹如一根根钢针，扎得王断然他们心口疼。

相比故人单纯的扎心，徐望这边要想的事情就多了。当然，主要是吴军师的大脑在转。

第一，他们没去坐标点，却直接和对方到了同一地点，说明这是一关特定战场的关卡，就像 7/23 的故事接龙一样，无论你从哪里进，都固定要来到牌桌旁边。第二，为什么对方要说“谢天谢地终于来人了”？这一关不能单独闯吗？第三，以这支队伍的实力，过去这么长时间了，才到 10/23？

两分钟时间到，紫色旋涡关闭。

与之相应，所有人都收到一声“叮”。

小抄纸：“队伍数量达标，10/23 正式开启。”

沙发上的五人一齐起身，动动脖子，活动活动肩膀，一副跃跃欲试的应战状态。

徐望看着“小抄纸”，有点儿蒙。这是什么意思？直接就开始闯关了？他们还没同意啊！

正一团混乱，休息室的大门缓缓打开。徐望循声望去，余光里发现对手五人神色坦然，明显并不是第一次来这关。

门口的世界很快便展现在他们面前——一个大约二十米长宽的四方空地，地面由一块块平滑的浅灰色大石板铺成，地上画着许多格子，像是某种棋类游戏放大后的棋盘；墙壁也是同样的浅灰色，但墙壁上很多半圆形的彩绘玻璃窗，大约十米高的天花板位置是彩绘玻璃穹顶。不知是日光还是别的什么光从窗户、穹顶倾斜进来，将整个空间照得光明透亮、色彩斑斓，让人看着就心情开朗舒畅，仿佛连空气都在欢快跳跃。

鸮：“欢迎来到 10/23，幸运飞行棋！这一关是奖励关卡哟，快在小飞箱里抽取你们的幸运起飞点！”

徐望五人：“……”奖励关卡？他们怎么那么不信呢！

无视五张神情复杂的脸，长着翅膀的小纸箱扑啦啦飞到每一个人面前。必须抽签，不抽，它就拿盒子身体拱你。

最终的抽签结果如下：

起飞点 A（1 号格）——钱艾、江大川、顾念、孔立泽。

起飞点B（14号格）——徐望、况金鑫。

起飞点C（27号格）——池映雪、王断然。

起飞点D（40号格）——吴笙、陈关。

几乎没给大家思索的时间，提示音紧接着再度响起："请在五分钟内抵达起飞点，否则视为交卷失败哟。"

两队人马就这样被赶鸭子上架似的穿过门口，跑入"棋盘"。

棋盘绘制在浅灰色石板地面上，可以说，整个地面就是一张大棋盘。一共五十二格围成一个大圈，每一格都标记了号码，A、B、C、D四个起飞点（1、14、27、40）则正好在棋盘的东、南、西、北十字轴上。

刚一分钟，十伙伴已经各就各位。

起飞点B，14号格。

徐队长很严肃地看况金鑫："飞行棋这玩意儿特别考验扔骰子的运气，你明白我的意思吗？"

况金鑫郑重点头："队长，我一定尽力。"

起飞点C，27号格。

池映雪和王断然互相看着。或许是池映雪的神情太淡然，气氛很平和，但越平和，王断然越觉得有诈。他可没忘，古堡徽章战的时候，就是这家伙破了他们的"‹幻›孟婆汤"，才让战局直接来了个逆转，事后还撂下一句"下次再往我身上套控制系文具，麻烦双人份"。直到现在，他们都没搞明白到底怎么输的。一想起这事儿，王断然就郁闷……

"你重新烫头了吗？"

一个让王断然怀疑自己出现幻听的问题，就这么毫无预警丢了过来。

王断然抬眼，蒙了："你说什么？"

池映雪的神情没太大波动，只眉宇间一点儿好奇，非常单纯的好奇："你头发比上一次卷了。"

王断然："……"

"上次那样比较自然，"池映雪沉吟着，特真诚地给建议，"太卷会显得你头大，而且也乱。"

顶着一头卷卷毛的富二代王断然小少爷憋了半天，脸快憋紫了，终于爆发："我这是天生的自然卷！！！"

起飞点D，40号格。

吴笙先看向正对面的徐望和况金鑫，他们一个在棋盘南，一个在棋盘北，中间隔了十几米，但棋盘平坦，一眼望过去还是很清楚——徐望和况金鑫的出发点里没有竞争队伍的人，意味着在最初的一段时间里，他俩走格子不会受到对手的干扰，算是一个不错的开始。

稍稍定心，他这才看向和自己站在一个格子里的陈关。吴笙记得清楚，上次一战，这人是打头阵的，乍看不修边幅，眼睛总是半睁不睁，可真打起架来，绝对不是吃素的。当然，这一次他没再轻敌地打着哈欠，从两队撞见的那一刻起，他的脸就阴沉着，很明显正酝酿着一雪前耻。

这不是个聊天的好对象，但环顾四周，也就这么一个能说上话的，所以吴笙还是好奇地问了："你们怎么才到这里？"

上次一别，自家队伍继续向前闯了两关，然后交卷失败，于是为了拿徽章直接退退退，一直退回了第一关从头开始刷起，如今再次刷到这里。难道这支队伍也经历了这么曲折的后退再后退？吴笙总觉得，以他们上一次表现出的对徽章的熟悉，更像是已经收集了一段时间徽章的队伍，不太像需要回第一关重新刷的。

陈关听见了吴笙的问题，然后抬起头，欣赏恢宏艳丽的玻璃穹顶。

"……"吴笙忽然很想借徐望的聊天技巧一用，打破冷场实在不是他擅长的领域。

"后院起火，求复合去了。"遥远的西方传来一个八卦的搭话声。

吴笙循声望去，好半天才锁定隔了1/4圈的起飞点A（1号格）里握着手机轻轻对他挥手的男青年。如果他没记错，上次这位同行也是手机不离手，全程在这个脱机的世界里刷刷刷。

见吴笙望过来，孔立泽把手机揣回口袋，目光往王断然那边一瞟，示意吴笙。吴笙福至心灵——王断然后院起火，跑回去求复合，队伍进度耽搁。

"孔立泽，你是不是太闲了？！"东方27号格，王断然愤然一声吼。

孔立泽立刻把手放嘴边，做了个拉拉链的手势，就此闭嘴。

其实也不怪孔立泽隔着这么远还要聊这种八卦，实在是他所在的起飞点A，四个大老爷们儿挤在一个格里，格子就一米乘一米那么大，大家前胸贴后背的，那叫一个"致命亲密"，再不分散一下注意力，还活不活了？

起飞点A，1号格。

钱艾看看四周无敌的队长和小况，看看势均力敌的池映雪、王断然，以及吴笙、陈关，再看看被仨对手包得密不透风的自己，哭都没地方哭，怕把眼泪掉到敌人肩膀上。

"叮——"

倒计时五分钟，时间到。

地面忽然震动，除了五十二个带数字的方格外，其余石板全部陷落，幽深地下涌出水来，短短十几秒，整个棋盘就成了一片汪洋，围成一圈的五十二个方格就像海中的一座环形桥。而在汪洋中央，一块直径一米的圆形石板慢慢升起，石板上立着一块告示牌，上面用红油漆写着“终点”。

石板升到水面约两米高的地方停住，前后左右四个方向各延伸出五级台阶，分别通向A、B、C、D四个起飞点。四条路，二十个台阶，同样有号码。从起飞点A到终点的台阶依次是A1、A2、A3、A4、A5；从起飞点B到终点的台阶依次是B1、B2……以此类推。

这样一来，原本五十二个方格围成的“口”字形桥，变成了多出终点和四条台阶的“田”字形桥，环抱在汪洋之上。

徐望静静观望，眉头越皱越紧。的确是飞行棋的大致轮廓，但不同队伍的人却在同样的起飞点，这就和飞行棋的规则不一样了。而且除了方格、台阶、终点，其余地方都是深水，实在让人不敢掉以轻心。

石板震动和水流涌出的嘈杂渐渐消失，战场终于稳定，彻底安静下来。

鸮：“终于到了规则时间，宝贝儿们是不是等不及了？认真听好哟。幸运飞行棋，简单说就是掷骰子走方格，由起飞点出发，绕一圈五十二格，回到起飞点，再进入五级台阶，最终骰子点数正好抵达终点的人视为完成棋局。若点数超过终点，超过格数需要后退。例如，起飞点B（14号格）出发，完成棋局的路线即为14—15—16……51—52—1—2……13—14—B1—B2……B5—终点。率先五人全部完成棋局的队伍，即交卷成功。”

鸮：“接下来是细则，细则也很重要哟。1、幸运飞行棋使用十面骰子，点数1—10，投掷出6或者10才可以起飞，即前进一格，起飞后再投掷出6或者10，可获得第二次投掷机会。2、幸运飞行棋的格子有三种，奖励格、惊喜格、空白格，不同的格子带给你不同的心情哟。3、同一队成员可在同一格停驻，不同队成员若进入同一格，必须进行文具PK，胜利者原地停驻，失败者返回起飞点。4、以下两种情况视为犯规，必须返回起飞点：⑴进入不属于自己点数的方格；⑵落水。5、每一个方格的属性都是恒定的，所以要感谢先帮你检验出方格属性的宝贝儿哟。”

规则其实并不复杂，但听得人头大，到最后内容记得支离破碎，只觉得耳朵里全是“哟哟哟”。

钱艾就抓住一个“奖励格、惊喜格、空白格”。空白格好理解，就是到这一格，什么都不会发生；奖励格也直白，就是礼物呗；但那个惊喜格……惊和喜绝对要拆开来理解！

鸮：“差点儿忘了还有一条，禁止对对手使用一切形式的武力，符合‘池鱼规则’的除外。”

徐望小分队：“……”

池鱼规则？啥玩意儿啊？！

3

“骨碌碌”，一个魔方大小的十面骰子像凭空出现的一样滚到 1 号格里。

“叮——”

只一声，响的是江大川的手臂——他是起飞点 A 的四个人里，抽签动作最快的那个。

小抄纸：“请投掷。”

江大川立刻捡起骰子，用力往水面上一扔。骰子在水面上如履平地，沿着惯性很自然滚到一个合适距离停下，尽管随着水波微微起伏，可冲上的、正对着玻璃穹顶的那一面十分稳定。骰子上方投射出晶莹剔透的光影——7。

江大川皱皱眉，无法起飞，自然郁闷。

迟钝如钱艾这会儿也看明白了——没有第一次来就往水里扔骰子的，对方绝对来过这一关。

身旁的顾念静静摊开手掌。水面上浮着的骰子像有感应，立刻腾空，张开翅膀，扑啦啦飞到顾念手心。

钱艾：“……”这一关在艺术审美上对小白翅膀是不是有什么执念？！

骰子落定，翅膀消失，顾念神情沉静，手掌向旁边轻轻一送。骰子悠悠滑落，在 2 号格里滚动几下就停了。光影投射而出——6。

钱艾用力皱眉，以便不让自己眼中的羡慕太明显。1/5 的概率，一下子就扔出来了，这也算运气好了吧？

顾念脚下忽然腾空，整个人浮起十厘米，就像有一条看不见的空中传送带将他缓缓送入 2 号格，落下，站稳。

“叮——”

小抄纸：“2 号格翻开，空白。”

钱艾之前还担心，虽然每一格属性不变，但记不住怎么办，没想到“小抄纸”这么贴心，给留记录。

骰子来到孔立泽手中。他握紧骰子，眯起眼，瞄准终点上插着的告示牌，扔棒球似的用力一掷！“啪”，骰子准确撞击到告示牌上，然后弹飞，落到终点旁边的水面上。光影投射而出——3。

孔立泽还维持着帅气的棒球手姿势：“……”

钱艾看在他刚刚给自家军师送了八卦的份儿上好心地给建议：“我要是骰子，被你这么往死里扔，也不开心。下回温柔点儿……”

孔立泽缓缓转过头来，看他。

钱艾拍拍他肩膀：“感谢的话就不用了，毕竟咱们还是对手。”

孔立泽：“……”

没注意到孔同学喷火的炽烈眼神，钱艾已专注于自己摊平的宽大手掌。

骰子扑啦啦飞来。钱艾之前还嫌弃它的翅膀，这会儿忽然换上宠溺神情，在心里默默道：“小可爱，就靠你了。”

深吸口气，钱艾学着顾念，将骰子温柔送到2号格。“骨碌碌”，骰子滚过顾念脚边，到了2、3号格交接处才停下。光影投射而出——1。

孔立泽拍拍他肩膀：“太温柔了也不行。”

“……”

起飞点A之后，自然是起飞点B。

况金鑫投了个10，顺利从14号格起飞，进入15号格。同样，这里也是空白格。

徐望投了个8，继续待命。

之后的池映雪、王断然、吴笙、陈关都没扔出6或者10。

第二轮开始。

江大川，9点，起飞失败。

顾念，9点，到达11号格。

“叮——”

小抄纸：“11号格翻开，奖励。”

“叮——”

小抄纸：“恭喜顾念获得现金奖励，一万元！”

这提示出现在每一个小伙伴的手臂上。下一秒，一沓捆好的大钞稳稳当当落到顾念怀里。顾念欣然接受，放进背包。

王断然他们早有经验，此刻十分淡定。

徐望小分队可就不一样了——

钱艾眼珠子都快瞪出来了，真、的、有、钱？！这里根本就是一个中奖率更高、开奖更频繁的微缩型无尽海啊！难怪鸮说这里是“奖励关卡”，他竟然还怀疑，他太不是人了！

徐望想的是，一万元究竟是上限还是底线？

况金鑫看一眼钱后又继续酝酿气场，相比奖励，他更希望多扔出大点数，快快到终点。

吴笙眯起眼，奖励固然好，但鸮可从来不是只有甜头，没有苦难。

池映雪依旧盯着王断然的脑袋，肯定是新烫的，绝对。

骰子回到孔立泽手中，4 点。

钱艾，2 点。

起飞点 A 里，江大川、孔立泽、钱艾愁云惨雾。6 和 10 怎么就那么难投？！

况金鑫将骰子向水面不轻不重地一扔，5 点。和顾念一样，他身体微微腾空，缓缓前进五格，落进 20 号格。

“叮——”

小抄纸：“20 号格翻开，奖励。”

“叮——”

小抄纸：“恭喜况金鑫获得现金奖励，两万元！”

“啪嗒，啪嗒。”两沓钞票落下。

接下来，徐望依旧是 8 点，池映雪 7 点，王断然 4 点，陈关 2 点，吴笙 1 点，无一起飞。

第二轮结束，在天际翱翔的还是顾念和况金鑫，他们分别翱翔到了人民币一万元和人民币两万元。

心累模糊了敌人和朋友的界限，剩下八个人不约而同地想，要不就让他俩单独 PK 得了。

第三轮，航班终于陆续起飞——江大川、徐望、池映雪、陈关四人扔出了 6 和 10。

孔立泽、钱艾、王断然、吴笙还在原地待命。

顾念扔出了 2 点，移动到 13 号格，结果什么都没发生，又是一个空白格。

况金鑫扔出了 5 点，移动到 25 号格。

“叮——”

小抄纸：“25 号格翻开，惊喜。”

全场瞬间精神一振，这是开局以来第一个惊喜格，尤其徐望小分队，简直迫不及待想一窥鸮能给出什么惊喜。

提示音还未散，况金鑫所站的 25 号格里忽然凭空出现一个带翅膀的大转盘，要不是转盘中央有指针，乍看就跟电风扇成精了似的。随着转盘在格内立稳，翅膀消失。徐望强烈怀疑，这转盘是从某个进行抽奖活动的商场偷来的，实在是五彩缤纷得特别喜庆。

鸮：“快乐大转轮！你有三十秒的时间试试运气哟。逾时不转，后退五格。倒计时开始。”

徐望离得远，根本看不清转盘上那不同的格都是什么奖励，一转头，看向还差两格就追上自己的顾念，微笑着友善挥手：“嗨。”

顾念朝他轻轻颔首，语气淡然礼貌：“等下就有投影了。”

徐望：“我还没问呢……”

顾念笑一下：“这个时间你看过来，一定和快乐大转轮有关，再联想你们第一次来到这里，你会想知道什么信息就很清晰了。”

顾念是清晰了，但徐望现在很模糊，他已经有一个推理系的军师了，不需要再来一个推理系的对手啊！

“唰”，转轮已经在况金鑫的用力下随着惯性转动起来了，与此同时，转轮上方也出现了清晰投影。转轮等分为五格，五格内的项目分别是：前进1—10任意格数、后退1—10任意格数、隔岸观火护身符（三回合）、睦邻友好责任符（三回合）、龙卷风。转轮内指针固定垂直向上，指着12点方向，就看转轮停下时，哪一格会出现在这里。

五格命运，除了前进和后退，剩下三格，徐望小分队都看得云里雾里。

转轮渐渐慢下来，仿佛随时会停下。况金鑫紧紧盯着指针，说不紧张是假的。终于，转盘彻底停住——隔岸观火护身符！

下一刻，转轮重新长出翅膀咻咻咻飞走。就在它消失在穹顶的一瞬间，一道淡金色的光从玻璃穹顶透下来，正照在况金鑫身上。数秒后，光芒消失，况金鑫愣愣看着自己的身体，没感觉到有什么变化。

王断然小分队明显知道这是什么情况。徐望从他们几个微微皱起的眉毛判断，这应该是个不错的东西。

鸮没有给他们思考时间，立刻提醒下一个人扔骰子。

就这样，第三轮很快结束，第四轮继续开启。

1号格内，钱艾和孔立泽原本高昂的斗志已经被航班延迟给延迟得彻底熄灭了。他俩颓丧地蹲在格子里，抬头静静看着已经起飞到下一格的江大川扔骰子，姿势整齐划一，内心毫无波澜。

江大川扔出5点，到达7号格。

“叮——”

小抄纸：“7号格翻开，惊喜。”

钱艾微微仰头，等着快乐大转轮重新飞来，可等啊等，等来一声……狼嚎。

“嗷呜——”

这一嚎直接把钱艾嚎精神了，更要命的是，天空中还真的飞来一只带翅膀的狼。它足有一米五长，灰黑色皮毛泛着幽暗的光，眼如绿石，齿如尖刀，活脱脱一只恶狼。但……它有一双雪白色的袖珍小翅膀。这绝对是钱艾见过的最充满恶意的卖萌！

和大转轮一样，那狼目标明确，直冲7号格中的江大川而去。江大川反应却快，一个闪身，与恶狼擦肩而过。它扑到水面上，可几乎是瞬间就从水中飞起，再度冲击江大川。江大川这次却站定不动了。

钱艾此时终于明白了规则的坑爹——落水或者离开格子都是犯规，这意味着江大川必须站在格子里把狼干掉，还要确保自己不被狼扑出格子，而狼却可以肆无忌惮水上漂！

胡思乱想间，恶狼已扑到江大川面前。只见他眼底一沉，身旁的水面忽然起了高浪。那浪化作一只大手，直接将恶狼拍进水底，再不见踪影。

钱艾看着江大川手臂上隐隐发光的猫头鹰头像，瞬间了然，他用了文具。

“叮——”

顾念的手臂上响起了提示。

小抄纸：“请投掷。”

钱艾看着骰子飞进顾念手里，又看回江大川：“这就结束了？”对方才领先自己七格，还是可以隔空对话的。

江大川皱眉：“怎么的？没看过瘾？”惊喜格翻出恶狼，他本就郁闷，被这么一问，更烦躁，“你有时间还是关心关心自己怎么起飞吧。”

钱艾满头黑线：“不是，咱就随便聊聊天，能不能不动刀……”心口快被扎透了！

那边顾念已经开始扔骰子。江大川不再理他，全心关注队友。

所以惊喜格果然是有惊有喜，可能是快乐转轮，也可能是恶狼传说……钱艾正思忖着，顾念的点数已经出来了——2。

顾念前进两格，到达 15 号格。

但徐望正在 15 号格里。

眼看着顾念浮空移动而来，徐望心情复杂——自己的起飞点是 14 号格，这上一轮刚起飞出来，就被前一个起飞点的人追上了。

规则里说，当不同队的人进入同一格，需要文具 PK，失败方直接退回起飞点。他才起飞，退回去损失不算大，但如果能让已经前进了四分之一圈的顾念退回去，当然就更好了。思及此，徐望立刻开始在心里清点自己的文具，寻找最能一击致命的战术方案。

顾念来到徐望面前，悠悠落地。一个格子，两个人面对面，顾念还是那副淡定的模样，连抬手臂都抬得优雅从容。

徐望知道自己不如对方有经验，心里不受控制地忐忑，但面上没露，也有样学样翩然抬臂，打开“文具盒”。

鸮：“文具 PK 战开始，请双方队员背靠背。”

背……靠背？徐望一愣，这是什么新型对战姿势？但顾念已经转过身去了，这种时候绝对不能露怯。徐望立刻也转过身。

鸮：“请双方队员在十秒内选择想要使用的文具。”

徐望眉头紧锁。选文具不是问题，但之后呢？这架要怎么打？文具是需要操控的，背对着连根毛都看不见，鬼知道要往哪里打！

时间已不容多想，徐望当机立断，选了“<幻>不想长大”。如果他预计得不错，这一文具是可以将对方变成小孩儿甚至是幼儿的，届时智力和体力都退化，无论用什么文具，都不可能发挥出效力。

“叮——”

小抄纸：“徐望使用‘< 幻 >不想长大’，顾念回归童年，失去战斗力；顾念使用‘< 幻 >十八层地狱’，徐望进入十八层地狱，难以忍受极致痛苦，精神崩溃。顾念胜。”

徐望：“……”

吴笙、况金鑫、钱艾、池映雪：“……”

这文字 PK 可还行！！！

未经本人同意，徐队长被送回起飞点。顾念在 15 号格站稳，对他投以歉意一瞥。

徐望问：“我能抗议吗？”

顾念说：“好像没有这个机制。”

徐望又问：“那我能骂人吗？”

顾念说：“可以，但别太难听。”

徐望磨碎了牙，也没想好还能说什么对敌人进行打击，信息不对称也太坑了，最后只得抬眼看正对面的吴笙——我被人欺负了！

吴笙叹息着悄然点头——看见了。

徐望拧眉立目——帮我报仇！

吴笙沉吟片刻，还是决定目光诚实——我和他隔着半圈呢。

徐望摇头——没事，你起飞的时候，他应该就到你面前了。

“……”吴军师一时不知道该如何接这么让人心情复杂的话。

4

另外一边，已经对自己不抱希望的孔立泽随手把骰子一扔，10 点——他，起飞了！

轻盈移到 2 号格，孔立泽回望钱艾，神清气爽。

钱艾握紧骰子，奋力一掷，9 点……再见。

这边钱艾重新蹲下，那边况金鑫、徐望、池映雪、王断然、陈关、吴笙依次投掷。

最终，况金鑫到达 30 号格，再获文具奖励“<幻>反间计”；徐望仍在起飞点；池映雪到达36号格，惊喜格送他一条毒蛇，被他掐着七寸扔进水里，连文具都没用；王断然成功起飞，到达28号格；陈关到达45号格，获得现金奖励五千元；吴笙起飞，到达41号格。

至此四轮结束，进度最快的况金鑫已走完十七格；顾念紧随其后，走完十五格；池映雪后来居上，走完十格；剩余的都还是个位数。

当然，也有钱艾和徐望这样还没机会起飞，或者起飞完又被人撞回来的。

第五轮开始。

江大川投掷，7点，到达14号格。

14号格里,站着徐队长——那是他的起飞点。而起飞点,也一样适用“相撞PK”规则。

但这回徐队长很开心，张开双臂迎接：“我家大门常打开，开放怀抱等你。”

江大川满头黑线：“你当然敞开了，你失败原地不动，我失败这四分之一圈就白走了……”

徐望眼巴巴看他，很无辜：“我也不想这样，也想留个空门给你，谁让你家顾念把我送回来了呢？”

“大川,你和他啰唆什么,”孔立泽刚起飞,心情十分曼妙,语调也轻快得像在云端,“直接PK就完了。他们第一次来这关，你还怕新手？”

江大川一听，也是这个理，再看徐望，就一脸信心满满了。

徐望给了他一个主人家的微笑，而后不等提示便熟练转过身。

江大川一落进格内，也背过身去。

鸮：“请双方队员在十秒内选择想要使用的文具。”

徐望努力让自己定下心来，一个个翻过文具，同时思考对方可能出什么。从刚才队友一句话就重拾信心来看，江大川就是个单纯Boy。这样的同学一般都会打直拳，用武具的可能性比较大，因为武具不容易出错，而且他一定会选择极具杀伤力的武具。自己防是防不住的，不知道武具属性也不可能准确克制，唯一可以做的就是以暴制暴……

“叮——”

清脆提示音让全场立刻一片窸窣——文具PK是没有投影的，每一个小伙伴都悬着心，提示一响，都第一时间低头看手臂。

徐望和江大川亦然。

小抄纸：“徐望使用‘＜武＞挫骨扬灰’，江大川死亡；江大川使用‘＜武＞身首异处’，徐望死亡。江大川随风飘散，徐望留有全尸，徐望胜。”

全场鸦雀无声。

永远不要低估一个队长的复仇意志。

“欢迎回家。”已经认命扎根在1号格中的钱艾满面春风地后退半步，给被自家队长撞回来的江大川腾出空地。

江大川不想说话。

2号格里的孔立泽没好气地斜钱艾一眼：“你敢不敢先起飞，然后再说风凉话？”

钱艾：“你也就才走一格，别飘。”

孔立泽：“……”

顾念骰子落地的声音打断了他俩的互相伤害，也吸引了整个棋盘上的目光——顾念和况金鑫眼下是两支队伍的急先锋，谁能先到终点，就等于帮队伍打响了当头炮，这可是关乎战队气势和运势的大事。

骰子骨碌碌向前滚，最终停在前方的空格里——6。点数6可以再扔一次骰子，等于平白比别人多前进一次，他现在前进的格数只落后况金鑫两格，反超几乎是必然的！

王断然喜上眉梢：“漂亮！”

江大川和孔立泽也振奋起来。

连一直拉长着脸的陈关，那脸都圆回去不少，隔空喊了一声“老顾”，待顾念望过来，又朝况金鑫那边瞥一眼，说：“看你的了。”

顾念点点头，表示明白。虽然他们都是拿着王断然的薪水，给少爷打工，但彼此并肩战斗到现在，也是有一些战友情谊和默契的，陈关这一句“看你的”，不是单纯要他在进度上反超况金鑫，而是要他在位置上也追上去，最好能站到同一格，直接把况金鑫PK回去。

反超算什么，分分钟就可能被人追回来，只有彻底把人撞回起飞点，让他再没翻身可能，才算真正胜利——顾念明白陈关的心思，毕竟这位战友是队里气性最大的，上次古堡交手憋的气估计现在还烧着心口呢。

说话间，顾念已经移动完毕，到达21号格。

“叮——”

小抄纸：“21号格翻开，奖励。”

“叮——”

小抄纸：“恭喜顾念获得现金奖励，两万元！”

钱艾不行了：“这什么命啊，大财神附体啊！”20号格已经是奖励格了，21号格竟然还是奖励格，棋盘是顾念家开的吗？！

顾念看过来，歉意一叹：“人在格里，身不由己。”

钱艾：“……”这种身不由己的苦让他来承受吧！

骰子重回顾念手中，他收敛玩笑，正色起来，抬头看一眼况金鑫的位置，默默计算着格数。

他算，全场也在算。九格，只要扔个9点，他就能抵达况金鑫现在所站的30号格。那一格已经被况金鑫翻开，是奖励，剩下的就看他有没有本事把人撞回去了。

王断然小队所有人都安静下来，默默给自家队友增加祝福Buff（游戏用语，指增益系的魔法或效果），一瞬间，整个空气里仿佛都飘荡着阿拉伯数字“9”。徐望小分队也密切关注，并真心希望顾同学扔个1点。

骰子出手，落在附近水面上，溅起一朵小水花。全场屏息等待投影……8点。

顾念环顾一圈，挨个给自家队友歉意眼神。

王断然倒看得开：“进度上已经碾压他四分之一了，就按这个速度，一鼓作气到终点！”

顾念的起飞点A比况金鑫的起飞点B落后1/4圈，如今他追到况金鑫隔壁，总进度上可不就是碾压了1/4吗？

徐望松口气，追上不追上的无所谓，只要不在一个格就行。文具PK这么丧心病狂的游戏，他可不希望落小况身上。

顾念移动完毕，到达29号格，身后是王断然，28号格；身前是况金鑫，30号格。

“叮——”

小抄纸：“29号格翻开，惊喜。”

王断然看见“小抄纸”的一瞬间就咔咔后退，一直退到28号格边缘。而顾念则坚定向前，一直走到29、30号格相交的那条线。这样一来，顾念和王断然就拉开了近两米的距离，同时离况金鑫更近了。

况金鑫不明所以，吴笙却立即反应过来：“小况，注意别被惊喜波及！”人不能出格，但惊喜可没有格子概念，离这么近，怎么想都不安全。

话音刚落，一道灰影从地底极速钻出，猛地扑向顾念！顾念忽然腾空两米多高，灰影扑空直入水面，就像落在水面上的一层灰。

况金鑫愣愣看着那灰影慢慢在水波荡漾里显出胳膊、腿……忽然有一种似曾相识的熟悉感。正疑惑，耳内忽然传来提示——

鸮：“临近三格内有人，‘池鱼规则’启动，周围的宝贝儿们，共享惊喜吧。还是不可以攻击对手，但误伤不算哟。”

况金鑫怔住，先前一直不明白的“池鱼规则”出现了！城门失火，殃及池鱼，所以这就和自家军师推测的一样，临近格内会被惊喜波及？

“小况——”远处传来队长急切的呼唤。

况金鑫回神，发现灰影竟然冲自己来了，而且已经到了跟前。脸贴脸的一瞬间，他想起来在哪里见过这个灰色人影了——这不就是4/23月光迷宫里，迷彩队用过的“‹武›魂归故里”吗？！

灰影快得让人根本来不及躲，况金鑫就这样被对方扑了个正着。

围观的徐望、钱艾、吴笙都揪起了心，池映雪则直接扔了个武具，毕竟只说了不能攻击对手，没说不能攻击惊喜。不承想武具刚出来就落进水里，连一米都没飞出去。池映雪眼睛微眯，大概明白了，“池鱼规则”以外，或者说不在临近三格内的人，只能旁观，不会被波及，也无权出手。

就在这时，况金鑫周身忽然出现一层淡金色光芒。下一秒，那灰色鬼影竟然被弹回水面。

“叮——”

小抄纸：“隔岸观火护身符，启动。”

况金鑫都要忘了快乐大转轮那事儿了，原来“隔岸观火”的意思就是可以不被殃及！那“三回合”是代表可以躲避三次，还是三回合内有效？

这厢况金鑫一个问题接一个问题往外冒，那厢吴笙则紧盯灰影。他发现自己先前的判断有误，王断然之所以躲，不是“怕”被波及，而是他早知道会触发“池鱼规则”，并且在这一规则底下，惊喜是会主动攻击临近三格的！

灰影已转而冲向王断然，后者用了防具，可以一时抵挡。

“呼啦啦——”顾念不知用了什么文具，头顶、左右肩膀各燃起一朵火焰，泛着煤气灶一样的蓝光。下一刻，蓝色火焰飞向灰影。恰好灰影转身，准备重新攻击顾念，影子和火焰撞了个正着。蓝色火焰一下子燃得极盛，就像三朵绽开的莲花，鬼影在冲天火光里扭曲变形，最终湮灭。王断然卸下防具，一屁股坐在地上，气喘吁吁。他不经意抬眼，撞见况金鑫的目光，口气不善地道：“看什么看，你就是运气好，要不早死一百回了。”

况金鑫好端端安静着还能被迁怒，也不走爱与和平路线了，特别坦然地宣布：“钱哥说了，运气才是最大的实力。”

王断然：“……”

孔立泽、江大川一起看钱艾，然后懂了。

钱艾皱眉，总觉得眼前两人看自己的目光充满同情。

5

骰子来到孔立泽手中，一扔，5点，移动到7号格。而7号格已经被翻开过了，是惊喜格。

惊喜，绝对是最折磨人的小妖精。

孔立泽全神贯注，不敢有一秒的掉以轻心。

鸦："十秒快乐答！3/23 中心医院门口平面地图牌上贴的小广告的联系电话是多少？A、2586×××× B、2568×××× C、2877×××× D、2657××××。倒计时开始！10，9，8，7……"

这提示是在所有人耳内响起的。

虽然答题的是孔立泽，但徐望他们莫名也跟着紧张，而且……为什么还有答题？还是这种神经病问题，谁会在闯关时留意小广告啊！

"B……B！我选 B！"孔立泽虽然早有准备，可真碰上了，还是心跳突突的，差点儿话都说不利索。

鸦："回答正确，恭喜！"

7 号格算是站住了。孔立泽如释重负，脑门儿已经全是汗珠，恍惚间仿佛回了一趟高考现场，简直是地狱之旅。

"小孔，"钱艾亲切呼唤，不耻下问，"你是真记得还是蒙的？"

"你要是被坑过，再闯关的时候也会开始变态地观察生活。不过这都是后话了，"孔立泽擦把汗，微笑，"你们就祈祷别遇上这种惊喜吧，不然遇见一个折一个，都得回起飞点。"

钱艾："小孔……"

孔立泽："我忍你很久了，不要随便简化别人的姓名！"

钱艾还想继续聊，骰子已经飞到了自己手里。好嘛，蹲起飞点蹲的，差点儿忘了自己还有扔骰子的权利。

"啪嗒"，骰子一落地就撞到了同在起飞点内的江大川的脚，于是几乎没滚动就停住了，6 点。终于，能、飞、了！

"大江！"钱艾简直想拥抱这颗幸运星。

江大川："……"就算真的非要套近乎，正常人也该叫他大川吧？！

钱艾一颗心已经飞到月亮之上，现在看谁都是小白翅膀。1—2，棋盘一小格，钱艾一大步。

接下来，况金鑫，3 点，到达 33 号格，空白格；徐望，10 点，再次起飞；池映雪，5 点，到达 41 号格，和吴笙站到了同一空白格。

"你这不声不响的，还挺快。"吴笙才离开起飞点一格，小雪同学可是从上一个起飞点赶过来的。

池映雪回望来路，幽幽一叹："遇见的都是空白格。"言语之间，全是遗憾。

吴笙莞尔："至少还有一条蛇。"

"战斗力太差，"池映雪摇摇头，目光飘远，无限向往，"要是蛇精就好了。"

吴笙："……"

王断然骰子落地，解脱了吴军师的"聊天困境"——9点，到达37号格，空白格。

陈关，3点，到达48号格，奖励"‹防›百毒不侵"。

吴笙，4点，到达45号格，奖励三千元。

第五轮结束，进度榜首易位——顾念进度二十九格，况金鑫进度二十格，前者反超九格！王断然小分队的气势一下子又起来了。

上一轮被徐望撞回起飞点的江大川再次扔出骰子，力量满满。

10点，江大川大喜："起飞！"

"哎，我站这儿呢。"上一轮刚起飞，所以正好站在2号格里的钱艾，感觉江大川眼中好像就没有自己，立刻友情提醒。

江大川身体已经腾空，闻言摊手："对不住，刚起飞就让你返航。"

钱艾瞪大眼睛："谁给你这么狂的资本？小王吗？"

江大川、孔立泽、陈关："……"

王断然："我离你千山万水，能不能不Cue（常用于综艺节目，指请对方接话）我？！"

鸮："请双方队员在十秒内选择想要使用的文具。"

随着钱艾和江大川背靠背站好，倒计时开始。

钱艾盯着自己的"文具盒"，面色凝重，目光深沉。他的文具少有上来就能让人一命呜呼的，都是"咻咻袖里剑""金钱镖""无敌风火轮"那一类需要自己出力的，肯定不够力道，剩下就是一些稀奇古怪或者功效不好确定的，要是对方再用个"身首异处"，他可变不出个"挫骨扬灰"……倒计时马上结束，钱艾豁出去了，决定赌一把！

"叮——"

小抄纸："钱艾使用'<防>铁布衫'，江大川安全；江大川使用'<武>粉身碎骨'，钱艾岿然不动，防御成功，安全。本局PK，平手。"

全场鸦雀无声。因为王断然小分队也没遇见过这种事，文具PK向来都用致命武具、凶残幻具，谁用防具啊！还有，这平手要怎么算？

鸮："请双方队员在十秒内选择想要使用的文具。"

"还来？"江大川错愕，脱口而出。

钱艾倒喘出一大口气，颇有点儿扛过一劫的意思。

提示音都来了，双方只得再度背靠背。

十秒倒计时结束，“叮”。

小抄纸：“钱艾使用‘< 防 > 坚不可摧金丝甲’，江大川安全；江大川使用‘< 武 > 削铁如泥’，钱艾金丝甲安然无恙，防御成功，安全。本局 PK，平手。”

徐望小分队：“……”

王断然小分队：“……”

江大川：“……”

鸮：“请双方队员在十秒内选择想要使用的文具。”

江大川被“铁布衫”防了，所以改用“削铁如泥”，他又用“金丝甲”扛了，那下一步江大川肯定会继续换套路，可他会怎么换……钱艾脑子快转飞了，考大学都没这么用功过。

“叮——”

小抄纸：“钱艾使用‘< 防 > 正气护体’，江大川安全；江大川使用‘< 武 > 厉鬼索命’，钱艾邪气难侵，安全。本局 PK，平手。”

电光石火间，这就三轮了，三轮都是平手。

江大川要疯。PK 虽然是文字战，但扔出去的文具是实打实用掉的，和真正的战斗没有任何区别！这三轮，他用的可都是能独当一面的文具，对方呢，就用了仨防具！一瞬间，江大川顿悟：“你骗我消耗文具！”

钱艾这叫一个冤：“你的文具是文具，我的就不是了？我要有‘挫骨扬灰’早给你了，我这不是没有吗！”

江大川：“那你有啥？全是防具？通关奖励的时候就你是防具三件套？！”

“我有武具和幻具！”士可杀不可辱，钱艾吼，“我要真用了，你别后悔！”

江大川：“我就怕你用得不够狠！”

鸮：“请双方队员在十秒内选择想要使用的文具。”

江大川转身，努力让自己冷静下来。放狠话谁都会，但如果信了狠话，那就傻了。钱艾吃到了防具的甜头，按理说不可能轻易放弃的，而且他如果真有一击致命的武具，早用了……等等，江大川眉头拧紧，如果钱艾就是在等这一刻呢，等自己已经不舍得再用好武具换他的破防具，等自己动摇，然后来个致命一击？

是继续用防具打消耗战，还是冷不丁扔个武具钻空子？江大川在两个推论间疯狂摇摆，难以定夺。如果是前者，他就也扔个防具，这样继续平手，也不会被坑武具；如果是后者，他可以扔武具，看谁狠，但结局难说，也可以扔防具，确保平手。

扔防具——这一轮最优解。

江大川做下决定时，钱艾还在飞速浏览“文具盒”。他的脑袋已经快炸了，但生死在此一战，CPU 冒烟也得咔咔转。不过这一轮他肯定要用武具或者幻具，大丈夫一个唾沫一个钉，说了就不能食言！

“叮——”

小抄纸：“钱艾使用‘＜幻＞啊，福气掉了’，江大川永世悲催；江大川使用‘＜防＞固若金汤’，钱艾安全。江大川心态崩了，钱艾胜。”

全场：“……”

钱艾一脸蒙地看江大川。他已经说过自己没有“挫骨扬灰”那种武具了，对方为什么还要用这种防具？

江大川没看他。第二次被撞回起飞点的男人在 1 号格里默默蹲下来，整个人的状态和文具 PK 战的结果一样——心态，崩了。

“大川。”骰子来到顾念手中，他没急着投掷，倒先喊了队友。

江大川蹲在 1 号格里，精神上已经快和全世界隔离，好半天才隐约意识到不知名的东方好像有人在呼唤自己。默默抬起头，缓缓看向遥远的 29 号格的顾念，他应出一个毫无生机的“嗯”。

顾念朝他笑一下，轻轻浅浅的：“队长说他改主意了，刚买的那辆劳斯莱斯可以让你处女驾。”

江大川直接弹了起来，又惊又喜地看向王断然：“真的？！”

“啊？”王断然先是蒙了两秒，而后似有所悟，艰难点了头，“……啊。”

江大川乐开了花，什么 PK 失败，什么撞回起飞点，现在都是宇宙中的尘埃！

而王断然的心在流血。他几乎可以预见到自己新车剐蹭追尾钣金喷漆的黯淡未来。

不过刚才还一边倒的气氛，因为这一插曲和江大川的振作重新活络了起来。

徐望有些意外。上次交手，这支队伍给他的印象是队友之间关系淡淡的，但现在看，是他片面了——一盘散沙的队伍走不到这里，只是每个队的凝聚风格不同罢了。

“骨碌碌”，顾念的骰子已经落地，2 点，到达 31 号格。

“叮——”

小抄纸：“31 号格翻开，惊喜。”

况金鑫就在 33 号格，按位置，符合“池鱼规则”，不过他的“隔岸观火护身符”还在，所以小伙伴们并不担心。

相比徐望小分队的平静，王断然他们就多少悬了一点儿心，虽然不是第一次闯这关，但任何一格惊喜，稍微掉以轻心，都可能被送回起飞点。

这一格的惊喜很快揭晓——快乐大转轮。

这是全场第二次在惊喜格出现转轮，顾念显然对这一游戏很感兴趣，转轮刚落稳，便抬手扶住轮盘，用力一转。转轮咻咻咻转起来，五彩缤纷，像调色盘。过了好一会儿，转盘才停稳——龙卷风。顷刻，顾念所站的格子里就起了一团小型龙卷风，极速的风力直接将顾念吹飞了！

龙卷风，可以将人随机吹到某一格。

全场九个小伙伴不约而同仰头，跟随着顾念在空中划出的曼妙弧度看。

最终，顾念落在 A4 台阶上。

从起飞点 A 出发的顾念，被龙卷风吹到了离终点只有两步的 A4 台阶！

空气突然凝固，几秒后，反应过来的王断然小分队沸腾起来。

“顾念，有你的！”陈关感觉胸口压抑多时的大石直接被这股风震碎了，他现在能一跃八百里，一拳千斤力！

“顾念，下轮直接结束战斗！”江大川激动得像快要到终点的是自己。

“顾念！”话都被队友说完了，孔立泽能喊的也就剩名字了。

王断然得意地看向况金鑫，两人中间只隔了三格：“你说得对，运气才是最大实力。”

况金鑫露出被肯定的灿烂微笑：“我就说吧。”

王断然：“……”他俩的沟通是不是有什么误会？！

6

一个 2 点直接让顾念遥遥领先——况金鑫还有大半圈基础格（1—52）没走呢，人家都到冲刺台阶上了——也让赛场气氛彻底扭转。

气势这种事，不是东风压倒西风，就是西风压倒东风。

接下来扔骰子的孔立泽，骰子出手时都是哼着小曲儿的。虽然结果只是 1 点，到达 8 号格，空白格，但眼角眉梢的喜气也没退。

“666666……”接下来要扔的钱艾捂着骰子虔诚祈祷。

孔立泽能理解，毕竟 6 点和 10 点可以再扔一次，一回合走的距离等于两回……慢着，他瞪大眼睛，数一下格数，背后一凉。钱艾 2 号格，自己 8 号格，扔个 6 点，那不正好到自己这一格吗，这是 PK 上瘾了？他完全、根本、一点儿都不想和这货 PK 啊！

“骨碌碌”，7 点。

钱艾遗憾一叹，错失对决。孔立泽安心一叹，劫后余生。

9 号格为奖励格，现金一千元。

格子翻开的一瞬间，钱艾疯了："徐望、吴笙、小况、小雪！是现金奖励！现金啊！！！"

王断然小分队很迷茫，就一千块钱，为什么收获了一千万的快乐？

接下来，况金鑫扔了 8 点，到达 41 号格，直接和池映雪站在了同一空白格。

池映雪后退半步，给况金鑫腾出一半格子。待况金鑫落地，他没寒暄，淡淡瞥一眼水中央台阶上的顾念，说："他领先你二十九格。"

况金鑫不在乎："只要不是最后一个到终点的，就赢了。"

池映雪歪头想想："也对。"

全场唯一还没起飞的江大川刚因为劳斯莱斯兴奋起来的小心脏，又扑扑挨两刀。

刚离开起飞点，目前成绩全场倒数第二的徐队长，也让流弹刮了一下。不想失之东隅收之桑榆，紧接着他就扔了个 6 点，到达 21 号格，顾念曾获得两万元的奖励格！徐队长收成稍微打了个折，但也有一万元入账。

还能再扔一次。徐望看着面前的格子盘算着，7 点或者 9 点都行——7 点到 28 号格，空白格；9 点到 30 号格，奖励格。深吸口气，他向水面扔出骰子，又一个 6 点！徐望瞠目结舌，自己都不相信自己的运气，这就还能扔第三回啊！

全场小伙伴也一时没反应过来。

徐望到达起飞点 C，空白格，然后晕晕乎乎地扔出去第三次——6 点！

吴笙、池映雪、况金鑫："……"

钱艾恨不能给他刷个游艇："队长，666 啊！！！"

江大川、孔立泽、顾念、陈关沉默。

王断然受不了了，拍案而起，控诉得真情实感："哎，你行不行？！再这么下去没人和你玩了，你干脆直接走到终点得了！"

33 号格，空白格。徐望落进格里的时候感觉自己踩在云彩上，飘飘忽忽的。幸福来得太突然太猛烈了，他也有点儿扛不住。

第四回终于不是 6 点了，是 1 点。徐望自己都松了口气，总觉得要是再扔个 6 点，容易把这一关的所有运气都提前用完。

34 号格，惊喜格。徐望赶忙收敛心里的幸福泡泡，严阵以待。

鸮："十秒快乐答！"

徐望一怔，下意识看吴笙，说没底吧，还有点儿底，说有底吧，又不太踏实，毕竟即便是自家军师，也不可能把关卡里每一处都扫描了啊！

王断然小分队乐了。尤其孔立泽，在他看来，这根本就已经提前宣告了返航："别挣扎了，老老实实回起飞点吧。”

鸮:“6/23古堡中,哪一种扫把的飞行速度最快? A、黑风暴B、赤烈焰C、蓝雪D、白精灵。倒计时开始! 10,9,8……”

徐望彻底绝望,飞行扫把是快乐线里的,他们只是透过窗户远远瞄过几眼同行们骑扫把的“英姿”,扫把叫啥名字、飞得有多快,谁知道啊!

王断然小分队也蒙了,他们走过快乐线,也骑过扫把——当然,具体的细节就不要回忆了,以免引发阴影——但所有扫把都一个模样,哪里有什么黑、赤、蓝、白?

“徐望。”吴笙忽然出声。

徐望心里一震,目光重新和他交会,心里燃起希望,可又不敢燃得太猛烈。

吴笙说:“C,蓝雪。”

他的声音并没有刻意的沉稳或者压低,就像当年给自己讲题一样潇洒——随手一指,喏,这个就是正确答案。

“C,蓝雪。”徐望没片刻犹豫。

鸮:“回答正确,恭喜!”

“笙哥!”况金鑫一脸毫不掩饰的崇拜。

钱艾叹为观止地朝自家军师竖起了大拇指。

徐望的格子站稳了,但王断然小分队心态不稳了。陈关离吴笙最近,就隔了两格,于是直截了当道:“快乐线里的扫把没有名字。”

吴笙:“你没看见不代表没有。”

陈关沉下脸:“我们骑过八回!”

吴笙:“……”

钱艾能理解,每次选择同一条线,闯生不如闯熟嘛,但同时也很好奇:“那个,不硌得慌吗?”

陈关、王断然、孔立泽、顾念、江大川:“……”他们不想回答。

吴笙蓦地对对手起了一丝同情,反正这也不是什么了不得的秘密,索性让他们落个明白:“你们也买了徽章手册吧?”

王断然五人愣了,一时不知道该不该答。

吴笙一看他们表情就知道自己猜对了,其实从上次交手时他们对徽章和关卡的熟悉程度,就足以做出这一推论。既然徽章手册不是秘密,那么他的答案就可以说了:“下次再有机会回6/23的话,你们可以去负一层小卖部看一下左边杂志架上数第二排左数第三本杂志封面上的第四行小标题——黑风暴不敌赤烈焰,蓝雪绝杀白精灵。”

王断然：“那也有可能是赤烈焰啊！”

吴笙：“对，所以二选一，我选蓝雪。”

王断然：“为什么啊？”

吴笙：“三长一短选最短，三短一长选最长，两长两短就选 B，参差不齐 C 无敌。”

所有小伙伴：“……”

由于全场都被吴军师勾起了被考试选择题支配的恐惧，接下来很长一段时间，大家都非常低调。

池映雪扔了 4 点，和吴笙一起站到了 45 号奖励格，获得现金一万元。

王断然扔了 5 点，到达 42 号格，翻开惊喜，脚下变流沙，用文具应对后站稳脚跟。

陈关扔了 9 点，到达 5 号格，同样翻开惊喜，结果是快乐大转轮，转出“后退 1—10 格任意格数”。他很自然选了 1，于是后退至 4 号空白格。

最后吴笙扔了 10 点，到达 3 号格，翻开惊喜，地上生出剧毒的藤蔓植物，被他用文具连砍带烧，末了连根拔起，搞定。然后他再度投掷，3 点，到达 6 号奖励格，获得文具“‹幻›我真怕”。吴笙莞尔，他很早之前就得过这个文具，因搞不懂到底什么效果，一直留着没用，现在倒好，文具盒里这一格图标直接 ×2。

第六轮结束，局势有了不小的变化，现在十个小伙伴的进度排行榜如下：

1. 顾念，基础格 52/52，台阶 4/5，距离终点只剩两步。
2. 况金鑫，起飞点 B（14）—41，进度 28/52。
3. 徐望，起飞点 B（14）—34，进度 21/52。
4. 池映雪，起飞点 C（27）—45，进度 19/52。
5. 吴笙，起飞点 D（40）—52—6，进度 19/52。
6. 陈关，起飞点 D（40）—52—4，进度 17/52。
7. 王断然，起飞点 C（27）—42，进度 16/52。
8. 钱艾，起飞点 A（1）—9，进度 9/52。
9. 孔立泽，起飞点 A（1）—8，进度 8/52。
10. 江大川，起飞点 A（1）。

纵观本轮，徐队长凭借“666”悄然攀升到第三名；池映雪、吴笙、陈关则是典型的不声不响、平稳前进；顾念凭借过硬运气直接上了台阶。再有不甘，也得承认运气天赋的巨大差距是存在的——这一点，江大川应该体会得最深刻。

吴笙心里也同样有着这张清晰榜单。顾念很大可能会先到终点，但同样，落在最后的也是对方的队员。这一关胜负的关键不是看谁最快，而是看谁最慢，所以目前局势对自己这边来说不算差。当然，如果让他选，还是不希望顾念先到——让对方拔得头筹，气势和心态上都损失太大了。不过眼下看，这恐怕已是定局。

吴军师盘算着战场形势时，第七轮的第一顺位江大川同学已经再次扔下了那一粒沉重的骰子——2 点。

江大川点点头，继续安然待在起飞点，也不知道是心态真稳，还是麻木了。

骰子飞到顾念手中。

全场安静下来，连水波都不漂荡了，整个水面静得像一块幽蓝色画布。明亮的光从玻璃穹顶透射下来，恰好有一缕洒在顾念身上，像给这个最接近终点的男人锁定了聚光灯。

顾念神色自然，但沉静如水的目光泄露了他对这一次投掷的重视。随着他轻轻松手，骰子落到如镜一般的水面上，投影缓缓升起——10。

全场小伙伴："……"

这时候扔出 10 点，还真是……让人心情复杂。

所谓到终点，必须点数正好，如果超出，还要相应后退。于是顾念在全场小伙伴的目送下，先一格格向前——A4—A5—终点，再一格格后退——终点—A5—A4—A3—A2—A1—1—52—51。

51 号格，惊喜格。顾念只用了一分钟就三下五除二解决掉了漫天夺命针，然后慎重地扔出第二次骰子。这一次，骰子没落水，骨碌碌滚进江大川所在的 1 号格，撞到他脚边，停下——10。

不知哪个小伙伴实在没控制住，脱口而出一个"我去"，算是替所有人喊出心声。

徐望小分队虽然不希望顾念到终点，但这时候连续扔出 10 点，从人道主义角度也让人有点儿心疼。王断然小分队就不用说了，恨不能把那个不争气的骰子夺过来嚼碎了，换另外一个乖巧听话的！

怎么退的，再怎么回去吧。顾念重新移动到 A4。

第三次投掷，镇定如顾念都有点儿手颤，也说不好是忐忑的还是郁闷的。这一次，他把骰子扔在了终点石板上。"骨碌碌"，6 点。

徐望小分队："……"

孔立泽、陈关、江大川："……"

王断然："顾念，你也不用好胜心那么强，他们扔个'666'，你就非扔个'10106'还击，咱们不要多，2 点就够用！"

顾念："……"他当然想要 2 点，但这骰子又不是他遥控的！

很少有事情能把顾念逼得暴躁，今天这盘飞行棋做到了。身体微微腾空，他努力深呼吸平复心情，看着自己被一格格往前送，又一格格退回来，到达 A2。

骰子第四次扔出，在台阶上滚了一下，落水——3。顾念来到 A5，距离终点只剩一步。

压抑多时的气氛终于破出一个窟窿。

王断然小分队这一次没再高声嘚瑟，但每个人都松口气，毕竟一路进进退退下来，依然是前进了一步，不想过程，只看结果，绝对是好的。嗯，不想过程。

队友可以不想，顾念却是难忘，他看着近在眼前的终点，却生出一种前路漫漫的无力感。

徐望小分队也沉默。但他们沉默不是担心顾念先抵达，而是在顾念的反反复复中看见了自己“苦求终点而不得”的心酸未来。

最后五格台阶没有任何属性，全都是空白的台阶——这才是真正的断魂路啊！

7

第七、八、九轮就在大家波澜不惊的前进中平稳结束。两队小伙伴很神奇地每次相遇都完美擦肩，避开了同格 PK 的惨烈命运。

第十轮即将开始，场上十人的位置和进度已经有了新的变化。

顾念由 A5 退到了 A2，距离终点仍差四步。

况金鑫有两轮都扔出了 9 点，进度一跃到了 49/52，再有三步就能进入冲刺台阶。

剩下八人基本分为三个军团。

第一军团，吴笙、王断然、池映雪、徐望，进度在 32/52 ~ 38/52。

第二军团，钱艾、孔立泽、陈关，进度在 25/52 ~ 26/52。

江大川一人撑起第三军团，仍在起飞点 A 苦苦挣扎。

如今，骰子重新回到江大川手中。

劳斯莱斯的鼓舞是巨大的，又这么多轮过去，江大川依旧干劲十足，对每一次可能的起飞满怀希望和憧憬。骰子落水，溅起轻巧水花——10。

“队长！”起飞后，江大川先喊领导。

王断然重重地松口气，仿佛苦尽甘来的是自己：“飞了好，飞了就好。”

江大川不言语，就拿亮晶晶的眼睛看自家队长。

王断然望了他片刻，福至心灵：“记着呢，回去就把车钥匙给你。”

江大川心满意足，眼睛都要笑没了。

同一时间，他的队友顾念则是另外一番心情——骰子扔出去，8 点，前进四格，再后退四格，仍回到 A2。连鸮都没让他做无用功，托举移动的气流压根儿没出现，他就站在原地，仿佛刚刚扔那一下骰子是幻觉。

王断然、江大川、孔立泽和陈关都不怎么看他了，怕一个眼神不对，让队友更焦躁。顾念轻易不焦躁，故而一躁起来十分致命。

孔立泽扔个5点，到达31号格。他回头看看25号格里的钱艾和吴笙，也不知道是怕被追上又要进行文具PK，还是盼着追上好能PK以报一箭之仇。

31号格是惊喜格，孔立泽迎来了一波雷暴雨，差点儿被轰到水里去。

钱艾离着六格呢，一点儿不担心被波及，欣赏雷暴雨的空隙还瞄了旁边的吴笙一眼。这一瞄，他就发现吴笙正对着手臂沉思。起初他以为自家军师在看文具，盘算着PK战术，可目光落到手臂上，才发现对方看的是徽章手册。钱艾在心里一拍大腿，他早把徽章的事儿忘后脑勺了！不过这也不能怪他，本来今天自家小分队就没准备闯关，谁知道赶鸭子上架，这棋盘就打开了，骰子就飞过来了，到现在他的节奏还是乱的。

偷偷环顾一下全场，王断然小分队好像没有惦记徽章的意思。当然，他也不知道对方是惦记了不说，还是和他一样忘了，抑或人家这一关徽章早就到手了。不管哪种，反正自家军师选择了低调，他肯定也配合着不能多话。故而钱艾连胳膊都没抬，就微微挑眉，努力往吴笙手臂上瞅。幸而那提示够简短，够醒目——水。

徽章在……水里？水底？水花上？钱艾看得满头问号，更重要的是他们不能离开格子，更不能落水，否则都算犯规，要回起飞点的。那这徽章该怎么找？

“老钱。”旁边的吴笙出声提醒，“扔骰子啊。”

“啊？”钱艾回过神，这才发现骰子正在眼前飞呢，小翅膀快扑棱到鼻尖了。投掷时间所剩无几，他连抓都不抓了，直接一挥手把骰子拍到水面上——6。

钱艾刚喜上眉梢，就看见前方的孔立泽翻起的大白眼。他一数格，懂了——31号格，正好是孔立泽那格。

钱艾也说不上是喜是忧，PK掉江大川的热血沸腾已经随着这几轮投掷慢慢趋于冷静，他清楚自己拿的都是什么文具，就像那个“福气掉了”，但凡江大川不用防具，而是选一个致命武具，他必输无疑。

“立泽，干掉他！”江大川在遥远的2号格发来助威。

孔立泽看一眼“毫无福气”的自家队友，虽不觉得钱艾是威胁，但还是默默提高了警惕防御级别。

钱艾在格内落地。

孔立泽身材修长舒展，原本一个人站格子里松松宽宽，加个钱艾，人均占地面积立刻打了对折再对折。

幸好提示音很快出现，二人背过身去，同时抬起手臂。

钱艾看着自己剩余不多的文具，谨慎起见，还是先用了防具。

“叮——”

小抄纸：“孔立泽使用‘<幻>死亡唱诗班’；钱艾使用‘<防>钢铁战衣’；钢铁战衣无法抵御死亡唱诗，钱艾死亡，孔立泽胜。”

全场安静了足有几秒，因为都认定了没个三五轮 PK 不会完，连孔立泽自己都没想到赢得这么利落，半天没回过神。

钱艾看见“死亡唱诗班”五个字时就知道自己输了。他现在翻遍“文具盒”都没有能抵抗幻系致命攻击的文具，最后一个“正气护体”已经在上一次 PK 的时候用完了。

“大钱，回来吧，家里就我一个人，可寂寞了。”江大川乐得已经不知道怎么组织语言了，张开双臂上下扇呼，迎接故人回归。

钱艾本来不想看他嘚瑟，但在听见自己新得的昵称之后，低落的心情瞬间振奋。身体腾空的同时，他追着问一句：“你喊我什么？”

江大川嘿嘿一笑，满面春风，眼带得意地故意挑衅：“大钱！怎么样，霸气吧？”

“霸气不霸气的无所谓，主要是兆头好！”言语间，钱艾翩然落进 1 号格，“啪”的一拍江大川的肩膀，发自肺腑地感谢，“我回去就把直播 ID 改了。大钱吃神州，财源滚滚来啊哈哈！”

江大川的笑僵在脸上，而后彻底面无表情。他是在挑衅、在示威、在得意忘形，能尊重一下报仇雪恨者吗？！

在况金鑫那里吃过类似亏的王断然算是看明白了，这支队伍的沟通重点都迷之跑偏！

虽然回了起飞点，但钱艾扔的是 6 点，还有一次投掷机会。已经擅自改名“大钱”的男人双手合十，默念“666”，结果骰子骨碌碌，3 点。

江大川低头看一眼，“嘁”了一声。6 和 10 是那么好投的？哼。

第五个投掷的是况金鑫，7 点。他从起飞点 B 起飞，现在在 11 号格，这七步走下来，距离终点还有两步。

王断然小分队的目光都落在他身上。

况金鑫全程没借到顾念那样的东风，也没和谁发生过 PK，就是平平顺顺一路走下来，结果现在比顾念距离终点还近。

低调了半天的徐队长想给自家队友摇旗呐喊，但一转念，不行，立刻挨个扫视吴笙、钱艾、池映雪——不许张扬，咱们得攒人品！

吴笙接收到这视线，眼里带上一抹淡淡笑意，是他自己都没察觉到的淡淡宠溺——嗯，知道。

钱艾那一嗓子“小况，反杀他”都到嘴边了，幸好眼疾手快，一把捂住自己的嘴，“唔”了两声。旁边的江大川莫名其妙看他，不知道这是玩儿什么呢。

池映雪没有给况金鑫加油助威的意思，但同样也没看懂徐望的眼神，四目相对，茫然挑眉——嗯?

徐望现在对池映雪是怀着春天般的温暖，见状立刻认为是自己的表达不到位，便不强求，轻摇一下头——没事。

这回池映雪看懂了——哦。

等交代完自家队友，骰子也落到自己手心了，徐望立刻一掷，5点。他到达50号格，获得文具“‹武›爆裂暖水瓶”。

“……”徐望看着“文具盒”里多出的图标，实在很难脑补用它战斗的情形。

接下来池映雪、王断然分别投了2点和4点，池映雪进入9号格，王断然进入12号格，两个同从C点起飞的人进度上咬得很紧。

轮到陈关了。飞行棋玩到现在，陈关都快睡着了，先前心里还有一股上次交手留下的火烧着他的小宇宙，现在这股火都快灭了。他是真的宁可打一仗，也不想玩这破棋，连PK都是文字PK，还有什么意义？战斗都失去了灵魂！

“骨碌碌”，6点。陈关意外，上一轮他扔的就是6点，没想到运气这么眷顾他，又来一次。

29号格，惊喜格，快乐大转轮。陈关抓住转盘随手一带——睦邻友好责任符（三回合）。

徐望小分队早就好奇这玩意儿到底是啥了，见到指针停在这一格，立刻去看陈关脸色，只见陈关皱着眉，脸色实在很难说是好，他们小分队的其他成员亦然。徐望五人心里有数了——这玩意儿不太妙。

陈关投掷第二次，9点。再有两格，他就走完一圈回到自己的起飞点D（40号格）了！幸福来得太突然，陈关是抬头看见了近在眼前的五级台阶，才有了快到终点的真实感。

王断然立刻看向徐望，提醒对手：“嘿，我们可有两个人快到终点了。”

徐望心里敲鼓，但脸上一派老神在在：“真能把台阶走完再说。”

38号格前几轮已经被翻开，是惊喜格——又一个快乐大转轮。

陈关莫名其妙，全场都没出现过几次大转轮，也不知道大转轮怎么那么青睐自己。握住轮盘，这一次他转得用心了一些。转盘停住——龙卷风。

“咻——”陈关甚至都没来得及反应，就在天旋地转间回到了30号格。

30号格是现金奖励，但这也没能弥补陈关和整个小分队心灵的创伤——刚才进度还

50/52，现在又退回 42/52 了，幸福来得突然，也走得仓促。

徐望叹息着摇摇头，跨越广阔水面，冲西南方向的王断然遗憾摊手：“我都说了要低调，攒人品。”

王断然：“……”啥时候说过？不要凭空杜撰情节好吗？！

第十轮最后一个投掷者，吴笙。他先是瞥了六格之外的孔立泽一眼，而后才扔出骰子。

孔立泽让他这一眼看得有点儿发毛。

骰子在水面停住，6 点。

孔立泽瞪大眼睛，看看骰子，再看看吴笙，无法相信这一切。这一轮都出两次 6 点了，还来？而且对方在扔骰子前瞟他那一下，就像料定了会和他到同一格似的。绝对作弊了，绝对的！

心神紊乱间，吴笙已到格内。

“麻烦给点地儿。”吴军师很客气。

孔立泽莫名有点儿紧张，咽了下口水，一边后退，一边转过身来。

吴笙也转身，背对他。

鸮：“请双方队员在十秒内选择想要使用的文具。”

孔立泽看着“文具盒”里的图标，嘴唇抿成一条直线。他已经没有能立即让人死亡的文具了。无论是武具还是幻具，能立即致命的都是极品，并不容易得。武具里，武器类是数量最多的，其次是各种气候地质灾害。幻具则是精神侵害和控制系居多，像“孟婆汤”“暂停键”“一语惊醒梦中人”，包括先前钱艾用的“福气掉了”，都可以归到这两类。而“死亡唱诗班”这种就属于难得的幻具了，必须用在刀刃上。刚才 PK 钱艾，他一心想着替大川报仇，毫不犹豫就用了，没想到刀刃一个接一个，捅得他猝不及防。

不过对方就一定还有一击致命的武具吗？孔立泽觉得也未必。

十秒结束，双方都做出了选择。

“叮——”

小抄纸：“孔立泽使用‘<武>背后灵’，吴笙恶灵缠身，阳寿耗尽，死亡；吴笙使用‘<幻>啊，心碎了’，孔立泽心碎了，死亡。吴笙死亡速度慢，孔立泽死亡速度快，吴笙胜。”

孔立泽、吴笙：“……”

前者以为背后灵只是缠身，没想到还能耗尽对手阳寿；后者以为心碎了只是伤心，没想到是真心碎了。两人都用看似不能致死的牌要了对方的命，区别只在于吴笙的幻具比较干脆。干脆些，死亡的方式干脆些……

孔立泽捂住胸口，咽下老血。他死得不甘啊！

钱艾隔空望向自家军师，握拳捶一下自己胸口——用兄弟的“啊”系列文具帮兄弟报PK之仇，你的心，我大钱懂！

吴笙有点儿扛不住这热情，默默别过头。这一别，又和自家队长投过来的目光撞上。

徐望从他扔骰子那一刻起，目光就没离开过，看得比孔立泽还仔细。他可以百分百确定，吴笙就是冲着帮钱艾报仇去的，但……他询问似的轻挑眉毛，比了个“6”，意思是“你怎么想扔6点和孔立泽同格就扔到了”。

第二次投掷的时间已经开始倒计时，吴笙先把骰子扔出去，然后才冲徐望微微一笑，抬手在空中写了一“竖折”。

骰子落地，8点，到达39号格，获得现金奖励。

徐望已经不关心奖励了。这一轮轮左一万右两万的，极大提高了他对万恶金钱的防御力，此刻他蹙着眉毛，满心琢磨的就是吴笙的“竖折”。他在心里学着写了一遍……L？

L……L……徐望眼睛霍地一亮，“‹幻›Lucky”！吴笙在扔骰子之前，给自己用了祝福性质的幻具——背战术的时候，谁有什么文具他已经滚瓜烂熟。

这种操作也可以？！

徐望一边佩服自家军师思路广阔，一边感慨他真是为钱艾操碎了心。不过换自己，可能也会做同样的选择，毕竟一次次回到起飞点，再不给点儿鼓励，多强壮的心脏也要一蹶不振的。就像现在……徐望抬眼看向起飞点A，钱艾一扫先前的颓丧，这会儿神清气爽，反观退回来的孔立泽和刚走出一格的江大川，从眼眉到周身，或浓或淡的全是负能量。

同一时间，除了吴笙在看徐望，剩下况金鑫、池映雪、王断然、陈关四个人也都在看起飞点A。

棋局进行到此刻，B、C、D三个起飞点成绩最差的进度也过半了，可起飞点A这里，三人几乎就没动窝——江大川也不过刚起飞，走出一格，从视觉上看，他和钱艾、孔立泽完全是扎堆在一起，就像一个洞口里挤着的三只土拨鼠。

而起飞点A出发的唯一争气者顾念，已经在台阶上反复冲刺了不知多少个回合——他上台阶的时候，况金鑫的进度才一半，现在人家也上台阶了，还比他离终点近。

起飞点A，一个被诅咒的地方。

第二章　神秘人

SHEN MI REN

多项选择决定难，事有蹊跷就要追。

1

谁也没想到，第一个抵达终点的会是吴笙。

就在他把孔立泽 PK 回起飞点后的下一轮，轻轻巧巧扔了个 7 点。39—40—D1—D2—D3—D4—D5—终点，一格不多，一格不少，正正好好。

彼时，顾念和况金鑫还在台阶上进退，江大川刚和那俩土拨兄弟拉开点儿距离，其他小伙伴则还盘算着自己到底需要几轮才能冲刺台阶，顺位最后一个投掷骰子的吴笙就这样稀松平常地扔了个 7 点。

"作弊了，你扔骰子绝对作弊了！" 孔立泽上一轮就有此腹诽，现在则是确信无疑。

的确是"‹幻›Lucky"在起效，吴笙能感觉到文具的波动。这个幻具像是个祝福加成，时效并不长，但撑过两三回合的投掷还是不成问题的。不过，秘密只能和特定的人分享。

徐望清晰接收到了吴笙递过来的眼神。虽然只是在他转向孔立泽的过程里飞快一过，但徐队长还是完整读出了自家军师想要传达的意思——胜利，就是这么轻松，摊手。

"你说了不算，"吴笙看向孔立泽，一脸无辜地抬起手指指上方的玻璃穹顶，仿佛那里有个看不见的裁判，"它说才算。"它自然是指鸮，规则的制定与执行者。

然而提示音并没有出现，反倒是钱艾激动得一嗓子吼出去，都带回音："班长，牛！"

孔立泽差点儿被震飞，捂着生疼的耳朵骂："你号之前能不能给个警报？！"

两人亲密无间地站在同一格起飞点，就像一双好伙伴。钱艾心情大好地揽住对方的肩膀，发自肺腑地保证："那我先预告了啊，等会儿小况到终点的时候我还喊。"

孔立泽一个胳膊肘把人顶开："做梦去吧，下一个到终点的肯定是顾念。"

钱艾叹口气，目光悠远："我要是你，就不给队友这么大压力。"

孔立泽顺着他眺望的方向，瞅见了顾念疲惫的侧颜。

王断然小分队的其他同学原本正在不爽，听见钱艾喊"班长"，那突然而来的好奇就盖过郁闷，占领高地。

"你刚才叫他班长？"虽然钱艾的声音大得让那两个字都快有实体了，王断然还是要再确认一次。

"对啊，我俩高中同学。"钱艾大大方方承认。主要是这一关，每个人的名字都在"小抄纸"的提示里滚动了无数回，想隐瞒现实身份也是徒劳，那细枝末节就更不用遮掩了。

"你俩是高中同学，然后一起被吸进来了？"王断然试探性地猜测，"当时你俩在一起？"

"一起啥啊，我们第二关才遇见。"钱艾说完一指徐望，好心补充，"他俩是一开始就自动组队的，这才是真缘分。"

王断然一听这话音，好奇问："他俩也是同学？"

话都说这份上了还问，钱艾简直要鄙视王断然的阅读理解水平："废话，他是我们体委，他是我们班长，我是……我坐第一排。"钱艾搜肠刮肚，终于给自己找了个体面的身份。

王断然看着这"一班三豪杰"，心情复杂："你们班是不是风水不太好？"

扯淡间，吴笙已被送至终点，所有人都收到一声"叮"。

小抄纸："恭喜吴笙抵达终点！"

一把带着翅膀的椅子从穹顶飞下来，正好塞到吴笙屁股底下，而后托着人又飞回穹顶之下。玻璃投射进来的光打在他的背上，像给他加了神迹滤镜。他坐在椅子上，垂下眼睛，整个棋盘、整片水面尽收眼底。

底下小伙伴抬起头，看不太清他的脸，只能看见这个逆光中的男人跷起二郎腿，和蔼可亲地朝下面挥手。

徐望、况金鑫、钱艾奋力挥臂回应，池映雪轻轻颔首。

王断然、江大川、顾念、孔立泽、陈关五张黑脸，心有灵犀地都想一板砖呼过去。

鸮："第一个完成飞行棋的宝贝儿已经出现！切记，完成棋局者不可干扰后续棋局，违者视作犯规，要被取消资格，重新回起飞点哟。"

怎么算"干扰"？吴笙在心里琢磨这两个字，陷入思索。

或许是吴笙的通关打破了僵局，流动了运势，接下来一轮，顾念和况金鑫先后抵达终点！

如果不考虑投掷的前后顺序，单看回合，他俩应该算同时到终点。不过两个人的喜悦截然不同——况金鑫就是纯粹的喜悦，顾念则是喜悦中透露着一丝疲惫。

如此这般，十二轮结束，仍留在棋盘里的七个人，位置如下：

陈关，起飞点 D，目前位置 D2 台阶，距离终点四步。

徐望，起飞点 B，目前位置 B1 台阶，距离终点五步。

池映雪，起飞点 C，目前位置 C1 台阶，距离终点五步。

王断然虽然还没上台阶，但也马上就要完成基础圈，目前距离终点九步。

而 A 点三人组，距离终点遥遥无期——钱艾刚起飞，2 号格；孔立泽起飞后投了个 1 点，所以现在 3 号格；江大川比难兄难弟们早出发几轮，现在 8 号格。

至此，局势已经很明朗了。除非有意外，比如 PK 或者大转轮、龙卷风什么的，否则陈关、徐望、池映雪、王断然四人陆续通关应该不成问题。真正主宰胜负的，很可能就在起飞点 A 三人组。

骰子重新回到江大川手里，他回头看了一眼钱艾和孔立泽，忽然很想用个脚底生风的文具，风驰电掣咔咔往前去，脱离垫底集团——担心被追上是次要的，主要是担心被追到同一格。文具 PK 那么困难的任务，就留给更坚强的队友去做吧，比如小孔。

“啪嗒”，6 点。江大川大喜，真是想吃冰下雹子，这再投掷一次，一轮就能拉开两轮距离啊。于是刚落进 14 号格，他就迫不及待把骰子又投了出去。“骨碌碌”，5 点，到达 19 号格，惊喜格——快乐大转轮！

江大川用力盯住“前进 1-10 任意格数”这一项，发功似的将轮盘往下一带！“咻咻咻”，轮盘转了好半天才终于停稳——龙卷风。江大川不太满意，但转念一想，反正他刚走出来四分之一圈，这随机的风只要不往这四分之一吹，剩下四分之三随便哪个位置都等于帮他前进，稳赚不赔。

“呼——”江大川腾空而起，没之前顾念那么美丽的弧线，就一个大斜线，落进 4 号格，空白格。

嗯，他现在的确大脑一片空白。缓了半天他才回过头，看看隔壁的孔立泽，再看看隔壁的隔壁的钱艾，扯出一丝虚弱笑容。

孔立泽又心疼又同情，安慰地轻拍他肩膀，故作轻快道：“没事儿，我这不还在你后面呢嘛。”

“就是，”钱艾接口，延续了安慰之情，“跑那么快有啥用。我早和你说过，咱们 A 点是一个大家庭，你就不听，非脱离群众。”

江大川、孔立泽：“……”这话啥时候说过？能不能不要公然篡改聊天记录？！

骰子到了孔立泽手里，他一扔，2点，到达5号格，又跑到了4号格的江大川前面，虽然很不幸迎来惊喜格，但不幸中的万幸，惊喜还算温柔。有惊无险地度过后，他继续和江大川做邻居。

钱艾投掷，1点，同样是惊喜格，同样安然度过。

这下好了，三个人，3、4、5号格，直接连连看了。

仨人不吱声也不斗嘴了，都在温饱线挣扎，谁笑话谁啊。

骰子没管他们仨，扑啦啦飞到徐望手里。徐望看一眼面前的终点，心里拿出十二万分诚意，祈求扔出5点。骰子出手，打水漂似的在水面跳了几下才停住——4。

B1-B5，离终点就差一步，就差一步啊！

徐望心里苦，但面上还是昂首挺胸——终点对面台阶上站着陈关呢，从直线上讲，两人现在就隔了三个台阶一个终点，他气势不能弱下去。

“叮——”

突来的提示音让所有人一怔。

徐望现在在台阶上，而台阶都是空白，还“叮”什么？

小抄纸：“B4翻开，惊喜。”

这变故让全场猝不及防。顾念在台阶上来来回回快跳探戈了，也没触发一个惊喜，怎么到徐望这里就惊喜了？

像是知道大家会有疑惑，耳内提示无缝对接——

鸮：“临近十格内有‘睦邻友好责任符’，‘冲刺惊喜’启动！肩负责任的宝贝儿快挺起你伟岸的胸膛，护住惊喜格吧！若惊喜格所在者返回飞行点，你也要负连带责任一起回去哟。”

全场九双眼睛啪啪啪都落到陈关身上。而陈关还在茫然中。他们队上次闯这关，也转出过“睦邻友好责任符”，知道它会要求拥有者帮忙抵御十格之内的邻居翻出的所有惊喜，但没人知道原来上了台阶也算——徐望在B台阶，他在D台阶，你不能中间连了个“终点石板”就算成一条直线路啊！

“你就不能晚一轮上台阶？！”责任符的时效就三轮投掷，这已经是第三轮了，只差一点点就能躲过了。陈关也说不清这事儿赖谁，但总不能骂自己吧。

他不骂，徐望可以帮忙：“你就不能不转这个破符？！”

互相甩锅间，惊喜如期而至。水面剧烈震荡起来，震得格子、地面都在颤动，下一秒，巨浪滔天。那浪就起在徐望附近，足有七八米高，水花甚至溅湿了空中座椅上“通关三人组”的鞋。这一浪拍下来，徐望不死也得让浪卷走，而一旦离开格子落水，就是犯规。

吴笙死死盯着下面，握着椅子扶手的关节已经泛白，他心急如焚，但规则记得清楚，不能干扰棋局。

其他小伙伴可以丢文具，但和之前池映雪想帮况金鑫时一样，根本无效。

浪已经拍下来了，又快又猛，带着凶狠杀机。这和基础格里那些惊喜完全不同，杀伤力和对应难度不是上了一个台阶，是飞跃！巨浪瞬间将徐望连同台阶整个吞没。

“队长——”

“徐望——”

第一声是况金鑫和钱艾喊的，第二声是陈关喊的，喊得比两个对手都情真意切。他不是不想帮，但找文具也需要时间啊，徐望作为队长，连第一波都顶不住，让他这个外援怎么帮？

巨浪退去，台阶重新露出，一同出现的还有扎根在台阶上的一棵粗壮大树和抱在树干上的徐望。那树高大而挺拔，树干笔直生长了近三米高，然后才分出茂盛枝丫。徐望就抱在这三米高的树干尽头，头顶茂密树枝，从垂直空间上讲，的确不算离开格子。不过他实在狼狈，四爪抱树的姿势充满求生欲，脖子上还套着上吊绳……上吊绳？！

陈关瞪大眼睛，刚想确认，又一个浪打过来，树枝噼里啪啦地断。浪潮退去，树冠缺了一块，可树冠下抱着树干的徐望还是稳如泰山。这回陈关看清了，的确是上吊绳，一端套在徐望脖子上，一端系在临近树杈上，但凡徐望抱树干的位置再低一点儿，那绳就得绷直，到时候他可真成吊死鬼了——稳如泰山，这是陈关看到的假象。

徐望现在心急如焚，也没办法装高冷了：“你还发什么呆，赶紧想办法啊，我没有对付水的文具！”

“我这不找呢吗，你再坚持坚持！”陈关低头看手臂，飞快翻找，但其实这举动半真半假。有什么文具，他了然于心，能对付水的就一个，与其说他在翻找，不如说他在犹豫。原因也很直白，就是舍不得。那个文具几乎能抵抗一切水系灾害或者攻击，无论是来自对手，还是来自鸮。他从来没打算把它用在这一关，更别说是用在救对手。

巨浪第三次打来。徐望有点儿抓不稳了，被浪推着往下滑了点儿，上吊绳一下子勒紧，呼吸困难。他憋住气等待水浪退去，咬紧牙关又艰难地往上爬了几厘米，这才缓解了窒息感。

水汽弥漫的视野里，他敏锐不减，大口喘息的同时，捕捉到了陈关眼中那一抹犹豫，瞬间了然：“你会不会算账啊，这时候你省一个文具，我俩回起点了，以后基础格里再遇见，还不知道要 PK 掉多少文具！”

一语惊醒梦中人。

但徐队长还有“二语”：“我的‘〈武〉一棵树上吊死’不也拿出来了吗！我本来是打算文具 PK 的时候用的，可是计划赶不上变化，这就是人生啊！”

陈关果断点掉那个视若珍宝的文具，不求别的，求个清静。

王断然、江大川、孔立泽不约而同在心里擦把冷汗，为提前躲过“‹武›一棵树上吊死”而庆幸。

陈关的文具是用在水上的，小伙伴们听不见提示，只看见巨浪第四次掀起时，水中忽然站起一个巨人！他下身没在水中，仅上身便有七八米高，手执一柄像是铲子但又不尽相同的工具，顶天立地似的站在徐望的上吊树前，就像一尊大坝，轻松帮他挡掉巨浪。待巨浪退去，他蹚水跨过围成圈的棋盘格来到一侧墙边，举起工具，朝淹没在水中的墙角狠狠敲去。

“咚”一声闷响，震得整个对战间都在晃。棋盘格周围的水面以肉眼可见的速度下降，短短几分钟竟流干淌净，露出近十米深的地面，正是之前陷下去的。而在巨人敲过的墙角，赫然一个大洞，很明显，水就是从这里流到了外面。外面是哪里、有什么，没人知道。但这一轮惊喜应该是熬过了。

徐望解除“‹武›一棵树上吊死”，小心翼翼落回格子，气喘吁吁的，还不忘和陈关道谢：“谢谢啊，我欠你一次。”

“别了，井水不犯河水最好。”陈关不准备收这个人情债，也不打算报上次的失利之仇了，飞行棋玩到现在，他已经深刻认识到了一个事实——这一队不适合智取，也不适合强攻，绕着走最省心。

“那不行，反正我记心里了。”徐望申明完自己的立场，好奇心又冒了头，“你刚那个是什么文具？”

陈关：“‹防›大禹治水。”

“哦。”徐望恍然大悟，目光重新落到墙角的大洞上，本能地在记忆长河里翻出了知识点——大禹治水的精髓：堵不如疏。

“徐望。”头顶忽然传来吴笙的声音，短而急促，像是某种提醒。

徐望刚想抬头，余光里却被闪了一下。他迅速循光去看，就在池映雪所站的C1台阶的下方，刚刚因为水退而露出的坑底地面上，熟悉的徽章闪光正顽皮跳跃着。

2

没了水的坑底目测有十米深，徽章光芒在坑底一闪一闪，就像遥远银河里的一颗星星。

空气突然安静，仿佛极速的冷空气刮过，让微微荡漾的湖面立即结了一层薄冰。可下一秒，那闪光又成了一根针，戳破了薄冰。

最先启动的是王断然，他几乎没有半点儿犹豫，直通通就从石板方格上跳了下去。他在25号格，再走两步就到了起飞点C，而徽章位置的上方是C1台阶，所以除了池映雪，就数他离徽章最近。

池映雪原本还在纠结要不要跳。若是换从前，他连半点儿犹豫都不用，怎么想就怎么干，谁能奈他何。可现在，他不自觉就开始考虑队伍究竟是希望他冒犯规的风险去抢徽章，还是宁可放弃徽章也要先抵达终点交卷。他不喜欢这种束手束脚的感觉，可心里像不受大脑指挥了似的噼里啪啦冒出来的全是这种莫名其妙的顾虑。结果还没纠结出个所以然，王断然就纵身一跃了。他哪儿还能好好思考，立刻就跟着往下跳，乱糟糟的脑袋里就剩一个念头——在我面前抢我们队徽章，没门！

王断然在跳下去的一瞬间，鞋底生出醒目的罗圈状弹簧，一看就是防具。随着他落地，弹簧立刻被压缩了1/3，起到了极大的缓冲作用。他顺势屈腿，加强这种缓冲，同时在心中开始解除文具，以免再被弹起。毕竟他的目的是平稳降落，然后跑过去拿徽章，弹来弹去不符合战术需求。

可解除的念头刚起，还没彻底传达给文具，头顶就暗下来，像被一大片阴影遮住了光。王断然下意识抬头，就看见一个人冲着自己掉了下来，什么高矮胖瘦都没看清，更别说脸。但这千钧一发的时刻，他心底最天然的善发挥了效用，几乎是条件反射地伸出胳膊，生生把人接到了怀里。

徒手接一个十米落下来的大小伙子，还是公主抱那么接，没人胳膊能不折，除非他脚底下踩着弹簧。原本只压缩了1/3的弹簧一瞬间压到底，缓冲掉了池映雪带来的大部分冲力。饶是如此，胳膊被冲击的疼痛还是让王断然龇牙咧嘴，但就这，他愣是没松手。

池映雪是跳下来战斗的，因为他没防具，所以只能先晾着徽章，往王断然身上扑，反正对方肯定会用防具，那就一次缓冲两个，别浪费。他甚至已经对未来战局做了预期——王断然被扑后，两人肯定要打，他的解决速度必须快，才能赶在鸮把他们送回起点之前取得徽章。可他千算万算，没算到王断然“主动接他”，而在被对方接住之后，两人一起让弹簧“砰”地弹起巨高，更是搅和得他彻底蒙了。

他蒙，王断然也蒙，毕竟抱着一个老爷们儿弹弹弹不是什么愉快体验。

两个当事人一蒙，棋盘上的五个人和空中座椅上的三个人更蒙。打还是不打？值不值得冒着犯规的风险再跳下去几个人帮忙？都豁出去回起点了，就不能来一场常规战吗？

不知道是不是听见了围观队友和对手心底的呐喊，王断然终于抓住一个弹跳高度减弱的机会，在落地一刹那解除文具，同时把池映雪往外一丢。池映雪哪儿是他丢得开的，一把勒住他脖子，自己摔地上，也把王断然撂倒了。

鸦："犯规！犯规！犯规！"

刺耳的提示音来得毫无预警，又理所当然。

两人还没爬起，就被大风刮回了各自起飞点。也不知道是不是缘分，两人还都是起飞点C出发的，于是回到同一格，彼此间距离不超过半米，你看我，我看你。

池映雪先问了，问得异常认真："你是卧底吗？"

王断然心口疼，抽抽得那么疼，疼得他咬牙切齿："我、是、老、板！"

池映雪蹙眉，似费解他的举动，又似不满计划得好好的战斗让人搅和个稀碎："那你刚才在做什么？"

王断然："……"我也想知道啊！！！

鸦："宝贝儿们，友情提示，累计犯规两次者，所在队伍直接交卷失败哟。"

这追加的提示，让心里各自盘算的小伙伴们都迟疑了。

王断然本来还想跳下去一次，现在夭折。陈关、孔立泽、江大川则不约而同看向王断然，等着老板指示——老板可以任性，但他们要放弃成绩，那必须看王断然的意思。哪怕是江大川、孔立泽这俩刚起飞没几格的，做选择也要慎重，毕竟……起飞不易。

然而王断然现在也纠结了，犯规的机会只有一次，如果真都用在这里了，拿到徽章倒还好，万一没拿到，后面再遇上惊喜格，抵抗不过落水，那就直接把胜局拱手相让了。某种意义上讲，犯规就是一次免死金牌。他悄无痕迹地瞄徐望一眼，知道自己的这些顾虑对手也有，否则对方早噼里啪啦下饺子似的往下跳了，哪儿会到现在仍按兵不动。

王断然猜对了一半。徐望是有顾虑，但也在谋划着剑走偏锋。谋划之前，他先给了池映雪一个"干得漂亮"的眼神。没池映雪，徽章已经到王断然手里了，所以这个犯规，值。肯定完队友，他状似挽袖子，其实是悄悄点掉了一个图标。

此时，骰子已经到了池映雪手里。他心思还在徽章上，随手就往坑底一丢，10点，顺利起飞。

江大川、钱艾："……"别人起飞就像吃饭喝水，他俩起飞就像愚公移山。

虽然每个人心里都还惦记着徽章，但池映雪这一投，还是多少拉回一些大家的注意力。就在这分神的一瞬，坑底出现一只小小的三花猫。

吴笙、钱艾、况金鑫不易察觉地微微一怔，立即就明白了队长的目的，但面上他们还是该沉静沉静，该苦逼苦逼，该天真天真。池映雪从来没见过这位灵魂画手，所以表情是真实的意外和茫然，画风完全和王断然小分队融为一体。

那小三花先是歪头看了看上面这些人，而后抬起爪子挠了挠耳朵，挠完又舔舔爪子擦擦脸，一套流程优雅走完，这才转过身去，开始走猫步。

徐望心里快急死，面上还不能表现出来，只能用意念千般温柔万般哄的求小三花去拿徽章。但小三花原本就不是为取东西服务的，它左看右看，猫步走得并不坚定，似乎在寻找可以让它发挥“灵魂画技”的空间。徐望很少唤它出来，还没有真正建立一套与之有效沟通的方法，此刻就只能寄希望于幸运之神的眷顾。

忽然，小三花停了下来。它停在陈关所在的 D2 台阶下面，距离徽章所在的 C1 台阶下还有几米距离。可它就是停住了，小鼻头贴到泥土地面闻一闻，忽然抬起两个小前爪刨起土来。

徐望满头黑线，这是把坑底当猫砂盆了吗？！

王断然则瞠目结舌，因为几爪子下去，地面就被小三花刨出了个拳头大的洞。那地面他刚踩过的，泥土可绝对称不上柔软，这是猫还是穿山甲啊？！

骰子的飞来打断了王断然的错愕，他草草把骰子一扔，8 点，起飞失败。他也不气馁，心思都在底下的三花猫身上呢。

这时候，拳头大的洞已经变成了礼帽大小的洞，而洞底赫然露出一抹晶莹剔透的紫色。小三花用头一拱，那紫色就从土里翻翘出来，它张嘴叼住，弓起后背，后腿一蹬，闪电般蹿出去，沿着土壁就往坑上跑。它的爪子深深嵌入泥土，每一步都往上蹿得极稳，眨眼间就跑上 32 号格的石板——没人在那里，距离最近的小伙伴也够不到它。

它把叼着的东西往石板上一丢，只听一声脆响，那东西碎成两半。此时小伙伴们才看清，那是一块方方正正的紫色半透明板，不到巴掌大，看不出什么材料，说像水晶、玻璃或者玉吧，又不全然相像，但那半透明板上浮雕着的猫头鹰头他们再熟悉不过，就是印在他们手臂上的鸮的标志。浮雕的猫头鹰头随着紫色板的破碎一起裂成两半，不久之后缓缓消失，再无踪影。要不是小三花还在，真的会让人以为那浮雕板是幻觉。

碎裂的浮雕板消失了，小三花却没动，反而抬头看向徐望，小脑袋一歪，邀功似的。

徐望如堕五里雾中。他不知道小三花做了什么、为什么这么做、那板子是什么东西，以及板子碎了之后怎么会什么都没发生……通常情况下，应该要发生点儿什么吧？

骰子到了陈关手里，他匆匆丢了个 7 点，返回 D3，距离终点还差三步。

紧接着江大川随意丢了个 1 点，和孔立泽站在了同一格（5 号格），但两人也没过多交流。

全场现在所有的焦点就在小三花和小三花定定望着的徐望身上。

徐望想推脱也推脱不掉了，只能讪笑：“那个，我的猫，叫汪汪。”

孔立泽、陈关、江大川、顾念：“……”

王断然：“汪汪？”

像是对自己的名字有了反应，小三花立刻奶声奶气叫起来：“吱——”

王断然小分队全体黑线："吱？！"

"咚！"巨大的像是炮弹落地一样的声音震得所有小伙伴耳膜一疼，也震得坑底尘土纷飞。小三花一下子消失，重新成了徐望物品栏里的可爱图标。

就在坑里一片灰土蒙蒙的时候，徐望小分队听见了那声悦耳提示——

鸮："恭喜寻获 10/23 飞行徽章一枚！"

徽章进入隐藏物品格是有提示音的，于是五合一的"叮"响彻尘埃。

王断然后知后觉："啊，徽章！"

尘埃落定，吴笙站在 C1 台阶下面冲众人微笑致意。在他的另一边，是一个像什么重物落下来砸的半米深的坑。但方圆百米就吴笙一人，换句话说，是他像个重型炮弹一样落下来砸出大坑，轰起尘土，摸到徽章，来了个偷袭一条龙。

"声东击西，算你们狠！"王断然把小三花当成了障眼法，笃定这就是对方的阴谋，但兵不厌诈，输给阴谋诡计也得认。况且这里面也有他们自己不果断的锅，要是果断了，哪儿能给吴笙偷袭的机会。

徐望默默接下这"赞誉"，没反驳。虽然王断然的确高估了他。小三花是他放出来的，吴笙真不是，只是他没料到小三花不拿徽章，却挖出另外一个奇怪东西，更没料到吴笙会从飞椅上冲下来。在徐望的记忆里，吴笙应该没有能辅助他从高空跳下而不受伤的文具了，可现在吴笙的确毫发无伤，还能迎风傲立，日常装相。

棋盘格上，骰子来到孔立泽手中，他愣了下，有点儿诧异——吴笙犯规了，不是应该先惩罚犯规，再继续投掷吗？可警告没出现，椅子倒飞下来了，它重新托起吴笙，殷殷勤勤地又把人送回高空。

"切记，完成棋局者不可干扰后续棋局，违者视作犯规。"吴笙一字不差地重复着鸮的提醒，末了低头，朝棋盘上的对手们天真无邪地摊手，"我可一点儿没干扰棋局。"

全场："……"

他的确是没干扰，就是弄起了一坑灰土，那灰土飞到石板格底下就停了，都没碰着他们的脚。

顾念偏过头，看吴笙，目光若有所思。"不可干扰棋局"这六个字他也琢磨过，不是没想到钻空子，但谨慎起见没敢贸然尝试。这就是吴笙的过人之处，有脑子，还有魄力。

吴笙没注意顾念，因为徐望正在底下喊他。

"吴笙。"徐望喊他一声，别的没多说，就冲他笑。

他笑，吴笙就开心，这一跳就跳得值，不过心里再花团怒放，脸上都是一派军师的优雅和骄傲。

徐望就喜欢他这股装相劲儿，于是欣赏了好半天才问：“你用的什么文具啊？”用都用完了，也不怕让对手知道，索性还是问一下满足自己的求知欲，否则一直惦记着，后面扔骰子都容易分心。

他这一问也勾起了其他伙伴的好奇，包括王断然小分队，他们实在无法从那个坑里判断出吴笙是怎么跳的。

吴军师向来乐于知识分享：“‹幻›我真怕。”

徐望一愣：“它是这个效用？”这文具可是让他们琢磨了好久，也没个定论。

王断然小分队越听越蒙，这和高空跳跃根本不挨着啊。

吴笙：“其实我也是赌一把，看自己猜得对不对。”

徐望：“赌对了？”

吴笙：“当然。”

徐望：“所以这个幻具到底什么意思？”

吴笙：“我、真、怕。我认真起来连我自己都怕。”

徐望、钱艾、况金鑫、池映雪：“……”

王断然小分队：“……”

‹幻›我真怕，全称“我认真起来连自己都怕”，效用因人而异、因目的而异，可在短期内于某一特定方向最大限度激发人的潜力。

北京时间 3：00。

徐望、陈关陆续抵达终点。

北京时间 4：00。

因犯规被罚回起飞点的王断然和池映雪抵达终点。前者比后者早五轮抵达，于是二人在最后五级台阶上完美错开，并没有爆发文具 PK 的惨剧。

北京时间 4：15。

小抄纸：“钱艾使用‘< 武 >前有狼后有虎’，江大川与野兽搏斗，身负重伤；江大川使用‘< 武 >伤筋动骨’，钱艾骨折。江大川流血过多，钱艾胜。”

江大川回到起飞点 A。

北京时间 4：30。

小抄纸：“钱艾使用‘< 武 >迷你血滴子’，孔立泽失去一绺秀发；孔立泽使用‘< 武 >伤筋动骨’，钱艾骨折。孔立泽胜。”

钱艾：“……”他想到了迷你可能会杀伤力差一点儿，但也不用迷你到这个地步吧？！

钱艾回到起飞点 A。

北京时间 4：45。

孔立泽抵达终点。钱艾和江大川还站在起飞点 A。距离鸮的关闭只剩十五分钟，两个都没有再次扔出 6 和 10 的男人你看我，我看你，忽然有了一种惺惺相惜的伤感。

钱艾："我也不瞒你了，其实我一直以来运气就不好。"

江大川："我看着像幸运儿吗？"

言尽于此，一切尽在凝望中。

北京时间 4：58。

"叮——"

小抄纸："飞行棋结束，两队各有一人未抵达终点，胜负将以投掷骰子的回合数来判定。累计投掷回合数少的队伍获胜。"

越早抵达终点的人投掷的回合数越少，换句话说，胜负的判定，就要看哪一队的四人抵达终点抵达得快。吴笙和顾念几乎在同一时间于脑中拉出了抵达顺序名单——吴笙、顾念、况金鑫、徐望、陈关、王断然、池映雪、孔立泽。

钱艾和江大川的投掷轮数相等，剩下八个人很明显徐望小分队占优，这倒不是因为吴笙占了第一名，而是因为孔立泽占了第八名。在池映雪抵达终点后，孔立泽又活活投掷了四十五分钟，前面多少优势都不够他投的，何况王断然队伍在前面也并没有任何优势可言。

到了这会儿，王断然小分队终于理解了"命中注定"这四个字——起飞点 A 四人组，徐望小分队占了一个名额，自己队伍占了三个名额，这场比赛的胜负从一开始就已经定了。

两分钟悄然划过，鏖战了五小时的徐望小分队第一次觉得鸮的声音如此甜美——

鸮："恭喜过关，10/23 顺利交卷！亲，明天见哟。"

3

回到酒店的时候，徐望他们已经困得不行了，但一点儿时间没耽搁，直接收拾收拾退房。在酒店门口等网约专车的时候，天还没亮。

闯这一关完全在他们的计划之外，没想到稀里糊涂就闯了，就交卷了，连徽章都没落下。一想到刚刚过去的五个小时，众人身心俱疲，一年之内都不想再扔骰子了。

他们叫的是一辆大七座的 SUV，五个人坐在里面，宽宽敞敞。车刚开起来，池映雪和况金鑫就睡着了，那叫一个香，那叫一个无忧无虑。钱艾眼皮已经灌了铅，但心里还记着岳帅的事呢，死活睡不着，于是看着旁边俩人就来气，掐掐这个脸，戳戳那个腮帮子，又舍不得下手狠了，弄得像给人挠痒痒似的。吴笙和徐望坐在前排。窗外街景飞驰而过，路灯在玻璃上连成一条光带，他俩静静看着，似放空，又似思索。

黎明初降，马路上的车渐渐多起来，没人注意另外一辆 SUV 在后面不远不近地跟着。车内，孔立泽坐副驾驶位，观察了半天的手机地图，回头和王断然说：“错不了，他们就是去机场。”

王断然疑惑地摸摸下巴：“他们知道下一关的坐标点？”从对手在飞行棋里的表现看，很明显是第一次闯这关，连 10/23 都是第一次到，就已经知道 11/23 的坐标点了？

“买的，或者其他人告诉的。”顾念冷静道，“想知道坐标点不难，奇怪的是他们为什么这么着急过去。”

“最奇怪的是我们为什么要跟着他们。”陈关的眉头皱得极重，但凡有刘海都能被顶开那种。输给同一个队两次，完后还上赶着跟踪人家，这不吃饱了撑的给自己找不痛快吗？

“那个浮雕板，还有那只猫，你不觉得蹊跷？”王断然白他一眼，“他们肯定知道一些我们不知道的事！”

“Xi……那里古怪的事情多了，兴许就是常规设定，只是我们没遇见过。”陈关的“鸮”字差点儿出口，幸好反应快收住了，一晚上飞行棋已经让他头痛欲裂，他可不想雪上加霜。

江大川对于这种智慧型聊天通常都只是围听，偶尔放一下风。比如现在，他时不时瞥一眼司机，以确认他对他们的谈话的确毫不关心。

鸮的秘密是不能讲给非闯关者听的，但闯关至今他们也慢慢摸索出来了，只要你主观上没有告密意图，而你的谈话外人又没头没脑的根本听不懂，那么头痛欲裂的警告就不会出现。鸮仿佛掌握了他们的大脑，至少也是存在某种连通感应，所以一旦告密的心念动了，警告就如影随形，哪怕只是想一想。

“是不是常规设定，跟跟看就知道了。”王断然目光坚定，这让他整个人罕见地显出稳重。虽然这种气质并不能持续太久。一切可能和鸮有关的线索，他没遇见就罢了，遇见了绝对不能错过。这鬼地方，他一天都不想多待。

到了机场，天亮了，但是一种灰霾的微亮。厚厚乌云遮得太阳无影无踪，黑压压的天际，冷飕飕的风，山雨欲来似的。

清晨的机场已经人来人往，办理完值机，徐望五人排队进入安检通道。

回到酒店的第一时间他们就订了能订到的最早去往河南郑州的机票。5/23 的坐标点在河南许昌，但为了方便接头，两队将会合点定在了郑州。

这些王断然小分队当然是不清楚的。他们唯一掌握的信息是，11/23 的坐标点在贵州，但徐望他们办理值机的航空公司可没有从这里飞贵州的航线。

半小时之后，王断然挂断电话："查出来了，他们去郑州。"

顾念皱眉："河南的关卡只有许昌和安阳。"

孔立泽挠头："难道他们想去无尽海？"

陈关满头黑线："打个车去隔壁城市就进了，用得着特意飞河南？"

"肯定有事儿。"王断然把手机揣进口袋，祈祷这航班还有票。

徐望小分队不知道自己已经带上了小尾巴。登机时间还早，他们过了安检之后就在候机大厅寻了个没什么人的登机口，一片空座，随便休息。

徐望眯了一阵，有了些精神，起来后发现钱艾、况金鑫、吴笙都在闭目养神，就池映雪不知道鼓捣什么呢。他好奇凑过去，发现这位队友举着自己的手掌，正翻来覆去地端详。徐望莞尔："你这干吗呢？给自己看手相？"

池映雪偏过头来，问："那只猫就是你说过的灵魂画手？"

徐望给池映雪讲过十年前的事，但在他面前放出来小三花还是第一次："对，就是它。我们进不去的地方，它来去自如，里面什么样都能给你画出来。"

池映雪微微蹙眉，视线又落回自己手上。他张开手指，歪头又打量了好一会儿，纳闷儿似的咕哝："那么小的爪子，能握住画笔吗？"

徐望："……"这位队友的关注点永远很偏门。

冷不丁，池映雪猛然回头，目光一霎变得锐利。

徐望吓一激灵："啊？"

池映雪没理他，眼睛危险眯起，视线来回搜寻，末了耸耸肩："可能是错觉。"

徐望抚额，第一次觉得和队友闲聊都如履薄冰。

不远处某冰激凌店里，王断然和江大川从缩着的桌底下钻出来，重新坐正，但前者的眼神还是往店外某个方向乱飘："没发现吧？"

背对着店外坐的顾念说："目前还没。"

王断然往里面靠一靠，借顾念的身体做视觉掩护："什么叫目前？"

顾念叹口气："等一下我们会上同一个航班，你觉得能躲多久？"

说这话的时候，顾念没想到答案竟然会是整整一白天。

早上八点开始，雨夹雪夹风夹小冰雹席卷了整个机场，像是要努力抓住冬天的尾巴，这一下就下到了晚上。航班延迟再延迟，整个候机大厅里都是人。

徐望中午就让吴笙给岳帅发了微信，说会晚一点儿到，及至晚上八点，他干脆拿过吴笙的手机直接连了语音，说可能要明天了。

"想见你们一面太难了。"语音通讯那头的岳队长觉得此刻的自己就是许仙，苦熬西湖水干，死等雷峰塔倒。

“我也急啊。”徐望这是真话，那情报就像吊在眼前的胡萝卜，快馋死他了。

“早知道还不如让你们多休息一天，”岳帅说，“没准还能再过一关呢。”

“哦，”徐望差点儿忘了这茬儿，“我们过完了。”

岳帅：“……啥？！”

徐望：“这一关只要凑够两支队伍就自动开启，不闯也得闯。”

岳帅：“所以你们又交卷了？”

徐望：“对啊。”

岳帅：“……”

徐望：“岳队？”

岳帅：“阿望，你和我实话实说，你们是不是有攻略？”

徐望：“我如果说没有，全是凭实力，友谊的小船是不是容易翻？”

岳帅：“……已经翻了！！！”

徐望：“想不想知道第十关什么内容，怎么交卷？”

岳帅：“等一下，我把小船再翻回来。”

二十分钟之后，徐望抿嘴乐着挂上电话。远在郑州的岳队长就像一阵薄荷风，吹散了候机的焦躁。

夜里十二点，飞机还没起飞。徐望小分队坐在座位上等待天花板或者地面开个紫色旋涡。王断然小分队同样在等，深夜的猫头鹰叫已经成了他们的考试铃。

机场的时钟，秒针、分针、时针重叠，北京时间00：00。一片安静里，既没有猫头鹰叫，也没有紫色旋涡。

北京时间00：02，机场还是机场，滞留旅客还是滞留旅客，徐望他们还坐在椅子上，隔了几个登机口的王断然小分队亦然。

窗外，雨雪终于停了，边下边化，一片似有若无的白。

“浮雕板！”吴笙和顾念，两位相隔了几十米的伙伴没做任何事先沟通和协调，却几乎是同时吐出了这三个字。

“汪汪弄碎的那个？”这事儿徐望一直惦记着。

“肯定是了，”钱艾越琢磨越像，“除了这个，咱们也没遇见其他反常情况啊！”

“所以，那个浮雕板……是鸮的开关？”况金鑫被自己的猜测吓着了，特别没底地看吴笙。

池映雪也瞥过来，不过不是看吴笙，而是看他拿在手里看时间的手机：“他们进了吗？”

吴笙秒懂他的意思，因为这也是自己准备验证的——语音邀请再次发送给“岳大帅”。

五伙伴听着语音邀请的提示音，一直听着，无人应答，直到邀请自动结束。答案已经很明显了，岳家军照常进了鹗，中断了一切外部联系。

只有 10/23 受到了影响吗？真的是因为汪汪破坏了紫色浮雕板吗？这样的关闭是一时的还是永久的？直到清晨，延迟的航班终于起飞，徐望小分队也没厘清答案。所以他们决定先不飞了——就在航班开始检票登机的时候，他们果断离开机场。

当然，身后还是挂着个小尾巴。

“他们该不是发现被跟踪，然后故意溜我们玩儿吧……”孔立泽熬了一宿，眼睛跟兔子似的，头回发现跟踪盯梢比闯关还熬人，果然坏人不好做。

江大川靠在 SUV 车窗上，脑袋跟着车辆颠簸一下下磕着玻璃才勉强保持清醒：“订好的机票又不飞了，就为溜我们？成本太高。”

孔立泽：“徽章手册都买了，你以为他们差那点儿机票钱？”

顾念合上小说，抬起头：“大川说的是时间成本。”

“都这时候了，你还能看进去书？”陈关斜一眼顾念手里的小说，就封面那几个字都让他头疼。

顾念叹口气：“有的时候看书是因为心静下来了，有的时候看书是因为心静不下来。”

陈关：“……咱们能说汉语吗？”

顾念莞尔，也不和他展示语言艺术了，直奔重点：“他们应该是想等等看，这个‘进不去’究竟是暂时的，还是永久的。”

陈关满头黑线：“要是永久的，这一等哪儿还有头？”

“要都像你那么想，科学家不用做实验了，学者也不用搞研究了，反正都是未知数。”王断然白他一眼。这位伙伴也就是体格好，打架干净利落没废话，要不就这野蛮性格、这石头脑袋，倒找钱他都不雇。

“你是不是又在心里骂我呢？”陈关眯起眼，眸子里全是野性的直觉。

“没，你还到不了我心里，”王断然果断纠正，“我顶多也就是在肚子里嘀咕嘀咕你。”

拿人手短，吃人嘴软，所以陈关不能上手打，不能拿嘴骂，只能拿脚过去给一下。

“啊！”王断然很疼似的倒吸一口冷气，颤抖着抱着小腿，一脸“你怎么敢”的震惊。

陈关看着他，内心毫无波澜：“老板，我就踩了一下你的球鞋。”

徐望他们没回市中心，就在机场旁边找了个酒店住下。原本想在安顿好之后再联系岳帅，结果对方的语音邀请先发过来了。

一接通，就是岳队长开天辟地似的惊吼：“你们在零点之后给我发语音？！”

徐望费了半天劲终于把这波“震惊”安抚下去，然后才开始讲浮雕板的事，同时也得知了岳帅那边的情况。一如猜测，岳帅照例在零点进了鸮，不过因为身在没有任何关卡的郑州，所以进的是无尽海。他们没去找宝藏，也没去飞行岛，就在海上漂了一夜，一切正常。

“就是不知道其他关卡什么情况。”互通完彼此信息，徐望随口说了一句。

“等我五分钟。”岳帅毫无预警中断语音。

五分钟后，语音再次连通。

岳帅：“1/23、4/23、7/23、8/23 都正常，没关闭。”

徐望愣了下，立刻问：“其他关都关闭了？”

“不，”岳队长诚实道，“其他关我没有认识的人。”

徐望：“……”

岳帅：“别失望嘛，我的交际圈以后还会继续拓展的……”

徐望：“不，已经很广阔了，真的。”

吴笙的计划是等三天，三天一到还没动静，不管这关闭是暂时的还是永久的，都要启程再去郑州，毕竟那边才是正事，看得见聊得清的，至少不会像现在这样云里雾里。

然而当天晚上，猫头鹰叫便如期而至，徐望小分队进入 10/23，而王断然小分队进入无尽海——他们已经丧失进入 10/23 的资格。

关卡还是那个关卡，无尽海还是无尽海，什么都没变。就像一个游戏，服务器突然宣布维护一天，翌日重新开放，一切如常。

又一次从鸮里出来，徐望五人不再做任何无用的讨论和犹豫——没有结果的讨论，永远只能是猜测——直接买票，飞往郑州。王断然小分队锲而不舍，尾随跟上。于是在拥挤的经济舱里，两队相遇了。确切地说，是池映雪揪出了王断然。

王小爷原本想买头等舱或者商务舱的，结果没位置了，只好买了经济舱。安全起见，他挑了最没人待见的两排座。原本他这选择很对，和徐望他们隔开了一段距离，而且个个戴了鸭舌帽，登机时候乱糟糟的，让他们浑水摸鱼成功入座，入座之后往下一窝，帽子往脸上一扣，能看出是谁才有鬼了。

偏偏，池映雪就是那个鬼。

当时飞机已经完成爬坡，进入平稳飞行阶段，池映雪起身去洗手间，路过王断然坐着的那排时，余光一扫，目光就锁定过去了。没来由，他就觉得那个身形很熟悉，哪怕对方窝得很低，还抱着手臂，鸭舌帽更是遮住了脸——一个曾经带着他弹弹弹的男人，别说还是个人坐在那里，就是化成灰堆在那儿，他都能在茫茫人海里一口气吹飞。

“喂。”池映雪的字典里向来没有“客气”二字，他直接伸手过去把鸭舌帽拿起来，朝着他脑门不轻不重地敲了两下，“别装睡。”

一排三个座位，王断然是坐中间的，万没想到池映雪还真伸胳膊进来了，于是他睁开眼的第一反应不是找池映雪，而是转头怒视旁边不舍身保老板的员工！

扣着鸭舌帽的孔立泽装睡，继续装睡，用生命装睡。同一排坐在最里面靠窗的江大川微微仰头，让脸上的鸭舌帽扣得更稳定一点儿。

池映雪眼里只有王断然，见人醒了，立刻淡淡眯起眼：“为什么跟踪我们？”

“谁、谁跟踪你们，我们去无尽海！”王断然也不管这话有多少漏洞，先应付了再说。

池映雪疑惑蹙眉：“你们？”左右看看，他眼里浮出茫然，“另外四个也在飞机上？”

靠窗的江大川：“……”

同排隔了一个过道的顾念、陈关：“……”

孔立泽默默睁开眼睛，透过鸭舌帽的缝隙看着横在自己面前的修长手臂，考虑着要不要死咬上一口，为自己的存在感正名。

三万英尺高空，徐望换到王断然旁边，两个队长打开天窗说亮话。

关卡内，大家是对手，可离了关卡，都是不幸被鸮选中的苦命人，都想提前结束这一切。当两个人有共同追求的时候，战线就可以统一了。

况且这利益并不存在排他性——岳帅在买情报的时候曾提出，一百万虽然不是小数目，但如果真能离开鸮，买的人绝对不会少，这样一来，情报的价值不会因为竞争者增加而打折扣。他的原意是砍砍价，不承想卖家用身份证和户口本担保，这个提前离开的方法之于每一队都是平行独立的，不存在任何竞争，即 A 队用这一方法离开了，B 队同样可以用，不会因为 A 队成功了，B 队成功的概率就被干扰。基于以上这些，战线里多拉进来一个队伍不是坏事，还能分摊成本。

尤其是王断然这样大方的同学：“一百万是吧？我全出，但我只占 1/3 股，买来信息还是我们三队共享。”

徐望忽然觉得，就算没有弹弹弹的缘分，池映雪也能一眼在茫茫经济舱里锁定王断然——他俩周身散发着同样的光芒，名字叫作“壕光”。

最终的方案还是三队均摊费用，但因为是在飞机上敲定的，还没来得及告诉岳帅。于是颠颠跑到机场接人的岳队长只留了五个座，没料到要接十个人。他和王断然队没打过交道，关卡内都没遇见过，但简单听徐望介绍完是要来一起买情报的，立刻上前紧握住对方双手，热情扑面的友好。

徐望看着他眼里映着的王断然的影子，总觉得那影子正在慢慢变成三十三万。

一贯喜欢先拿鼻孔看人的王断然没受过这种热带岛屿一样的热情，很快就不敌岳帅，败下阵来，回酒店的路上，该聊的不该聊的都聊了，关键两人还不是坐一个车，用微信语音聊的。

徐望终于知道岳帅那五分钟就能打探四个关卡的复杂的鸮内关系网是咋来的了。

4

抵达郑州的时候是下午，当天晚上七点，岳帅就和卖家见了面。岳帅一个人去赴的约，以免对方看见他们有三队再来个狮子大开口。

剩下的小伙伴都在酒店里等，没多久岳帅就回来了。因为对方的情报就一句话——去北京，找一个人，他会把提前离开的方法告诉你。敢情这位只是个中间人！不过钱已经不用再付了，只要拿着他写的地址条去北京找到那位，对方就会直接相告。

十五个伙伴一商量，这个流程也对。既然那人已经离开鸮了，就不可能再去无尽海，想做鸮里面的生意，势必要找个还在鸮内的中间人，而如果直接把具体方法告诉中间人，那中间人就可以甩开他自己单干了。

翌日，三队拿着条子又飞北京，下飞机后直奔条子上的地址。

越接近谜底，越让人紧张，越紧张，越严阵以待，结果就是到了人家门前才意识到，呃，阵仗有点儿大——十五个连日奔波风尘仆仆的大小伙子浩浩荡荡站在一扇巨大的铁艺院门前，即便那院门再精美再大气，都仿佛下一秒就能让人撞碎。

应门的是个二十出头的小伙，差点儿被这阵势吓着。要不是徐望他们及时递出条子，估计对方就要报警了。

这是一幢隐在北京市郊的独栋别墅，徐望他们按着导航走都差点儿迷路。但别墅内装潢得十分漂亮，不是只知道堆钱的那种富丽堂皇，而是很有品位和修养。小伙带他们到了二楼的一扇门前，敲了敲门，未等门开就转身下楼了。

徐望看着他的背影，发现自己忽略了一个问题——鸮里面的事情是不能对外人说的，那么已经离开鸮的人可以和外人谈论吗？还是说，只能和同样经历过鸮，或者像他们这样仍然在鸮内的人聊？

思索间，房门被打开了。整个二层只有他们十五个人和门内的一个人，但是现在双方都很安静，静得连一楼时钟的秒针声都能听见。

门扇无声而开，门内是一个四十多岁的男人，气质儒雅，穿着体面，但颀长的身形和宽阔的肩膀让他注定和文质彬彬无缘，相反，即便是他现在这样微笑着，也会给人以压力。

徐望想，这人要是再年轻个十岁，带领一支队伍直接闯过全部二十三关也是有可能的。

再年轻个十岁……徐望猛地怔住，再去仔细端详那人的五官眉眼。

“他可没和我说把情报卖给了三支队伍。”男人笑着摇摇头，半认真半调侃似的，“进来吧。”很明显，对方并不介意，也没有再和中间人通气算账的打算。

十几个人陆续进屋。这是一间优雅沉静的书房，空间极大，阳光明亮，一下子进来这么多人仍不会显得局促。

吴笙走了两步，发现徐望没跟上来，立刻回头，就见自家队长还站在门口：“怎么了？”他眼中不自觉流露担心。

“我见过他。”徐望说。

吴笙一时没反应过来：“嗯？你见过谁？”

这一来一去的对话拉过了所有小伙伴的注意力，包括那个男人。

徐望的视线也正好落在那男人脸上：“我十年前见过你。”他的语气比刚刚和吴笙说的时候更加笃定。

“十年前？”男人重复着这个时间点，眼底有些东西闪过。

徐望郑重点头：“十年前，在鸮里。”

男人微微眯起眼，第一次认真打量徐望，但很快他又笑了，摇头道：“十年前你才多大，我可不记得在里面遇见过小朋友。”

徐望定定地看他：“3/23，医院大门内，你捅了一个扑向你的丧尸，但捅完之后你觉得奇怪，因为丧尸扑到你面前之前好像撞到了什么东西。”

男人怔了怔，目光随之恍惚了些许，似飘向了那个遥远的、许多细节已模糊的旧日场景。

“后来你们闯到感染科楼三层，你用‘〈幻〉灵魂画手’去打探办公室内的情况……”徐望还在继续，这些曾被他整整遗忘了十年的事情重新翻出后，却一日比一日更清晰，他现在记得的细节甚至比刚想起这些时更多、更精准，“你们把疫苗给了老医生，却被另外一个男医生咬了个全军覆没。你跑掉了，都没顾上管你的灵魂画手……”

“你在那里？”男人就是再不可置信也不得不信了，那一夜闯关的过程，除了他和当年的队友，不可能有第五个人知道。那个觉得丧尸撞到了什么的细节，如果不是被特意提出来，连他自己都忘了。

“是的，”徐望说，“我在。”

男人思索片刻，便将种种反常细节全都连上了：“那个被丧尸撞到的……”

“就是我。”徐望帮他盖章认定。

男人的眉头困惑皱起："你在鸮里，我们却看不见你，为什么？"

徐望说："因为我不属于那里。我不是闯关者，但那天莫名其妙被吸了进去，就好像是鸮……"

"出了 Bug（漏洞）。"这回，是男人替他说完。

徐望怔住，好半天才找回自己的声音："难道那一夜，你也……"

男人耸耸肩，莞尔："看来，那一夜不只是我一个人的命运转折点。"

两个当事人聊得字字玄机，十三个小伙伴听得满脸茫然，还有一个吴姓小伙伴，懂是都听懂了，但对于"那一夜"这种模糊的、容易产生歧义的描述很不满意。

岳帅、王断然两队只是过来买个情报，没承想还要坐下来听那十年前的故事。池映雪、况金鑫、钱艾虽然知道队长和鸮的渊源，但现在这渊源和情报卖家发生了交叉，于是还得跟着大部队一起从头捋一遍。

好在"那一夜"的脉络还算清晰：徐望误入鸮内，目睹了樊先生——卖家出于礼貌埋名，没隐姓——队伍全军覆没的过程，而后另一队闯入，交卷成功，再然后徐望和鸮对话，获得了支离破碎的"帮帮我"，便被弹回现实，就此失忆。

可这个故事其实还有后续。

那一队交卷成功之后离开了鸮，但先前跑掉的樊先生却并没有因为其他队伍的交卷而被弹回现实。原因很可能和徐望的"误入"一样，都是鸮的不稳定导致的。显然，他的滞留也属于"异常"，或许正是这种"异常"使得在徐望那里没有沟通成功的鸮又寻到了他。

不知是不是吸收了和徐望对话失败的经验，短时间内完善了算法，或者打了什么修复补丁，总之，这一次鸮的表达更清晰。

鸮："帮帮我，帮我关掉这里和外面连接的路。"

这是鸮和樊先生说的第一句话。

紧闭房门的屋内极静，静得连根羽毛落到地毯上的声音都能听见。十年前鸮出过 Bug？徐望还趁着这 Bug 进来游了一圈？鸮会一改阴阳怪气，说和闯关无关的话？和徐望没说明白之后还知道去找第二个人？！这一连串的冲击已经让在场伙伴们的神经稀碎了，可所有的一切都比不上最后这个——

"可以封路？！"

这可比提前离开鸮还要让人热血沸腾。

提前离开那是抽身逃跑，关掉通路那是世界和平！

樊先生本来还要继续讲，忽然被十几个人异口同声吼过来，当下闭嘴，掏出手帕擦擦脸，不着痕迹地把转椅往后挪了挪："确切地说，是可以封住前十三关的路。"

徐望："后十关呢？"

"它没说。"樊先生摇头，"它只求我帮它切断前十三关的路，一旦成功，所有前十三关的闯关者都解脱了，再也不用进入鸮。"

"那前十三关的鸮内世界呢，会毁灭吗？"徐望脑中忽然闪过许多面孔，3/23 的小丁、4/23 的小黄小白黑茉茉、5/23 的小饿等等，虽然理智告诉他这些只是 NPC，可他还是没办法把他们当成一键还原就可以消失的数据。

樊先生有片刻迟疑，显然从没想过这个问题，末了无奈笑笑："我没问过鸮，没办法回答你。"

"要怎么关闭通路？"吴笙客气道，将话题拉回"核心"。

王断然和徐望小分队的伙伴立刻竖起耳朵，与此同时，心里闪过那块破碎的浮雕板和什么都没发生的机场一夜。岳家军虽然没经历，但也听徐望转述了，故而此刻同样紧张。

不料樊先生轻声一叹："抱歉，这个我也不知道。"

整个屋的小伙伴一起被闪了一下。

王断然满头黑线："那有没有你知道的？"

樊先生微笑："如何提前离开鸮。"

十五个小伙伴："……"什么叫好卖家？说卖橘子，就绝对不卖苹果。

"你们要集齐 1—13 关的徽章，然后在 13/23 顺利交卷。交卷后，鸮会送你们进入'许愿屋'，并告诉你们它可以满足你们特定条件下的一个愿望，当作你们进入后十关的奖励。但你们不要许愿，要明确说出以下口令——我要和鸮对话。重复三遍后，另一个鸮就会出来，到时你们就可以选择结束这一切，提前离开了。"

岳帅："另一个鸮？"

樊先生："这只是我自己的区分。我总觉得闯关中给各种规则、提示的鸮，跟那个晚上和我说话的鸮不像是同一个，虽然它们的声音完全一样。"

吴笙："有没有可能它们就是同一个，只是平时的鸮被限制了，而 Bug 让它觉醒了某些自主意识，或者就是它的部分觉醒，造成了那一夜的 Bug？"

樊先生："……"

吴笙："可是我们闯关这么久都没再遇见 Bug，也没听其他闯关者说过存在这种 Bug，有没有可能它已经被修复了，就算我们到了第十三关，也无法再用指令触发？"

樊先生："……"

吴笙："樊先生？"

樊先生："这位朋友，如果需要我参加学术研讨会，价格还要另谈，而且我不承诺一定能提供理性的智慧之光。”

吴笙还要说什么，被人轻轻拍了腿。他转头，是徐望。后者引领他的目光环视了房内的书架。《茶花女》《呼啸山庄》《简·爱》《飘》《巴黎圣母院》《荆棘鸟》《挪威的森林》《霍乱时期的爱情》……各个时期、各个国家、各种风格的爱情故事构成了整个房间的书海。如果非要从中间找一本和爱情无关的，那就只剩下桌案上那本——《思考致富》。

吴笙蠢蠢欲动的科研探讨心，彻底安定。和这位卖家，要么谈爱，要么谈钱。

“樊先生，鸮让你帮它封路，你没答应，于是给了你第二选择，就是帮你提前离开鸮？”一直沉默着的顾念出声，他总觉得这里面的逻辑有点儿问题。如果真像吴笙说的，鸮觉醒了一部分自主意识，那么被拒绝之后，最常见的反应不是应该再进行说服吗，就算说不通，放弃再寻别人好了，为什么还要给提前离开的方法？这就好比一个人拒绝帮助你，你却还要给他“奖励”，太奇怪了。

“我答应了。”樊先生轻叩了一下座椅扶手，平静如湖的眼底划过一丝波澜。

十五个小伙伴愣住。

“我当时答应了，答应帮它关闭通路。”樊先生继续说，“它让我搜集齐所有徽章，闯到13/23，交卷之后不要在许愿屋里许愿，说三遍‘我要和鸮对话’，它就会出来，到时候再告诉我具体的关闭方法。”

十五个小伙伴更蒙了。这和提前离开鸮的方法，步骤根本是一样的。

“我照做了。我当时是真的想关闭鸮的，反正试一下又不会失去什么，最差的结果也不过是继续闯完二十三关……”樊先生看向窗外，阳光照在他脸上，映出他分明的轮廓，却也映出他眼底的轻嘲，“可等到了第十三关，在许愿屋里喊出了鸮，它却又给我增加了一个选项。”

“关闭鸮，或者提前离开鸮。”吴笙大概摸清这段往事的走向和轮廓了。

樊先生收回远眺的目光，看向他，自我检讨和被人揭开，难堪程度还是有差别的。

吴笙向来不懂这种微妙的东西，也完全没想谴责对方什么，就是实事求是，所以看着对方的目光很坦然，坦然得甚至有些干巴巴。

樊先生乐了，忽地也就跟着坦然了：“对。我想关闭鸮的时候，是光脚的不怕穿鞋的。可当我有了一双鞋，那我就没有殊死搏斗的理由了……”

“我选了提前离开，鸮满足了我。所以你们问我怎么才能关闭通路，我真不知道，那是选了A选项的人才有权知道的内容。”

徐望：“有人选择A吗？”

樊先生：“我只能说，从我这里买情报回去的队伍，基本都选了B。”

岳帅："基本？"

樊先生："还有队伍选了C。"

十四个小伙伴："……"

钱艾："什么时候又蹦出个C选项？你再这么挤牙膏，我到消协投诉你信不信！"

樊先生："C选项就是继续往后闯，完成全部二十三关再离开。"

钱艾："那还跟你买什么情报？一百万不就彻底打水漂了吗？"

樊先生："人家愿意打，我不能拦着。"

钱艾："……"有钱人的世界，太难懂了啊！！！

与此同时，好端端听汇报的范佩阳没头没脑打了个喷嚏："阿嚏——"

郑落竹停下话头，关切地问："老板？"

"没事。"范佩阳摆摆手，坐在有些破旧的木椅子里，微微向后靠，"继续。"

郑落竹："相关的情报就是这些。"

范佩阳盯着面前划痕斑驳的旧木桌，双手交叉抵着下巴，思索片刻道："行，我知道了。"

不用范佩阳再说话，郑落竹已经识相离开，并体贴地帮他带上了门。十三关之后，每一关都得深思熟虑，每一秒都不能掉以轻心，幸好运筹帷幄这种艰巨任务有老板顶着，他听吩咐行事就行了。

接下来肯定是一番恶战，他们这种刚进后十关的队伍，情况还没摸清呢，更谈不上胜算。郑落竹对此倒平常心，罗马不是一天建成的，凡事都要有个过程，但总觉得已经习惯了碾压对手的老板会比较介意。

这事儿绝对是鸮的锅。谁能想到前十三关和后十关完全是不同的天地。而且已经进入后十关的队伍无论交卷成功或失败，都不会再退到前十三关，他们的任何成绩信息也不会再影响前十三关的榜单。以至于他们一直到13/23还以为自己是整个鸮里面实力最强的，结果一进后十关，就让现实狠狠打了脸。

"叩叩。"

门内传来有节奏的指关节敲击桌面声，伴随着老板的第一百零八次召唤："再进来一下。"

"好的。"郑落竹脸上笑嘻嘻，心里哭唧唧。这一次又想问哪方面的情报？要不他直接来个全盘大汇总，汇报三五个小时的？否则老板想到一点就叫他一次，有个新念头就召唤他一回，费心费脑的确没有，但是费腿啊，这一趟趟的，腿都遛细了！

三队十五个伙伴离开别墅，直接就近定了个度假酒店。

城郊的环境是真好，尤其入了夜，清风明月的。十五个小伙伴没浪费大好时光，该吃吃该喝喝该睡睡，及至月上梢头，全精神起来，有跑到泳池扑腾的，有月下独酌的，有健身房里举杠铃的，也有房内静坐思考人生的——但这一次不是吴军师，而是徐队长。

“怎么了？”难得见自家队长沉思，原本想去游个泳的吴笙又坐回床边，好奇地问。

徐望皱眉看他：“太奇怪了。”

吴笙怔住，抬手一指自己：“我？”

“不是，你的英俊非常标准。”徐望时刻带着白月光滤镜，“我是说鸮太奇怪了。它既然想让樊先生帮它，为什么还要给第二选择呢？”如果没有那个“提前离开”的所谓第二选项，帮忙这事儿说不定就成了！

“我还当你琢磨什么旷世难题呢。”吴笙把人拉过来，下巴抵在他肩膀上，悠悠道，“你把鸮当成一个程序，一个带自我修复功能的程序，这个问题就很好理解了。”

徐望刚想沉醉在这温暖怀抱里就听见了什么“程序”什么“自我修复”，眼前月光洒满窗棂的温柔景象陡然一变，成了教室一排排的课桌椅，背后的是吴笙的元神，至于肉体，在前面敲黑板讲课呢。

“鸮的一部分觉醒，让它有了自主意识，去和你还有樊对话，甚至在十三关设置了可以召唤它出来的口令。但对于一个既定程序来说，这样的觉醒一定是 Bug，要么靠外力消灭，要么靠自身原本的算法去寻找 Bug 打补丁。”

徐望有点儿费力地回头看他：“鸮做的……就是第二种？”

“对。”吴笙道，“鸮的自我修复没办法将觉醒的意识抹除，只能在觉醒意识给出的选项里强行添加上修复功能给的第二项。”

徐望后背是暖的，可心里还是掠过一阵凉：“它料定了没有人会舍易求难。”

“嗯。”吴笙将人搂了搂，“这些只是我的猜测，但如果把浮雕板的事情考虑进去，鸮自带修复功能这件事应该八九不离十。”

徐望明白了吴笙的意思，不再言语。假设的确是浮雕板的破坏导致了10/23的无法进入，那么隔一天之后一切照旧，恰好合得上“自带修复功能”这一猜想的逻辑链。

“哦，对了，”吴笙忽然想起什么似的，说，“樊夜白。”

徐望没懂：“什么？”

吴笙：“樊先生的全名。”

徐望诧异：“你怎么知道？”

吴笙：“交卷速度排行榜，12/23，杜寅、樊夜白、李殿、穆亦轩、彭野，用时

09：46：58。整个榜单上就这么一个姓樊的，我觉得应该是他。”

徐望：“你觉得？”

吴笙：“我觉得。”

徐望：“嗯，那一定就是了。”

五分钟之后，徐望：“你当时就应该告诉我的。”

吴笙：“什么？”

徐望：“他的全名，说不定还能用来套套近乎，砍砍价。”

吴笙：“三关攻略，还是十年前的版本，打包又要一百万，是有点儿黑。”

徐望：“就是！”

吴笙：“嗯。”

徐望：“……”

吴笙：“……”

徐望：“你说那本《思考致富》真能致富吗？”

吴笙：“他的日子的确过得很不错。”

徐望：“要不咱俩也买一本研究研究？”

吴笙：“钱艾已经下单了。”

徐望：“……”

5

11/23，贵州。

踏入紫色旋涡的时候，五个小伙伴耳畔不约而同回荡起樊先生提供的有偿情报：“11/23，鸮会送你们进入一个民国时期的案发现场，多半是凶杀，偶尔也有奇人异事、怪谈等杂类，但万变不离其宗——拨开迷雾，找出真相。”

“推理解谜”这四个字听在小伙伴们耳朵里简直等同于“奖励关卡”。有吴笙在，走解谜线，他们就是想悲观心里也止不住花儿朵朵开，再离近看，每一片花瓣都是一张卷子，上面全是“对勾”，100分。

就这么洋溢着胜券在握的微笑，小伙伴们视野重新清明——纯白密室，未来科技感，太空舱。

五个小伙伴：“……”

完全一样的场景让五人在刹那间有种时光倒流的错觉，仿佛回了9/23的脑内地狱，下一秒暗格就要弹出。

“咔——”

很好，果然弹出来了。

池映雪的脸色比暗格还沉，显然这设施并没有承载什么美好记忆。另外四个伙伴的脸色也好不到哪里去，这是民国？这是破案？这是解谜？樊夜白要是不拿出个“七天无理由 + 极速退款 + 假一赔十”的豪华套餐，他们绝对要去无尽海逢人就刷差评！

鸮：“欢迎来到乱世民国！”

刚把卖家腹诽完，耳内提示就替樊先生洗刷了冤屈。五人一怔，立刻仔细听。

鸮：“规则很简单，1 号暗格者接任务、完成任务、交卷，2—5 号暗格者确保自己存活到 1 号暗格者交卷。过程中如彼此相遇，2—5 号暗格者可辅助 1 号暗格者交卷。切记，一、每人只可以使用一次文具，再用无效；二、五人中任何一人死亡即视为交卷失败。你们有三分钟时间挑选暗格，倒计时开始。”

五伙伴面面相觑，显然这关已经在形式上进行了更新，而且很可能就是最近的事，所以樊先生那边才没有及时跟进。但核心仍然是民国 + 解谜。

按照规则，1 号暗格是这关的绝对主力。八道目光落在吴笙身上，几乎没有任何犹豫。

能力越大，责任越大，吴军师不推脱，但还有事情叮嘱：“规则里说‘如果相遇’，说明我们五个会分开；‘确保自己存活’，说明 2—5 号会遇见危险。所以除非条件允许，你们不要硬来找我，确保自身安全是第一位。”

徐望替三个伙伴点头：“明白。”

明白是明白，但民国乱世风云诡谲，他们怎么可能让自家军师独闯呢！

民国天津，五大道，白公馆。

“白先生，这些钱不敢说是酬劳，您就拿着喝喝茶，一旦找到我兄弟，薛某人还有重谢！”

说这话的是一个面相忠厚的青年，身量魁梧，一袭文质彬彬的中式长衫愣是让他穿出了勇武之气。他朝着坐在沙发里的白先生抱拳作揖，语气诚恳，字字铿锵。

公馆主人白先生是一个摩登英俊的青年，头发梳得一丝不苟，鼻梁上架着金丝边眼镜，一身西式装扮，和来访的这位薛姓委托人在画风上格格不入，仿佛新旧两个世界。

“薛先生放心，这事儿我接了。”白先生听了十几分钟的“案情陈述”，其间一直若有所思地沉默着，弄得薛青山很紧张，这会儿终于开口，没半点儿废话，就是干净利落的“我接了”，之于薛青山，像是一阵甘霖。

“那就有劳先生了！”薛青山千恩万谢，就好像不是他给对方钱，而是对方给他钱。

白先生笑笑，虽然还没开始工作，但不妨碍他坦然接受甲方预支的感恩。

送走薛青山，白先生回到书房，看着满目各类书籍和桌案上堆着的好几本“调查手札”，莫名羡慕起民国的“乙方们”。这种乱世，只要你有真本事就能硬气，要是这本事通了天，那别人出再多的钱也不敢说“雇”你，得说“请”。

白先生，家境殷实的“青年侦探”，在最繁华的五大道置了这座白公馆，专接各类疑难杂案，不为赚钱，就是个爱好，不承想做出了名声。刚刚来这位薛少爷就是慕名而来，拿着足以让任何侦探涉险追凶的钱，却只是想寻一个人——他的结拜兄弟杜锦年失踪了。

不过此刻，白先生并不是真的白先生，他的身体里是吴军师的灵魂。

吴笙千算万算，没算到这一次竟然是魂穿模式。都怪那暗格和 9/23 的太像，以至于他想当然地认为还和上次一样，虽然是意识在闯关，但依然是自己的模样。这下倒好，他成了别人，那四个伙伴肯定也模样、身份各异，就是在大街上走个迎头碰，估计也是相逢不相识。

吴笙一边想着，一边再次抬起手臂。他进入 1 号暗格，也是这次闯关唯一的任务执行者。而现在，不，应该说在薛青山到来时，他的任务就发布了——

小抄纸：“接受薛青山的委托，找到杜锦年。”

民国天津，海河旁，挂甲寺。

徐望还没睁开眼睛，就先闻到了香火气，幽静、肃穆，让人不自觉心内安定。

这是他这个夜晚唯一平静的瞬间。

然后他睁开眼睛，看见了这个世界，看见了满院子的和尚，看见了自己穿着的僧服，又在莲花池的倒影里看见了自己那张虽然唇红齿白、眉目灵动，但全然陌生的少年脸，心潮就此澎湃，惊涛拍岸般“啪啪啪啪啪”，每一下都拍得他头晕目眩，无比茫然。

直到一个年纪稍大点儿的和尚过来训斥他：“还愣着做什么，快走。”

徐望傻愣愣地问：“走哪儿？”

说话间，院内逐渐冷清下来，刚还在院内的和尚们已经陆续出了门，在这刚入夜的街上，像一支修行的队伍。

“程家啊。”和尚一边说着，一边把他往门外推，“程家的老太爷往生了，明天接三，要做法事的。”

徐望茫然：“接三？”

“往生三日，逝者登望乡台望乡，此时诵经超度，让他知道家里人已等他三日，然逝者不可复生，这一场法事也算得上他和家人最后一面了。到时候师父放焰口，你跟着师兄们诵经就行。”

徐望："……"放焰口又是啥啊？他的知识体系在这一块是空白啊！

"快去啊！"眼看院里要没人了，和尚猛推他后背一把。

徐望踉跄着到门口，一咬牙，小跑跟上前方的僧侣队伍。往好的方面想，在这民国乱世里做个和尚，至少没有性命之虞，寺院有一缕香火，他就有一口饭，就算不能和小伙伴们会合，坚持到吴笙交卷总是可以的。

天色完全暗下来，月上梢头，空气渐渐凉了。徐望抬头看月亮，看着看着，那月亮就成了吴笙的脸。他在心里说："你可要快点儿交卷，这没头发的夜晚太冷了。"

民国天津，程家。

夜已深，灵棚仍燃着白烛。白日里孝子贤孙们都哭完了，这会儿只有几个下人守着，全是青壮年，穿得整洁但朴素，皮肤多是晒得黝黑，一看就是苦出身。

钱艾就在其中。一睁开眼睛，他面前就是灵棚，然后小风一吹、烛火一摇，照着那些纸扎的童男童女马匹牛羊，简直比喝风油精还刺激。要了老命的是，他还觉得自己和那俩童男童女对上眼了，莫名觉得俩纸人在看他，并且这感觉一来还抹不去了，他怎么左右摆头、原地转圈，都觉得那两双眼睛跟着他动。

旁边一个方脸下人都困乏了，见他浑身难受似的不老实，疑惑咕哝："干吗呢？鬼上身啊？"

还没等钱艾说话，另外一个圆脸下人不乐意了，满眼求生欲："大哥，这种玩笑话不好在这时候说吧……"

钱艾简直想给圆脸点个赞，在灵堂说鬼上身，你是不是嫌命太长？！

方脸一愣，再看这灵堂、白烛、纸人，不言语了。但已经晚了，他也开始觉得纸扎人在看他，于是走上了钱艾的老路——左右摆头，原地转圈。

程家后花园，院墙外。

"师父，你就没想过改行吗？"一个十五六的少年将连着绳索的八爪钩递给旁边的中年人。

"改什么行？"中年人将八爪钩往墙上一扔，一拽，绳索稳稳绷直。

"就……别当飞贼了。"少年和中年人都穿着一袭黑衣，包头蒙脸，捂得连亲妈都认不出来。

"不当贼，老子喝西北风去？"中年人一跃而起，体态十分轻盈，顺着绳索利落上墙，挪到旁边，俯下身体伏在墙头以免引人注意，然后冲下面催促，"上来。"

少年规劝不成，只得抓住绳索一点点往上爬。

中年人等半天，发现徒弟才爬了一半，无奈道："收腹，提气，足下一点，借力而起……

不是让你荡秋千！”中年人素来沉稳，很能压住脾气，但今夜实在脑袋疼。自家徒弟不知道中了什么邪，一路聒噪就算了，劝他改邪归正他也忍了，现在连个墙都翻不过来，要这么个破徒弟有何用！他忍无可忍，伸手下去一把将人薅住："我教你的你都就饭吃了？"

少年借着绳索和师父的拖拽，终于爬上墙头。月黑风高，师徒二人顺利入了程家。这几天程家办白事，往来人杂，注意力又都在丧葬事宜上，正适合"随风潜入夜，偷盗细无声"。

况金鑫魂穿了，魂穿到了一个飞贼徒弟身上。他奉公守法了二十三年的人生，正在一点点滑向犯罪的深渊。

民国天津，南市（三不管地带）。

"兄弟，到你了。"

池映雪一睁开眼睛，就看见有人给他递过来一个签筒，签筒里还剩六支签。他快速环顾四周，一个简陋的、散发着汗臭气的窝棚，一群流里流气但面色凝重的小青年，怎么看都像不法据点。

"抽啊。"拿着签筒的人催他。

池映雪莫名其妙，抬手刚要抽，忽然发现不对，虽然这只手也很好看，但不是自己的手。他再摸摸头发，掐掐脸，扯开衣服看看前胸……果然，这是另外一个人的身体。

"嘛呢？"签筒快被怼到他脸上了，"赶紧抽！"

池映雪蒙头蒙脑，随手抽出一根——签子底部，红色。

空气突然安静。屋子里的人好像都松了口气，但面上仍绷得沉重。

"兄弟，认命吧。"那人拿签筒的手放下，叹息着拍拍他肩膀。

池映雪蹙眉，发出了苏醒后的第一问："认什么命？"

那人皱眉，皱得比池映雪还深，声音也沉下来："抽黑红签儿就是这个规矩，各凭天命，你想不认？"

池映雪静静看了他片刻，决定还是不能委屈自己："认不认的再说。你先告诉我，我是谁，我在哪里，为什么要抽签，抽到红签会怎样？"

一屋子小青年："……"

拿签筒的脸都要气白了，签筒一摔，压根儿不理他，直接推门出去："九爷，红签出了，猫五。"

池映雪："……"这是抽签名？行动名？帮会名？

"猫五，别记恨兄弟们。"

左右两双手擒住池映雪的胳膊，还没等他反应过来，身后已上来人将他双手牢牢捆在背后。

哦，猫五是他在这里的名号，真是……没有比这更难听的了。

衣服也难看。池映雪低头看看自己，再抬头看看一屋子“妖魔鬼怪”，脑海中对民国风情的美好畅想幻灭得渣都不剩。

拿签筒的人返回屋内，身后跟着一个穿着十分体面的男人，四十岁左右，身材颀长，一袭长袍马褂复古稳重，盘扣精致，袖口还绣着图样。他很英俊，岁月几乎没有让他的俊美打折扣，可岁月还是在他眉宇间沉淀下了敛不去的肃杀之气，眼神也锐利，带着一丝不易察觉的狠辣。

一进门，他的目光就落到池映雪身上：“有什么要求你尽管提，提完了安心上路，家里人不用担心，自会有人照顾。”男人的声音冷冽，即便是这样温和的语气，仍说得人脊背发凉。

一屋子小混混平日里也是欺行霸市的主儿，对着这位九爷连正眼都不敢抬，大气也不敢出。

池映雪倒没什么感觉。吴笙说了，鸮让2—5号生存到交卷说明肯定会遇见危险，如今他一进来就要被人送上路，很符合关卡剧情，没毛病。

“我提了，你都能答应吗？”他问得充满怀疑，且态度里毫无尊重。

一屋子人脸都青了，吓的。

九爷却微微一笑，很是和蔼：“除了命，都行。”

池映雪点点头，决定信他一次：“我是谁？我在哪里？为什么要抽签？抽到红签会怎样？”

连珠炮般的问题给九爷弄愣了。

“回答问题，这就是我的要求。”池映雪自认体贴地做了补充说明。

九爷：“……”

一屋子混混：“……”

拿签筒那个：“九爷，他可能是抽到红签吓的，脑子不好了……”

九爷抬手，拿签筒的立刻闭嘴。九爷沉吟片刻，一一作答：“你叫猫五，是我们福寿会的人。福寿会杀了海帮的人，现在海帮上门要我们抵命。老规矩，抽黑红签儿，抽到红签的就要替帮会抵命。还有其他问题吗？”

池映雪定定地看了他良久，末了真心实意道：“你这身衣服好看，能给我也弄一套吗？”

第三章　端　倪

D U A N　N I

线索庞杂难归拢，程家迷雾初见晴。

1

况金鑫跟随师父从假山密道里出来时，程家大院起了雾。雾气让老宅森冷起来，配上满目素白丧布，更显阴风恻恻。

况金鑫背着方方正正的大箱子，跟背圣衣的圣斗士似的，亦步亦趋跟着师父穿过假山，往院墙处去，准备神不知鬼不觉地溜掉。他们已经得手了，箱子里满满都是古玩字画。况金鑫虽然对此没有太深入的研究，但师父放着满室银圆、首饰不拿，单要这一箱东西，他就明白谁最值钱了。

不过有一点很奇怪。他这位师父来这程家，简直像回自己家一样熟悉，没走一点儿冤枉路，径直就入了密道，摸进了人家的"财富中心"，而且进去也不翻找，一眼锁定这箱子，让他扛起来就走，没半点儿留恋——目的太明确，线路太清楚。

"谁在那里？"旁边树丛里冷不丁传来一声质问。

况金鑫吓一激灵，脚下本能一顿，就觉得眼前"唰"一下——师父已经上墙了。他没时间擦汗，立刻以最快速度往墙根冲，想借着冲力一脚蹬住墙面上去……

钱艾一冲出来，就见一个背着大箱子的小子正手脚并用往墙头上爬，爬得那叫一个缓慢，那叫一个艰难，看得他都有心想过去帮忙托举一把。

他是被茅房的味道熏得怀疑人生，才寻到这片鸟语花香之地，准备在大自然的怀抱里方便一下，哪知道刚钻进树丛，就听见异样的脚步声。眼前这景象，傻子也看明白了。

"小贼哪里跑！"一句半文不白的词儿喊出来，钱艾立刻有种梦回开封府的感觉，瞬间王朝马汉附体，张龙赵虎傍身，一个虎步冲过来，二话不说就薅住小贼一条腿。

况金鑫已经趴上墙头了，眼看就要成功，忽觉得脚踝一疼。他低头一看，一张黝黑的脸，双目炯炯有神，小老虎似的。

"对不住了。"况金鑫在心里默默道，而后避开眼睛，一脚蹬到对方脸颊上！

钱艾本来预计贼要往回抽腿，万万没料到鞋底蹬了过来，一时不察被蹬了个正着，疼是其次，关键是打人还不打脸呢，于是在满腔愤懑下，过都不过脑子，直接嚷："我去，你还真踢啊！"

况金鑫在这个"我去"里愣住了，再看底下那张脸，熟悉的感觉扑面而来。

"钱哥？"因为不确定，况金鑫这一声呢喃很轻，而且刚一出口，已经到了墙外的师父就一把给他拽下去了。于是这两个字和他落地的嘈杂声混在一起，听在钱艾耳朵里，比这满院的雾气还迷。

前科？钱多？钱……哥？这世界里能喊他钱哥的，除了小况，不做第二人想。但……不会这么巧吧？而且就算真是小况，怎么就能一眼认出他是钱艾？"我去"又不是他的专用，队长、军师、小雪都可能喊。

钱艾仰脖看着墙头，忽然有跳上去朝外面问个清楚的冲动。可墙外越来越远的脚步声明确告诉他，贼不止一个，而且已经跑远了。

"嘛呢嘛呢，在这干吗呢？！"一个中年人骂骂咧咧过来了，"灵棚那边少个人就成单数了，坏了规矩出了事，你担得起吗？！"

钱艾低眉顺目赔笑脸。不是他脾气好，而是苏醒之后，80% 的时间都在听这人唠叨，已经免疫了。这人是程家请来的茶房，也就是专门帮人料理红白喜事的，所有环节、规矩他都懂，从换装裹、停尸、入殓、接三到烧七、吊唁、出殡，一系列事宜都由他张罗操持。

回灵棚的路上，茶房一直絮絮叨叨，听在钱艾耳朵里就是吐槽，他也终于闹明白了茶房忽然发火的原因——有人上门吊唁了。

"就没见过这么不懂规矩的，哪儿有没入殓就来吊唁的。再说，这都嘛时辰了，孝子们也要休息啊，谁来'陪祭'，谁来'谢孝'……"

钱艾听得一知半解的，反正哼哈点头总没错。

说话间，二人回到灵棚，就见一个青年站在灵棚前，正对着程老太爷的遗像行注目礼。青年一身洋派西装，鼻梁上架着金丝眼镜，听见脚步声转头看过来，先是轻推一下眼镜，而后朝茶房歉意颔首，显然也意识到自己失了礼数。

茶房一改刚刚和钱艾吐槽时的拧眉撇嘴，这会儿已是一副客客气气的面孔，甭管合不合规矩，既然人来了，他就带着这位把吊唁流程走完。

吊唁完毕，茶房送客的话还没出口，青年却先出声了："能借一步说话吗？"

茶房一愣，不解其意，但还是跟着他到了旁边。

钱艾站在原地，听不清两人对话，但眼睛一直没离开那位青年。不知为什么，他总觉得对方刚刚推眼镜那一下特别优雅、睿智、从容……呃，装相。而且不是一般的装相，而是隐隐透着欠打气质的装相，这种 Feel（感觉）实在让人既牙痒又熟悉……

"柱子……"身旁的下人忽然扯了扯他的袖子。

钱艾难得有点儿灵感的思索被打断，不快看他："啥？"

那人脸色发白，满眼恐惧地望着他身后的某个方向："你看那边……是不是……老太爷……在飘？！"最后两个字儿吓得变调，都不像人的动静了。

钱艾后脖子一寒，立刻回头，顺着那人指的方向去看，然后从头发丝儿凉到脚底板——迷雾深处，影影绰绰一个人在飘，偶尔飘到雾淡点儿的地方，那张死人脸就在月光下现了形。

钱艾看看那远处飘着的"人"，再回头看看灵棚里的遗像，再看看"人"，再看看"遗像"……可不就是应该在灵堂的逍遥床上躺着的程老太爷吗！

"诈尸了啊啊啊——"另外几个守灵棚的下人也不知道谁嚎了这么一嗓子，在寂静的程家大院，就像放了个二踢脚加窜天猴加闪光雷加魔术弹。

最先反应过来的是那个青年，他再不搭理茶房，一个箭步蹿过来，直冲那迷雾深处飘着的"死人"而去。

钱艾也不知道怎么想的，脑袋一热，也跟了上去。青年在前面跑，他在后面追，而程老太爷也像知道有人追似的越飘越快，越飘越快，最后竟然飘过了院墙！青年二话不说就往墙头爬。钱艾对此地太熟悉了，不久前才被蹬了一脚，那时候他没机会确认眼神，只留下半边脸的鞋底纹，这一次他不能再错过机会："有人对你使用了小分队会合哟，你要是听不懂就算了，不用理我，继续爬你的就好……"

叽里咕噜一连串，已经坐上墙头的人愣了。

吴笙刚才只顾着和茶房问话，压根儿没注意周围那几个下人，实在是队友魂穿的这位太黑，在这样的夜色里就和《柯南》中的黑衣人一样，五官完全融于黑暗。但此刻，他已了然于胸，声音里充满了真诚的喜悦："老钱！"

"吴笙？"相比自家军师的笃定，钱艾还有点儿迟疑。

"除了我，还有谁会追一个诈尸的老太爷？"吴笙叹口气，眼下的发展实在让他猝不及防，但时间紧急，"你赶紧上来，他往东边儿去了，咱俩一起追！"

钱艾半点儿犹豫没有，立刻和吴笙一起翻出院墙，追进小巷深处。追赶过程中，钱艾才弄明白吴笙的任务——寻找失踪的杜锦年。至于为什么追到程家，是因为委托人薛青山说杜锦年失踪前最后一个去过的地方，就是程家。

杜、程两家世交，杜锦年常去程家做客，薛青山和程家来往不多，但对于朋友的朋友也存着一份好印象，不料杜锦年就在程家失踪了。当然，薛青山去程家找过，当时老太爷已病入膏肓，接待他的是程家大少程啸南，说那天杜锦年的确来过，但喝杯茶就离开了，至于其他一概不知。

吴笙这才赶来程家查探情况。

听完这些，钱艾已经跑得上气不接下气，但有一个问题必须得问："你怎么一眼就能确定这个家丁是我，也有可能是队长、小况、小雪啊？"

吴笙一边跑，一边飞快瞥一眼队友的粗布衫、破底鞋，还有那张写满了"生活不易"的脸："咳，就是直觉，很微妙的，不太好描述……"

2

某隐秘后巷，月黑风高杀人夜，薄薄的雾盖不住血腥气。

海云隆把一个人踢到应九面前，那人五花大绑，浑身上下被酷刑折磨得没半点儿好肉，已经就剩半口气了，滚在地上就像个血葫芦。

"九爷，人我还你了，下手是重了点儿，但命还在。"海云隆笑笑，在地上蹭了蹭鞋底的血迹，仿佛踹那人一脚都脏了自己的鞋。

应九身后站着的几个福寿会的兄弟见状立刻上前一步，青筋蹦出，恨不能直接冲上来大干一场。海云隆身后的海帮帮众立刻有样学样，半步不让。

两方气氛一时剑拔弩张，直到应九淡淡说了一句："多谢少帮主。"

随着他这话，地上的人立刻被福寿会的兄弟们放上带来的担架，由两人直接抬走，送回帮会医治，剩下的兄弟继续留在原地。

海云隆歪头看了应九一会儿，扯扯嘴角，皮笑肉不笑："他的命还在，我兄弟的命——"他忽然一摊手，语气像玩笑似的，"没啦。"

应九回头递了个眼色，反绑双手的池映雪被推了出来。他摸了摸袖口，平静道："一命抵一命，我们福寿会从来守规矩。"

海云隆看看池映雪，再看看应九，蒙了半秒。他身后的海帮弟兄集体蒙了好几秒。这两人一水的长袍马褂，跟双胞胎似的，什么路数？要不是其中一个反绑着，还以为俩应九站在那儿。难道天津卫新添规矩了？红签上路之前，要按照帮内大佬的标准穿衣打扮？

海帮弟兄正乱七八糟琢磨呢，海云隆已经先回过神，假模假式客气道："就知道九爷是讲究人。"说罢，他抬手轻轻一摆，身后立刻上来两个人，架起池映雪就要往海帮这边拖。

就在被架起的一刹那，池映雪忽然不知怎么挣脱开了绳索，像蛇一样溜出左右两个海帮兄弟的钳制，一跃扑向海云隆。

海云隆完全没料到这变故，甚至都没反应过来去摸腰间的枪，就被池映雪一胳膊勒住了脖子。

反倒是池映雪帮他把枪摸出来了，枪口直接抵到他的太阳穴，目光冷冷扫过全场："海帮和福寿会都算上，谁敢上前一步，我就崩了他。"他的目光冷，声音更冷，像暗夜中随时可能切断人喉咙的薄刃。

"都给我后退！"海云隆朝自家兄弟喊，声都喊破了，哪儿还有刚才的威风。

海帮兄弟自然不敢拿少帮主的命开玩笑。但福寿会的兄弟立场就很微妙了。

海云隆忐忑地往应九的方向瞥。福寿会和海帮素来不和，但面上从未大动干戈，理论上讲，他觉得福寿会应该不敢轻举妄动，毕竟自己上头还一个爹呢，真动了他，到时候亲爹带着整个海帮过来寻仇，福寿会也落不着好。但万一应九头脑一热呢？这可是老谋深算的应九爷，鬼知道他心里琢磨着什么。

"你放开他。"应九终于开口，四个字，听得海云隆想哭。

池映雪将手臂勒得更紧："你放我，我放他。"

应九点头，没半点儿犹豫："好。"

池映雪笑了，淡淡的，带着点儿轻蔑，带着点儿不屑，似乎在说"我能走不是你放的，是我自己赚的"。

应九不动声色，只静静看着他。

池映雪勒着海云隆，往海帮兄弟的方向退，身后的海帮兄弟立刻闪出一条路。

海云隆脚底踉跄，呼吸越来越困难，一个劲儿求："兄弟，咱别往死里勒啊，我死了你就出不去了……"

他的话音还没落，墙头忽然传来异响，下一秒，一人"扑通"落进小巷，正落在海帮和福寿会中间，落在池映雪和海云隆面前，那人的手还搭在了海云隆脚面。再仔细一看，这哪儿是活人，分明穿着寿衣呢！要不是池映雪勒着，枪口抵着，海云隆能跳起来。

空气突然凝固，整个小巷里的所有弟兄，不分帮派都怔怔看着地上那具穿着寿衣的老太爷尸体，有点儿恍惚。尸体他们见多了，怎么血肉模糊的都有，但忽然从天而降这么一位老太爷，还是在这月黑风高雾蒙蒙的天，那是别有一番恐怖。

池映雪最先反应过来，趁所有人还惊魂未定一把推开海云隆，翻墙头跑了。

海云隆正好被推到老太爷身上，爬半天才爬起来，腿都软了，恼羞成怒，朝着所有兄弟一声令下：“追！”

一群人立刻蹿高翻墙，谁还管那八竿子打不着的尸体。

池映雪翻墙之后没走，就躲在旁边一个铺子的屋顶上，惬意地目送海云隆带着一帮兄弟跑远，轻吹一声只有自己听得见的口哨，利落下房。谁知道房后一群福寿会的等着呢。他一落地就知道要糟，转过身来，果不其然，只见应九负手而立，优哉游哉，身后福寿会的兄弟抬着老太爷的尸体。

“我不认识他。”池映雪先声明。

应九轻轻叹口气，第一次觉得自己的耐心不太够消磨：“他是程家老太爷，两天前就过世了。”

池映雪：“哦。”

应九：“……”

也不知道是不是看不下去大哥被折磨，福寿会的弟兄们纷纷拍案而起：“九爷，你和他废什么话，抽了红签不认，我们福寿会可没有这种孬种！”“就是，九爷，只要你一句话，兄弟们就把他扔海河！”“扔之前先把那身衣服扒了，我怎么看怎么别扭！”

应九一抬手，弟兄们瞬间闭嘴。

池映雪歪头，好奇地看应九的手。他已经见识过两回了，完全有理由怀疑对方手上有个“静音键”。

“为什么挟持海云隆？”应九忽然问。

池映雪慢了半拍才反应过来对方是在和自己说话：“我不能死。”

“不能？”应九微微挑眉，通常应该都是说“不想”吧。

“我死了就不能交卷了。”

“交卷？”

池映雪对“总重复他最后几个字”这样的聊天方式没了耐心，单方面认定他俩不适合对话交流。

应九也发现了，顺着对方的话茬聊是个死胡同，直接又扯回了最开始的话头：“你当时离我更近，为什么舍近求远去劫持海云隆？”

池映雪耸耸肩：“我不愿意偿命，你理亏，我劫持他，他折面儿，他不找你计较，你也别四处传播，这事儿就稀里糊涂过去了。我要是劫持你，你就是既理亏又折面儿，他能满世界替你宣传去……”一口气说到这儿，池映雪忽然恍惚了一下，声音随之停住，就像才意识到自己说了什么。

应九没注意到他的异常，倒是难得目露赞许："你小子以后就跟着我吧。"

池映雪没听见应九的话，他现在听不见任何声音，除了自己的心跳。刚刚那样流利给出回答的真的是自己吗？那样清晰的思路，那样精准的眼光，那样杀伐决断的行动力，明明……更像阎王。他是一个最讨厌想事情的人，因为一旦脑袋清晰了，很多不愿意回忆起的东西也都跟着来了，所以他总是能懒就懒，能混沌着就混沌着。

缓缓抬起手摸上心口，池映雪在规律的跳动里忽然意识到一件事。他和池卓临开的那个玩笑可能是真的——阎王没走，只是换了一种方式陪着他。

"喂，九爷可给你脸了，别给脸不要脸！"旁边不知道谁伸手过来推了一把。

池映雪回过神："嗯？"

应九仰望雾蒙蒙的夜空轻轻呼出一口气，才重新看向池映雪："我说，你以后跟在我身边吧，别当猫五了。"

职业生涯的转折来得太快，池映雪有点儿跟不上："那当什么？"

应九："五爷。"

池映雪："你是九爷，我是五爷，那我不跑你前头去了？"

应九："小——五爷。"

池映雪："这个好，显年轻。"

应九："……"

福寿会兄弟："……"

福寿会底层混混儿猫五升迁了，在一个没有星星的夜晚。

"九爷，"抬着尸体的兄弟问，"现在怎么办？"

应九和程老太爷打过照面，眼下已认出了尸体，他沉吟片刻，道："去程家。"

3

两条巷子外的大道上，追丢了"程老太爷"的吴笙和钱艾迎头碰上一支僧侣队伍，一问，是去程家为明天的接三做法事的。吴笙和钱艾正好也要回程家，于是便和僧侣队伍走到了一路。

带着众僧侣的是挂甲寺住持，严一法师。不是什么人家都请得动挂甲寺住持的，但程家是津门大户，白事自然也要办得有里有面。

"事情就是这样，不知法师怎么看？"吴笙在表明身份并成功和僧侣队伍同行后，便将程老太爷"诈尸"的事情讲给了严一法师。

严一法师鹤发长眉、精神矍铄、目光睿智，然那睿智深处是平和："身死因缘灭。"他只说了这五个字便不再开口。

身死因缘灭？所以再出现的任何事情就和程老太爷无关了，是这个意思吗？这是在暗示"诈尸"是活着的人搞的鬼，还是说并没有什么暗示，纯粹只是从佛家角度讲的一句陈述？吴笙脑袋里一时间冒出许多"解读"，但究竟哪个是正解，他下不了定论。

身旁的严一法师目视前方，专心赶路，显然已不打算说更多了。

不知为什么，吴笙总觉得严一法师那双眼睛里除了智慧、平和，还藏了一些别的东西。但他道行太浅，对着一个活的年头是自己两倍还要多的老僧人，实在无从窥破。

钱艾跟在吴笙旁边，一边走，一边不时转头，看看吴笙，看看严一法师，再看看吴笙，再看看严一法师……高手之间的对话太难懂了！

他们三人的后面，一个小和尚已经跟随多时了。

徐望一开始就注意到了队伍前面那两人，莫名其妙出现，莫名其妙和住持套近乎，莫名其妙就随了队伍前行，怎么看都很像关键 NPC。于是他当机立断，偷偷摸摸蹭到队伍前面来，想听听他们说什么，没准还能找到任务或者和队友会合的线索呢。结果刚凑近，他就听见了个"死去的老太爷迷雾中飞起，连跑带颠穿街过巷"的诈尸故事，那叫一个刺激。

严一法师后来说的那句话他也没懂，但这位眼镜先生沉思的背影总让他有种既陌生又熟悉的感觉。悄悄闪出队伍，徐望从斜后方看眼镜先生沉思的侧脸，很好，陌生感又少了些，熟悉感继续增加。

可能是看得太露骨，眼镜先生敏锐地回过头来。两道目光在空气中噼里啪啦相遇了。

吴笙推了推眼镜，镜片后的眼神微眯，X 光似的上下扫描这个偷窥自己的小和尚。徐望咽了下口水，也不知道是紧张还是怎么的，下意识抬手摸上了自己的脑袋。

吴笙盯着他唇红齿白的少年脸看了一会儿，最终视线还是落到了光溜溜的脑袋上。徐望克制住再上一只手把脑袋瓜全捂住的冲动。

吴笙轻轻歪头，冲着他笑了，带着点儿欢喜，带着点儿得意，带着点儿……兴趣。下一秒，吴笙忽然把钱艾拉出队伍，带着他转进了一条小巷。

严一法师心无旁骛，只安静前行，夜色又暗，并未注意两位随行施主脱队了。

"你拉我来这儿干吗？不回程家了？"一进小巷，钱艾总算能说话了，立刻发问。

吴笙冲他比了个"嘘"的动作，示意静心等。钱艾哪儿能静下心，但还是跟着等了。三十秒不到，一个身影灵巧钻进巷子。吴笙看着探头探脑进来的小和尚微微一笑，张开双臂。

钱艾看蒙了，更蒙的是小和尚到了跟前，压根儿没往吴笙怀里钻，而是稳稳站定，昂首一问："勤奋谨行？"

吴笙对答如流："笃学创新。"

然后小和尚乐了，看样子是想扑上去的，但脚下一动，瞄到旁边还站个人，又迟疑了。

吴笙忍不住了，已经张开的手臂直接平移到了对方头上摸啊摸。

徐望的脑袋瓜被冻了一路，让吴笙这么一摸，还挺暖和的，就没抵触。

吴笙一口气摸了好几下，稍稍满足了点儿，才带着笑意道："他是老钱。"

徐望闻言一怔，再看旁边这位灰突突的仁兄，果然怎么看怎么像队友，立刻好奇起来："你这是穿到什么人身上了？"

钱艾一听这口气，终于后知后觉："队长？"怀疑对象就仨人，小雪、小况、徐望，再结合自家军师眼里的"浓情蜜意"，答案已经是此刻徐望头上的虱子，明摆着了。

"等会儿，"钱艾又想起一出，"你俩刚才是不是对暗号了，就那个勤奋创新啥的？"

"嗯，"徐望理所当然道，"要不我怎么能确定他身份？"

钱艾："问题是你俩什么时候设计的暗号？"

徐望："不用设计啊，这暗号你也应该对得上。"

钱艾："我上哪儿对去？！"

吴笙："这是我们高中的校训。"

徐望："你都忘了？"

钱艾："……"他压根儿没记住过好吗？！所以说，人家能当班委，他只能是普通群众，都是有原因的。

三个伙伴用最快速度把信息汇总了一下。

其实徐望这边并没有什么信息，所以主要是吴笙讲，钱艾补充。讲的时候，吴笙把徐望搂过来，时不时摸摸头，跟摸个吉祥物似的，末了讲完了，又低头看一眼自家队长，给了他的魂穿一个中肯评价："你变小了。"

小和尚还是少年，比徐望矮一些，身子骨也单薄，无论从年龄还是从身形上讲的确都是"变小了"，但听着就是很别扭啊！徐望从来不是吃亏的主，立刻以牙还牙："你变……"然后，就没有然后了。吴笙魂穿的这位白先生相貌堂堂，肩宽腿长，自带归国学子气息，附加斯文禁欲滤镜，横看竖看都英俊，上看下看都帅气，全是好词儿这让他怎么说！

钱艾看不下去了，默默走出巷子。无论是白先生抱小和尚还是吴军师搂徐队长，都在这个冷飕飕的夜晚给他造成了巨大伤害，比程老太爷诈尸的伤害都大……

三人重新追上僧侣队伍时，已到了程家大门口。程家大院一片灯火通明、人声嘈杂，已经炸了锅了。

老太爷诈尸，飘过墙头没了影，这事儿放谁家都要炸。吴笙进门的时候还这样想着，结果一进院才发现事情更复杂了——老太爷的尸体被一群看着不太面善的人送回来了，此时就躺在院内地上，程家这边的人不说先把老太爷送回灵堂，反而和送还尸首的这群人对峙起来。

当然，也可能是吓着了不敢碰，怕尸首一沾活气儿再诈一次。

“九爷，您这福寿会是非要搞得我们程家家破人亡才罢休吗？”程家这边，站在当家主位的自然就是程啸南。他一身西式睡衣，外面搭着个中式披风，造型很是别致，应该是睡梦中被下人叫起来，急得随手扯了个披风就出来一探究竟了。

相比之下，被称作“九爷”的男人就从容多了：“程先生，我们好端端在街面儿上走着，您家老太爷从天而降，我们遇上了认出了，立刻恭送老太爷回府。您这样讲话，可要寒了福寿会兄弟的心了。”

“应九，你别猫哭耗子假慈悲！”程家这边，被下人簇拥着的还有一位二十七八岁的妇人，她穿戴得整齐多了，看眉眼神态就不是软性子，一开口果然泼辣，“二爷的事情，程家和海帮都和你没完！”

应九脸上的笑意敛去，并未发怒，却足以让人感觉到压迫：“这话我从前和程老太爷说过，今天再说第二遍，”他环顾整个大院，像是说给每一个人听，“程二爷的事情与福寿会无关，我们也很想查清楚到底是谁害了二爷……还有，”他这最后一句话，单单看着那妇人讲，“别让我说第三遍。”

妇人眼中仍有不忿，可欲言又止半天，还是没敢再出声。

“大爷……”带着僧侣进院的门子好不容易才抓住一个空隙，立刻颤巍巍喊。

这一声，总算让僵局有了缓和的由头。

程啸南立刻吩咐几个胆子大的下人把老太爷抬回灵堂，然后上前和严一法师热络寒暄，同时喊人叫了茶房过来，最后是由茶房领着僧侣去偏院休息，带路的过程中，他还可以和法师一同交流明日的接三事宜。

趁着僧侣队伍重新动起来的乱乎劲儿，吴笙悄悄嘱咐徐望盯住严一法师——他总觉得严一法师知道些什么。

徐望就这样带着使命，跟着僧侣队伍消失在偏院方向。

钱艾也趁乱回了灵棚，同样带着自家军师给的任务——向下人们打听程家的情况，越详细越八卦越好。

转眼，大院里就剩下程家人、福寿会的人和白先生。前两者都是大队人马，就吴笙一个孤家寡人，立刻C位出道，吸引了全部目光。

吴笙只得尴尬笑笑，和程家这边解释："我去追老太爷，没追到，却碰上了严一法师，就跟着回来了。"说完他又看向应九，总觉得也该和这位说点儿什么，但想半天没找到话题。

应九让他看了快一分钟，终于意识到对方可能是不打算先开口了，只好自己修台阶。他这一晚上尽给人修台阶了："白先生。"

吴笙一愣，第一反应是想问"九爷认识我"，但立刻意识到真问就露馅了，于是马上借坡下驴："九爷。"

两个"疑似认识"的人相互点了头，场面似乎有从"三足分立"变成"两方结盟"的架势，中西结合的程家大爷看不下去了，清了清嗓子，道："白先生，您想问的事情，程某人已悉数相告。"言下之意，你可以走了。

吴笙当然听得出，但脸上一片无辜懵懂，脚下扎根似的纹丝不动。

"程先生，"应九淡淡一笑，极自然地拉过谈话主导权，"夜深风凉，就别在这院中说话了。"

程啸南脸已经黑得不能再黑，和夜色十分相称。

应九却优哉游哉，继续补刀："堂堂程家，连杯热茶也舍不得吗？"

"……"

吴笙就这样借着应九的光第二次进了程家客厅。程老太爷的尸体为什么偏偏落在应九面前？应九非要留下来的目的又是什么？太多谜团，他只能静观其变。

其实这程家大宅也是中西结合，前院还是老宅子，但往里走着走着就到了一座西式小楼，和五大道那些公馆比毫不逊色。女眷都回了后宅，只剩下程啸南在小楼客厅里招待他们。

吴笙发现这位九爷的确有江湖大佬的派头——他只带了一个人进客厅，剩下福寿会的兄弟都留在了楼外。该霸道的时候霸道，该讲礼数的时候又极有分寸，这才是狠人。

他带进来的是一个二十出头的年轻人，模样清秀，皮肤偏白，脸上带着伤，可穿着很体面……呃，几乎就是照着应九那一身扒下来的。年轻人没落座，就站在应九旁边，安静，却让人难以忽视。

刚落座，茶就上来了，还有小半杯洋酒。程啸南端起酒杯，象征性地问了客人们一句："不介意吧？"

客随主便，主人想喝酒，又没强迫别人一起陪喝，客人当然没意见。于是二人喝茶，一人喝酒，时不时再尬聊两句，场面一度很和谐，直到吴笙看见窗户外面时隐时现的半张脸……

随便找了个由头，吴笙离开小楼，跑到某个伸手不见五指的隐秘处和自家队友会合："问出来了？"

钱艾："问出来了。刚才冲应九喊的那个女的是程家二爷的媳妇儿，叫海慧萍，是海帮帮主的女儿，她上面还有一个哥，叫海云隆，是海帮少帮主。"

吴笙："海帮？"

钱艾："嗯，和福寿会一样的组织，你懂的。"

吴笙："……"

钱艾："程啸南的媳妇儿死好些年了，没留个一男半女。程既明，就是程家二爷，去年死的，就剩一个十岁的女儿和海慧萍这个后妈。"

吴笙："后妈？"

钱艾："嗯，他女儿是他和第一任老婆生的，后来他老婆病死了，才又娶的海慧萍。"

吴笙从薛青山那里大概了解了一些程家的现状，知道现在程家就剩一个大爷、一个二爷媳妇儿、一个二爷女儿。但薛青山和程家基本没来往，杜锦年也不太和他讲程家的事情，所以再多的信息就没有了。

"程既明是怎么死的？"刚刚大院里的对峙，吴笙围观下来，最在意的就是这点。程啸南和海慧萍都说程既明的死和福寿会有关，可应九咬定和福寿会无关，这其中的关键词，就是"害死的"——程既明的死肯定有内情。

"啊？"钱艾张了张嘴，"怎么死的啊……"

一秒钟后，家丁"柱子"消失，十几钟后返回。

钱艾："可算让我旁敲侧击问出来了。他是被绑架撕票的！"

吴笙："福寿会？"

钱艾："程家是这么说，但好像福寿会不认。反正就是程家按照绑匪要求给了赎金，但程既明还是死了，被发现的时候，尸体已经不知道被扔乱葬岗上多久了……挺惨的。"

吴笙沉默下来。

"听他们说，海帮嚷嚷了小半年，但最后也没和福寿会动真格的。"钱艾叹口气，"你说这程既明也算是海帮女婿吧，死这么惨，海帮都能忍？"

吴笙摇头："不是能忍，是必须忍。刚才海慧萍和应九那几个来回，你还没看明白吗，真硬碰硬，海帮吃不下福寿会，没准还要硌了牙。"

钱艾看着黑暗中那偶尔反一下光的眼镜片，真心赞叹："军师，你太进入角色了。"从气质到台词都无比贴合民国风，这是怎么做到的？

"对了，"吴笙一心琢磨任务，罕见地屏蔽掉了赞美，"程老太爷呢，他是怎么死的？"

钱艾："……"

一秒钟后，家丁"柱子"消失，十几钟后再度返回。

钱艾："病……病死的……"

吴笙："不急，你先把气儿喘匀。"

钱艾："去年程既明一死他就病了，一直在床上躺到现在，估计撑不住了吧。"

吴笙："什么病？"

钱艾："好像也没什么具体的病，就是儿子死了打击太大，然后就一天天不行了。不过……"

吴笙："不过什么？"

钱艾："有一个下人说，这是恶鬼缠身。"

吴笙："什么意思？"

钱艾："他就搭这么一嘴，我也没顾上细问。"

吴笙："……"

钱艾："……"

吴笙："……"

钱艾："行，这个问题我记下了。军师，你还有啥问题，能给我写个条子吗，我一次性都问完。"

吴笙有点儿过意不去，但很多问题是基于新得来的信息才又冒出来的，他也的确没法控制，好在也差不多了："就三个问题：一、为什么说程老太爷恶鬼缠身；二、杜锦年平时和程家谁走得最近；三、两天前杜锦年来程家的时候待了多久，什么时候离开的。"

这一次，不到十分钟钱艾就回来了，也不知道是他旁敲侧击的技术突飞猛进，还是下人们被他激发出了八卦之魂，不用敲打就源源不断输出了。

钱艾："去年冬天，程既明刚下葬没多久，程老太爷就在自己屋门前滑了一跤，可能是年纪大骨头脆，那之后就卧床再没起来。摔跤的原因是他门前不知道哪个下人弄洒了水，结了冰，反正最后找了一圈也没找到罪魁祸首。加上程既明死那么惨，就有传言说程家是被恶鬼缠上了，才厄运不断。这不，程老太爷没熬过今年，也跟着去了，传言就越说越像真的……"

吴笙："第二个问题……"

钱艾："我正要和你说这个。杜锦年和程既明关系最好，程既明还在的时候他总来，程既明一死，他几乎就不登门了。"

吴笙："但他前天来了。"

钱艾："嗯，前天的确来了，就在刚才你坐的那个客厅里，和程啸南说的话。不过当时程老太爷刚走，程家还乱着呢，程啸南没招待他多久就继续忙活程老太爷的后事去了。"

吴笙："然后呢？杜锦年就走了？"

钱艾："不知道。"

吴笙："不知道？"

钱艾："对外说是杜锦年喝完茶就告辞了，但据下人们讲，没人看见他离开程家。"

吴笙："这是什么意思？这人就凭空消失了？消失在程家大宅里？"

钱艾："对。"

薄雾淡月之下，一片朦胧萧索。钱艾沉默半晌，问："你的任务是找到杜锦年？"

吴笙点头。

钱艾看着他，有点儿艰难地道："有说要活的还是要死的吗……"

吴笙叹口气，没答，似也说不清。

钱艾起了一身鸡皮疙瘩。诈尸的老太爷、消失的杜锦年、去年死掉的程二爷……这些刚问来的信息织成一张漆黑大网，罩在整个程家宅院上。他是捋不出头绪了，这种信息处理非得吴笙那样的大脑才行。

目送钱艾赶回灵棚，吴笙又独自在夜色里站了一会儿，只这一会儿，庞杂线索已成脉络——

1.消失三人：程既明死亡；程老太爷死亡；杜锦年失踪。

2.程家还剩三人：程啸南、程既明第二任妻子海慧萍、程既明和原配的女儿程忆欣。

3.社会关系：杜锦年和程既明交好；海慧萍是海帮少帮主海云隆的妹妹。

4.疑点：①程老爷子去年摔倒，今年死亡，有无可疑？②程既明被绑架撕票，福寿会不认，是真没做还是抵赖？③杜锦年为何突然拜访程家，他在小楼客厅里和程啸南究竟聊了些什么？

打听来的种种信息就像落了一地的珠子，吴笙需要找到串起它们的那根线。

4

回到西式小楼，不料海云隆带人来了。

吴笙不认识海云隆，但从对方呼啦啦带一帮人的阵势和与海慧萍略有相似的眉眼，还有和应九的往来言语，也就明白了——福寿会赖在程家不走，所以海慧萍把亲哥哥叫来坐镇了。

不过让吴笙不解的是，海云隆似乎对应九身边那个年轻人的仇恨值更高，一双眼睛死死盯在那白皙青年脸上，目光犹如地狱之火。白皙青年倒一副无所谓的样子，压根儿不看海云隆，神情淡然自得，偶尔还打个哈欠。

暗流涌动间，应九瞄到了站在门口踌躇不入的吴笙，立刻和蔼起来："白先生，您这是赏月去了吧？"如果不去看他的眼眸深处，这绝对是一个儒雅的人，连调侃也调侃得慈眉善目。

吴笙知道自己离开得久，笑笑接下揶揄，半点儿不解释，以免越描越黑。与此同时，他目光落到海云隆身上，仿佛刚瞅见这位爷似的微微挑眉，一脸温和的惊讶。

海云隆眯起眼睛，冷笑似的哼了下："白先生。"

得，又一"熟人"。吴笙怀疑自己魂穿的这位白先生是津门交际花，要不怎么大佬们有一个算一个全认识他？言多必失，吴笙对着俩大佬一视同仁，不言语，就客气微笑。

程啸南不失时机地插话进来，招呼大家坐，还好客厅沙发够多够大，容得下他们四位保持礼节性距离。

海云隆留下四个人站身后，剩下的也让去了外面，算是给了妹夫家一点儿面子。

长夜漫漫，无心睡眠，四人尬聊，步履维艰。但与其说聊，不如说静坐相面。

应九和海云隆都是道上混的，坐得住，可程啸南只是个富家公子，抗压力就飞流直下了，直接让下人把整瓶洋酒拿上来，一刻钟不到，已往杯里添了好几回。

海云隆原本喝着茶，生生让对方勾出了酒虫，在程啸南又一次倒酒时朝旁边下人嚷了一句："拿个空杯过来，我陪你家大爷喝两口。"

下人不敢怠慢，立刻应承，哪知道刚转身要去取，程啸南手里的酒杯忽然落了地，厚厚的玻璃杯落到地毯上，没碎，"咚"的一声闷响。再看程啸南，他嘴巴大张，呼吸急促，一手捂着喉咙，一手指着桌上还剩一半的洋酒瓶，满眼不可置信的惊恐："酒……酒……有毒……"

海云隆本来是俯身在看酒瓶上的洋文，想靠连蒙带猜研究出来这是哪国酒，见程啸南中毒，猛然后撤，脊背砰地贴到沙发里，能离多远离多远！

吴笙下意识看应九，没想到对方也在看自己，四目相对，各自思量。

程啸南却忽然弯下腰，猛抠自己喉咙，没几秒，就"哗"的一下把晚上喝的那点儿酒全吐出来了，直到吐得只剩酸水，又艰难抬头，大着舌头声嘶力竭地喊："快……快去找……宫先生……就说……就说是……草乌……毒……"

这边下人们狂奔而去，那边程啸南又把桌上的茶壶拿起来，咕咚咚全往喉咙里灌，真的就是灌，灌完了放下茶壶，再抠喉咙，继续催吐。

这一灌一吐，就有点儿类似洗胃了。吴笙看着他这一套娴熟的自救流程，镜片后的目光微微一闪。

草乌，中药的一种，用好了能治病，但用不好就是大毒。

很快，宫先生就到了，看装备是一位西医，言语间听得出也是程家的故交了。

程啸南又咳又喘，几乎说不了话了。但宫医生一看满地秽物，就知道这是吐过了，立刻让人将程啸南扶到房内平躺，然后开始又打针又输液，各种治疗。

客厅里就剩下三方客人，立场不约而同尴尬起来——他们生赖在人家不走，然后主人家就被毒倒了。

"你们大爷喝的是药酒吗？"应九忽然转头，问旁边已经吓傻了的下人。

下人蒙了好半晌才用力摇头："不是，就是洋酒，没泡草药！"

应九点点头，指头轻叩着沙发扶手，目光转向吴笙："白先生，您不觉得奇怪吗？程大爷怎么就那么肯定自己是中了草乌的毒？"

吴笙当然觉得奇怪，但他不清楚应九的盘算，便谨慎道："草乌泡酒常有中毒者，程大爷见过、识得出也不奇怪。"

"应九，你这话是什么意思？"海云隆当然帮妹妹家说话，"程啸南还能自己给自己下毒不成？他活腻味了？"

楼梯口忽然有影子闪了一下。吴笙下意识看过去，只见通向二楼的楼梯拐角，一个小女孩儿隐在阴影里。吴笙看不清她的模样，只看得见她半长的头发，还有黑暗中一双冷森森的眼。察觉到吴笙的目光，小孩儿转身跑上了楼，脚步声轻得几乎听不见。吴笙想起了钱艾搜集来的信息——程既明的女儿今年十岁。

约莫半小时，宫医生从卧室里出来，和他们说程啸南摄入的乌头毒量应该不大，加上正确催吐，已经脱离危险，但是需要卧床休息，继续输液，以便尽早清除毒素。说完这些，他又医者仁心地叮嘱："是药三分毒，别什么都拿来泡酒。"

根本没有什么草乌药酒，就是普通的洋酒被人下了毒。这事儿已经明摆着了，但应九和海云隆都没作声。吴笙也就把到了嘴边的话换成了"宫先生，我送您吧"。

宫医生一直说不用，吴笙还是把人送出了小楼，一路送到前院。但在马上要走到大门前时，他拐了个弯，生生把人拉到了灵堂，晓之以理（威逼），动之以情（利诱），半强迫地让人家给程老太爷验了尸——吴笙原本怀疑他也知晓一些内情，但一番观察下来觉得不像，这人很可能就是一个单纯的和程家有交往的医生，于是他决定冒险一次。

夜深人静，偌大灵堂里空无一人——谁也不敢靠近刚诈了尸的老太爷——只有几根白烛、满台祭品，以及孤零零的程老太爷。

宫先生没办法真正做尸检，也就是看看眼耳口鼻、身体四肢，但越看神色越沉重，末了道："白先生，你或许猜对了，程老太爷很可能死于中毒。"

“可能？”吴笙想要的是“确定”。

宫先生摇头：“除非化验胃溶物。单凭肉眼，哪个医生都不可能下准确判断。”

送走宫先生，吴笙一边思索，一边慢慢往小楼踱步，刚走到楼前就被人拉进树丛，没看清脸，先看见光头。吴笙不自觉弯了嘴角，从程啸南中毒就开始闹挺的心终于透进来一缕轻风：“你不好好睡觉，瞎跑什么？”

徐望义正词严：“我能扔你一个人走任务线吗？！”

吴笙乐了，故意问：“那我听听，你能帮什么忙？”

徐望语塞半天，直接踮脚抱了抱他：“加油？”

吴笙觉得这个加油很好，可以继续。

“你怀疑是程啸南给程老太爷下的毒，而且和他刚才中的是一样的毒？”听完吴笙的简单概括，徐望就明白他的意思了。

“对，”吴笙说，“否则他不可能在中毒之后反应那么迅速，应对那么准确。”

“可他为什么害自己亲爹呢？又是谁给他下的毒？这些和杜锦年的失踪又有什么关系？”徐望还是一头雾水。

“暂时还不知道。”吴笙实话实说，“但我总觉得，关键点就在程啸南身上，杜锦年最后见的也是他。”

徐望：“那他现在干吗呢？”

吴笙：“卧室里挂吊瓶。”

徐望：“……”

吴笙：“放心吧，福寿会和海帮都派人守着呢。程啸南要出事，今晚赖在这里的他们都脱不了干系，所以他们比谁都上心。”

徐望惊讶：“你怎么知道我在担心？”

吴笙微笑：“因为按照一般侦探片经验，第一嫌疑犯到这时候就该被凶手干掉了。”

徐望：“……”

严一法师那边并没有什么动静，已经睡下了，徐望过来主要是想问吴笙情况，顺带出把力的，但眼下吴笙自己都没什么头绪，所以让徐望先回去休息，然后自己回了小楼。

刚走到小楼门口，他就看到一个下人在廊柱后面鬼鬼祟祟探头探脑，正使劲偷瞄不远处一个抽烟的福寿会兄弟。他望得太专注，压根儿没看见径直走过来的吴笙。及至吴笙到了廊柱跟前，他才“啊”地轻叫一声，像做坏事被抓了现行。

那个福寿会兄弟听见声响，莫名其妙看过来。

吴笙瞥见客厅里没人，直接问：“九爷和少帮主呢？”

下人没想到他一开口问的是这个，咳嗽了几下才找回声音：“歇、歇息了。”

“没走？”

“没有，在客房歇息了。”下人终于稍稍流利了些。

主人都中毒不起了，客人的确也没有继续喝茶聊天的道理，不过看样子，他们是打定主意在程家扎根了。

吴笙略一思索，道：“我也乏了，能给我安排一间客房吗？”

“当然，先生这边请。”下人立刻带路。

吴笙跟着他一路到了临近小楼的别院，直到四下没人了，忽然问：“为什么看他？”

下人脚下一顿，带着点儿惊恐，带着点儿茫然：“啊？”

吴笙定定地看他，这一次不是疑问，是肯定了：“你认识那个福寿会的兄弟。”

下人猛摇头：“我不认识！不认识！”

“行。”吴笙耸耸肩，“我让海少帮主来问你，你应该就认识了。”他看得出来，程家大院的人其实都挺怵那个海云隆，如果说应九是不速之客，那海云隆就更像娘家霸王。

“别，先生，我真的什么都不知道，我就是，就是……看见那么一眼……”

吴笙心里一紧，语气不自觉变得严厉：“看见什么？”

下人快哭了：“去年、去年二爷被绑架之后，绑匪让一个小孩儿来送勒索信……是我开的门……接信的时候我就看见他在巷口偷瞄了，我俩一对眼，他就跑了……先生，您可千万别说是我讲的啊……福寿会杀人不眨眼的……”

连番保证安慰走下人，吴笙坐在昏暗凄冷的客房里陷入思索。难道真是福寿会绑的程既明，要了赎金又撕了票？他一直觉得不是，可刚刚那一番“证词”又让他动摇了。

“鸮给你的任务是查案？”静谧夜风里，一个声音顺着门缝溜进来，而后来人推门而入，自然得就像进自己家。

吴笙愣愣看着应九身边那位青年优哉游哉走进来，一屁股坐到自己对面，恍然大悟：“小雪？”

“白戴眼镜了。”池映雪拿起桌上果盘里的一个橘子自顾自剥起来。

“你什么时候认出我的？”吴笙好奇。

池映雪丢一瓣橘子进嘴里：“你和一队和尚一起进院儿。”

“然后呢？”吴笙不相信他那个时候就认出自己了，那时候福寿会在和程家对峙，自己在外围根本没说话啊。

池映雪蹙眉，歪头看他，似乎在说“都这么明显了，怎么还需要我解释”：“你和其中一个小和尚眉来眼去，跟你平时和队长眉来眼去用的是同一套眼神。”

吴笙："……"同一套是哪一套？！

"对了，钱艾也在这里。"吴笙想起来，还忘了一个战友呢，"他是程家家丁，现在在守灵棚。"

池映雪点点头，继续看他，像是等待着什么。

吴笙推推眼镜，镜片后全是茫然。

池映雪等不及了，直接问："小四金呢？"

吴笙这才反应过来："还不知道，钱艾说看见一个贼可能是他，但没逮住，人跑了。"

池映雪把橘子扔回果盘里，不吃了，秀气的眉毛皱得没了形状："我们都在这里，他不在，鸮是不是又出毛病了？"

这种不符合自己心意就一律归为 Bug 的霸气思路，吴笙自叹不如。

"这就是目前的情况。"吴笙将已知全部线索用最快速度传输给了池映雪，一条叠一条地罗列下来，像个庞大的数据库。

池映雪听完，眨巴下眼睛："哦。"

吴笙说："我知道信息量有点儿大，其实你也不用去记这些。你只要盯住应九，他特意把尸体送回来，又硬留下不走，一定有原因。"

"不用记，你还和我说……"池映雪抱怨。

吴笙哭笑不得："那你就当我没说。"

"晚了。"池映雪把果盘里还剩的四个半橘子依次拿出来，嘀嘀咕咕的——

第一个橘子："程老太爷一摔不死二毒归西。"

第二个橘子："程既明被绑架撕票福寿会不认。"

第三个橘子："杜锦年上门喝茶人间蒸发。"

第四个橘子："程啸南喝酒中毒卧床不起。"

最后半个橘子掰成三瓣儿："现在海帮和福寿会都赖着不走，你准备抓紧时间去找徽章，顺便搜一下程家大院。"

四个橘子三个瓣儿按大小一字排开，让池映雪打造得精致整齐："都记住了，抹不掉了。"他一脸认真的苦闷，仿佛被删不掉的冗余信息占了内存的不幸用户。

吴笙都不知道自己该错愕还是该惊喜："你什么时候觉醒的这技能？"

池映雪半信半疑地挑眉："这算技能？"

"当然，"吴笙说，"虽然我智、武、敏、防全面发展，但多数时候还是要靠'智'决定胜负。"

池映雪想了想："脸呢？"

"……"

送走队友后的很长一段时间里，吴军师都没琢磨清楚这句“脸呢”究竟是单纯询问“难道不要靠颜值吗”，还是带着“你能不能要点儿脸”的深层含义。

程家给福寿会安排的别院共有四间房，应九爷和小五爷一人一间，剩下两间分给其他弟兄。池映雪一进屋就觉得不对，屋里有人。

没点灯的房内漆黑一片，穿过淡雾的月光从窗棂透进来，只剩一片若隐若现的霜，应九坐在这片霜后面，看不清脸：“我不知道你还认识白先生。”

“他是我……朋友。”池映雪没觉得这是什么了不得的事情，但说到最后两个字的时候还是不自觉勾了下嘴角，可骄傲，可自豪。

“什么样的朋友？”应九的声音平静、沉稳，却又深不可测，像一条看不见底的河，河面平缓流淌，其下暗流汹涌。

可惜，池映雪一点儿没听出来，他正饶有兴味鼓捣油灯呢：“一起闯关的。”

“什么关？”应九在黑暗中皱了眉。

“说了你也不懂。”池映雪单方面结束话题，然后拎起精美油灯朝应九晃了晃，“你会点吗？”

应九爷帮自己手下点了油灯，等到屋内亮起时，他的脸已经彻底黑了，并且完全不想承认自己刚刚都干了什么。

池映雪还醉心于帮程家规划：“应该把小楼的电线拉过来，全用电多方便……”

应九一秒钟都不想多待，起身抚平长褂上的褶皱，迈步就往门外走。

池映雪见人要撤，连忙放下油灯，朝着应九的背影问：“程家给的赎金不够吗？为什么还要杀掉程既明？”

应九脚步停住，沉默片刻转过身来，眼里第一次浮起毫不掩饰的乖戾和杀气：“小子，还没有人敢这么和我说话。”

池映雪有点儿犯愁地看着他，不太满意这个回应——这到底是杀了，还是没杀？

应九眼见着这位小老弟又云游天外了，身心俱疲。一枪崩掉个人对他来说不算什么，但他能预感到，就算把对方崩了，心里的郁结也没办法纾解。而且他也不太想下这个手。

“知道为什么让你跟着我吗？”应九很少和人说心里话，但今晚破个例。

池映雪：“我身手好？”

应九轻蔑地瞥他一眼：“你太看得起自己了。”

池映雪皱眉：“那为什么？”

应九静静看他，又像透过他在看那些过往岁月：“因为你和我年轻的时候很像。”

“不可能，”池映雪想也不想，“你没我好看。”

“……”

应九爷离开小五爷房间时，觉得自己今晚没开杀戒一定是鬼上身了——忍鬼，百忍成钢的那种。

5

吴笙用了隐身文具，将整个程家大宅搜了个遍，连那栋西洋小楼都没放过。

最终，他在徽章手册提示的“灶台”底下找到了“乱世徽章”，又在另外三个地方发现了以下线索——

1、程既明生前的书房仍保持着原样，在书架最底层的一本书里夹着一张不同于他笔迹的便笺，疑似是别人写给他的，上面是一句古诗，“似此星辰非昨夜，为谁风露立中宵”，落款没有名字，只有一个半弧形、月牙儿似的红色记号。

2、程老太爷的住处翻到一封信，落款赫然是吴笙魂穿的这位白先生，内容是程老太爷让他查的事情已经有眉目了，需要见面详谈。

3、西式小楼，程啸南的书房里，吴笙在书架底下的地毯上发现一枚圆柱形的印章，应该是掉到地上滚进去的。印章上方雕着一只极精巧的小狮子，但狮身上染了一点儿黑，像血迹。印章刻的是“豫生”——杜锦年，字豫生。

徽章不难找，线索却让人细思极恐。

吴笙将便笺、徽章、信悉数装进怀里，从最后搜索的程啸南的房间溜出来，准备趁夜回趟白公馆——程老太爷委托白先生调查的很可能就是程既明被绑架的事，白公馆里或许还有更多资料线索。

一出书房，他就闻到一股奇怪的气味，那味道来自程啸南的卧室。卧室前，福寿会和海帮的弟兄一双双眼睛熬鹰似的瞪着，连只苍蝇都飞不进去。不过其中有两个似被这味道搅得不安生，小声骂骂咧咧着：“勾得我瘾头都快犯了。”

吴笙悄悄回到书房，从窗外的阳台出发，向着卧室方向一个阳台一个阳台地跳，跳棋似的最终落进卧室阳台。落地帘挡得不严，留下一道窄缝，泄出灯光，循着缝隙往里看，灯光大亮的房内一览无余——一个丫鬟坐在床边，正拿着烟枪往程啸南的嘴边递。她的动作很熟练，显然不是第一次伺候。缭绕烟雾里，挂着吊瓶、已卧床不起的程家大爷挣扎着偏过头，一口一口吸得慵懒而满足。

中毒也不耽误吸大烟，吴笙忽然觉得凶手下毒真是多此一举。程啸南这样的人，自己就能把自己祸害死，真有仇，坐等就行了。

回到白公馆时，吴笙看了一眼时钟，赫然发现距离他魂穿进来的时间已经过了五个小时！一晚上都在程家大宅里应付各路人马，搜寻各方线索，他竟然没有感觉到时间流逝了这么多。他原本想着搜完白公馆，再琢磨存档点的问题，不过眼下看来，这里的时间流速和现实不是1：1的。这种情况在 6/23 的古堡和 9/23 的脑内地狱都曾出现过，往往是鸮内时间已经超过五小时，可现实时间并没有。

既慢之，则安之。吴笙不再想这些，一头扎进白先生那堆满了资料的书房，开始了庞大的翻找查阅工作，一直查到天亮，一无所获。整个资料海洋里，凶杀、抢劫、通奸、牛被偷了、狗跑丢了等各色案件都有，唯独没有和程家有关的，哪怕只言片语都没有。

这就很奇怪了。就算程老太爷委托他的不是程既明被绑架案，而是其他事情，也该有记录的，如此一片空白只有一种可能——记录被拿走或者毁掉了。可能是白先生自己毁的，也可能是不希望他继续调查的人毁的。因为吴笙在一本不起眼的、很可能是白先生原创的诗歌手札里，发现了一张夹在其中的字条，上面的字迹龙飞凤舞，毫无笔体，随意得连亲妈都够呛能认识，幸亏字够大，字数够少，还能勉强辨别——多事者，死。

这张字条有落款——半落池梅春亦残。

半落池梅……吴笙定定地看着那落款，慢慢拼出一个字："……海。"

一切线索都因为这个浮出水面的字连上了。蒙在两条人命上的疑团已然渐渐散去，露出了清晰脉络，可是……吴笙掏出那枚程啸南书房里找到的、疑似染血的印章，眉头深锁。

杜锦年究竟在哪儿？

马不停蹄回到程家，天光已大亮，程家院内已摆起法事场地，僧侣们正陆续就位，下人们忙碌穿梭。

程老爷子诈尸的事情一夜之间已传遍程家大宅，吴笙回来的路上甚至都听见了临近街坊议论这事儿。外人说这事儿就是图个热闹，可身在程家大宅里的这些人则实实在在担惊受怕，无论家丁丫鬟，也无论强壮孱弱，每个人眼里都带着惊惧，往来尽可能离灵堂远点儿——老太爷还躺在灵堂呢，等下就要成殓入棺了。

吴笙看着这氛围，心里隐隐有了个计划。他不知道杜锦年在哪里，但一路查案到现在，至少要把真相抖搂出来，给枉死的程既明一个说法。

"白先生，可算找到你了！"伴随着嘹亮嗓门，自家队友大大方方走过来。

吴笙十分配合地站定，看着一身粗布短褂的钱艾越走越近："怎么，你家大爷找我？"

钱艾已到跟前，小声嘀咕："我找你。"

院内的嘈杂盖住了二人的交谈，旁人看来就像下人在和白先生说话，实际上，老钱正在向自家军师传输连夜八卦来的成果——程家二爷再婚史。

程既明的原配叫周兰欣，难产去世的，女儿留住了，大人没留住。那之后程既明曾发誓不再娶妻，也拒绝了所有说媒的三姑六婆，谁知道有一次在外应酬，酒醉之后醒过来，身边就躺着海慧萍。程既明是一个温和识礼的男人，就算没有海帮的压力，这种情况也是要对海慧萍负责的，海慧萍就这么进了程家大门。面上是程家二爷酒后纵情，但私底下有传言说是海慧萍做的局。毕竟海帮曾几次找人上门说媒，很明显是海慧萍先相中了程二爷。

吴笙已经捋出了脉络，钱艾这番信息则补充了更多细节。

钱艾重新混入人群，吴笙环顾大院里的众多僧侣，一秒锁定最顺眼的那个。一个眼神，小和尚就过来了，反正院里还乱哄哄的，来回走动也没人在意。

“要我做什么？”一到跟前，徐望就问。

吴笙乐了：“你不先打听打听任务进展？”

徐望把小光头一扬：“反正你最后肯定能交卷，过程什么的都是虚妄。”

吴笙莞尔：“我的确有个计划，需要你担当主力。”

徐望点头：“要我做什么？”

吴笙说：“戏精附体。”

况金鑫被抓住的时候，池映雪正在喝荷兰水。

今天是老太爷成殓入棺的日子，应九却让福寿会的这几个兄弟满程家大院地溜达，明面上像是帮苦主看家护院，暗地里却对他们下令，不能放这大宅院里的任何一个人跑掉。

池映雪预感要出事，便把这一情况和推理分析的任务都交给了前院的自家军师，而后怡然自得地逛起了程家大院，逛着逛着还让他弄来一瓶荷兰水——其实就是带着点儿薄荷味的汽水，不算十分好喝，但有一种甜甜的清凉。

人是在后花园墙根底下逮着的，池映雪也正好逛到附近，听见骚动就过来了，看见一个十五六岁的少年被三个福寿会弟兄围在中间。

“小五爷。”见他过来，三个兄弟毕恭毕敬喊了一声。

“嗯。”池映雪淡淡应。这位同学当爷那是有天赋的，不用拿腔拿调，摆出最真实的自我，就是少爷样儿。

被三人围住的少年模样很普通，扔人堆里就没的那种，只一双眼睛挺大挺圆，看着透亮。就是那身衣服极丑，不知哪儿淘换来的，和围墙一个色系，往墙根一杵，自带隐形功能。这样都能被发现，福寿会弟兄也是火眼金睛。

池映雪一边想着这些有的没的，一边漫不经心地问三个福寿会弟兄："想跑？"应九说"不能放走一个"，故而他很自然地认为小孩儿是程家院里的，正因为某种不可告人的原因准备翻墙落跑。

不料一个福寿会弟兄却道："他在墙根鬼鬼祟祟半天了，不像程家的人，刚问了几个丫头、杂役，都说不认识。"

另一个则烦躁地插嘴："我早说了，根本不用问，这一看就是个小蟊贼，趁乱进来想捞点儿油水……"

池映雪原本一点儿心思没放这儿，准备直接押了人交给应九，顺带再把这插曲告诉吴笙，至于人怎么发落、这个支线是不是有用，是那二位操心的事儿。可一个"贼"字触动了他的神经。

——"钱艾说看见一个贼可能是他，但没逮住，人跑了。"

池映雪再次看过去，却是第一次认真打量少年，不看别的地方，就看眼睛。那双眼睛也在看他，有点儿慌，但没有害怕，反而是一点点盘算藏在那慌张后面，有条不紊，循序渐进。池映雪眼眉舒展，浅浅地笑了——就是了，别人都觉得小四金单纯没心机，其实才不是，他鬼着呢，只是他鬼得很安静、很无害，轻易不带杀伤力，所以在徐望的跳脱和吴笙的张扬里成功隐形，就像他现在穿的这身衣裳。

"我押他去见九爷，你们再在附近找找，看还有没有同伙。"池映雪笑得浅淡，收得悄然。

况金鑫跟着抓了他的这位小五爷走了一段路，眼见越走越偏，四下无人，他猛地用肩膀往旁边人腰侧一撞！腰侧肉薄，最不扛撞，如果顶寸了，直接拉伤都是有可能的。况金鑫怕真把人撞坏了，所以没用发狠的力气，只想着争取点儿时间，脱身就行。如果这一撞不够，他还会用文具。总之，脱身计划已想得很周全。师父让他放风，他照做，但现在失败了，他就得先保全自己——他的安全是军师顺利交卷的条件之一。

况金鑫自认这一撞出其不意，可对方像早有预料，竟然躲开了。他撞了个空，整个人往前踉跄扑去，可在马上要倒的时候又被人拉了回来，还没站稳，手里就被塞了一瓶汽水。

不，是半瓶。

况金鑫拿着汽水，在淡淡薄荷味里茫然看着面前的人。从被抓到现在，他光想着逃跑了，压根儿没真正看过这位。

可目光刚落上去，对面人就开口了："丑。"

况金鑫愣住："嗯？"

对面人皱眉："你这身衣服太丑了。"

况金鑫恍惚了一下，然后眼里浮起一点儿不太确定的、小心翼翼的欣喜："小雪？"

池映雪对于自己这么晚才被认出来有点儿不太开心，但看见况金鑫眼里的喜悦，又觉得自己还挺重要的，于是“我很重要”盖过了“我不好认”，心情也跟着轻快起来。

“队长他们也在这里吗？”况金鑫四下张望，自己和池映雪都出现在了程宅，怎么看都不像巧合。

“都在前院。”池映雪给完肯定答案，又简明扼要逐一介绍，“队长念经，军师查案，老钱守灵。”

“……”况金鑫想第一个去见钱艾，送不了温暖，搭把手也好。

“汽水。”头顶又传来池映雪的声音，就像急着示好的小孩子。

他们面对面站着，原本就近，是个讲悄悄话的合适距离，可池映雪不知道什么时候又靠得更近了。况金鑫魂穿这位比猫五矮了太多，近到这种程度，他就非得仰起头才能看见池映雪的脸了。可他没仰，只是很配合地喝了一大口汽水，然后呼出一口凉气：“薄荷味的。”

池映雪没等来抬头一笑，有点儿失落，连带着刚刚相认时对方眼里的那点儿欣喜都好像成了幻觉——那晚之后，况金鑫好几天没冲他笑了。被拒绝的是自己，被数落的是自己，结果被人躲着的还是自己。而且况金鑫不是明躲，他还会和他说话、讨论战术，表面上看不出任何异样，但如果只有两个人，每次聊不到几句他就能找到冠冕堂皇的理由跑掉，溜得比泥鳅都快！

池映雪从来没执着过什么，他只拿抬手就拿得到的、伸手就碰得着的，轻松省心，想留就留下，不想留再松开，事实上他也从没真正想留过什么。

最开始，况金鑫也是在他面前的。他都不用伸手，抬起眼就能看见那人冲他笑。但是那人冲谁都笑，他就想把他扣在自己身边，只看自己一个人。

池映雪还想和况金鑫多说会儿话，哪怕只是聊聊他为什么来程家这种干巴巴的支线，可况金鑫以“抓紧时间”为由让他带他去前院找吴笙，到时候一起说。池映雪找不到理由反驳，只得绑了个下人，扒了褂子套况金鑫身上，盖住他原本的衣裳颜色，然后一并赶往前院。

哪知道他们一进院就撞上一场大戏——做法事的一个小和尚被程老太爷鬼上身了。

院里已经围得里三层外三层，事情虽然惊悚，但仗着“人多阳气重”，一点儿没打消下人们看热闹的热情。

池映雪和况金鑫扎进人堆里往前挤的时候，小和尚正在灵堂里指着程啸南的鼻子骂：“我怎么生了你这么个畜生！毒害亲爹……咳咳……畜生不如啊……老二啊，你在哪里啊？爹来找你了啊——”

骂得声嘶力竭，涕泪横流，压低的嗓音无比沧桑，再配以密集的咳嗽画龙点睛，别说看不见只能听的外围人群，就是看得见的，盯着小和尚那张脸也生生盯出了程老太爷的音容笑貌。何况老太爷的尸体还在旁边进行音容笑貌的印象加成——仪式刚开始，程老太爷就“还魂”了，尸体还没来得及入棺，仍躺在灵床上。

程啸南的脸已经白了，他本来就是强撑着过来参加仪式的——逝者成殓入棺，要孝子亲自抬——来的时候已然脚步虚浮，这会儿被一顿痛骂，又怒又惧，哆嗦了半天愣是说不出一句话。

谁也不敢出声劝，更别说上前拦。鬼上身啊，谁疯了敢插手。就连应九和海云隆都只在旁边看着，一个眉头深锁，一个眼神慌张。严一法师也在，全程神情未动，只专注默念经文。

小和尚骂完一通，忽然转头深深看了严一法师一眼。

严一法师的经文有一瞬间的停顿。

小和尚“扑通”一声倒在地上，像是魂魄抽离，彻底昏迷。

混在围观最前线的下人群的钱艾叹为观止。还用附体？自家队长根本是戏精本精！

整个灵堂鸦雀无声，众人面面相觑，无人敢动。

大约过了两三分钟，程啸南像缓过来一口气，脸色惨白地冲下人们嚷：“来、来人……把他抬走！”

几个胆大的下人你看我我看你，一起战战兢兢上前。刚走两步，昏迷在地的小和尚忽然一个鲤鱼打挺起来了。这一次，他精神奕奕，双目放光，一阵风似的冲到程老太爷的灵床旁号啕大哭：“爹，我回来了！老二回来了啊——”

上前的下人纷纷瘫坐在地。围着灵堂的人们倒吸一口冷气。程老太爷的鬼魂还真把自己二儿子从阴曹地府叫回来了！

鬼上身 2.0 的场面比 1.0 更大，因为“程家二少”哭完亲爹忽然冲向灵堂大门。那里本来已被围观群众堵得水泄不通，见人冲过来，尖叫四起，哗一下全散了。“程家二少”冲出灵堂，轰然大乱里，没人注意到一个家丁正悄悄举手，而“程家二少”则直奔那家丁方向而去，最终准确扑倒了他旁边的一个福寿会的弟兄。

“为什么害我？还我命来！”“程家二少”叫得凄厉，双目通红。

一直跟踪锁定这人、顺便看热闹的钱艾悄悄混入人群。军师交代的任务已完成，现在他可以专心看热闹了。

“啊啊啊——”那人一边蹬腿，想把扑身上的“恶鬼”弄下去，一边叫得声嘶力竭，“别找我！别找我！我是绑了你，可我没害你啊！”

正往这边挤的应九闻言脚下一顿，脸彻底沉下来。

既定目标达成，徐望掩住喜色，正准备开启针对严一法师的第三步，程家大宅上空忽然一声枪响。徐望心里一惊，对危险的本能让他立刻趴到那个福寿会弟兄身上不动了——杀青，收工。

吴笙混在人群里，看着一大队警察从外面冲进来，转瞬就将整个前院围了个水泄不通。

带队的是个三十多岁的男人，放枪的也是他，一脸横肉，虽然穿着警察制服，但怎么看都有土匪气质。见局面稳定下来，他环顾人群，朝某个方向迅速地、不易察觉地轻点下头，之后才看向程啸南这边，对着程家众人道："有人报案，说程老太爷是中毒而亡，程家大爷昨夜也遭人蓄意投毒，还有杜锦年在程家失踪。"

吴笙看得清楚，对方是在和应九隔空颔首。

这边，程啸南已在丫鬟搀扶下上前来招呼。他脸上赔着笑，可眼底惊惧还没散，又泛起焦躁："鲁队长，是不是弄错了，我们没报案啊……"

鲁队长笑:"程大爷，总归是有人报了案，人命关天，您家这白事可能得往后推一推了。"

"鲁队长。"海云隆上前来。

鲁队长佯装惊讶："少帮主也在啊？"

海云隆懒得寒暄应酬，今天这阵势必然是冲着程家来的，冲程家就是不给海帮面子，他和他们客气不着："既然要查，何不把我妹夫的事一并查了？"

鲁队长没想到他提这茬儿，程既明被绑架撕票是去年的事，到现在都还没个结果，这事儿上他们也的确硬气不起来，但一码归一码："程二爷的案子我们还在查，其实已经有些眉目了，只是还不方便透露……"

海云隆耐心等对方打完太极，转头朝旁边使了个眼色。很快，"昏迷中"的徐望被扒拉到一旁，压在他身底下那位福寿会的弟兄被拧着胳膊送到鲁队长面前。

"正巧，我这里也有些眉目了。"海云隆笑，目光阴冷，"这位福寿会的兄弟刚刚当着在场所有人的面承认是他绑的程二爷。鲁队长您看，是继续让这位小兄弟讲一讲，还是——"他抬眼，目光越过人群，准确找到应九，"九爷给个说法？"

这变故不在吴笙的计划之内，不过他喜闻乐见。对于僵局，乱才好取胜，他让徐望演鬼上身也是这个意思。更重要的是，警察把"杜锦年失踪"的案子明确提出来了。

先前连上的所有线索终于和主线任务合上了！

第四章　暗夜战

A N　Y E　Z H A N

人生成长如闯关，你来我往文具战。

1

吴笙和钱艾趁着全场注意力都在海云隆和鲁队长身上时冒充热心群众，把徐望轻轻扶起。

徐队长随之“苏醒”，一脸懵懂无邪地看四周：“嗯？我怎么了？”

况金鑫看了一场恐怖片转悬疑片转警匪片，脑子有点儿跟不上。

池映雪借着人挤人特别自然地揽着况金鑫的肩膀，心思压根儿没在走剧情，管你眼前鬼上身还是手枪响，我自清风徐来，末了还拿回已经送给况金鑫的荷兰水认认真真喝了一口。

鲁队长三管齐下，这边派人去给程老太爷验尸（老太爷毒杀案），那边派人去搜整个程家大宅（杜锦年失踪案），自己则继续坐镇前院，压着场子。

至于程啸南被下毒，还有海云隆刚刚拎过来那位有绑架嫌疑的福寿会的弟兄，显然鲁队长并不着急问。

趁着警察四处搜查，人心惶惶的当口，五个小伙伴悄悄会合。

顾不上喜相逢，况金鑫第一时间把自己这边的支线经历奉上。

他跟着的飞贼师父姓陈，据说曾夜入戒备森严的大帅府，什么金银首饰都没摸来，但做贼的最忌讳走空门，最后生生从后厨顺走一斗米，自此，“陈一斗”的名号就叫开了。昨夜是他们初探程家，陈一斗熟门熟路地偷走一箱子古玩字画；今朝是他们二探程家，但陈一斗只让他在外面望风，对还要再偷什么只字未提。

“他就说还是同一个主顾，他欠了那人人情，这个忙不想帮也得帮。”况金鑫竭尽全力也只套来这点儿信息。

“同一个主顾……”吴笙沉吟着，“所以陈一斗是不愿意再来的？”

况金鑫点头：“嗯，他说白天下手容易栽，而且程家今天必出大事，他只要栽了，就是个死。”

“那他还让你望风？”一直随意听着的池映雪忽然认真起来，眼中闪过不快。

“我也不会飞檐走壁，只能做这个……”况金鑫有点儿不好意思地挠挠头，话是回池映雪的，眼睛却还看着吴笙，像是专心致志等着军师破解其中关联。

池映雪敛下眸子，没再说话。

徐望在他俩之间看了个来回，不确定是自己多心了，还是气氛真有一点儿微妙。

陈一斗究竟还要偷什么，为什么不在昨晚一起偷了呢？吴军师完全沉浸在推理中，对周边微妙的空气流动毫无所觉。

钱艾一直眼观六路，忽然出声提醒：“出来了。”

灵堂，也就是验尸现场跑出一个小警察，到鲁队长耳边说了些话。

鲁队长脸色一沉，目光环顾一圈，宣布：“程老太爷的确是中毒而死。”

整个前院鸦雀无声，死一般寂静。

鲁队长又小声和身旁另一个警察说了句：“带上来吧。”

那人很快离开，转瞬又回来，把一个人推到了大院中央，正是宫医生。

“昨、昨夜我的确来过程家出诊……”宫医生显然没被这么粗鲁对待过，一脸苦楚和狼狈。

“出的什么诊？”鲁队长厉声问，就像在审犯人。

宫医生老实回答：“草乌泡酒引发的中毒之症。”

鲁队长：“你见到药酒了？”

宫医生愣了下：“倒、倒是没有。”

鲁队长点点头，目光重新落回程啸南身上，再开口时已不带半分客气：“程啸南，亲爹死有蹊跷，你不报案，被人下毒，你还不报案，这事儿恐怕说不过去吧？”

院里忽然起了风，恍惚间，好似山雨欲来。

“队长——队长——”搜查程家大宅的一路警察回来了，“后院井里发现一具尸体，看身形，像杜锦年！”

全场一惊，立刻议论纷纷起来。

吴笙眯起眼，太过顺理成章的发展让他本能起疑。

鲁队长横眉立目，一脸肉都因这怒意而绷紧，可仔细看他眼底，却乌云尽散，亮得发光，连声音都带着不可抑制的激动："来人，把程家给我围了，大门给我锁了，一个人都不能放出去！"

他的兴奋太明显了，下令也太迫切了，别说善于观察人的徐队长，就连吴军师都一眼看出他就在等这一刻。

程啸南再站不住，有人扶也没用，"咣当"摔坐在地。

"完了，程家完了……"嘈杂的交头接耳里，这么一句飘了过来。

不等吴笙搜寻，徐望已给钱艾一个眼神，后者心领神会，立刻精准凑到说这话的老妈子旁边，顶着一张黝黑憨厚的脸，状似随意地搭话："又没证据说人是大爷害的，再花点儿钱，过不了几天就放了……"

"那点儿钱管什么啊，"老妈子压低声音，惋惜悲叹，"这程家是被警察局盯上了，就和当年杜家一样，要的是你全部家产……"

钱艾一怔："杜家？杜锦年家？"

老妈子说："可不就是。唉，这年月，管你高门大户，拿枪的说了算，随便找个由头，把你人一抓、宅子一封，搬的搬拿的拿占的占，多大的家业也得落败了……还不如早早地走……"

或许是老妈子的口气太凄苦，又或者是离着乱世太近了，钱艾也有点儿难受："往哪儿跑啊，以后全国都得打仗……"

老妈子没听清后面，光听前几个字已经接口："往香港啊。杜家在香港有亲戚，听说一直想让他们也搬过去，唉，到底还是晚一步……"

钱艾这边聊出新内容，那边警察已经把尸体搬到前院了。尸体已经肿胀，脸更是烂得根本看不出模样，但警察说身形像杜锦年那就是像，谁也不敢提出质疑。

可吴笙知道不是。如果是，他就交卷了。

鲁队长故意让人把尸体摆在程啸南面前，好整以暇地看他。

程啸南已面无血色："不可能，这不可能……他那天就是来找我问老二的事，我什么都不知道，说没两句他就走了，真走了！"他几乎是带着哀求看鲁队长，"我没杀人，我没杀他……"

显然程啸南已经认定尸体是杜锦年，可尸体的模样已经不可辨了，唯一还能辨认的只剩下……

吴笙镜片后眸光一闪——衣服。

“看来，程大爷是已经认出尸体了，倒给我们省事了。”鲁队长微笑，脸上的肉都堆到一起，“那大爷就把经过说说吧，免得到了局里还要吃苦头。”

“我没杀人，我没杀人……”程啸南翻来覆去就这一句。

鲁队长拉下脸，直接招呼手下：“来人，把程啸南给我带回去。”

回警察局那就不是这么客气的事儿了，程啸南心里比谁都清楚，今天这一出，就是要把他往死里整。

眼见着被人架起来，他的嘴唇忽然抖了抖，像是要喊什么，可嘴巴刚一张，就有人比他先出声了。

“鲁队长，你是不是还忘了什么？”海云隆能忍到现在就是不想和警察局撕破脸，但形势已不允许他隔岸观火。“您”变成了“你”，说明连客气都顾不上了。

鲁队长瞄一眼仍瘫坐在地、一脸惊魂未定的福寿会兄弟，不耐皱眉，浑身上下都写满了“老子不想管这事儿”，目光则似有若无往应九那边飘。

应九已然上前：“这件事，福寿会是该给个说法。”

“程二爷是他们几个不长眼的小子绑的，但这事儿是背着福寿会干的，有人花了一大笔钱雇他们绑人，赎金五五分。绑完了，就是这个小子送的勒索信……”应九语气淡然，有条不紊，不像嫌疑犯在给自己辩白，倒像先生讲课，“后来这事儿被我发现了，我立刻让他们把程二爷放了回去，并且是看着程二爷到了家门口才撤的人……程二爷的事我也很遗憾，但福寿会一没拿赎金，二没杀人。绑人的事我们认，回头我会把那几个小子一并送去警局。”

最后这句话是对着鲁队长说的。

鲁队长立刻回应，且十分客气：“有劳九爷了。”

明眼人都看出这态度里的形势了，海云隆当然更明白，但海帮不是吃素的，向来横行惯了的他更不可能让人在自己面前耀武扬威：“鲁队长，程啸南有嫌疑，你就要带回局里，应九已经承认福寿会绑了人，你倒客气了，这是个什么道理？！”

鲁队长的确不占理，所以他把手放到了腰间的枪上，准备来个威吓性的蛮不讲理，却被应九轻轻拍了拍肩。

“少帮主，先别急，我话还没说完。”应九微微一笑，喝茶聊天似的，“杀害程二爷的凶手我们已经抓到一个了，您先过过目。”

语毕，一个五花大绑的小青年被押了上来，一看见海云隆就痛哭流涕：“少帮主——”

海云隆又惊又怒：“应九，你什么意思？！”

应九没言语，他身旁的一个福寿会的弟兄抬腿踹了小青年一脚。小青年猛地一哆嗦，也不知道受过什么折磨，满眼恐惧，立刻滔滔不绝起来。

原来就在程既明到了家门口，福寿会兄弟都撤了之后，一直盯着的海帮几个人又把人绑了第二次，之后收赎金、杀人抛尸的都是他们。而绑完又放人的福寿会背了这个黑锅。至于幕后主使，小青年明确指认了海云隆。

小青年是海帮一个熟脸，更是海云隆的心腹，这让海云隆都没办法否定对方的身份，只能咬定是应九收买了人来栽赃："应九，空口无凭，你休想往我身上泼脏水！"

"空口？"应九悠悠看了小青年一眼。

小青年又一个哆嗦，猛然扯着嗓子喊："我有证据，我有证据！"

一时三刻，去后山挖证据的警察回来了，带回一包用破衣服包着的银圆。银圆是小青年一时贪心昧下的少许赎金。虽然银圆上没写"赎金"二字，可包着银圆的破衣服是程家二爷被绑时穿着的。好几个程家丫鬟都能作证，那上面的纹样还是她们一针一线绣的。

人证物证俱在，鲁队长那一脸肉都要笑开了花，连带着声音都温和耐心起来："少帮主，也没说就一定是您指使的，可您看眼下这……您恐怕也要跟我们回局里一趟了。"

"我不去！"海云隆猛地后退一步，看看应九，再看看鲁队长，像是意识到了什么，目眦欲裂，"这就是个局，你们想害我，害海帮！"

他看明白了，吴笙也看明白了，且比他多看到一点儿——程啸南开始打哈欠了，一个接一个地打，密集得不太正常，且目光四下张望，像在找什么，可眼神是没有焦距的，显然是鸦片瘾犯了。

鲁队长也看见了，当下一乐，像是逮住了好机会，三两步走到程啸南面前，关怀似的问："大爷这是怎么了？"

程啸南一把抓住他，像溺水者抓到了浮木："让我抽两口……就两口……"

鲁队长摇头："恐怕不行，这案子还不清不楚呢，大爷得跟我们回局里。"

"清楚了，清楚了！"程啸南的指甲快要抠进鲁队长的皮肉了，此刻的他不像人，已成鬼，"是海慧萍给我爹下的毒，是海慧萍让人杀的老二，都是那个婊子干的，她还想毒死我！快……快给我烟……"

"你胡说！"披麻戴孝一直躲在程家人中的海慧萍抓狂了，尖叫刺耳。

立刻有两个小警察冲到她旁边，但没拿人，只守着。

程啸南已经彻底失去理智了，回头朝海慧萍咆哮："就是你！你勾引我，说老二不碰你，根本算不得男人！我就是想弄俩钱儿花花，根本没想让老二死！"

"程啸南，你含血喷人！"海慧萍已浑身发抖，不知道是气的还是怕的。

程啸南哪里还听得见她说话，已经继续抓着鲁队长痛哭流涕了，再没半点儿程家大爷的样儿："我真没杀人，我就想弄点儿钱……我爹不给我钱啊……我是长子，凭什么家产都要给老二……"

鲁队长一脸嫌恶，刚想把人甩开，应九却从旁边递来一杆烟枪。鲁队长愣了下，随后心领神会，立刻接过烟枪，在程啸南眼前晃了晃。

程啸南像将死之人看见灵丹妙药，瞪大眼睛去抓。

鲁队长把烟枪举高，逗猴子似的不让他碰，嘴里则诱供一般，道："杀你弟是她撺掇的，难道杀你爹也是吗？老太爷已经快要查出真相了，你就在他门前倒水成冰，一计不成，后又下毒，你还是人吗？"

程啸南眼底一暗，显然"爹"比"弟"对他的刺激更大，只是这会儿的他看不出是真的回过了神，还是进入了更癫狂的深渊："没想到老不死的那么扛摔……谁让他偏心……谁让他偏心……"说到最后，他竟然笑了，顶着一脸眼泪鼻涕，笑容扭曲而诡异。

至此，事情已然明朗。

程啸南和海慧萍雇佣福寿会绑人——当然，他们肯定没透露自己的身份。程啸南很可能像他说的就是想弄点儿钱，所以提出赎金五五分；可海慧萍或许一早就想让程既明死，故而发现福寿会把人放回来之后直接找了海帮的人二度绑架，最后拿了赎金，撕票。

至此，程啸南愿意不愿意、和海慧萍到底有没有私情都不重要了，一条人命已经让他和海慧萍、海云隆，甚至整个海帮上了一条船。

程老太爷委托白先生查程既明的死，快要接近真相时，白先生收到海帮的警告字条。程老太爷踩冰摔倒，后一直卧床，很可能从那时候开始，毒就一点点被下到药里了。

海慧萍要人，程啸南要钱，海云隆很可能想吞掉整个程家，各怀鬼胎的三人弄了这么一场连环惨案。

这些都在吴笙的推理之中，他唯一没料到的是，应九和鲁队长像是比他这个"侦探"还更清楚案情。自打警察冲进程家大宅，先是说要查案，然后一步步一环环，竟是将程啸南、海慧萍、海云隆全带出来了。

虽然距离"铁证如山"还远得很，但只要请他们三人去警局"喝喝茶"，该招的不该招的怕是都得说。

这不是误打误撞能形成的局面。

如果没有徐望"鬼上身"去吓唬那个福寿会的兄弟，应九可以直接把那个五花大绑的海帮小年轻扔出来，说人就是海帮绑的，彻底跳过福寿会背的锅，那样局面会更完美，或者说，更贴近某些计划原本的模样——

这是一场明里暗里配合着的大戏，应九和鲁队长在明面上，还有一只手在暗处。

吴笙拉过池映雪，耳语了两句。

池映雪挑眉，不懂他的目的，但依然转身离开。

“来人，都给我绑了，程家大宅也封了，查案期间，闲杂人等不得进出。”案情明晰，鲁队长这一号令，掷地有声。

还没等院内的警察们动手，守在院外的警察慌忙跑进来了：“队长，海帮和福寿会的人都来了，在外面打起来了！”

鲁队长看一眼应九，没有疑惑，倒有一丝担心。

应九回了他一个稳稳当当的微笑。

鲁队长放下心来，朝愣着不动的小警察们嚷：“还傻站着干吗，绑人啊！”

“是！”小警察得令，再无顾忌，管你是程家大爷还是少帮主，照绑无误。

海帮少帮主不是那么好抓的，程家大宅外已打杀声四起。但福寿会也不是吃素的，你带人过来救，我带人过来堵，看谁杀得过谁。毕竟警察局站哪边，已经很鲜明了。福寿会单挑海帮没胜算，但福寿会加警察局……

吴笙看着应九那一脸云淡风轻，想着这要是一段能继续往前走的历史，那从此之后津门怕是就没有海帮了。

池映雪匆匆而归，带来的消息是“没找到程忆欣”。

吴笙点点头，心中最后一点儿疑云也尘埃落定。

门外的拼杀最终蔓延到院内，演变成了大混战，五个小伙伴用了徐望的武具和钱艾的防具才从乱中脱身。

一到安全地界，钱艾就挠头：“案子都真相大白了，可是杜锦年呢？”

吴笙说：“我知道。”

2

程既明坟前。

一个一身素色长褂的青年正低声和坟主人说着话。他没烧纸，只静静说着，不像前来祭奠，倒像与之告别：“我这一走，不知何年何月才能回。但你放心，我一定把欣儿当成自己的女儿来养……”

他说了很久，久到后面不断看怀表，看到第三次终于起身，恋恋不舍地看了那墓碑最后一眼，转身离开，可刚踏出一步就愣住了——

五个人迎面走来，一个一身西装，英俊斯文；一个身披僧衣，光头锃亮；一个长衫马褂，眼眉淡然却莫名有肃杀之气；一个年纪尚轻，憨厚可爱；还一个肤色黝黑，虎背熊腰。

五个人并肩而行，步履生风，身高参差不齐，衣着风格各异，实在让人难以判断是个什么组织。

及至彼此距离还剩几步之遥，其中四人忽然停住，唯有英俊斯文的西装青年继续上前半步，于是站定之后自然出列，让人的视线想不聚焦在他身上都难。

“程老太爷的尸体是你故意背走，扔给应九和海云隆的……”青年推了推眼镜，条理清晰地开口，“你这一招，既给了应九登程家门的由头，又能把海云隆一同带过去。就算他不去，应九赖在程家不走，海慧萍也会找她哥过来坐镇的……”

“程啸南以为是海慧萍给他下的毒，其实不是，是你。你需要让程家的悬案越多越好，案子越多，警察才更有理由上门搜查……动海慧萍和海云隆就等于动了海帮，福寿会办不到，警察局也办不到，但双方联手可以办到。海帮一散，福寿会拿地盘，警察局拿好处，而你正好可以借他们的手一箭三雕——海云隆、海慧萍、程啸南都要给程既明偿命。”深吸口气，吴笙从怀里掏出一枚印章。

素衣青年眼中掠过诧异：“怎么会在你这里？”

“抱歉，我比警察更早地搜了程家大院。”吴笙笑笑，可眼里一片冷然，“如果这印章落到警察手里，杜锦年死在程家这事儿也就坐实了，对吧？”

素衣青年默然不语。

吴笙叹口气：“为了报仇，你不惜害一条人命？”

青年一怔，立刻摇头：“我没有。那是乱葬岗的一个苦命人，发现的时候已经死了，我不过是借他尸体一用。”垂下眼睛，青年的声音里带着歉意和羞愧，“以后到了阴曹地府，若能遇见，我给他赔不是……”

吴笙没料到他是这般回应，愣了半晌才道：“是薛青山委托的我，说他最好的朋友失踪了，让我帮着找，钱不是问题，他只怕他朋友出事。”

青年眼中一直存着的疑惑此刻化为了然，再看吴笙则少了防备，多了几丝苦笑：“我都说了是出远门，他那个人……唉，帮我和他说声对不住吧。”

吴笙叹口气：“这么一会儿，你都对不起两个人了。”

青年没料到会被揶揄，似乎想笑，可没笑出来，眼底都是酸楚：“既明死得太惨了，我不能让他就这么不明不白地走了。我原本想找福寿会报仇的，可后来才发现真凶另有其人。我不怕程啸南，但对付海帮，我一个人不行……”

吴笙：“所以你就利用了应九？那个私吞赎金的海帮混混是你送给应九的对吗？”

“谈不上利用。”素衣青年道，“我那点儿把戏瞒不过九爷的，只是他乐得顺水推舟。”

吴笙："程忆欣在哪里？"

素衣青年猝不及防，带着点儿不可置信地看吴笙。

吴笙耸耸肩："你让陈一斗偷的那些，就是为了给程忆欣留条后路。你知道这事一出，程家必倒，因为你家就是这么落败的，所以你必须要给她留下足够的钱，足够你和她在香港生活……其实你也不想让陈一斗二探程府，但没办法，这一次你想偷的是个大活人。如果前一夜程忆欣就没了，程家势必要乱，那后面的这些环节都会被影响，所以程忆欣只能第二天丢，而且是趁着前院一片乱的时候悄悄不见……"

素衣青年不言语了，因为实在没什么可补充。

"似此星辰非昨夜，为谁风露立中宵。"吴笙从怀中掏出在程既明书房发现的那张便笺，轻吟出声。

素衣青年眼中忽然浮起一层说不清道不明的情愫。

"这是黄景仁的《绮怀十六首·其十五》，我语文不行，但情诗很在行。"吴笙说得平淡自然，已将这种自信完美融入了血液里，"我一直在想，这信笺落款的红色月牙到底是什么意思。直到刚刚……"

他将信笺朝素衣青年展开，另一手拿着杜锦年那枚刻有"豫生"的印章，章底轻轻压到了红色月牙上，印章边缘正好和月牙边缘严丝合缝，连印章缺了一个极小的口也清晰呈现在了月牙边缘上："这不是什么月牙，而是印章，只是盖章的人在印章落下那一瞬间又后悔了，所以没有印到字，只印了半边缘的红。"

素衣青年的眼圈也红了，不知是想到了自己付出的感情，还是想到了已经逝去不可追的人。

吴笙只剩下最后一个问题，不是非弄清不可，但如果对方愿意回答，他还是想弄个明白："程既明不碰海慧萍是因为你吗？"

"不是。"青年几乎想也没想便摇了头，"我和他只是朋友，我写的这些……"他苦涩地扯了下嘴角，"从无回应。"

深吸口气，他目光平静下来，没有任何怨怼，只有释然和怀念："他心里只有兰欣，后面的人，谁都别想再进去。"

周兰欣，程既明的原配。

程忆欣，忆、欣。

"还不走？"吴笙忽然催促，"去香港的船要开了吧？再晚，陈一斗该担心辛苦偷来的小姑娘要送不出去了。"

"你们不抓我？"素衣青年愕然。

吴笙推推眼镜，微笑："我们又不是警察，为什么要抓你？"

语毕，他回眸一望。身后某个小和尚昂首挺胸走上前，抬手指着素衣青年，为这场乱世里的纠葛盖上队长的完结小印章："杜锦年，可算找到你了！"

鸦："恭喜过关，11/23 顺利交卷！亲，明天见哟。"

3

回到酒店，快要睡着的时候，徐望才想起来问："严一法师身上到底背着什么事儿啊？"

吴笙比他还困，闭着眼睛咕哝："不确定……"

徐望锲而不舍："那就说说猜测。"

吴笙强撑着抬起眼皮，问："说了有什么奖励？"

徐望一挑眉："没有。但是不说有惩罚。"

谈判这种事儿，就是看谁能拿得住谁，显然，吴军师被碾压："我猜他可能看见了程既明被抛尸，说不定还认出了海帮的人，但不想惹祸，没敢声张……"

"瞧着倒像是心中有愧……"徐望回忆自己一晚上对严一法师的观察，有点儿认同，但是，"说不定是别的事呢，你就确定是看见了程既明被抛尸？"

吴笙："我问过了，去年程既明被绑架的时候，严一法师正在山中修禅，后来程既明被抛尸的乱葬岗就在那座山上。"

这也问过了？还有什么是自己这位军师考虑不到的？放弃在智商上叫板，徐队长认输："等会儿睡醒了，我要去吃肠旺面和酸汤鱼。"

耗费脑细胞的事情交给吴笙，他还是负责品鉴美食吧。

"老板和我说这边有句方言，叫'三天不吃酸，走路打捞蹿'，所以老铁们要来贵州，酸汤鱼这道菜必点！什么？怎么有外景地了？一看就是刚关注我的……哎，感谢这位'再点外卖就剁手'帮我回答。对，我老钱早就已经冲破北京城，走向全中国了……言归正传啊，我今天要了两种鱼，我左手边这个是鲤鱼，右手边这个是鲶鱼……"

偌大一个十人圆桌，钱哥一人占据南半球，徐望、吴笙、况金鑫和池映雪全守在北半球。携手闯关至今，大家已经习惯于一吃饭就自动进入"直播模式"。

徐望和吴笙自顾自讨论着下一关，完全不受干扰。

况金鑫则一边吃饭，一边看钱艾直播，俨然忠实观众。他以前在学校食堂吃饭总喜欢坐在电视机底下，觉得这样下饭，要是没电视，就看手机，但自从闯关开始，到饭点儿看钱艾就行了，钱艾一个人比电视剧都热闹。每次看着钱艾一边大快朵颐，一边还和老铁们互动，况金鑫就觉得特别欢乐，偶尔还偷偷潜入直播间，当个匿名小粉丝。

池映雪对于吃饭的“背景音乐”无所谓，只要他不想搭理，周遭的一切就等同于不存在，根本无法对他形成任何干扰。可是今天，他第一次起了好奇。因为况金鑫在看钱艾。每当钱艾和老铁们说个段子，他也跟着乐，乐得很好看。从池映雪的角度只能看见他的侧脸，但还是觉得很好看。于是池映雪就很好奇，想看看这个“直播”究竟是什么，甚至开始认真考虑弄个“池映雪吃神州”——如果这能让况金鑫每天对着他笑。

池映雪向来是想了就做了。眨眼工夫，他已起身凑到钱艾身边，认真地望向手机一探究竟。

对于“老钱吃神州”的粉丝们来说，就是一个陌生男人从天而降，一秒入画。然后，直播间疯了。

“啊啊啊这是什么神仙颜值？！”

“三分钟，我要这个男人的全部资料！！”

“钱哥，要不是有你对比，我还以为开了完美滤镜！！！”

……

那一夜，钱艾第一次知道原来自己还有这么多万年潜水的女粉。

那一夜，池映雪莫名其妙就成了代班主播，也不用说话，吃鱼就行。于是他默默吃了半小时，并给“老钱吃神州”带来了创号以来的最大流量和最多打赏。

回到酒店，池映雪还是蒙的，他一没记住酸汤鱼的味道，二没记住小四金到底看没看他笑没笑，只记住了满屏眼花缭乱的礼物和疯狂刷屏的留言，越发觉得直播真是一个深不可测的领域。

池卓临的电话就是这时候来的，池总一开口就直奔主题：“接下来去哪儿？”

池映雪很快从记忆中调出自家小队从樊先生那儿买来的第十二关的信息：“江西。”

池卓临已经适应了这种跳跃式旅游的风格：“什么时候动身？”

池映雪：“还没定。”

池卓临：“行，定完之后把具体地址发我，酒店和接车我来安排。”

池映雪：“哦。”从来不把能让自己舒服的事情往外推，是池同学的优良品德。

一般电话打到这里就该结束了，池卓临也一如既往地等着亲弟先挂电话，可等了半天，那边还在。池卓临敏锐地挑了下眉：“嗯？”

“池卓临……”果然，那边幽幽开口。

已经洗澡上床的池总不自觉坐直身体，然后听见电话里问：“我寂寞吗？”

堂堂池总裁被问住了。池映雪要是问“你寂寞吗”，他还能勉强审视一下自己的内心，但亲弟问的是“我寂寞吗”，这题太高端了。

“你是不是遇见什么事儿了？”池总裁答不上这么玄妙的问题，却瞬间透过表象抓住了本质。

池映雪躺在床上，抬起一条手臂放在额头，遮住天花板上方的刺眼灯光：“我想要一个人一直陪在我身边，但是他不想。”

池总裁手抖了一下，手机掉到床上，幸好床够软，没发出任何声响。深吸口气，他重新拿起手机，像什么都没发生似的平静地问：“他为什么不想？”

“他说我不是非他不可，只是寂寞。”电话那头的声音里染上一丝不易察觉的委屈。

“那你是吗？”池卓临已经坐不太住了，一边问，一边下床，改为在卧室内来回踱步。

池映雪停顿片刻，坦白：“我不知道。”

踱步让池总裁稍稍恢复了一些冷静，往日商战里的敏捷思维也逐渐回笼：“好的，那我换个问法，你为什么想让他一直陪在你身边？”

池映雪：“舒服。”

池卓临：“你舒服还是他舒服？”

池映雪：“……”

池卓临：“你要是让他也觉得舒服，人就是你的了。”

池映雪沉默了很久，问：“该怎么做？”

池卓临愣住，为那明显的示弱语气，自父亲去世之后，池映雪还从来没这样过。可再心疼，池卓临还是没松口：“这要你自己去想。”

作为哥哥，他可以把一切最好的东西给弟弟，但他更希望弟弟成为一个想要什么就自己去争取的男人——池映雪被困在童年太久了，该长大了。

电话的最后，池卓临问：“他叫什么名字？”

“小四金。”池映雪的语调仿佛都因为这三个字欢快了起来。

池卓临脑中立刻闪过那个打过几次照面，话不多，但笑容很温暖的青年……一时愕然。

及至池映雪那边挂了电话，池卓临还处在混乱里，最后一个冒出来的念头竟然是——从小到大，只要一遇见喜欢的东西就爱给对方乱取名字的毛病，池映雪可能改不掉了。

池映雪在努力思考“究竟怎么才能让小四金舒服”的时候，一墙之隔，徐队长正在和吴军师盘点队伍剩下的文具。

“还是再去几天无尽海吧。”吴笙看着列在纸上的文具清单，提出了建议。文具所剩不多，而他们即将要面对的是12/23，宁可多等几天，也不想后退再来。

徐望也是这个想法："一会儿和他们沟通看看，要是都同意，咱们明天就走。"

距离零点还有两个多小时，徐望简单洗漱之后上床补眠，可躺下之后觉得哪里不对，一转头，发现吴笙在隔壁床支着胳膊看他，一脸深沉的思索。

徐望被看得发毛，连忙问："想什么呢？"

吴笙沉默良久，才缓缓道："关于那个选择，你怎么想？"

徐望一听，就知道他问什么。自从在樊先生那儿买完情报，谁都没再聊过这件事，似乎都默认"可以提前离开了"，但又好像每个人都不由自主想更多。

对着吴笙，徐望不想隐瞒："我还没想好。"

吴笙了然，会犹豫就证明考虑过："你想关闭前十三关的通路？"

徐望轻轻"嗯"了一声："我希望再也不会有人被吸进来，可我不知道做这个选择的代价是什么……"

如果是要他们永远留在鸮呢？如果是其他更惨烈的代价呢？

不知道，所以才害怕，才犹豫。

"那就别想了，等到了13/23把一切都弄清楚了再考虑不迟。"吴笙干净利落地帮他做了决定，顿了下，又补一句，低缓而郑重，"不管怎么选，我都陪着你。"

4

一周后，已攒了些文具的五个小伙伴离开无尽海，抵达12/23。

根据樊先生的情报，这一关他们会进入一座正在过万圣节的小镇，在一片"不给糖就捣蛋"的节日气氛中抓捕五只背景、形态、技能各异的猛鬼，最后送往小镇教堂，集中进行驱魔仪式。

猛鬼类型经常更新，樊先生当年遇见的是"血浆款"，近两年和来买情报的人交流，发现还有"幽灵款""怪兽款""狼人款""血族款""都市传说款""高新科技款"等等，实在是五花八门，层出不穷。

这一次的坐标点在一条酒吧街，午夜时分，正是这条街最热闹的时候。徐望他们十一点半就到了，找了一家音乐酒吧坐了会儿，听听午夜吉他，看看星星月亮，颇有点儿重归美好生活的错觉。

徐望以前上班的时候并不热衷夜生活，可自从进了鸮，夜晚就被"绑架"了，他这才意识到能这样买醉到天亮也是一种福气。而他距离福气已经很近了，只剩两关。

深吸口气，徐望听见了那不知名处的猫头鹰叫："咕咕——"

酒吧歌声还在继续，没人听见奇怪的叫声，也没人意识到有五位客人悄无声息地不见了。

昏眩感消失，五个小伙伴重新睁开眼，已置身于一座小镇的街道上。

这是万圣节前夜，整个小镇都弥漫着节日气息，家家户户门前都摆着南瓜灯，街道上也是热闹非凡。陆续有小镇居民从五人面前走过，有的是家庭出巡，有的是好友结伴，唯一相同的是都打扮成了"妖魔鬼怪"，或女巫，或木乃伊，或面具杀手，或生化怪人，还有魔法师、吸血鬼、铁桶人等等，服装奇异缤纷，大多欢声笑语。孩子们更开心，拎着小篮子挨家挨户要糖果，不给糖就捣蛋。

五人站在原地没动。

过了两三分钟，一个神父朝他们走来。和樊先生那里买来的情报一样，神父将一张小镇地图和五个顶端尖锐的十字架交给他们，让他们把地图上标识的五个地点中的鬼用十字架降服，而后带到小镇南边的教堂进行驱魔仪式。

"我在教堂等你们。"神父交代完最后一句便匆匆离开。

小伙伴们已经见怪不怪。鸮里的很多任务 NPC，退场都草率得像急着去结工资。

徐望把十字架分发下去，人手一个，而后打开小镇地图和大家一起查看。

地图画得很详细，整个小镇的布局一览无余。他们所处的这条东西向街道就是小镇的主干道，小镇的多数房屋都是沿着这条街而建，也有少许离街道较远，孤零零散落着，每一幢房屋在地图上都清晰可见。不过地图上还没有标识——按神父所言，需要等五分钟，标识才能显现。

就这么举着地图等五分钟，时间还是挺漫长的，钱艾百无聊赖，又抬手臂看了一眼徽章手册，然后皱着眉和自家伙伴吐槽："难不成咱们要挨家挨户查天花板？"

天花板，是 12/23 的徽章提示。

"如果想不到更好的办法，只能这样。"徐望早就做好地毯式搜索准备了。

正说着话，头顶忽然传来粗哑的一声"嘎"。五人循声抬头，就见一只极黑的大乌鸦站在树梢上，定定地看着他们。

"嘎——"它又叫了一声，粗粝拖长的单音节缭绕着死亡般的不祥气息。忽然，它张开翅膀俯冲下来，尖锐的喙一下子衔住地图！事情发生得太快了，等小伙伴们反应过来，它已经将地图从徐望手中抢走，准备逃之夭夭。

况金鑫不是最先反应过来的，却是最先点掉文具的，因为他恰好有个文具正适用——<武>插翅难逃。可等他点掉文具再抬头，却找不到乌鸦了。他明明还听得见拍打翅膀的声音，却怎么也捕捉不到那抹身影，那恶鸟已带着一身极黑羽毛融入夜色。

"西面！它往西面飞了！"钱艾忽然发现了什么似的大叫出声。

况金鑫讶异："你能看得清？"

钱艾一边追上去，一边喊着回答："你要是像我这么命途多舛、步步坎坷，你也能练就眼观六路、耳听八方！"

什么最能使人迅速成长？求生欲啊！

况金鑫乐了。他其实一直觉得钱艾挺厉害，很多钱艾用过的武具，换别人其实未必用得来，而且也不是每一个运气稍微差一点儿的人都能像钱艾这样，在不断磨炼中急速提高战斗力。不过这话就不和钱艾说了，因为很明显，"苦大仇深"的氛围更有利于他的发挥。

很快，五个小伙伴就都跑了起来。池映雪跑在最后，看着况金鑫眼里对钱艾的信赖和认可，漂亮的薄唇抿成闷闷不乐的直线。哼，不就看见个鸟吗！

一行人一路往西，一直追到镇外，终于在一片树林里锁定那只罪恶身影，况金鑫立即启动"插翅难逃"，小伙伴们总算夺回地图。

抢回地图，他们才发现脚下是一片墓地，不算密集的墓碑分散在树林里，碑下长眠着逝者。夜风吹过树林，仿佛有人在低语。

此时地图已经显出标识，一共五处，距离他们最近的一处，正是他们刚刚跑出小镇前路过的最后一幢房屋。

没人喜欢在墓地多待，五个小伙伴彼此看一眼，立刻沿着树林路返回小镇。所幸他们没跑太远，走了大约十五分钟便回到了小镇西口，也看见了那幢二层房屋。

相比镇中心的热闹，这里显得有些冷清。整幢房屋粉刷成了红色，过于鲜艳的那种红，在月光底下像一张噬人的血盆大口。

"1、2号防御，准备。"吴笙沉声开口。

况金鑫和池映雪立刻去点各自文具。

鸮："有人对你使用了 < 防 > 恶灵退散哟。"

鸮："有人对你使用了 < 防 > 你动我一下试试哟。"

双重防御套齐，吴笙朝徐望点了一下头，后者抬手敲门。不料门虚掩着，一敲直接开了。一股煮东西的味道扑面而来，闻不太出煮的是什么，有点儿肉香，但还有点儿怪味。

五人悄悄走进房内，穿过玄关，便是灯光大亮的客厅。这是一间布置得十分温馨的小屋，沙发下是柔软的地毯，茶几上还摆着家人照片。但是客厅里没有人，味道是从更里面的厨房传出来的。

五个小伙伴慢慢往里走，越靠近厨房，脚步越谨慎。

厨房门大开着，一个戴着厨师帽的男人站在灶台前，他接近两米高，厨师帽几乎顶到天花板，身形极胖，宽厚的身躯完全挡住了他在烹饪的东西。从五个小伙伴的角度，只能看见他抬着一只手不断搅拌，像在熬煮什么。

味道越来越浓郁了。

男人搅拌的手忽然停下，像是感知到了不速之客。

五个小伙伴站定未动，但已不自觉屏住呼吸。

男人松开勺子，缓缓转过身来。五人瞪大眼睛，倒抽一口冷气——一张根本已经没有五官的、血肉模糊的脸，脸皮一块块撕开，露出血淋淋的肌肉组织，唯一还在的只有牙齿，可没了嘴唇的包裹，那两排牙就像恶魔。

不，这本来就是恶魔！

他转过来的时候，小伙伴们已经看清了火上的东西——一锅人手。

钱艾胃里翻滚，直接扶墙吐了。

吴笙在头皮发麻里点掉文具‘‹防›浩然正气天蚕丝’！专门对付妖孽的丝线从天而降，顷刻便将恶鬼捆住。血脸男挣扎了几下没挣开，他似乎想说话，可张嘴只有牙齿“咔嗒咔嗒”的撞击声。

在这诡异的牙齿声响里，五个小伙伴进入厨房，呈半弧形散开，一点点向血脸男包围。就在他们逐渐缩小包围圈的时候，血脸男忽然用力一挣，竟将天蚕丝挣断，而后抬起那一锅人手猛地一砸。砸的方向正是况金鑫，而况金鑫身后是厨房门口。

套着的两个文具，一个防恶灵攻击，一个可以进行反伤，但还没有哪一个是防被热锅泼的。况金鑫下意识想躲，可躲开了，就等于放出门口让对方跑，这一犹豫就已经来不及了。他几乎已经感觉到了滚烫的湿气。

可下一秒，一个人从旁边蹿过来直接将他扑倒，那一锅东西直接砸到了那人后背。况金鑫被人从头到脚护在身子底下，头更是被一只大手死死压在胸口，看也看不见，话也说不出，只知道那一锅东西半点儿没沾到自己。

随着锅落地的“当啷”声，护着他那人一跃而起，似乎料定自己的保护绝对没问题，看也没看他直接回身朝血脸男扑去。

况金鑫迅速爬起，刚捕捉到池映雪扑向血脸男的背影，就听见“砰”一声，停电了。一切瞬间笼罩在黑暗里，连窗外花园里的南瓜灯都灭了。

“小雪！”况金鑫一边担心地喊，一边摸索着往池映雪的方向去，结果刚走一步就撞上了不知道什么东西，“咣”一声，听着都疼。

况金鑫忍着没叫痛，池映雪倒出声了：“别乱动。”

然后，一簇小火苗从他的手中亮起，勉强映亮了大半厨房——‹防›辟邪打火机。

血脸男不见了！

四伙伴顺着光亮总算抵达池映雪身边，只见他后背衣服湿透了，贴在身上，仍残留着隐隐热气，裸露在外的脖颈一片红。这还是在打火机的光线下，要是白光底下，估计红得更吓人。

况金鑫立刻跑到水龙头旁边接了两大碗凉水。

吴笙原本想说赶紧用凉水冲降温，减低灼烫损伤，没想到况金鑫比他动作更快。

两大碗凉水冲下去，灼热感随之减轻大半，池映雪轻轻舒口气，扶着桌台站起来。虽然那灼烧的疼痛很快又卷土重来，可看着完好无损的况金鑫，池映雪就觉得这下还挺值。

“疼吧……”况金鑫看着池映雪湿透的后背，一想到过不了多久那儿就得起一片水泡，心里就难受，池映雪那么怕疼。

池映雪想说他现在已经不太怕疼了，阎王那股把自己都能豁出去的狠劲儿他好像懂了一点儿，可看着况金鑫眼里的担心，看着这人终于把所有目光都放自己身上了，那到了嘴边的话转了几转，简略成淡淡的两个字：“嗯，疼。”

况金鑫眼里的愧疚更深，但又不知道该说什么，无论是“谢谢”还是“对不起”都太生分了，也太轻飘飘了。

徐望慎重地问：“小雪，还能坚持吗？”

池映雪试着动了动肩膀，疼，但不影响行动：“没问题。”

“行。”徐望说，“那就坚持坚持，后面肯定还有恶战，还容易受伤，到时候攒一起再用治疗文具。”无尽海一周，治疗文具也只得了两个，只能咬牙用在刀刃上。

池映雪偷瞄一眼满脸担心的况金鑫，果断拒绝：“不用，我要自然康复。”

徐望、吴笙哑然。

钱艾瞠目结舌，这是什么魔鬼养生之道？！

5

借着“辟邪打火机”，五人将整个房子搜索了一遍，没有发现血脸男的踪迹。

最后，只剩下阁楼。

有了那一锅人手的教训，这一次吴笙说什么都不让徐望打头阵了，率先走上楼梯。徐望、况金鑫跟着，池映雪、钱艾殿后。

一进阁楼，血腥味扑面而来。吴笙皱眉不语，拿着池映雪的“辟邪打火机”轻轻前伸，火光映出十数个吊着的尸体，或断手断脚，或缺头缺四肢，没一个是完整的。所有尸体的断口处都还滴着血，像是不久前刚被人活活斩断。

随后上来的几个小伙伴差点儿被血腥味呛得喘不过气，等看清眼前密密麻麻吊着的人，连呼吸都僵硬了。

窒息的寂静里，异样的窸窸窣窣声从“尸林”后传来。那是蹲在里面墙根的一个黑影，掩藏在众多吊尸之后，背对着他们，不知道在干什么。

小伙伴们知道应该往前走，拨开吊尸，一探究竟。可想归想，这样的情景里，没人能向前挪动一步。钱艾庆幸自己胃里的东西刚刚都吐光了，否则肯定还要再来一次。

月光忽然照进阁楼，照在黑影背上，也照出了厨师帽的轮廓。那黑影慢慢回过身，一如他在厨房里一样，臃肿而迟缓。及至他完全转过来，众人才看清他啃着的是什么……那张只剩下两排牙的血脸啃得津津有味，血混在一起，分不清谁是谁。

鸮：“有人对你使用了 < 武 > 银子弹哟。”

就在血脸男抱着人腿缓缓起身之际，徐望按照战前部署直接使用了武具。下一秒，色泽冰冷的驱邪子弹已朝血脸男射去。

“砰——”刚站起的血脸男中弹，晃了一晃。

徐望正要补枪，血脸男忽然消失。

与此同时，不知哪里来的一阵风直接吹灭了吴笙手里的打火机。

吴笙心里一紧，就听见况金鑫惊道：“我用的防具消失了！”

话音刚落，便响起池映雪淡淡的附和：“我的也是，还有打火机。”

全队就罩了“恶灵退散”和“你动我一下试试”两个防具，另外一个使用中的文具就是“辟邪打火机”，一阵风，全失效了。

吴笙直觉不妙，钱艾却已经感觉到后脖子袭来的阴森冷风。他猛地弯下腰，用肩膀直直往后顶，果然让他顶到了一个浑身血腥气的人，不对，鬼。

伸手不见五指的黑暗反倒让钱艾安心，不用看这恶鬼的脸，自己的勇气值简直噌噌往上飙。

可那血脸男也不是吃素的，钱艾那奋力一下竟然没撞倒他，只是让他身形不稳地晃了晃，并很快重新扑来，直接将钱艾扑倒了。

钱艾这辈子还没觉得自己在蛮力上输过谁，眼下知道一山还有一山高了，后脑勺咣地磕到地板上，脑袋嗡嗡的，可耳朵清楚听见血脸男那两排咔嗒咔嗒的牙正在朝自己的脸靠近。钱艾头皮快要炸开，不是吓的，是怒的——你自己没脸，还不让别人有脸了？！

心一横，钱艾豁出去了，抬手猛地往那接近中的脑袋上一推，也不知道推哪儿了，反正手下都是黏糊糊的。他咬牙顶着，剩下那只手奋力去掏十字架。可那恶鬼死死压着他，他的手根本伸不进口袋。

正僵持，一个黑影忽然扑到了恶鬼的背上。

钱艾也看不清是哪个伙伴过来支援了，只知道自己身上的重量一下子变成俩人，快把他压吐血了：“喘不上气了，喘不上气了！”刚喊完，就见黑暗中寒光一闪，而后恶鬼发出一记凄厉嘶吼，猛地从他身上起来了。钱艾大吸一口气，胸膛被压迫的窒息感霎时缓解。

阁楼忽然亮起，光亮范围和强度比先前的打火机更大——吴笙一直没办法再点着池映雪的打火机，果断放弃，从背包里拿出了手电筒。

有了光线，大家才看清各自位置，也才看清骑在恶鬼后背上的池映雪。他正往外拔十字架——刚刚恶鬼那声吼，就是因为他扑到恶鬼后背时把十字架插进去了。不过插后背不行，得正面插心口。

他已蹭了半张脸的血，可是没有什么太激烈的表情，就像一个沉默的战士。

十字架被一下子拔了出来，血脸男趁机猛地抓住他的双腿，那力度不像要把人扯下来，更像要把人撕成两半。但池映雪灵巧一屈腿，躲过攻击的同时上身顺势向前弯下，手中的十字架稳稳送进了血脸男心口。就像瞬间起效的麻醉剂，血脸男一震，不动了。

池映雪等待几秒，确定恶鬼的确是不动了，才从他身上跳下来，抹了把脸，朝自家队友挑眉一笑。他这不抹脸倒还好，一抹整张脸彻底都是血，看着像另一个地狱恶鬼上来把血脸男 K.O（Knock Out 等的简称，指胜利）了。

可他那笑，又是小伙伴们熟悉的，带着点儿得意，带着点儿嘚瑟。

一个染了孩子气的阎王。不知道为什么，徐望此刻就是这样觉得的。

“你是不是背着我们偷偷补课了……”钱艾知道池映雪厉害，可刚才那身手比以前又上了八个台阶，不光身手矫健，还有一股不要命死磕的劲儿，简直战神。还用什么“你动我一下试试”啊，池映雪就是这个防具本尊！

“干得漂亮。”吴笙拍拍他肩膀，不吝赞美。

池映雪轻点两下头，算是回应了队友，然后继续一眨不眨地看况金鑫。

手电筒的光映亮了况金鑫的灿烂笑容：“厉害。”

池映雪一直绷着的嘴角终于翘起来。

“滋——”血脸男的身体忽然冒起烟。

五人一激灵，集体后退。

血脸男在腐蚀一样的烟气中化为一摊血水。“当啷”，原本插在他胸口的十字架掉在地上。

池映雪上前把自己的十字架捡起来，看看一地血水，不明所以地问吴笙："这要怎么送教堂？"

吴笙紧锁眉头，沉思片刻，忽然一抬眼："不对。"语毕，他转身就往楼下走。

四伙伴立刻跟上，眨眼就回到了客厅之中。

吴笙拿起茶几上的相框，脸色和声音一起沉下来："我们要抓的是另一个。"

相框中是一张父亲怀抱着小女儿的合影，父亲铁汉柔情，戴着厨师帽，女儿软萌可爱，穿着娃娃裙。

6

二楼的一间小卧室内，五伙伴站在床前，静默不语。

这是一间俏皮的儿童房，墙壁粉刷成了淡蓝色，像清澈的天空，地上铺着柔软的长毛地毯，地毯上静静立着一匹粉红色的小木马。

五伙伴集体站定的位置是墙角的儿童床旁，看尺寸该是五六岁大的孩子睡的，可床上没有人，只有一个娃娃靠坐在床头。那是一个很漂亮的娃娃，头发是微微波浪的金色，眼睛是湖水一样的碧色，剪裁合体的娃娃裙努力烘托着它的天真烂漫。

可惜，烘托得不太成功。因为它的表情太淡了，淡到让人生出一种错觉，仿佛那琥珀一样的眼睛正冷冷凝望着你。

徐望硬着头皮打破宁静："确定是这个？"

不知为何，在恐怖情境里，娃娃总能让人细思极恐，不寒而栗。

吴笙自怀里掏出十字架，眼里闪着学术实验一样的探索之光："试试就知道了。"

钱艾就佩服自家军师这一点，敢下地狱取样本，能到坟头搞实验。

池映雪不着痕迹地往况金鑫身旁靠近一点儿，同时握紧已被血染红的十字架，防备等下可能生出的意外。

况金鑫没察觉，因为他要兼顾吴笙的动作和自己的"文具盒"，想着一旦出事，第一时间用文具。

吴笙手中的十字架缓慢而稳定地刺入娃娃心口，一直到那四分之一的尖锐完全没入，横架贴到娃娃身上，再无法刺得更深，他才松开手。娃娃依旧静静坐在那儿，无知无觉。吴笙直起身，沉默。

钱艾有点儿没底："是不是搞错了，可能……我去！！！"惊叫出声的同时，他踩了弹簧似的猛地往后跳出一米多远，双眼惊恐地看床上。

小伙伴们没动，但并不比他镇定到哪里去。

床上的娃娃站起来了！

带着深入心口的十字架，娃娃走到床边，步伐未停，一脚踩空摔到地上。它僵硬爬起，继续前行，直至走到吴笙身边才停住不动。它刚刚高过吴笙的膝盖，站在吴笙腿边就像一个小孩儿。

吴笙往前走，它也往前走，吴笙往后退，它也往后退，亦步亦趋，但没有任何攻击倾向。

徐望看得心情微妙："它喜欢你……"

吴笙低头盯了娃娃半晌，想通了原理："因为十字架是我的。"

神父给他们十字架的时候并未多解释。他们买情报的时候，樊先生也只说用十字架插入心口抓鬼，没提及后续事宜。如今看了这第一只娃娃鬼的状态才明白，十字架可以让鬼丧失战斗力，并跟随用十字架制服他的人。也就是说，当抓到全部鬼之后，他们去教堂，鬼自然也就跟着他们去了教堂。

离开血脸男的家，五个小伙伴沿着街道往东走，很快便来到了地图上距离最近的第二幢鬼屋。

这是一幢简约风格的三层房屋，爬山虎几乎将整个房屋包围，只在缝隙中隐约可见一点儿浅灰色。那应该是房屋外观原本的颜色，类似北欧的冷淡气息，可现在，满满的爬山虎让整个房子陷入一种浓郁的幽深，像沼泽。

房门已经破败了，斜挂在门框上，站在门口可以看见里面一点点微弱的彩光。

一进客厅，娃娃就自动走到墙边不动了，像是知道五人要开始捉鬼 Part2，故而乖巧等待。

客厅到处都是厚厚灰尘，而灰尘之下是东倒西歪、残破不堪的家具，唯一完好的只剩下壁炉和壁炉上方挂在墙上的鹿头，像是被人打砸抢了之后又经过了漫长的孤寂。

可就是这样的客厅，挂着一串闪烁着的小彩灯，五彩缤纷什么颜色都有，统一的迷幻，统一的微弱，照得整个客厅诡异朦胧——刚刚在门口看见的微弱彩光便源于此。

"呼啦——"

毫无预警的声音在小伙伴们背后响起，像是布料被猛然抖落展开。

五人立即回头，只见一个身着斗篷的吸血鬼就在钱艾身后——金色的短发、深邃英俊的五官、仿佛能让人永世陷入的温柔眼眸，以及那优雅一笑下忽隐忽现的犬齿。

这样英俊的绅士，登场自然要有腔调，于是斗篷一直被吹得呼啦啦地响，仿佛内置鼓风机。

钱艾欣赏不了他的俊美，头皮炸开的瞬间连文具都顾不上点了，一个回旋踢正中对方胸口。优雅的吸血鬼被结结实实踢飞，在空中划过一道不算美丽的弧线，伴随着“嗷嗷”的惨叫落地。

钱艾一直对鬼有种本能的恐惧，可这一脚踢出去，好像把恐惧也踢出了裂痕，再结合鬼的惨叫，越发有信心，于是三步并两步上去，二话不说朝着坐地上的吸血鬼补出第二脚。

吸血鬼再没给他机会，这一次死乞白赖抱住他踹过来的飞腿哀号：“救命啊！杀人啦——”

跟上来准备补刀的徐望、吴笙、池映雪、况金鑫：“……”

钱艾腾空着一条腿，蒙了：“啥玩意儿？我杀人？”

抱着他腿的英俊吸血鬼愤怒得斩钉截铁：“就是你，你再踹一脚我心就碎了！”

钱艾在这微妙的控诉里起了一身鸡皮疙瘩：“你一个鬼能不能有点儿职业道德，咔咔干就完了，给自己加这么多台词有毛病啊？！”

英俊男子：“我是人，我过来找鬼的！”

空气突然安静。

十二目相对，钱艾默默放下腿，露出尴尬而不失礼貌的微笑。

英俊男子是在徐望的搀扶下起来的。误会解除，疼痛还在，他一边倒吸冷气一边揉胸口，哪还有一点儿刚刚的优雅范儿。好不容易能开口说话了，第一句还没啥营养：“你们怎么不扮装？”

徐望假装没听见这提问，直奔重点：“你在这里做什么？”

“探险啊。”男子把假的吸血鬼牙拿下来，口齿更清晰了一些，“这里是镇上有名的鬼屋，万圣节过来探险最合适不过了。”

“鬼屋？”徐望一脸惊慌讶异，那表情要多真诚有多真诚。

四伙伴默默看了墙角的鬼娃娃一眼，再次被自家队长瞬间入戏的技能折服。

金发男子不明所以，还傻白甜地给徐队长介绍呢：“这里原先住了一家三口，一对夫妻带一个上中学的儿子。有一天那个少年忽然在家里失踪了，警方怀疑是被父母杀害了，但一直没找到尸体，也没找到证据，就不了了之了。后来那对夫妻受不了流言蜚语，搬走了，这里就一直荒到现在。”

“那只能算荒废，不能叫鬼屋。”吴笙加入沟通，带着自己对“鬼屋”的严格定义。

“我还没说完呢，”金发男子继续，“这房子不是荒了吗，加上外面那些爬山虎，越来越有那种气氛，然后就有闲着没事的人过来探险……”

况金鑫好奇地问：“探出什么了吗？”

金发男子摇头："没有，连人都没了。"

徐望皱眉："人没了？"

金发男子说："嗯，所有来这里探险的人都失踪了。"

"那你还来？"钱艾完全不能理解这种作死的脑回路。

"好奇啊。"金发男子理直气壮，在这一刹那，周身赫然萦绕出一种为探索献身的无畏气质。

不过这迷人气质转瞬即逝，下一秒，他带着点儿忐忑四下张望，小声道："我总觉得那个失踪的少年还在这幢房子里，根本没离开过……"他压低的声音让整个客厅的空气悄然凉下来。小彩灯仍交替闪着，一眨一眨，像幽灵的眼睛。

徐望抿了抿嘴唇，还想继续挖掘更多的信息，金发男子忽然张大嘴巴，一脸惊恐，像是看见了什么可怕的、让他恐惧到声音都发不出的东西。五伙伴心里一震，立刻看向他紧盯的方位，可那里什么都没有，就一片看不清是灰是白的墙。

就在这诡异一刻，金发男子腾空而起，像是被一只大手甩起来，狠狠扔向壁炉！这次根本没有什么弧线，巨大的力道让男子如炮弹般砰地撞到壁炉上方的鹿头上。鹿角刺穿他的胸膛，鲜血染红了他斗篷下的礼服。他不动了，就像一件挂在墙上的破衣服，只是仍睁着眼睛。

前一秒还活生生的人，后一秒就死在眼前，饶是小伙伴们闯关经验丰富也得缓上一缓。可那暗处的鬼根本不给他们喘息的时间。

五伙伴集体腾空，完全复制金发男子的死亡路线，不由自主地朝那染血的鹿角极速而去。这一次他们清晰感觉到了那股难以抗衡的巨大力量！

"小况，缓兵——"腾空的瞬间，吴笙大喝。

况金鑫时刻待命的"文具盒"终于发挥效用，吴笙的"缓"字刚出来，他已经点掉文具！

鸮："有人对你使用了 < 防 > 缓兵之计哟。"

就在最先飞起的徐望距离鹿角尖端还有几厘米的时候，防具终于起了效。五个小伙伴的飞撞速度骤然缓下来，颇有点儿在太空飞船里飘的意思。

徐望抬手抓住鹿角，长舒口气，而后往上一撑，身体随之向上，避开鹿角，轻轻撞到墙壁上。后面的四伙伴如法炮制，池映雪最后一个落地。

然后，鹿头听见了文具的召唤——

鸮："有人对你使用了 < 幻 > 复活彩蛋哟。"

鹿头上的那双眼睛立刻有了神，而后鹿头蠢蠢欲动，墙壁不断发出"咔咔"的裂缝声。最终，鹿头昂角一声叫，冲破墙壁，化身一头完整雄鹿，带着角上挂着的金发男子扬长而去，只在夜风里留下一串鹿蹄声。

能把死物复活的文具只一位同学有。

四伙伴看向池映雪。

池同学耸耸肩："以防后患。"

像是为了替他验证，那暗处的鬼第二次将五人腾空，这回墙上再无尖锐物，于是东倒西歪的家具便一起浮起来，成了炮弹，从四面八方朝他们弹射而来。

小伙伴们不怕这样的物理攻击，他们有足够的文具进行防御，可任务是抓鬼，这连鬼的一根毛都看不见，光被动挨打了，怎么抓？

客厅终于平静下来。

"不行，赶紧搜。"吴笙顾不得气息不稳，飞快说了这五个字。

小伙伴们立即行动，几乎是飞奔着把一楼房间查看完了，没发现异样，但发现了一个地下室。

"用不用留一个人在外面望风？"进入地下室的时候，钱艾问。

吴笙果断摇头："这一关，我们一刻都不能分开。"

徐望帮自家军师补充："无数恐怖片主角们的悲剧都是从分头行动开始的。"

"……"热衷鬼片的钱同学回顾了一下观影史，发现这的确是黄金定律。

走进地下室，先闻到了令人作呕的腐烂味道。

吴笙在墙壁上摸索到了开关，按下，灯亮了。这并不让人意外，客厅的彩灯已经说明这幢房子通电。然而一幢荒废多年的房子为什么仍有电，这是让吴笙在意的点。

但眼下他没时间去想。

地下室里全是尸体。不过这一次再没有断手断脚，也没有血肉模糊，只是静静待在那儿，或坐或躺，衣衫完整。

"被鬼……杀的？"钱艾颤巍巍出声。

况金鑫硬着头皮大致环顾一圈，末了摇头："不太像……"

徐望和吴笙已上前查看，没敢轻举妄动，只是蹲在尸体前凑近了观察。

"更像是困死在这里的……"这是吴笙最后的推断。

况金鑫想起金发男子说的，试探性地问："笙哥，会不会是那些来这里探险后失踪的人？"

吴笙看着尸体们风格各异的穿着，点点头："有可能。"

"那不用问，"钱艾回身走到地下室门前用力一拉，果然，大门纹丝不动，"咱们也出不去了。”他现在对于这种“苦逼困境”已经十分淡然。

鸮：“有人对你使用了 < 防 > 金蝉脱壳哟。”

文具起效，五伙伴在一阵头重脚轻中回到房屋外的街道上。鬼娃娃不知何时已回到吴笙腿边。

脱身不是难事，但捉鬼，很难。

钱艾看着这幢爬山虎鬼宅，一筹莫展：“消耗了这么多文具，连个鬼影都没看见。”

徐望抿了抿嘴唇：“如果真是那种来无影去无踪的鬼就难办了。”

“可是这种设计根本就是无解啊，”况金鑫有点儿苦恼地抓头，“锁定不了鬼，怎么用十字架？”

原本皱眉苦思的吴笙听见况金鑫的话，眼中一闪：“不可能是无解的，否则闯关的逻辑就不通了，肯定有办法逼它现身，只是我们还没发现。”

“怎么才能发现？”池映雪最不喜欢这种被动挨打的局面，难得搭话追问。

吴笙抬头望着已被墨绿色覆盖的建筑，淡而坚定道：“再进。”

进一次不行，两次，进两次不行，三次，数据总有搜集完的时候，到时就是答案浮出水面的那刻。

7

二度踏入客厅，还没等鬼娃娃自动去墙角，五人就愣了——客厅中央，身披斗篷的金发男子正挑眉看着他们。

他没笑，于是看不见吸血鬼的牙齿，但斗篷仍在他背后随着不知哪里来的风呼啦啦抖动。他胸口也没有伤，一如既往的英俊优雅，只是看向五人的目光陌生而讶异：“你们也来这里探险？”

鹿头已经不见了，门板被彻底撞掉，一片狼藉的地板比先前更乱，家具攻击扬起的尘土尚未落定。一切都没有重来。可眼前这个人却回来了，金发、斗篷、刀刻斧凿一样的深邃五官，以及弥漫着淡淡欠揍意味的优雅……货真价实就是被鹿角洞穿的那位。

诡异的重逢，让五伙伴汗毛直立。

“你……不记得我们？”徐望小心翼翼地试探性开口。

金发男子歪头，一脸莫名：“我们认识吗？”

五伙伴沉默下来，伴随沉默的还有警惕——事有异象，必不祥。

短暂停顿后，徐望摆出一副初次见面的姿态，继续问金发男子：“你来这里做什么？”

金发男子神情一松，显然这个问题在他的舒适区域：“探险啊。难道你们不是？”

徐望眨眨眼，一脸无辜和茫然。

“你们该不会连这里是鬼屋都不知道吧？”金发男子立刻在线科普，“这里原先住了一家三口，一对夫妻带一个上中学的儿子……”

已听过一遍的背景故事又让人倒带重播似的科普了第二遍，五伙伴默默站在那儿，忽然很想有个回车键，把这样的NPC对话快速跳过。

“……就一直荒废到现在。”金发男子一口气讲完，颇有种完成使命的责任感。

五伙伴彼此看看，十道目光无声交错。

池映雪——可疑。

吴笙——十分可疑。

况金鑫——特别可疑。

徐望——绝对可疑。

钱艾——那还等啥？上啊！

五伙伴刚统一完战术目标，金发男子忽然腾空，猛地撞向墙壁。同前次死亡一模一样的过程，不过结果大相径庭——鹿已经跑没影了，破了个大洞的墙壁只是撞疼了他的后背。

吴笙心中掠过疑惑，可还没等他细想，落地的男子敏捷起身，身形一闪，斗篷于迷之风中扬起，人已极速朝门口移去。吴笙心中一凛：“老钱！”

钱艾距离门口最近，此时心领神会，一个跨步就用伟岸身躯挡住了失去门板的大门，手中“‹武›勇者之锹”往地上一戳：“我堵门，你放心，敢过来，铲死他！”铁锹在小彩灯的照耀下，有一种魔性的力量之美。

金发男子移动未停，但速度有一瞬间的放缓。就在这缓下的一霎，他的斗篷忽然再度飞扬而起，“呼啦”。

斗篷划开空气的声音里，钱艾的身体不受控制地腾空，头“咚”的一声结结实实撞到天花板，脑袋嗡一下蒙了，还没从七荤八素里缓过来，身体又急速下坠，“砰”的一下落到地上，腿差点儿震麻。

四伙伴一惊，钱艾自己也蒙。

迟到的提示终于在耳内响起——

鸮：“有人对你使用了<武>七上八下哟。”

钱艾怔住，七上……八下？

“咚！”

“砰！”

“咚！”

“砰！”

“……”

“他能用文具——”钱艾终于在上蹿下跳里回过神，忙提醒队友们。4/23 月光迷宫里的 NPC 们也是用文具的，但后面关卡里这样的情况比较少见，他们就不自觉大意了。

随着钱艾又一次弹起，大门成了空门。金发男子眯起眼，如冲刺般极速向门口而去，他的速度极快，以至于到门口时钱艾仍未落下。可就在这时，他身形一顿，再不能向前半步，一回头，斗篷让人狠狠扯住了。

池映雪将扯住的斗篷布料在手上挽了一圈，拉得更牢、更紧。他歪头看着金发男子，淡淡的自信，淡淡的挑衅。

这边，钱艾数着自己“砰”“咚”的次数呢，已经七上七下了，这一次落下来，文具就失效了，他便可以和池映雪前后夹击……

鸮：“有人对你使用了 <幻> 地狱循环哟。”

“咚！”

“砰！”

“……”

新一轮的弹跳里，钱艾无比怀念“幸福蹦蹦床”。虽然都是上蹿下跳，但人家蹦蹦床没天花板，没地板砖，怎么蹦跶都不疼啊，还有童趣。

“小雪，蹲下——”徐望突如其来一声喊。

池映雪本能照做，但手上的斗篷仍未松。身形刚低下，一颗银子弹已出膛。

金发男子敏捷地往旁边一闪，子弹擦着他肩膀而过，礼服和皮肉一起破开，灼烧出一道伤痕。他朝着徐望的方向看，眼底猛然一沉。

窗外忽然传来诡异的震动。下一刻，铺天盖地的黑蝙蝠破窗而入，攻向徐望。吴笙和况金鑫立刻过去支援。

金发男子收回目光，看着重新站起的池映雪，声音已是寒霜：“我最讨厌被人抓斗篷。”

池映雪勾起嘴角，真诚的开心染上眉梢：“我最喜欢干别人讨厌的事。”话音未落，寒光一闪，他的十字架已然出手！

利器刺入皮肉的声音闷而短促。池映雪一刺到底，没给对手留半点儿余地。可还没等他品尝胜利喜悦，十字架下刺穿的金发男子忽然变成了一个木头做的假人——仍是金发、黑斗篷，可眉眼都是雕出来的，四肢、躯干则用某种铁质转环连接。

鸮：“有人对你使用了 <幻> 李代桃僵哟。”

耳内提示让池映雪明白了缘由。

没时间懊恼，他用力往外拔十字架，可十字架齐根没入假人心口，如一枚楔子牢牢钉入木中，竟然拔不出。就在他想尝试第二次的时候，听见了“咔嗒咔嗒”的僵硬声响——假人抬起了胳膊。

那胳膊抬得僵硬，打过来却速度极快，池映雪一偏头，这挥来的一下错过面门，沉沉落在他仍握着十字架的手臂上。重重一疼，池映雪的眉毛鼻子都皱在了一起。

这厢池映雪和木头替身扭打在一起，那厢金发男子斗篷一扬，随即腾空，朝着刚刚被蝙蝠冲开的窗口翩然而去。他飞得优雅，是一种胜券在握的从容。窗口近在眼前，他已能感觉到夜风拂面……

“啪叽！”一张粉红色丝线织成的网结成一扇镂空的“窗”，优雅的金发男子就像他召唤来的蝙蝠一样，啪叽，粘网上了。

鸮：“有人对你使用了 < 武 > 爱的蛛网哟。”

金发男子呈大字形粘在蛛网上，费力回头，就见前去支援的两个人仍在和蝙蝠缠斗，可蝙蝠真正要攻击的那人却从混战中爬出来，正朝他这边走。

“喜欢吗？”徐望一边往窗口走，一边朝负隅顽抗的金发男子比手势，“都是小心心哟。”

金发男子也不知道怎么就福至心灵，闻言立刻低头看粘着自己的粉红色蛛网，很快辨认出，那每一个网孔都是“心”的形状。

“你们的品位太恶劣了……”金发男子一脸嫌弃，身后未被粘的斗篷潇洒一扬，“哗啦”。

吴笙在蝙蝠群里仍捕捉到了这声音，立刻反应过来：“他要用文具！”

徐望接收到提醒的时候，耳内提示已经来了——

鸮：“有人对你使用了 < 防 > 强力粘鼠板哟。”

刚拿出十字架的徐望脚下出现了一个巨大粘鼠板，直接定住了他的步伐。距离窗边只一步之遥，不甘心的他想立刻脱鞋，不想竟然脱不掉，那粘鼠板像把他的鞋袜、脚底一并粘住了似的。

“嘎——”窗外忽然飞来一只黑乌鸦，直冲着蛛网啄去，啄没两下，几根网丝就被它啄断了。

徐望眼见不好，想再用文具，不料刚抬手臂，一个影子就从身边擦过。他冲得太快，快到徐望看不清是谁，只能感觉到他带起的疾风。等目光终于定下，那冲过来的小伙伴已牢牢扯住了金发男子的斗篷。

不是池映雪，是况金鑫，可那姿势、那气势，俨然是刚刚池映雪那招的原景重现！

“我说过我最恨别人扯我斗篷！”金发男子已经咬牙切齿了。刚刚的酣战让他早就丢掉了假的吸血牙，可现在，徐望清楚看见了他正在缓缓生出的真正犬齿。

况金鑫死死攥着斗篷，战斗精神一点儿不比池映雪弱，可一张嘴就还是况氏画风，没半点儿嘚瑟或者挑衅，全是认认真真的平和沟通，实实在在的诚恳建议：“你如果真不喜欢别人这么做，下次就穿紧身斗篷。”

金发男子：“……”

徐望：“……”

这个非常有创意的建议，让在场一人一吸血鬼都陷入了“想象困难症候群”。

“扑啦啦——”

那边的吴笙不知用了什么文具，围攻的蝙蝠轰然散开，四下逃窜。乱窜的蝙蝠让整个客厅的视野一霎混乱。

吴笙趁乱冲过来：“小况、徐望——”

这一声吼让已经被蝙蝠干扰的金发男子思绪更乱了，下意识看向声源。况金鑫趁机用力一扯，直接将对方从窗口扯落到地上。徐望则已向跑来的吴笙递出十字架——军师的十字架还插在鬼娃娃心口。吴笙速度不减，接过十字架就顺势往地上的金发男子心口刺！

一边是况金鑫的牵制，一边是吴笙的攻击，金发男子已避无可避，连扬斗篷用文具的机会都没了，终于眼睛一红，急切出声：“存档！我给你们存档！”

吴笙的十字架尖已经碰到了礼服布料，再一寸就刺进去了。幸好一方喊得够早，一方停手及时。

“你说什么？”吴笙手肘压在男子胸口，再确认一次。

“我说存档，给你们存档还不行吗……”金发男子撇着嘴，连犬齿看着都可怜巴巴的了，“我就是过来探个险，你们为什么非要杀我，吸血鬼就不能鬼屋探险了吗……”金发男子越说越伤心，落下一滴血族的眼泪。

握着十字架的吴笙：“……”

扯着斗篷的况金鑫：“……”

粘鼠板上的徐望：“……”

和木头人摔跤的池映雪：“……”

地狱循环的钱艾：“……”

“存今时之境，续已结之缘，纵荆棘多险，愿前路平安。”

“叮——”

徐望（文具盒）：获得 <幻> 岁月倒流。

吴笙（文具盒）：获得 <幻> 无所遁形。

钱艾（文具盒）：获得 < 武 > 一毛不拔。

况金鑫（文具盒）：获得 < 防 > 南瓜马车。

池映雪（文具盒）：获得 < 幻 > 我是谁。

“叮——”

小抄纸 ：“存档成功。”

金发男子在淡金色的光雨中悠然消失，很久之后，夜风中还能听见他的斗篷声。

五伙伴站在客厅，望着一地狼藉，心情复杂。

“所以，他单纯就是存档 NPC ？ ”钱艾朝撞得通红的手背吹气，要不是这双手护着，他脑袋现在已经开瓢了。

徐望把十字架收起来 ：“应该是。”

“他反复出现就是为了提醒我们存档？ ”况金鑫有点儿懂了，但又没全懂，“可是第一次他很快就死了啊。”

吴笙 ：“如果不是小雪弄走鹿头，第二次他也会死得很快。”

池映雪安静淡然，只在军师提到自己名字时轻点一下头，仿佛在说“对，就是我的功劳”。

徐望悟出门道了 ：“虽然存档 NPC 反复出现，但每一次留给闯关者的存档时间都很短，如果不能在前几分钟内有所行动，NPC 就会被那股看不见的力量杀死。”

吴笙点头。

“可是我们也被那股力量攻击过，那究竟是什么……”徐望皱起眉头，环顾客厅东倒西歪的家具，心里漫过寒意。

吴笙知道，自家队长心里已经有答案了。

“就是这个房间里的鬼。”

五分钟后，吴笙站在客厅中央询问伙伴 ：“准备好了吗？ ”

四伙伴点头 ：“嗯。”

吴笙沉下呼吸，点掉刚刚得到的存档奖励——‹ 幻 › 无所遁形。这幢房子里到底住着一只什么样的鬼，马上就要揭晓了……

幻具的金光一霎而开，又一霎而逝，一同带走的还有原本朦胧迷离的彩光。客厅彻底暗下来，像突然停电的观影厅。

五伙伴屏住呼吸，等待恶鬼显形。

忽然，一粒微光在黑暗中亮起。那光很小，很弱，稍不留神就会被忽略。但是很快，两粒、三粒、四粒……短短十几秒，无数微光粒子在黑暗中浮现，从上到下，从左到右，填满了整幢房屋，就像宇宙中反射着光的尘埃。

五伙伴站在这满天满地的光粒中不寒而栗。

这就是他们要捉的鬼。

他们以为苦寻不到，实则对方无处不在。

第五章　早　安

ZAO　AN

群殴战难分难解，小十三再度相逢。

1

刚刚因为存档而稍稍定下的心，被这一室诡异的光粒再度扰乱。

小伙伴们都在谨慎观察，唯独池映雪毫不犹豫抬手抓了一把。

他这一动，把旁边的钱艾吓着了：“哎哎，你乱抓什么，万一爆炸呢！”

池映雪被他吵得蹙眉：“与其看来看去，不如直接抓几个过来拷问。”

徐望无语地看着这俩队友，一时不知道该吐槽“爆炸”，还是“拷问”。

“抓到了吗？”况金鑫倒是很认真看着池映雪握拳的那只手。

池映雪把手掌摊开，还真有些许光粒。

“能抓到？！”况金鑫始料未及，立刻伸手去摸。可他的手刚过去，那些光粒就游移开了。他又试着学池映雪那样去抓，也可以抓到些许，但奇怪的是手心并没有感觉，就像抓了一把空气。

钱艾忐忑地挥动两下手臂，果不其然，那些光粒会随着他的动作游移，没什么规律，就像是被气流吹开了，而他从视觉上可以清晰看到手臂碰到光粒了，可触感上什么都没有。钱艾纠结得想抓头：“这到底是一个什么鬼？”

“灰尘？空气？”况金鑫只能想到这些。

钱艾满头黑线：“你确定你说的这两样能找到心？”

徐望叹口气，自家队友抓到了重点。如果他们扎不到鬼的心，那扎心的就是他们自己了。

吴笙望着那些或静止或微微游移的光粒，若有所思。

“咔，咔，咔……”

左边墙壁传来诡异声响，像是有东西在抠墙。

五人一激灵，立刻转头去看，是挂在墙上的电视正在拼命震动……

“小心！”钱艾见多识广，一看这阵势就知道要遭什么殃，立刻伸手扑倒最近的两个伙伴——池映雪、况金鑫。

吴笙在他提醒的同时也揽住徐望扑倒。

就在五人倒下那一刻，电视机硬生生从墙壁上脱落，重重朝他们砸来。已倒地的五伙伴忙往两边滚，电视机最终砸在他们原本倒下的地方，“砰”一声爆了。即便只是小型爆裂，在不算宽敞的客厅也威力不小，五伙伴努力护住头，可身体还是被飞溅的碎片打到，火辣辣地疼。

徐望忍着疼痛，在扬起的满屋尘土里点掉“‹防›看不见的铁桶阵”，不料才和防具建立联系，就听见了一声清脆的“当啷”。他在尘土中稍稍抬起头四下张望，就见一个像是搅拌机的十字刀片弹落在吴笙旁边的地上。就在他看过去的这一刻，刀片忽然又弹起来，急速旋转着再次冲向吴笙。

吴笙也已经看见了，但一动未动，像是全然信任徐望的防御，只紧紧盯着刀片周身莫名集中的光粒，目露思索。

徐望聚精会神，防具不敢有一丝一毫的松懈。刀片再度撞上看不见但实际排得密密麻麻的铁桶，颓然落地。徐望一颗心已经跳到嗓子眼，额头一层冷汗。

钱艾、池映雪、况金鑫这时也看见刀片了，可还没等他们细想，又一把菜刀从厨房里飞出，“热情洋溢”地直奔他们而来。虽然有队长的防御，钱艾还是头皮一麻，当即点掉自己的“‹防›铁板一块”。这下菜刀还没撞上看不见的铁桶就先撞上横空出世的铁板，弹飞撞墙，刀刃深深嵌入墙壁之内。

接下来的半小时，小伙伴们迎来了一拨又一拨攻击，防具也被破了又破，好在他们都能及时补上新的。

这些攻击里有家具、电器、厨房用品、日用五金等等，只要房子里有的，能造成杀伤力的，都往五人这里招呼。

小伙伴们防是防住了，但驾驭防具也是需要精神力和体力的，尤其这样长时间、高强度的驾驭。半小时僵持下来，没有人还能稳住呼吸。更重要的是，这并没有改变他们的被动局面。他们的确是成功防御了，但也等于困在了防御圈里，鬼奈何不了他们，他们也抓不到鬼。

“这么下去不行啊，”钱艾喘着粗气，有点儿焦灼，“回头防具都耗完了，我们就真没胜算了。”

况金鑫看着防御圈周围散落一地的“攻击物”，忽然道：“队长，笙哥，你们有没有觉得这些东西被扔过来的时候，它们周围的光粒比别的地方多？”

徐望皱眉：“这些光粒就是鬼，这些东西就是被鬼扔过来的，所以它们周围光粒多正常，现在的问题是……”

“怎么把这只鬼逼出来。”吴笙沉声接口。

钱艾看着周围的光粒，一头雾水：“这不已经出来了吗？全是，随便看。”

池映雪淡淡瞥他一眼：“是要逼出看得见心口的形态。”

钱艾发誓他在队友眼中看见了嫌弃，立刻哀怨瞟过去：“小雪，我发现你最近话变多了，没以前那么可爱了……”

池映雪：“……”

况金鑫看着池映雪那写满一脸的说不出的郁闷，有点儿心疼，又有点儿想乐。

徐望莞尔。某种意义上讲，已敞开心扉接受小雪的钱艾正在慢慢摸索出一条“雪克星之路”。

只分神听了这么一句队内聊天，浅浅笑意还没来得及收回，徐望忽然觉得一只无形的手扼住了自己的脖子，只一霎，他就无法呼吸了！带着笑的神情僵硬在脸上，徐望喊不出声音，只能伸手去抓，顷刻就在自己脖子上抓出一道道血痕。

“徐望！”吴笙发现异样，瞬间变了脸色。半小时的攻防战，饶是吴笙也不自觉进入一种战斗惯性，他没想到鬼怪会在这时候改变攻击方式。

徐望仰起头，张大嘴，拼命想呼吸，但一口空气都吸不进来。他又要抬手抓脖子，可还没碰到，手就被吴笙用力握住。

况金鑫、钱艾、池映雪此刻也已经看清楚了，一团光粒像丝带一样紧紧缠绕在徐望的脖颈。铁桶阵和铁板防得住物件，却防不住微小光粒。他们一直以为光粒要驱动物体才能攻击，显然错了，光粒本身就可以攻击。

可当徐望想要扯掉“光粒丝带”，那光粒就开始游移，且只循着“光带”游移，既不减轻缠绕力道，又让人拿它没办法。

“帮我按着，别让他伤害自己！”吴笙将徐望交给三个伙伴，而后飞快起身，根本顾不得再往身上套防具，直接冲出防御圈，直奔厨房。刚刚的攻击物一大半都来自厨房，他一直在思忖鬼的源头或者某种关键就在厨房，甚至对鬼存在的形式已经有了某种推测，可还没来得及印证，徐望就被攻击了。

随着吴笙的身影消失，厨房里传来一阵嘈杂，没两秒，嘈杂停止，满室的光粒一霎消失。它们显形得安安静静，灭得也悄无声息。整栋房屋重归黑暗，没有光粒，也没有小彩灯，是彻底的黑暗了。

与此同时，徐望感觉到脖颈一松，他立刻大口呼吸，贪婪汲取劫后余生的氧气。

吴笙第一时间跑回客厅，于黑暗中准确找到徐望，有点儿急切地问："怎么样？"

"没事了……"徐望一开口，才发现自己哑得厉害。

吴笙终于舒口气，心神落定。好半晌，他才想起来拿手电筒，待到手电光线映亮客厅，他才道："是电荷。"

钱艾愣愣看着手电筒光中的自家军师："啊？"

徐望努力消化吸收，奈何实在艰难："你是说……这个鬼吗？"

"嗯。"吴笙说，"我一直在想这些光粒究竟是什么，现在终于想明白了，它们很像空气中原本就存在的游离电荷。这些电荷我们平时看不见，也感觉不到，但当它们有序地集中在一起，威力就是难以估量的……"

徐望："你的意思是，这只鬼附身在了这些游离电荷上？"

吴笙摇头："不，它就是电荷本身。"

况金鑫："可是笙哥，你不是说空气中原本就存在这些电荷吗？"

吴笙："原本就存在的电荷现在依然存在，但它们从始至终都不会在'无所遁形'下显形，但凡能被我们用幻具看见的，就是鬼。"

听到这里，徐望大概明白了，如果说空气中原本就存在的电荷是第一层电荷，那这只鬼分解成的电荷就是第二层电荷，他们看见的"满室光粒"、攻击他们的物体周身围绕的那些"光粒"，还有缠绕他脖子的"光粒"都是这第二层电荷，也就是这只鬼。

"所以呢？笙哥，你刚刚在厨房做了什么？"况金鑫知道光粒的突然消失必定和自家军师有关。

吴笙也不卖关子，直截了当道："拉电闸。"

况金鑫、徐望、池映雪："……"

钱艾："就这么……简单粗暴？"

吴笙借着手电筒光，又看一眼徐望的脖子，确定没有大碍，才继续道："从进这栋房子我就觉得奇怪，为什么那么久没人住了还有电，还能亮灯，这不符合鬼屋气氛的烘托。直到我开始怀疑那些光粒是电荷，才把二者联系上……既然这只鬼的攻击原理有一定的科学性，不管是不是真的科学，那它的存在原理必然也要符合基础的科学逻辑。它不能凭空存在，然后无限续航，想要一直攻击我们，就必须要有……"

"能量源！"离大学课堂最近的况金鑫非常适应这种引导启发性讲解。

"嗯，"吴笙欣慰点头，"所以这间房子必须有电。因为电本身就是这只鬼的存在依托，它可以是电流，可以是电荷，可以集中，可以游离，只要有电，它就能存在。”

钱艾就这句结尾听懂了，立刻又替鬼担心起来："那我们把电闸拉了，它不会就灰飞烟灭了吧？”

“不会，”吴笙沉吟片刻，又补了两个字，“应该。”

钱艾："你能不能对鬼负点儿责……”

鬼暂时被制住了，不管它还能不能“复活”，至少现阶段的确是无法攻击了。已被折腾得疲惫不堪的小伙伴们决定趁“中场休息”搜寻一下天花板，看有没有徽章下落。

不过在搜索之前，吴笙先让况金鑫去厨房守着电闸，以防这第二只鬼还拥有某种他们没考虑到的力量，再偷偷把电闸推回去，到时候猛鬼一回魂，他们容易被打个措手不及。

况金鑫得令，立刻奔赴厨房，结果池映雪扔一句“不是不能单独行动吗”自觉跟上，硬是把一人行变成了二人组。

吴笙想了想，的确两个人更安全，也就没多说。

徐望却在目送电闸二人组的时候闻到一丝淡淡血味，低头搜寻一圈，发现是吴笙的胳膊划开了一道长长口子。他想起了先前吴笙去厨房时那一阵嘈杂，这才明白刚刚拉断电闸那短暂几秒间，也是经历过一场恶战的。

意识到徐望的目光，吴笙连忙甩甩手臂："没事儿。”

“等有事儿就晚了。”徐望说，“你不是带着医药箱吗，赶紧包一下。”

“太耽误时间。”吴笙说，“小雪被烫那么厉害都没吭一声，我这更是小伤。”

“他那是想让小况多记一会儿他的人情。”徐望当时没懂，后来脑子也转明白了，就冲池映雪护着况金鑫那劲儿，肯定希望对方百分之二百领情，“怎么的？你也想让我心疼？”

吴笙怔住，然后乐了："疼吗？”

徐望咬牙："疼、死、了。”

这边吴军师心满意足让队长包扎，那边钱艾脑袋嗡嗡的。小雪要自然痊愈，不是养生习惯？小雪为啥要让小况欠他人情？小雪最近好像有点儿变化？小雪对直播有没有兴趣？上次直播很成功啊，要不要再拉他代班一次吸吸粉？这一次吃江西菜吧，江西都有什么好吃的呢……一直到开始搜索天花板，钱艾脑袋里再没有任何队友，只剩下美食。

2

厨房，电闸前。

吴笙让况金鑫过来守着，况金鑫就真是守着，站在电闸前一动不动，连眼睛都尽可能少眨，就认真盯着，要是目光有热量，电闸已经着火了。

池映雪陪他站了十五分钟，就“被沉默”了十五分钟。

安静陪着况金鑫这件事池映雪喜欢，但如果能说话就更好了。他想和况金鑫说说话，从上一关到这一关，他们就没说过几句。上一关他贡献了半瓶薄荷水，这一关他贡献了整个后背，都没换来他真正想要的东西。

可是他究竟想要什么，连他自己都说不清楚。先前他以为就是想要况金鑫冲自己笑一下，但是当抓到第一个鬼，况金鑫冲他笑一下之后，他又觉得不够——那一瞬间，心里是高兴的，可高兴完了，又空落落的。

池映雪看着况金鑫的侧脸，看着看着就有点儿生闷气，也不知道是生自己的气，还是生对方的气。尽管如此，他还是牢牢记住了亲哥“你要是让他也觉得舒服，人就是你的了”的教诲。怎么才能让况金鑫舒服，池映雪还不清楚，但说话不中听肯定属于“不舒服”范畴。有了这层觉悟，池映雪真正开口的时候就难得选了个“中听”的切入点：“你刚才扯那个存档 NPC 的斗篷，还扯得挺像样的。”

一直安静的队友忽然出声，吓了况金鑫一跳，再一听这话的内容，他看向池映雪的目光里就多了几分打量。

厨房窗户就在两人身边，洒进来的月光让一切明净清晰。

池映雪被打量得有点儿别扭，刚刚努力升温的语气就降回了微凉的池氏温度：“看什么呢？”

况金鑫诚实道：“看你是不是真心夸我。”

意料外的答案让池映雪淡淡蹙眉：“你什么时候也防着人了？”

况金鑫垂下眼睑，一时无话。

池映雪这才想起自己先前说过对方“虚伪”的话。其实说完他就忘了，所以再说好话的时候一点儿都没觉得衔接不上。

“上次……”池映雪莫名就想解释一下，但开了个头就卡住了。这种事后解释找补的事情，之于他太过陌生。

不料接口的却是况金鑫：“上次你说得对。”

池映雪愣住。

况金鑫没看他，重新看向电闸，像是认真盯着，可目光有些飘，声音有些低：“我后来认真想过，每个人都有自己的性格和习惯，有自己的日子和活法，其实我没什么资格拿那些我以为对的话去劝导甚至评判别人……上次说你寂寞，对不起。”最后一句忽然轻下来，轻得几乎听不清。

可池映雪听清了。就是因为听清了，心里更闷，闷得他很不舒服。他上次就是在生气，一生气就看不得别人舒坦，可他没料到这些况金鑫都清楚，更没料到会是对方和他道歉。

况金鑫似乎能摸清他的每一次情绪波动，可反过来，他完全不知道况金鑫在想什么，这让他有些慌。他从没有像现在这样想抓住一个人，可越用力，效果越糟。池卓临说的那些鬼话搅得他头大，他不想猜了。

“小四金。”静谧月色里，池映雪淡淡出声。

这语气太熟悉亲切，况金鑫不自觉偏过头看他：“嗯？”

池映雪定定地望着他：“怎么才能让你舒服？”

况金鑫：“……什么？”

池映雪：“你希望别人怎么对待你，你才舒服？”

况金鑫被这神奇的问题砸得有点儿蒙，理解思考了半天才勉强给出一个负责的答案：“坦诚吧，有什么说什么……”

“就这样？”池映雪做好上天入地的准备了，结果答案意外的……简单。

况金鑫像是被他的神情逗乐了，又用力点了一下头：“就这样。”说完，他静静看了池映雪一会儿，“其实你身上有这一点。”

“我？”池映雪怀疑地眯起眼，显然对于自己的性格不像颜值那么有自信。

况金鑫：“嗯，你高兴就是高兴，不高兴就是不高兴，从不屑于说谎话来达到什么目的……”

“但我也从来不把真话说全。”池映雪耸耸肩，打断他，“我只说别人听着不顺耳的真话，别人听了会高兴的，我都不说。”

况金鑫愣住，一脸困惑：“为什么？”

池映雪一脸骄傲：“我喜欢看人生气。”

况金鑫哭笑不得：“你这是什么爱好……”

“但我想看你开心。”池映雪的声音低下来，柔得像月光。

“……”

“没徽章，还得继续往下找。”徐望的声音先到厨房，然后人才进来，“电闸没什么异常吗？”

况金鑫愣了愣才摇头：“没，没动静。”

吴笙跟在徐望身后进来，自顾自道：“我刚刚想到一个法子，也许能将它在电荷状态下一网打尽。”

“就算一网打尽了，怎么插十字架啊？”最后一个进来的钱艾听见吴笙说有招，先是高兴，可高兴完又觉得前景依然不太乐观。

吴笙：“到时候随机应变吧，实在不行就再拉一次电闸。”

钱艾一听，也是这个理，反正他们电闸在手，就等于玩游戏有了无数条命，一次不行，断电重来呗。这么一想，前景好像又照进来灿烂曙光。

徐望耳朵听着吴笙和钱艾的话呢，眼睛却是看况金鑫：“小况，你怎么了？”

况金鑫的神情还是有点儿呆，被点了名还傻头傻脑的：“啊？”

徐望更担心了，怕是自家队友哪里不舒服，伸手探了一下对方的额头，微热中带着一点儿潮气，完全符合发烧并出一点儿虚汗的症状，连忙问：“你是不是感冒了？”

况金鑫窘，也不知道怎么解释，只能干巴巴说：“没有。”

徐望怀疑皱眉，探着额头的手往下移，想再摸摸况金鑫的脸烫不烫，不想手刚动一下，况金鑫就被人拉了过去。

池映雪从背后把况金鑫环住，抬手帮徐望完成了后续诊断：“是有点儿热。”他用食指和中指的指背轻贴况金鑫的脸颊，越贴越觉得对方的热度的确有点儿不寻常，心里也有点儿没底了，“你不会真感冒了吧？”

况金鑫一动不敢动，脸像火烧一样热，忽然很庆幸军师拉了电闸。刚刚池映雪说的那些话已经把他搅乱了，脑袋乱，心里也乱，他甚至分不清是高兴多一点儿还是害怕多一点儿。因为池映雪是不定性，是没有规律可循的，他今天生气了就会扔刀，明天开心了又会发糖，况金鑫怕吃了糖，收刀的时候更疼。

钱艾总觉得小况的表情不太自然，便立刻用自己的智慧推理出了原因：“小雪，你松开点儿，让你这么搂着，不热都焐热了。”

池映雪眉头皱起来，难得听取了别人意见，稍稍放松了力道，生怕真把人捂出毛病来。

况金鑫趁机从他怀里溜出来，跑到徐望面前来了个漂亮的立正，甩掉胡思乱想，重新把注意力集中在关卡上，腰板笔直，声音洪亮：“队长，我真没感冒，身体健康，能打能扛。”

徐望乐了，再看况金鑫这架势，的确还是青春活力的，稍稍放了点儿心，不过还是对所有伙伴叮嘱了一句：“真不舒服就说话，别当忍者，我们治疗幻具还没用呢。退一万步讲，就算今天不闯了也没关系，我们有存档呢。”

回到客厅，吴笙让徐望和钱艾退到走廊连接客厅的转角处，在那里既能看见客厅情况，又有转角墙壁掩护，可以最大限度躲避来自客厅的伤害。而后，他自己来到客厅一角，和徐望、钱艾正好呈对角线，也就是距离最远。

轻轻吸口气，又慢慢呼出，吴笙转头朝厨房方向大声道：“小雪，小况，拉闸！”

话音落下，小彩灯随之亮起。黑暗多时的客厅再度染上迷离的光。

吴笙屏息凝神，驱动着“无所遁形”，很快，满室光粒重现。

徐望和钱艾扒在转角墙后，只露眼睛紧盯客厅。这一计划能否成功，谁都没底，但他们手臂上的“文具盒”已经点开，随时准备策应。

光粒彻底填满整栋房屋之际，也是散落一地的电器零件又蠢蠢欲动之时。吴笙微眯下眼，毫不犹豫点掉“‹武›晴天霹雳”。一道闪电在客厅正中央劈下，霎时亮如白昼。震耳欲聋的雷声里，闪电附近发着微光的电荷在高电压的作用下一下子都聚拢到了闪电上。紧接着是多道闪电同时在客厅中央劈下，电压一下增大了数倍，被吸引的电荷范围也相应扩大。

钱艾的高中物理知识已经还给老师，所以吴笙说这个法子的时候，他听得半懂半不懂，但眼下，他确确实实看见了那些被吸到闪电中心的电荷正在慢慢聚成一个人形，一个有胳膊有腿有脑袋的发光粒子人！

钱艾和徐望对视一眼，彼此脸上是同样的惊喜。

可就在这鬼形初见端倪的时候，客厅地上散落的“前攻击物品”也再度腾空而起。徐望和钱艾没想到，鬼都被逼着显形了，都被闪电咔咔劈了，还能发动攻击，立刻给吴笙套上新的防具。

吴笙没受半点儿干扰，把全部防御的信任都交给了队友，只集中精力用闪电将那光粒组成的鬼形往自己身边拉。他手中握着徐望的十字架，只要鬼形足够近，他就能将之插入鬼形心口。

僵持了约两分钟，吴笙清楚知道如果不停下来缓口气，这样强度的“晴天霹雳”最多再坚持几秒，可粒子人形离他还有至少三步之遥。如果他停下“晴天霹雳”，所有电荷重获自由，他前面的这些努力就都白费了；如果直接冲上去刺十字架，“晴天霹雳”一样会因为他把力量都积蓄在十字架上而中断，他没信心能赶在电荷散开之前跑完这三步，并将十字架准确刺入。所以他需要让鬼形到自己跟前，足够近才足够有胜算，可是眼下只能用第二方案了。

“老钱！”吴笙果断召唤。

早就准备着的钱艾以猛虎下山之势冲出，一头扎进闪电区域，直奔鬼形，任凭闪电咔咔打在身边也毫无所觉，如入无人之境。

墙角处，徐望聚精会神，续航着他给队友套的“‹防›超级绝缘体”。

钱艾一口气冲到鬼形身前，举起十字架就刺。鬼形仿佛感知到了致命危险，忽地腾空。钱艾一击刺偏，愕然看向吴笙。本来是不明白为什么鬼形还能动弹，可见到吴笙咬紧牙关，满额头的汗，再看看虽不明显但的确在逐渐减弱的闪电，他瞬间明白了——吴笙牵制不了鬼形多长时间了，这是他们最后的机会。

鬼形已挣扎着贴近了天花板。钱艾抬头眯眼，锁定目标，握着十字架的手臂缓缓举起，奋力一扔！十字架急速而出，犹如旋风一样的十字飞刀，锐利尖端分毫不差正中鬼形心口。此时的鬼形仿佛有了实体，牢牢挡住十字架，没有让它穿透过去，扎向天花板。

满室电闪雷鸣一霎消失，吴笙晃了晃，勉强稳住身体，长久喘息。

插着十字架的鬼形悠悠飘下，正好落在钱艾面前，比钱艾矮了许多，看身形像个少年。

钱艾低头瞥这第二只鬼，胜利的喜悦冲淡了恐惧，他开始和鬼“交心”，教育小弟似的：“你钱哥我当年的‘咻咻袖里剑’不是白练的，还跑？跑哪儿去我都能一飞刀给你戳下来！你还别不信，我这可是弄过‘无敌风火轮’的臂力，知道不……”

鬼形不爱听也得听，谁让十字架是钱艾插进来的，它命中注定就得跟着这位“钱哥”。

徐望本来高兴得想给钱艾一个大拥抱，结果看他和新收的小弟这么“投缘”，就专心关怀自家军师去了。

池映雪和况金鑫听动静知道成了，立刻赶回客厅。

吴笙擦了下汗，把地图拿出来打开：“抓紧时间去下一个地点。”

徐望凑近地图，发现剩下三个位置都在镇东，距离他们这里最近的一户也离得挺远：“歇一歇再过去吧，路不近。”他从背包里拿出一瓶水，递给吴笙。

吴笙没客气，拧开咕咚咚喝了半瓶。

况金鑫举手：“队长，不用走路，我有车。”

3

鸮：“有人对你使用了 <防> 南瓜马车哟。”

随着耳内提示，两匹棕色骏马拉着一个巨大的南瓜车从天而降。骏马是真俊，南瓜是真瓜，就是多四个车轮。

“……”五伙伴抬头仰望着两米多高的大南瓜，空气突然安静。

况金鑫尤其尴尬，万万没想到是真·南瓜·马车，新鲜得像刚从地里摘的，连瓤都没掏空。哪怕你做成万圣节造型呢？！

“就……还挺应景的。”钱艾拍两下瓜皮，希望能给况同学一点儿安慰。

“不上来？”头顶传来催促。

钱艾一抬头，吓一跳：“你什么时候上去的？！”

池映雪坐在大南瓜顶上，靠着俏皮卷曲的瓜秧，大长腿晃荡得怡然自得：“坐着挺舒服的。”

有了榜样，四伙伴立刻效仿，手脚并用爬上了南瓜，鬼娃娃和鬼形则飘着就上来了。

人员一齐，况金鑫立刻与文具沟通，两匹骏马扬蹄嘶叫，如风奔跑起来。五伙伴抓着瓜秧，闻着淡淡的南瓜香，倒也有点儿午夜兜风的惬意。

步行至少四十分钟的路程，南瓜马车一会儿就到了。这一次的房屋不在街道边，而是一条岔路拐进去的最里面，四周没有其他住户，只有草地和树，在这夜深人静里就显得孤零零、阴森森。

这依然是一栋双层房屋，带阁楼，所有窗户都黑着，屋内没有任何光亮。五伙伴已经淡定了，要真遇见一幢灯火通明的，他们反倒心慌了。

吴笙来到门前才发现这家的房门是上半部玻璃下半部门板的结构，洁白的房门配上透亮的玻璃，在阳光明媚的时候应该很漂亮。但现在，玻璃内一片黑暗。吴笙没急着开门，而是微微贴近玻璃往里看，可什么都看不到，只有黑。

徐望：“怎么了？”

“太黑了，”吴笙觉得不对，“就算没有灯，也该有月光。”尤其这幢房子的窗户还出奇的多，月光照进来再反射，再暗也不可能暗到墨一样黑。

“吱呀——”没有任何人碰，门自己开了。吴笙向后躲得及时，没被门板撞到。

大开的门板向来访者露出了它的里侧。五伙伴终于明白了“黑暗”的根源——厚厚的黑色塑料从里面糊住了门玻璃，糊得严严实实，不透一丝光。

谨慎走进玄关，门在众人身后无声合上，五人穿过走廊，进入客厅。吴笙一路拿着手电筒，照亮了红色地板，照亮了略显冰冷的屋内陈设，也照亮了一扇扇窗户——所有窗户都糊着黑色塑料，一块块黑色像一个个鬼魅，将整栋房屋与“光”彻底隔绝。五伙伴置身其中，只觉得压抑和窒息。

头顶似有微光闪了一下，极浅、极快，若是在有月光的夜色里，很容易被忽略。可在这深渊般的黑暗中，五伙伴还是下意识抬了头。

一同抬起的还有吴笙的手电筒。

天花板上一片平静，半秒前的闪光就像幻觉。

钱艾有些失望，余光里却忽然感觉到有黑影在动，他立刻转头看向墙角，然后冷汗就下来了。

鬼娃娃在。

鬼形在。

可在它们身边又多了另外两个！

一个魁梧如山的男人身上扎满钢钉，鲜血从每一处伤口里渗出来，远看就像一个血刺猬；一个脸色苍白的男孩儿微微低头，眼睛从下往上看人，目光阴鸷，嘴角却带着浅浅微笑。

“吴笙……”这时候，只有叫遇鬼斩鬼的军师才能让头皮快要炸开的钱同学获得一丝勇气，“咱们好像多了俩小伙伴……”

吴笙望过来，没看鬼的样貌，第一眼先锁定了两只鬼心口的十字架。不好的预感袭来，不，已经不是预感了，吴笙在做出判断的第一时间就大声提醒：“还有另外的队伍！”

然而还是晚了。

鸮：“有人对你使用了＜幻＞忘忧草哟。”

听见提示的一瞬间，五伙伴的思绪就轻飘了，化成一团软绵绵的梦幻，淡淡的惬意，淡淡的舒服。他们看见吊灯旁边的天花板上又闪了光，看见茶几颤了颤，然后，徽章再没闪。

吴笙握紧拳头，让关节的疼痛逼自己清醒，可他依然没办法动，没办法抬起手臂点文具，甚至连攻击的欲望都没有。他只能努力集中精神，唤起仍在时效内的“无所遁形”。

隐身中的队伍瞬间显形——一个在茶几上，取完徽章还没来得及跳下来，四个站在茶几旁边，其中一个正抬着胳膊，看起来是要对他们进行毁灭性的第二次打击。

吴笙心急如焚想阻止，可“忘忧草”的效果太强，凭借意志力几乎难以抗衡……

“对不起！”已经要去点击文具的那位同行突然放下手臂，猛地来了个九十度鞠躬道歉。

吴笙吓一激灵。“忘忧”中的徐望、钱艾、况金鑫也摸不着头脑。

这还没完，另外四个人也整齐划一来了个九十度鞠躬：“对不起，我们不该偷袭！”

“还不够诚恳。”池映雪慢悠悠走上前来。

“对不起！大哥，原谅我们吧！我们真的知道错了，偷袭是这个世界上最不善良的事！”五人整齐划一的真诚道歉气势如虹，但要仔细看那五张脸，全是愤怒的扭曲，分分钟想咬人的那种。

再迟钝，徐望他们四个也觉出不对了。

“早知道这么好用，就再留一留了。”池映雪这话是回头和自家四位伙伴说的，一脸“用在他们五个身上太浪费了”的可惜。

四伙伴福至心灵——小雪的“‹幻›我劝你善良”。

“忘忧草”效果解除的时候，偷袭者们一遍遍的道歉也终于停止。

这两个异曲同工的幻具连时效都差不多长。不过徐望他们这边“静静忘忧”，体力上没什么损耗，偷袭者们那边，五个老腰都要鞠折了。

徐望是真没想到，在这一关还能遇见同行。

“总成绩榜”是五天前开的，当时他们的成绩是 11/23，排在第二。第一名的成绩是

12/23，第三名的队成绩是 8/23。无论是前面队伍后退三关，还是后面队伍继续闯关，他们都觉得彼此狭路相逢的概率很低。

所以，这是六天连闯三关并继续闯第四关的 NO.3，还是后退三关又闯回两关的 NO.1？

不管哪一个，局面都不太乐观。

这是一支浑身散发着生人勿近的队伍。通俗点儿讲，就是每一个看着都不像好人。而且这个不好还分很多款式，有“你在公司最不想遇见的精英冷漠上司款”“你走马路上最不想擦肩的金链子大哥款”“你念书最不想遇见的不良少年款”“你看电影最烦碰上的猛踢你椅子靠背款”，以及“看都不看你一眼的一座冰山款”。

相互打量片刻，对方为首的那个“冷漠上司”将目光定在让他们吃了大亏的池映雪身上：“你能挣脱‘忘忧草’？”

池映雪摊手：“忧愁太多，忘不掉。”

点点头，对方欣然接受了这一解释，而后目光巡视整个小分队，最后落到徐望身上：“队长？”

徐望觉得自己需要修正对这位的第一印象，他不是冷漠，是冷静，在池映雪的幻具失效的一刹那，这个男人眼中就恢复了那种极度的镇定和理智。

“对。”徐望坦然承认。

“我们两队可以谈一谈。”对方语气平和。

徐望似笑非笑哼一声：“在你们抢完我们的徽章之后？”

对方笑一下：“严格来说，徽章在没被取得之前不存在特定归属。”

徐望：“所以就可以偷袭？”

对方：“我想我们已经为自己的行为进行了深刻的道歉。”

徐望：“……”

鸮：“有人对你使用了 < 武 > 摘叶飞花哟。”

耳内提示破坏了“良好”的交谈氛围。眨眼，铺天盖地薄如蝉翼又锋利无比的叶片朝徐望小分队袭来。

“秦锐。”一直冷静的对方队长不满地皱了下眉，准确喊出了肇事者的名字。

被叫到的青年一头紫毛，还是挺深沉的葡萄紫，但脾气可一点儿不深沉：“谈屁啊，直接送他们回家！”

鸮：“有人对你使用了 < 防 > 刀枪不入安全岛哟。”

防具是徐望用的，小分队脚下立刻升起厚度十厘米、直径约一米五的安全岛，袭来的锋利树叶没有一片能突破安全岛的防御范围。

这就算正式开打了。

徐望小分队很欢迎这个结果。对方想谈的无非是拿一些条件换他们放水，以免大家相争两败俱伤，但徽章的仇还没报呢。抢完徽章谈和平？想得还挺美。

战斗意志很坚决，但战斗的胜算很难说。

秦锐。就用这一个名字，吴笙已在脑中调出档案——傅文颀、贺兰山、秦锐、武彦超、赵沐辰。他们刚进鸮，第一次看见“总成绩榜”开启的时候，这支队伍就在 NO.4，成绩是 9/23；而最近一次榜单开启的时候，这支队伍在 NO.3，成绩是 8/23。虽然不知道为什么经过这么长时间，他们还没有进入十三关以后，但实力绝对不容小觑。

鸮：“有人对你使用了 <武> 地动山摇哟。”

再次响起的提示打断了吴笙的思考，对方还真没打算给他们喘息时间。

地面猛烈震动摇晃起来，晃得安全岛上的五伙伴东倒西歪，几下就掉出了岛外。

“小况，大范围防御！”吴笙以最快速度一跃而起，全盘部署，“小雪，选一个你看顺眼的单挑！徐望和我机动，老钱……”余光扫到有人影往墙角跑去，吴笙暗道不好，立刻临时改了对钱同学的部署，“老钱，守住鬼！”

“啥？！”钱艾一脸蒙，下意识往墙角看，就见那个葡萄紫已经把自己的十字架插鬼娃娃心口了。

十字架没入的瞬间，原本插着的吴笙的十字架应声落地。

钱艾爆了粗口，一个箭步冲过去，朝葡萄紫后背就是一记夺命冲撞。葡萄紫有所察觉，侧身往旁边一偏，万万没料到低估了攻击者的“宽度”，还是让钱艾的肩膀刮着了，这一刮带得他直接后仰，后脑勺“咣当”撞墙。

钱艾双手推墙缓冲掉惯性冲力，待身形稳住，第一时间弯腰想捡吴笙的十字架再扎回去，刚伸手，一只脚就过来把十字架踢飞了。下一秒，那膝盖一抬，狠狠撞上钱艾下颚。钱艾只觉得一麻，连疼都跳过，直接木了，有那么一瞬完全感觉不到下巴的存在了。

怒火攻心，他猛地抱住对方的腰，甩过来就往地上摔。葡萄紫咣当落地，龇牙咧嘴地骂。钱艾压根儿不听他说完，扑过来炮弹一样往他身上砸。客厅中央，各种文具的光芒就没停过，照得墙角也一片通亮。葡萄紫眼睁睁看着一座大山压下来，再倔强也不敢硬扛了——这要扛下来，分分钟成肉饼。

“咣当”，钱艾重重扑到地板上。先一步滚到旁边的葡萄紫心有余悸，劫后重生，哪怕自己刚才滚过来的样子很像一个骨碌碌的紫茄子。

钱艾轻易不发火，但一发火那就是武力全开。不过他这火来得快，去得也快，感觉下巴回来了，加上扑地板上他自己也疼，那火气就渐渐下去，理智重新占领高地。

双方同一时间从地上爬起来，都呼哧呼哧喘粗气，但再狼狈也没耽误他们彼此怒视，眼神 PK。

秦锐："为、为什么不用文具？"

钱艾："那、那太便宜你了，我得、我得把你那一膝盖还回来！"

秦锐："说别的没、没用，有能耐把鬼、鬼娃娃抢回来。"

钱艾："抢？直、直接让你们团灭。"

"秦锐,你干吗呢？聊上了？！"客厅中央那个被徐队长归为"看电影会一直踢你靠背"的青年只是趁团战间隙瞄墙角一眼，看看队友这边进展怎么样，结果这一瞄，差点儿吐血。

秦锐正和钱艾"气势较劲"呢，让队友这么一戳，立刻矮了一截，那叫一个郁闷，刚想吼回去，却发现身体忽然僵硬。他锐利的目光立刻射向钱艾，认为是对方使了文具，可发现对手的脸色也不太好。

秦锐："定住了？"

钱艾："你也？"

秦锐："……"

钱艾："……"

脖子以上还能动，但脖子以下就像被冻住一样彻底僵硬。更恐怖的是，不止他们，另外八个人也一样。

整栋房屋安静下来,没了声音,没了文具光影,只剩落在地板上的手电筒发着有限的光。

4

一阵冷风从被文具误伤的窗口吹进来，阴森的凉。

"什么情况？"徐望看向自家军师。

吴笙隐约猜出和这栋房子里的鬼有关，但更具体的，或许还是问经验丰富的队伍更靠谱……

"不用看我，我们也是第一次来这关。"傅文顷这时候依然冷静。

吴笙意外："你们没来过这关？"

傅文顷："没有。"

吴笙："跳关了？"

傅文顷："没有。"

没跳关，意思是在今天之前，他们的最好成绩也只到第十一关？

吴笙："你们不是早就闯过 9/23 了吗？"

傅文顼："你知道？"

吴笙："你刚刚喊了秦锐。"

傅文顼想了下，了然："你反应很快，记忆力也好。"

吴笙："相比称赞，我更希望能得到解答。"

傅文顼安静下来，然后……就安静着。

和他一起安静的，还有另外四个伙伴。

吴笙："……"要不是傅文顼微微复杂起来的眼神，他都要怀疑自己是不是真的提问过。

钱艾看不清别人，就能看清秦锐，然而结合葡萄紫这一脸的苦大仇深、背后的一片沉默，以及吴笙说的"早就到过 9/23"……钱艾的小脑袋瓜在这一刻军师附体："10/23 是飞行棋，这一关是你们的坎儿对不对？一直扔不出 6 和 10 对不对？！"

傅文顼、武彦超、赵沐辰、贺兰山："……"

葡萄紫的脸彻底紫了。

一串浅吟低唱从破掉的窗口飘进来，像是某种古老的语言，婉转女声哼吟得撩人，屋子里的十个人却清晰感觉到身体的僵硬感更强烈了。

一个婀娜的身影落在客厅中央。没人看见她是怎么进来的，只看得见繁复华丽的裙摆、纤细的腰肢、丰润的胸脯和那张偏于苍白却动人心魄的脸。

裙摆落地的一刹那，满室狂风。所有窗户都被刮开，黑色塑料被吹得无影无踪。

风停了，月光从四面八方倾泻进来，满室皎洁。女人站在月光里缓缓微笑，圣洁、妩媚，一刹那让人生出不可思议的冲动，仿佛为她献出生命也心甘情愿。

两队都没想到，他们的第三只鬼会以这样的方式登场。她不像是常驻在房屋之内，倒像是被某种神秘力量挡在房屋之外夜夜游荡，静待时机成熟，方才款款降临。

那块最先破掉的窗户！

吴笙懊恼，他一进屋就感觉到了那些黑色塑料一定和鬼有关，可参考前两栋房屋的捉鬼经历，他一直以为鬼会借助这些黑色塑料进行某种不同寻常的攻击，从来没有逆向想过这些塑料也可能是房屋原本的主人对鬼的防御。

女人缓缓抬眼，夺人心魄的双眸静静看过屋子中的所有人。她优雅、美丽、性感、神秘，却又带着极致的危险。她低吟古老预言就像传说中能蛊惑水手投海的美人鱼，而她苍白嘴唇上那若隐若现的血色又让人想起暗夜中永恒不死的血族。

最终，她的目光定在墙角，不是在看那四只鬼，而是在看钱艾和秦锐。

两个缩在墙角恨不得全世界都看不见他们的男人不约而同发出绝望的慨叹。

女人裙摆微动，无声而来。她先到了秦锐身边，但很快就转向了钱艾，头微微靠近钱艾的脖颈，轻轻地闻。

秦锐大松一口气，不敢出声，怕再把女人勾回来，但又忍不住朝钱艾飞眼——恭喜。

钱艾想把他炸成紫茄盒——滚。

女人身上带着淡淡的玫瑰香，似有若无，醉得人心神荡漾。女人的嘴唇在轻嗅中有意无意擦过皮肤，像羽毛，撩得人心驰神往。但这些，钱艾都扛住了！虽然他这辈子第一次和异性如此亲密，还是这样美丽的女子，但一想到这是一个关卡，这是一个鬼 Boss（头目，老板），并且十个人里挑一个当大开杀戒的发令枪还挑中自己，他就荡漾不起来。那边一堆扔不了 6 和 10 的呢，自己到底哪里吸引鬼了？！

生无可恋里，钱艾看着轻嗅自己的女人慢慢抬起头。静谧月色里，两人的目光对上了。女人笑了，温柔如水，可她的瞳孔在这柔情中慢慢染黑，然后她漂亮的嘴唇轻轻开启，像勾引，像诱惑……可钱艾只看见了她锋利的犬齿朝自己的脖颈逼近。

钱艾要疯，声音都变调了："大妹子，大妹子你冷静一下！你要不要再考虑考虑别人——"

许是他声音太大，女人愣了愣，有片刻停顿。

"你看你长这么好看，配我白瞎了！"钱艾情真意切，字字血泪。

一直替钱艾担心着的四伙伴，呃，有那么一秒的"我是谁，我在哪儿，我在看什么"的恍惚。

静待对手被秒杀的傅文顷、贺兰山、武彦超、赵沐辰："……"

围观距离最近的秦锐实在忍不了了："大哥，麻烦尊重一下关卡氛围，这摆明是欧美艳情恐怖片，能不能不往相亲直播上拐？！"

"那你来配合啊！"钱艾就烦他站着说话不腰疼，"我就这么原生态！"

不对。

徐望在秦锐开口时就觉得怪。女人刚过去的时候，这人也和钱艾一样是极度紧张的，可现在，他那种紧张感完全消失了，甚至能吐槽钱艾。虽然女人看起来像选了钱艾，但离秦锐也还是很近的，随时可能一个转身换了目标，然而秦锐好像一点儿都不害怕了。

从刚刚到现在，场景、氛围、女鬼什么都没改变，被定住的他们也不可能做任何小动作，那是什么让秦锐忽然心里有底了？

"啊啊啊啊啊啊——"

凄厉的惨叫打断了徐望的思索。

墙角，女人尖锐的牙齿已嵌入钱艾脖颈。死亡的恐惧和牙齿刺穿皮肤的疼痛让钱艾仰天长叫，可叫了两秒，又戛然而止。

“哎？好像不太疼了……”钱艾任由女人汲取着自己的鲜血，茫然看向自家伙伴，尽职尽责地讲解，“就是有点儿晕……”

徐望、吴笙、况金鑫：“……这时候就不用直播了！！！”

眼看队友在自己面前被伤害绝对不是什么好的体验，可他们现在还起效中的文具就一个“无所遁形”，根本什么都做不了，连自己都无法脱身，更别说救队友。

心急如焚中，一辆越野车凶狠撞进房屋。“轰隆”一声，墙面被撞了个大洞，木板、水泥块齐飞，碎石、尘土漫天。

刺耳的刹车声中，越野车停在了傅文颋身边。

徐望一瞬了然，这是对方还在使用中的文具，就像他们用南瓜马车来这里一样，对方也是坐交通工具来的。但现在一动不能动，就算交通工具来了又怎样？

像是知道徐望在想什么，傅文颋转过头来微微一笑：“后会有期。”那是胸有成竹后的轻蔑！

越野车门就在这时打开了，一个似曾相识的身影从里面跳下来，手脚麻利地把僵硬的傅文颋塞进了车内，然后如法炮制地搬了贺兰山、赵沐辰、武彦超。

在他跑到钱艾身边准备搬秦锐时，昏眩中的钱艾终于认出他：“小三？！”

这位破墙而入的飞车党，赫然就是3/23丧尸都市游乐园里，被钱艾召唤出来的“‹防›中环十三郎”。

钱艾：“你不记得我了吗？游乐场啊！高架桥啊！”

已经抱住秦锐的青年一怔，抬头看钱艾一眼，就一眼，然后便扛起秦锐跑回越野车，只留给钱艾一个冷漠背影。

徐望、吴笙、池映雪、况金鑫：“……”

嗯，显然是不记得了。

把秦锐塞进越野车，中环十三郎敏捷坐进驾驶位，再没回头看一眼。

钱艾很受伤，比被人快把血吸干了还受伤：“小三，你给我记着，咱俩断了！完了！没交情了！以后再得几个你，我都不用——”

徐望很想劝队友，难得有点儿志气，别用在这匪夷所思的感情领域，可看着已经发动起来的越野车，看着脸色越来越苍白的钱艾，就怎么都调侃不出口了。交卷失败没什么，有存档，明天重来呗，但输得这么窝囊，他真是不甘心。

越野车从来时的大洞冲出房屋，女人没有阻止，甚至连看都懒得看一眼，只轻轻揽住钱艾乱动的头，温柔中带着一丝不容抵抗。

钱艾的视野逐渐模糊，还不忘表明自己的态度："你这么难养活，咱俩不会有结果的……"

越野车的声音越来越远，连好脾气的况金鑫都觉得憋屈："提前点掉几个武具备用就好了……"至少别让那帮家伙脱身得那么痛快。

"有钱难买早知道。"事已至此，徐望只能安抚队友。

吴笙是最自责的一个，如果他考虑得再周全一点儿、部署得再缜密一些，自家队伍不会既让Boss虐，又让同行整。但眼下说这些都没有用，倒是对方那句"后会有期"，他很赞同。

"君子报仇，十年不晚。"静静望着大洞外的夜色和树影，吴笙一字一句道。

池映雪随着他的目光幽幽眺望："为什么要等？"

"砰——"

在彻底失去意识前，钱艾隐约听见，远方的夜空下传来重物碰撞的声音。

北京时间04：01，江西，某偏僻街道。

钱艾在一片头晕目眩中醒来，缓了几秒才意识到自己回了现实，正躺在冰凉的地上。脖颈还在隐隐作痛，他有气无力地抬手去摸，微微刺痛。伤口应该没有关卡中那么深，但流失的血肯定是回不来了，就当自己无偿献血了吧。

钱艾一边自我安慰，一边挣扎着爬起来，不料刚起身就看见街道尽头的路灯底下两个模模糊糊也正从地上爬起来的身影。

"徐望？吴笙？小雪？小况？"太远了看不清人，钱艾一边喊着队友的名字，一边加快速度跑过去。

走到跟前，他蒙了——路灯下那两个狼狈身影不是自家队友，而是秦锐和贺兰山。

"怎么是你们？"钱艾先是错愕，紧接着想起回现实前那一声远方的"砰"，喜上心头，"撞树了？遭报应了吧哈哈哈！"

贺兰山靠着路灯基座，还没从"死亡阴影"中缓过来，又在"死亡嘲笑"里二度吐血。秦锐懒得废话，直接掀起衣服，露出肚子。

钱艾翻个白眼："我知道你身材好，不用给我秀。"

秦锐一脑门子黑线："你看什么呢，让你看伤！"

"伤？"钱艾弯腰凑近，这才瞅见秦锐平坦的小腹上好几个硬币大小的淤青，有深有浅，有些已经破皮，渗出血丝。

钱艾是真好奇了："你们到底撞上啥了？"

秦锐咬牙切齿："鹿。"

钱艾愣住："难道是……"

他唯一能想到的，就是第二栋房子里那个挂在墙上的鹿头。存档 NPC 第一次现身的时候在鹿角上戳死了，小雪以安全为由，用"‹幻›复活彩蛋"让鹿从墙里跑了出去。可这都是两个多小时前的事了……

"嗯，就是小雪复活的那头。"背后传来自家队长的声音。

钱艾一回头，发现徐望、吴笙、况金鑫都过来了。

这时候谁还管对手死活，钱艾立刻抛弃秦锐，关切地询问自家队友："你们没事吧？"

仨伙伴每人脖子上两个血点，回家方式和钱艾如出一辙。

"还行，"徐望想得开，"回去泡点儿枸杞吃点儿大枣，补补血就好。"

钱艾放下心来，又惦记起先前的话题："小雪那头鹿还在？"

吴笙道："应该是幻具还在时效内。"

况金鑫补充："小雪说了，既然都复活了，当然要物尽其用。"

然后就用幻具操纵那头鹿，拦路撞了车？可如果是车毁人亡，秦锐肚子上那奇怪的伤痕又是什么？钱艾心里好多问号，但有一点很清楚了——以后绝对不能得罪小雪，这位队友不会蛰伏十年的，等十秒再报仇他都嫌慢！

两米外的半空中毫无预警地开启一团紫色旋涡，傅文颀、赵沐辰、武彦超接连从里面掉出来。秦锐和贺兰山瞪大眼睛，没料到自家队友都被弹回来了。

徐望小分队这边看同行都回来了，立刻回头张望，果不其然，池映雪同学也在朝这边而来。

两队在路灯下重又相逢。

池映雪看也不看对手一眼，只蹙眉摸脖子，对自家队友认真抱怨："我讨厌吸血鬼。"

钱艾实在好奇："你到底怎么把他们都送回来的？"

"哦，"池映雪耸耸肩，"就是之前用了'复活彩蛋'的小鹿。"

"小鹿？！"最后一个死回来的武彦超忍不了了，"撞碎挡风玻璃，摔进来继续顶人，身子毁了就剩个头还能攻击，那是鹿吗？那是不死鹿魔！！！"

傅文颀来到徐望面前，依然神清目明、冷静自持，如果不是衣服上被扯了个大洞，都要让人怀疑他逃过了那场"鹿魔屠杀"："现在，我们能谈一谈了吗？"

"你确定要谈？"徐望的目光越过他，落在路灯下一众散发着怒火的狼狈同行身上。他可不觉得这些冤家们想谈。

"愤怒和冲动解决不了问题，一件事情如果有双赢的办法，何必两败俱伤？"傅文颀没回头，显然在这件事情上，他说了算。

徐望沉吟几秒，懂了："你们存档了。"

傅文顷说："你们不也一样？"正因为明天还会再遇见才值得一谈。

但鸮不能连续在同一关存档，所以徐望实在想不出还有什么谈判空间："明天不管是对你们还是对我们，都只有'交卷'一个选择。"

"不，"傅文顷给出第二选择，"你们还可以退出。"

他说得太心平气和，不是挑衅也不是示威，就像普通聊天的样子，弄得徐望也生不起气了，只觉得双方的对话频率好像搭不太上："我们为什么要退出？"

"当然不会让你们白白退让，"傅文顷又道，"作为交换，我可以给你们一个比单关交卷更重要的情报。"

"哦？"这倒是可以谈了，徐望问得更细，"关于哪方面的？"

傅文顷沉吟着，没答。

徐望皱眉："想谈，你就得拿出点儿诚意，情报内容你可以先留着，但至少要让我们知道这情报能给我们带来什么，值不值得为它退三关。"

"你说得有道理。"傅文顷点头认可，亮出底牌，"提前离开鸮的方法，我指的是彻底、永远离开鸮。"路灯下，他平静的眼底是自信和笃定，"值不值得三关？"

徐望沉默下来，良久，心情复杂地回头。背后的小伙伴们脸上同样一言难尽。

"值是挺值……"徐望收回目光，重新看向傅文顷，十分无奈，"但是我们也买了。"

傅文顷怔了怔，完全意料外的回答让他镇定如水的气场终于出现一丝波动："一百万？"

徐望惋惜，真心实意地说："我们应该早点儿遇见的。"虽说是拼单买的情报，但也三十来万呢，退三关换三十万，不是不能谈啊！

一场明明很有前途的谈判，三分钟不到就崩了。

但傅文顷收拾情绪的速度很快，快得让徐望觉得这人可能天生就缺乏丰沛情感。

"明天见。"留下简单的三个字，那人带队离开街巷。

"还以为要拿钱砸死我们呢。"钱艾看着对方的背影消失在街角，喃喃自语中，有一种愿望落空的怅然。

徐望知道明天又是一场苦战，不过当务之急是该休息休息，该疗伤疗伤。

5

池总裁这次提前从弟弟那儿打听了"旅游地点"，早早在酒店安排下了两个总统套房，一个带两间卧室，一个带三间卧室。带两间卧室的自然而然就归属了徐望和吴笙。

“我们的存档点在电荷鬼那栋房子，明天进去之后先把它收了。”吴笙坐在沙发里，任由徐望摆弄着自己受伤的胳膊，大脑一刻不停，“得想个办法把两只鬼的归属锁定，不然后面打起来还是容易被偷。”

徐望用镊子夹着沾了碘酒的棉球，低头仔细给伤口消毒：“怎么锁定？‘防火防盗防偷袭’那样的文具我们现在一个也没有。”

“我有个想法……”吴笙的目光落到对面人因低头露出的光洁后颈上，思路有一瞬间的停顿。

徐望毫无所觉，换了个新的碘酒棉球继续清理：“什么想法？”

“咳，”吴笙清了清嗓子，“还不能确定，我要再想一下。”

徐望没再追问。通常吴笙说“有个想法”，那这事儿就已经八九不离十了，他需要的“再想一下”只是要让其板上钉钉。

“对方明天也会先保证自己的两只鬼，”吴笙说，“不管他们的存档点在什么地方。”

徐望把棉球扔掉，拿过来干净纱布，剪一段叠成和伤口差不多长的条状：“那肯定的，怎么抓都清楚了。”

吴笙看着他把碘酒倒在叠成条的纱布上浸湿：“所以明天的局面很可能还和今天一样，我们各带两只鬼，在那栋房子里相遇。”

徐望将条状纱布轻轻覆盖到伤口上，先问了一句“疼吗”，得到否定答案之后才接茬儿：“最好能赶在进房子之前把他们拦下，先对付他们，再对付女鬼。”

干燥的新纱布被一圈圈缠绕在手臂上，吴笙在一跳一跳的疼痛里竟然觉得心里很满，很安宁：“嗯，我也这么想。”

“行了。”徐望将剪开的纱布末端不松不紧地打了个结，终于直起腰，相当满意自己的手艺。

吴笙抬起手臂，很给面子地欣赏了一会儿，点头：“比十年前有进步。”

徐望怔了怔才意识到他指的是什么，没好气地笑：“你这是夸我吗？”

“当然是。”吴笙一本正经回忆起来，边回忆还边比画，“那时候我是摔倒，没记错的话，只磕破了手肘，对吧？然后你给我包得像整个手臂骨折了……”

“那是你非让我包的！”徐望阻止他再颠倒黑白，“我说去医务室，你死活不去。”

吴笙挑眉：“去了怎么说？说我俩好好在操场上走着，你一个心血来潮扑我后背上让我背，然后我没背住，摔倒了？”

徐望满头黑线：“你就不能说是走路没走好摔的？”

“那不行，”吴笙正气凛然，“班长不能撒谎。”

徐望磨牙，当时傻了吧唧没想通的现在早回过味了：“你就是故意折腾我，打击报复。”

另一间总统套房里，钱艾已入梦乡，回到最灿烂的大唐长安，吃最清朝的满汉全席，左右邻座都是朝廷命官，时不时还凑过来给他的直播双击“666”。

钱氏梦乡的隔壁，池映雪乖乖趴在床上，脱掉上衣，露出完整后背。况金鑫正在给他抹烫伤膏，轻了他喊痒，重了他喊疼，简直没有更难伺候的了。

但况金鑫不生气这个，他气的是伤成这样竟然不让队长用文具！鸮里光线暗，加上池映雪反应也冷淡，他还真以为伤得不太严重，结果回来一脱衣服，整个后背一片红。

烫伤膏已经抹了大半管，心头的气还没消，他又不能严厉批评，毕竟这人是为了救自己，于是只能咕咕哝哝。

池映雪一开始没想搭理，忍到现在实在听烦了，搜肠刮肚终于想出个理由应付：“治疗幻具难得，不能随便浪费。”

况金鑫已经习惯自言自语的唠叨模式了，没想到对方忽然接茬儿，反应了几秒才瞪了他后脑勺一眼：“对，节约是美德。”

嘲讽不是况金鑫的强项，但偶尔嘲一下就比较有效果。池映雪回头看他，牵扯着后背跟着动。

况金鑫皱眉：“别动。”

池映雪不动了，但仍看着他。

况金鑫停下手上的动作，目光迎过去，不闪不躲。

——“你希望别人怎么对待你，你才舒服？”

——“坦诚吧，有什么说什么……”

池映雪扯了扯嘴角，悻悻道：“想让你记我的人情，能心疼更好。”

“躺好。”况金鑫把那个不听话的脑袋按回去，继续抹药，“就算你受完伤立刻痊愈，我也会记着你救了我，就算你不是为救我受的伤，我也会心疼。”

后背一点一点凉丝丝的感觉让池映雪不自觉放松，眼皮困倦得发沉：“为什么……”

况金鑫听得出他困了，声音不自觉放低：“我们是朋友。”

池映雪趴在枕头里，像是睡着了，再没动静。

况金鑫放轻动作，把最后一点儿烫伤膏抹完，而后悄悄转身，想要下床。池映雪毫无预警伸出一条胳膊，把他拉了回去。况金鑫没有防备，失去平衡倒进床里，等反应过来，池映雪已经压到他身上，脑袋不由分说地挤进他的颈窝用力蹭，有点儿急躁。

况金鑫想把人掀开，可又怕碰到对方刚上好药的后背，只能推肩膀。但池映雪执拗地把全部重量压下来，一点儿余地没留。况金鑫被女鬼咬过的伤口让他这么一蹭，微微地疼，可除了疼，还有一些微妙的异样的感觉。

就这样僵持了一会儿，池映雪像是终于满足了，平静下来："和我想的一样。"微微轻扬的语调透露着他欢快的心情。

况金鑫傻傻地问："什么？"

"你是橘子味的。"埋在颈窝里的人得意呢喃。

池映雪睡着了。况金鑫听着耳边的呼吸越来越平稳，心跳得厉害。他从来没有遇见过这样一个人，轻而易举就能让他高兴，让他难过，让他想靠近，又害怕靠近。这些喜怒哀乐并不受控于自己，而是攥在对方手里。可这攥着的人自己都还像一阵风。

况金鑫能想象队长和军师的未来，队长会再找一份工作，军师可能还会重开公司；他也能想象钱艾的未来，或许继续做主播，或许换了另外的工作，然后遇见一个合适的人，踏实生活。但他没办法想象池映雪的。当然，池映雪也不用外人帮着规划未来，他有任性恣意的资本，随着心情过好当下就够了。

风是捉不住的，况金鑫也没想捉。他怕的是自己连跟都跟不上。

悄悄溜下床，况金鑫拿过被子盖住池映雪的腿，又把空调温度调高几度。窗外已是清晨，阳光透过窗帘缝隙，溜进来一缕明媚。他把灯全都关掉，临走前，犹豫再三还是偷偷摸了摸池映雪的头。

——早安。

6

北京时间 00：01。

电荷鬼所在的房屋还是老样子，满地家具、电器狼藉，墙上的鹿头已经跑没了影。存档点将昨夜和今晚无缝衔接，唯一的区别是存档 NPC 再没踪影。

徐望小分队做的第一件事是拉闸，第二件事就是看徽章手册——12/23，精灵。

断电的厨房里，五伙伴看着更新的徽章提示，一脸一言难尽。

钱艾："五个鬼里有精灵？"

徐望："娃娃、电荷、吸血女、钉子男、阴郁少年，你看哪个像？"

钱艾："……"

况金鑫：“难道说其他地图没标注的房子里还有鬼？”

吴笙：“不管了，先收这个。”

一分钟后，客厅。

吴笙：“小雪，拉闸！”

<幻>无所遁形，满室光粒；<武>晴天霹雳，光粒聚鬼形；<防>超级绝缘体，钱艾上。

“咻——”随着钱艾自己给自己的配音，十字架旋风而出，正中鬼形心口。

整个战斗过程的关键节点和昨天基本一致，但过程被大大压缩，连昨天用掉的两个防具“铁板一块”和“看不见的铁桶阵”都省了。坐上南瓜马车奔赴昨天折戟沉沙的黑色塑料房时，距离他们进入鸮才刚刚过了十分钟。

“我们快，他们也不会慢。”吴笙坐在大南瓜顶上，看一眼鬼娃娃和鬼形，“老钱，它俩交给你了。”

钱艾早已待命，闻言立刻点掉一个文具。光影笼罩上两只鬼，又很快消失。

钱艾踏实下来，转头向吴笙一拍胸脯：“你放心，我一定会守住它们的。我在鬼在，鬼走钱没！”

吴笙、池映雪、况金鑫：“……”

徐望：“呃，也不用发这么毒的誓……”

小镇的街道还是和昨天一样热闹，南瓜灯装点了每栋房子的庭院，时不时就会看见三三两两悉心装扮的小镇居民。

快到那栋房屋的时候，四周冷清下来，空旷草地，寂静树林，一片深幽。

为免在草地上留下南瓜马车的痕迹，五人在路边下车。待况金鑫将马车收回，小伙伴们这才踩上草地，无声潜行，还有七八米就到门口时停住，悄悄躲进树影里。这是一个可以眼观六路的绝妙藏身之地，五伙伴守株待兔，静等对手上门——先收拾完同行，再进屋捉鬼，这不一定是最高效的，但一定是最稳妥的。

空气中没有任何声响，那栋一块块“黑玻璃”的房屋静静伫立在夜色之下，睡着了一样。

等了十几分钟，同行还没有现身的意思，徐望百无聊赖，目光落到房屋前的庭院上。这栋房子的庭院里没摆南瓜灯，乍看过去一片黑黢黢，盯得久了，才能借着月光隐隐分辨出一些花花草草、庭院摆件……摆件？徐望瞪大眼睛仔细往院子里看，花花草草间隐隐约约有几个小黑影。

“嗯？”吴笙见他探头探脑，疑惑问。

徐望深思片刻，看向自家军师：“你说精灵有没有可能指的是……花园小精灵？”

“花园？”吴笙怔了怔。

“对，”徐望越想越觉得像，“就那种摆在花园里装饰用的小精灵摆件！”

吴笙在美国的时候倒是总能看见这样的庭院装饰，有传说小灵精可以守护花园，所以很多人喜欢在院子里摆个小矮人或者小精灵什么的。但他还真没把这个和徽章的提示联系起来……

“闪了！”况金鑫忽然抓住徐望的胳膊，刻意压低的声音中难掩激动，“队长，我看见闪光了。”

五双眼睛齐齐望过去。月光下，一片黝黑的庭院蓦地闪了一点光。五伙伴面面相觑，没人出声，动作却是整齐划一——猫腰放低身体，极速奔向庭院。

那是一个还不到膝盖高的小精灵摆件，憨态可掬的圆脑袋上戴着俏皮的睡帽。

鸮：“恭喜寻获 12/23 百鬼徽章一枚！”

耳内提示响起的同时徽章入隐藏物品格，手臂传来一声清脆的“叮”。寂静夜里，这一声有些刺耳，听得人不由自主心里一紧。

仿佛某种预兆，想要重新躲回树影的五伙伴脚下还未动，身体已不受控制腾空。

鸮：“有人对你使用了 <武> 大风车哟。”

大……风车？还没等五伙伴领会这一言难尽的文具名，腾空的身体已随着不知哪里来的气流乱七八糟地转起来，就像失控的风车。失去战斗力还是其次，关键是头晕恶心啊，比游乐场里最丧心病狂的三百六十度旋转设施还凶残！

“你们又搞偷袭！”徐望在极速旋转中咬牙切齿地控诉，完全忘了自己队伍刚刚还躲树影里来着。

傅文颀领着自家伙伴闲庭信步而来：“战场法则之一，永远不要把后背留给敌人。”他朝旁边使了个眼色：“小锐。”

秦锐心领神会，立刻走向庭院栅栏，手中是早就握紧的两个十字架——栅栏边，鬼娃娃和鬼形乖乖站着。

秦锐来到跟前，片刻不耽搁，举起十字架就朝鬼娃娃心口刺，一如昨日。然而十字架并没有和昨天一样顺利刺入，刀尖刚触到鬼娃娃的衣服就被一簇淡金色的光弹开了。秦锐愕然，是防具！

“早套上‘一毛不拔’了！”钱艾被转得眼晕，根本看不清栅栏边是谁，但不管是哪个对手，都不影响他骄傲，“想从我老钱手里抢东西，你也不打听打听我老钱有多穷！”

他这一嗓子太正气凛然，让人不自觉就听着很有道理，但这话你不能细想，细想就……哪里不对。

仍站在原地的傅文颀四人猝不及防被阴影笼罩，抬头一看，空中不知何时多出一个巨大的暖水瓶，是普通的暖水瓶的四倍大，但外观是一比一的，薄薄的浅色劣质塑料壳看着十分不禁摔。

四人一散而开。暖水瓶轰然落地，“砰”，内胆和外壳一起爆裂，碎片和热水一同飞溅。四人本能扑倒在地，护住头脸。

鸮：“有人对你使用了＜武＞爆裂暖水瓶哟。”

“大风车”因为使用者注意力的中断骤然停下，快被转吐了的徐望小分队终于落地。徐望挣扎着又落下了四个暖水瓶，三个给傅文颃这边，一个给秦锐那边，打得五人只能被动闪躲。

徐望也不指望靠这个彻底制敌，就为出口气，让他们知道：“地球不是围着你们转的！”

池映雪抓住他肩膀，况金鑫扶住他胳膊，钱艾揪他衣服：“别、别说那个字儿……”

徐望看了看队友们惨白的脸，悟了：“嗯嗯，不说了。”

今天一晚上，“转”都是屏蔽词。

傅文颃五人不知用了什么防具，暖水瓶再近不了他们的身。

吴笙看着树影里若隐若现的钉子男和阴郁少年，目光坚定：“徐望、小雪，还是原计划，我们挡人，你们抢鬼。”

徐望：“明白。”

池映雪：“嗯。”

二人朝树下跑去，吴笙、况金鑫和钱艾则挡到了越来越近的傅文颃五人面前。

出乎吴笙预料，傅文颃并没有着急，更没派人去阻止徐望和池映雪，仿佛料定他们没办法抢成功一样。

吴笙微微眯眼。

傅文颃笑了：“在外面打多冷，进屋吧。”

鸮：“有人对你使用了＜幻＞乔迁之喜哟。”

一刹那，站在原地的吴笙、况金鑫、钱艾，以及距离树下鬼影只几步之遥的徐望和池映雪，同时被瞬移进了黑色塑料房屋之内。伸手不见五指的屋内，死一般寂静。

“咔嚓”，外面飞来横石，砸碎了糊着黑色塑料的玻璃。

吴笙看着那破洞里的一缕月光，了然：“他们想借女鬼的手。”借女鬼除掉他们省时省力，何乐而不为。

徐望：“现在怎么办？”

吴笙：“你说呢？”

徐队长微笑：“当然是大家一起才嗨皮。”

“小雪，”趁着风中的妖冶之气还不太浓烈，徐望沉声道，“最快速度出去，让他们善良。”

池映雪喜欢这个环节，一闪身就到了门口，“咣”一脚踢开大门，点掉文具。

不远不近守着门口的傅文颀小分队本以为对手会冲出来，所以早早在门口埋伏了看不见的武具，不料门踢开了，踢门的人却不动了，就站在门里，淡淡抬起眼皮，逐一瞥过他们。傅文颀觉出不对，但为时晚矣。

鸮：“有人对你使用了 < 幻 > 我劝你善良哟。”

他们让一个幻具坑了两次！

昨天被坑的经过并不惨烈，这个文具也没对他们造成“尊严”以外的太大创伤，以至于排兵布阵的时候没太重视，但今天，当中招后的五人不受控制地往房屋里去，傅文颀就知道自己大意了。这个文具不是简单的“道歉”，而是“必须到使用者面前道歉”，所以池映雪在用完文具之后就回了屋，而他们五人只能被迫跟进去。

屋内，吸血女还没降临，但已有了淡淡的玫瑰香。

只一缕月光，客厅仍处在黑暗中。钉子男和阴郁少年默默走到墙边，和另外两个伙伴排排站。

两个小分队彼此看不清，只能听见咬牙切齿的“对不起”此起彼伏。

“对不起！”

“我错了！”

“我不应该攻击你！”

“我太不善良了！”

吴笙打开手电筒，驱散客厅黑暗。徐望立刻点掉“‹武›流星雨”，锁定还在不断鞠躬中的傅文颀五人，想一波流送对方回家——在“我劝你善良”的状态里，对方是没办法再攻击的。铺天盖地的染火飞石很快砸下来，却在五个同行头顶上撞到了一堵看不见的墙，提前碎裂，火星沿着透明弧度星星点点落到地上。

对方在没进屋的时候，就给自己队伍套上防具了！徐望皱眉，但也没有太意外，如果能这么简单就被一波带走，傅文颀他们就闯不到十二关了。他回头看了况金鑫一眼。况金鑫点头。下个瞬间，更多更密集的“燃火飞石”出现在傅文颀五人上空，与此同时，无数利箭出现在五人前方——那是况金鑫的“‹武›万箭齐发”。

吴笙、钱艾、池映雪退到墙边，远离战场。

徐望和况金鑫一起凝神，暖水瓶和利箭同时从上、前两个方向朝笼罩着傅文颀五人的透明防具袭来！

撞击声、爆裂声，一下下震得房屋都跟着颤。双方都能感觉到，防具正在一拨拨攻击之下逐渐瓦解。现在就要看是防具先崩盘，还是道歉先结束，只要池映雪的幻具效果先结束，傅文颀他们就能反击。

双方正僵持，窗口飘进浓郁的玫瑰香。紧接着狂风四起，所有糊着黑色塑料的玻璃都被吹破，月光倾泻而入，满室银霜——美丽的女人，登场了。

“噼里啪啦”，又一拨飞石撞上来。防具消失了，可池映雪的幻具也到了时效。双方一起转头看那个款款降落的女人。

徐望深吸口气，抬手臂轻轻一点。

鸮：“有人对你使用了 < 武 > 风起云涌哟。”

傅文颀皱眉，没料到这时候对方还只想着攻击自己，难道不怕被鬼渔翁得利吗？

狂风卷着厚云呼啸而至，霎时就让整个房屋陷入一片混乱云海，视野被模糊，声音被闷隔——虽然是用在他们身上的文具，影响的却是所有人。

“咚！”

“咣当——”

“唔……”

“咔嚓！”

“当啷——”

一片狂风浓云里不时有杂音响起，太模糊了，傅文颀分辨不出那是什么，他想提醒自家队友小心，又怕暴露位置。

云雾终于散去，室内重归清明。皎洁月光里，女人仍站在降落时的地方，头发被吹乱了，面色不大好看，但目测杀伤力不减。

傅文颀第一时间去看自家队友，贺兰山、秦锐、武彦超、赵沐辰都安然无恙。

吴笙也第一时间去看自己的小伙伴，池映雪、况金鑫、钱艾都在。

徐望不见了！

墙角的四只鬼静静望着客厅，但客厅内的风云变幻和他们毫无关系。

第六章　聚　头

J U　T O U

各处境遇酸甜苦，五个伙伴不同路。

1

“徐望？”

吴笙眼底闪过一丝惊慌，虽被他克制得极细微，却难逃傅文颀的眼睛。

他这一声也引得剩下伙伴左右张望。

况金鑫不可置信跟着轻唤一声：“队长？”

钱艾艰难咽了下口水：“你别吓我们啊……”

池映雪没出声，但漂亮的眼眉已蹙到一起。

傅文颀评估着眼下状况，太突然了，一时也说不准。他询问似的和自家队友交换眼神——人真没了？还是圈套？

贺兰山轻摇一下头——不好说。

武彦超往上一翻眼皮——肯定是圈套，他们用的武具，他们的人没了，这不明摆着的！

秦锐一脸纠结——可是他们的反应看起来很真情实感啊……

赵沐辰薄唇紧抿——说不定他连队友都瞒了，到底想干什么，只有他自己知道。

女人轻启朱唇，浅吟低唱在风云过后的客厅中响起，古老的异族语言带着蛊惑人心的魔力。

但更致命的是她的眼睛，琉璃一样美丽，像青草尖上的露水，像暗夜中醉人的一缕香。没有人能移开目光，仿佛连灵魂都要被吸进那妖冶的眼瞳之中。

同昨日一样的僵硬感开始在所有人身上蔓延。

况金鑫抓住最后的机会点掉防具。

鸮：“有人对你使用了<防>一叶障目哟。”

这提示只有女人听得见。

一片狭长绿叶随夜风而来，挡在了女人的眼睛上。女人抬手去抓，那树叶却紧紧吸附在她的双目之上，叶脉微光若隐若现，像有生命一般。

魔咒一样的僵硬感随之消失。

况金鑫长舒口气，转头，一脸佩服地说：“笙哥，真被你说中了，就是眼睛。”

白天进行战术部署的时候他还有点儿没底，自己的“一叶障目”到底能不能中断这只鬼的“魅惑僵硬术”——术名是队长起的，说这样比较拉风，也显得对鬼尊重——当时军师没多解释，只说就算失败也还有第二套方案。现在况金鑫觉得，自己竟然敢怀疑军师的推断，脑子没救了。

吴笙拍了下身旁还在四处张望的钱艾。

钱艾回过头来，满眼担心根本藏不住：“徐望……”

“等下再找，”吴笙定定地看他，眉宇紧锁，语气却仍沉着，“先捉鬼。”

钱艾看一眼女人，果然，“一叶障目”要撑不住了。收敛心神，他按照原计划点掉“<武>千丝万缕鬼见愁”。

女人终于将树叶扯碎，还没来得及整理越发凌乱的头发，一团荧光丝带就飘飘摇摇落下来，将她从头到脚捆了个严严实实。她的瞳孔倏地变暗，陌生的异族词语再度从她的口中吐出，不复之前的优雅从容，语调急促，声音低哑，仿佛某种诅咒。她的背后升起一片黑色阴影，那影子渐渐有了人形，而后径直朝女人身上的丝带扑去。丝带发出圣洁光芒，阴影撞到其上发出灼烧黑烟，以及遥远得仿佛来自地府的凄厉叫喊。

“这文具一般鬼我们都舍不得用，知足吧。”钱艾傲然昂首，顶天立地，心中一阵激荡。不用真人上阵，不用自伤八百，使用体验简直让人流泪，这是什么神仙文具？！

女人已经被“鬼见愁”彻底锁死。吴笙偏过头看池映雪。池映雪没看他，已经按照原定计划冲出去了。他速度极快，眨眼就到女人跟前，一瞬迟疑或停顿都没有，手中的十字架顺势就往女人心口扎。

霎时，地动山摇。

池映雪身形一晃，十字架偏了准头，扎进女人的肩膀。他迅速将十字架抽出，还要再去刺第二下，不知哪里落下来一块大石板，直直砸在他后背上，他一时扛不住，单膝跪地。不知何时靠近过来的秦锐代替他把十字架刺入女人心口。

池映雪这才听见迟来的提示——

鸮："有人对你使用了 < 武 > 地动山摇哟。"

前一只鬼那里省下的"‹防›铁板一块"派上用场，钱艾一边把军师和况金鑫拉得离自己更近，一边焦急地喊："小雪！"

吴笙看向傅文顼的队伍，双方隔得不远，但不断颠簸的地面和坠落的碎石让视野支离破碎："我以为你们会等我们把鬼捉住之后再动手。"

傅文顼煞有介事地摇头："那样不厚道。"

吴笙挑眉："这么自信？"

傅文顼嗤笑："不是藏起来一个人就能当奇兵。如果我是你，宁愿五打五，至少还能拼几分胜算。"

鸮："有人用了 < 幻 > 解甲归田哟。"

这声提示只有钱艾听得见，他立刻感觉自己和"一毛不拔""铁板一块"的感应都消失了，确切地说，是两个文具消失了……这个幻具能卸掉他正在使用中的文具！思及此，钱艾猛然抬头，四只鬼静立的墙角果真多了一个对方的人。手起十字架落，只一刹那，他眼睁睁看着自己队伍的鬼归属了同行。

急火攻心，钱艾迅速抬手想要用武具，可指尖还没碰到图标，身体就动不了了。他努力斜眼珠去看身边的吴笙、况金鑫，两个伙伴和他一样被人定住了。其实，还有石板下的池映雪……

很快，四个小伙伴同时听见提示——

鸮："有人对你使用了 < 幻 > 呆若木鸡哟。"

"砰——"

地动山摇里，一辆皮卡破墙而入，透过挡风玻璃能看见中环十三郎那张欠扁的脸，车却比昨天的越野更高、更大、更坚固。

"咚——"

一头鹿冲进破洞，和皮卡追了尾，鹿毫发无伤，卡车重重一颤。

然而傅文顼脸上却一派从容，甚至带着点儿"你们太让我失望了"的叹息："我们车都升级了，你们怎么还原地踏步？"

鹿晃了晃头，才不管傅文顼说什么，后退几步，再度蓄力，朝皮卡狠狠撞去。一架开着门的电梯从天而降，毫无预警就落在皮卡车尾。鹿来不及收蹄，一头冲进电梯，咻地消失。

"‹武›千里电梯，"文具的使用者武彦超好心解释，"你们的鹿魔估计已经在千里之外了。”

五人敏捷上了皮卡后面的半截车厢。

墙角的四只鬼和客厅里的女人幽魂一样飘上车厢。

地动山摇平息，皮卡绝尘而去。

“队长，都把他们定住了，怎么不直接送回家？”武彦超对于没能彻底制敌耿耿于怀。

傅文顼面沉如水：“和他们能快打快闪就别纠缠。”

赵沐辰点头：“嗯，总觉得他们随时都有后手。”

“能闯到这里的都不是省油的灯。”贺兰山回想刚刚的激战仍有些亢奋，给自己点了支烟。他这人轻易不激动，但一激动就得抽两口平复一下，否则影响判断力和行动力。

吐了两口烟圈，他把剩下半包递给秦锐。

秦锐推了回去。

贺兰山意外：“不抽？”

秦锐抓抓一脑袋葡萄紫发，左右环顾，眼神隐隐不安：“你们不觉得太顺利了吗？”

“这还顺利？”武彦超白眼快翻上天，“我们什么时候这么扔过文具，赶上买一赠十了！”

“我同意秦锐的看法，”赵沐辰声音冷静，“他们那个失踪的队长太可疑了。”

傅文顼安静良久，直到四双眼睛看向自己：“我原本有两个猜测，”他说出了心中所想，“一、他就在那栋房屋里潜伏，准备在战斗的关键一刻出其不意；二、他提前跑到教堂埋伏，这样就算我们把五个鬼都抢过来，他们也还有翻盘希望。”

赵沐辰：“现在没有一了。”

傅文顼抬眼眺望，路的尽头，教堂隐约可见：“嗯。”

皮卡在教堂门前停下来。月光下的教堂安静、肃穆。

神父站在门口，像已在这里等候多时：“我的孩子，你们终于来了。”他和蔼的声音难掩激动，那是沉甸甸的期盼。

驱魔仪式设在教堂中厅，地上已挖出五个人形凹槽，凹槽围成一圈，圆心处是一方清池圣水。

“待五只恶鬼躺入凹槽，圣水即会洗涤他们的罪孽……”

神父絮絮叨叨讲了一路，傅文顼小分队听得多记得少，反正就是走流程的事。相比之下，他们更在意那个不知藏在哪里的敌方队长，生怕一不留神让人钻了空子，功亏一篑。可眼下已经到了驱魔阵前，还没有任何动静。

神父站定，凝望了片刻驱魔阵，像在做着最后的祷告。终于，他转过身来，走到整齐站成一排的五只鬼面前："去吧……"

五只鬼站如松，就是不动。

神父静静看着他们，半晌又转向傅文顼小分队："还差一只。"

傅文顼一怔，脱口而出："不可能。"

神父缓缓摇头："还差一只。"

傅文顼回头看自家队友，迎接他的是四张同样茫然的脸。难道还有第六只鬼？可地上也明明只有五个凹槽啊！

鸮："有人对你使用了 < 防 > 相亲相爱一家人哟。"

突来的提示就像一记重锤，将傅文顼小分队一直悬在钢丝上的"安定"彻底击碎。

五人"啪"一下拥到一起，勾肩搭背抱成一团，就像足球运动员进球后那样，唯一的区别是，人家抱完会分开继续比赛，傅文顼他们五个抱住了就抱住了。

不对，傅文顼艰难顶开贺兰山的下巴，把头抬起来。一、二、三、四……不是五个人，抱在一起的只有四个！

"队长，再坚持五秒，不，四秒就行！"已跑到神父身旁的"秦锐"冲"自家伙伴"妩媚一笑，变戏法似的从怀里掏出一把十字架，"扑扑扑扑"四下挨个扎进了鬼娃娃、鬼形、钉子男和阴郁少年心口，就漂亮女人没挨第二下——在黑色塑料屋内，她就是被"秦锐"刺的心口。

"神父，该你了。""秦锐"催促。

神父也很配合，看向五只鬼，还是刚才那句台词："走吧。"

这一次，五鬼动了，乖乖走向各自凹槽。

"秦锐"定定地看着五只鬼的背影，神情平静，其实心里已经急死了，恨不能上去一鬼给一脚，让他们快点儿走，快点儿躺。

四人再迟钝，也从那妩媚一笑的恶寒里看清真相了——这根本不是自己的队友！

傅文顼眼中已经冒火，这时候就算挣脱防具也没用了，唯一的方法只有送"祸源"回家。十字架都是他插的，只要他回家，一切就可以重新再来。

鸮："有人对你使用了 < 防 > 相亲相爱一家人哟。"

再度到来的提示音让傅文顼小分队彻底抱团成"死结"，连用下巴点文具都成了不可能，遑论反击。

唯一还能动的只剩下嘴了。

武彦超："你们到底有多少个相亲相爱——"

吴笙、池映雪、况金鑫走进中厅。他们踩夜风，踏星光，走 T 台似的潇洒登场。

“这和队伍气质有关，”吴笙好心给予解答，“可能是被我们融洽的氛围感召，得这样文具的频率一直居高不下，我们也很烦恼……”

五鬼已全部躺入凹槽，圣水池温柔涌动，水流向五鬼方向流淌而去。

池映雪轻轻呼出一口气，解除文具。“秦锐”褪去一脑袋葡萄紫，变回徐队长。

“累死我了！”演戏也是个体力活，徐望一脑门汗，不过还是很贴心地嘱咐贺兰山，“别总抽烟，对身体不好。”

“……”贺兰山现在看起来不想抽烟了，想吃人。

大局已定，傅文颀彻底冷静下来，只是脸色阴沉，声音也骇人：“秦锐在哪里？”

徐望：“一个很安全的地方，放心，没伤人。”

傅文颀：“什么文具？”

让对手死个明白，向来是旺旺同学的宗旨：“〈幻〉我是谁，我们家小雪的。”

傅文颀：“这个文具能让你变成任何人？”

徐望：“没错。”

傅文颀：“什么时候开始的？”

徐望：“风起云涌。”

傅文颀：“那之后你就一直和我们演戏？包括抢着去刺那个女人？”

徐望：“刺不刺那个女人无所谓，但我得找个由头去小雪身边拿他的十字架嘛。你是不知道揣四个十字架多扎得慌，皮卡颠得我差点儿暴露……”

傅文颀不想再听他说话，一个字都不想！他的目光冷冷落到剩下三个人身上：“你们一直知道？”

吴笙、况金鑫、池映雪一起点头。

“一直配合他演戏？！”傅文颀已经很难控制自己的语调继续平稳深沉。

赵沐辰、武彦超、贺兰山也几近崩溃。什么“队长没了”“队长你别吓我啊”“等下再找，先捉鬼”……这是闯关还是演话剧呢？！

“也不能说配合，”吴笙觉得傅文颀概括得不准确，“我们每个人的表演风格其实不太一样，所以还是自由发挥多一点儿，在实战中磨合……”

傅文颀小分队全体：“闭嘴！”

一块黑色塑料都不剩的房屋里，连厨房都被月光笼罩上一层温柔。

钱艾蹲在五花大绑的秦锐面前，比月光还温柔：“不用崇拜我，我就是个新人，论演技还得属我们队长，尤其上一关，那是我们队长最华彩的时刻，民国奥斯卡，乱世小金人！”

秦锐："……"

钱艾挠挠头，这辈子没怎么当过恶人，经验太匮乏。他转身去冰箱翻了一圈："哎，你吃三明治不？"

秦锐："滚。"

钱艾："培根？"

秦锐："滚。"

钱艾："巧克力？"

秦锐："滚。"

钱艾："啤酒？"

秦锐："来一口。"

钱艾："麦片？"

秦锐："……"

钱艾后知后觉回头："哎？你刚刚说啥？"

鸮："恭喜过关，12/23顺利交卷！亲，明天见哟。"

天地换新颜，厨房变成了街道，人还是那俩人。

捆秦锐那绳子是钱艾在厨房里找的，自然还留在鸮内，于是重获自由的秦同学二话不说一拳就招呼过来。钱艾猝不及防，一疼就忘了已经回到现实，本能切回战斗状态，抬腿给了对方肚子一脚。就这样你一拳我一脚，两人默契开打，从站着打到躺着，从你来我往打成抱团摔跤，直到远处传来厉声呵斥："你俩干什么呢？！"

纠缠在地的两人一个别着另一个半拉膀子，另一个勒着一个脖子，你用脚蹬，我就拿膝盖顶，战斗正值白热化，闻言双双扭头而瞪，要对多管闲事者喷火，结果嘴刚张开又闭上了——路灯下的交警同志正气凛然，能扫平一切牛鬼蛇神。

他在前面路口查酒驾，还没捕获酒鬼，先瞄见俩斗殴者，立刻警觉。哪个遵纪守法的好公民半夜在大街上斗殴？

钱艾硬着头皮，努力扯出假笑，悻悻松开胳膊，特亲热地拍拍秦锐后背："这、这是我弟，被女朋友甩了，闹自杀呢，我拦他还和我急。"

秦锐一拳打上他下颚，毫不留情："谁是你弟！"

交警皱眉，目光一下锐利。

钱艾瞪大眼睛，骂他傻子的心都有。

秦锐推开他，站起来大大方方拍拍身上尘土："从你抢我女朋友那天起，你就不是我哥了。"

2

钱艾恍恍惚惚回到酒店的时候，徐望他们四个也刚回来，双方在酒店大堂接上了头。

徐望看着钱艾那张五颜六色的脸："你这是让人单方面殴打了？"

"怎么可能，"钱艾立刻否定，"我顶多也就吃亏一拳。"

"那还是吃亏了。"

"……"他怎么知道秦锐是个"狼人"，比他狠还多一点儿！钱艾想起没办法还手的最后一拳和交警谴责的目光，就郁闷得心绞痛。

"这是什么？"不经意瞄到徐望手中的小卡片，钱艾认出不是军师平日里分发的那种。军师的卡片密密麻麻跟考试小抄似的，但这张简洁素雅，没多少字，都是留白。

"傅文頔的名片。"徐望很自然把卡片递过去，满足队友的好奇心。

钱艾看着名片上一目了然的姓名、联系电话、微信、邮箱，蒙了："哪儿来的？"

徐望耸耸肩："傅文頔给的。"

钱艾茫然环顾所有伙伴，试图还原自己错过的场景："意思是傅文頔他们出来之后没找你们算账，还给了自己的名片？"

吴笙点头："主动给的，十分友好。"

况金鑫补充："说是以后不管我们准备闯哪一关，都可以在决定闯关日期后给他发个信息，通个气，他们可以多等两天，以免再出现这种两败俱伤的局面。"

钱艾皱眉："哪儿还有什么以后，我们肯定能一下子就把第十三关过了，彻底离开鸮！"

池映雪意外挑眉："我也这么说的，虽然没这么啰唆。"

钱艾："……"

电梯抵达一楼，轿厢门缓缓打开，徐望第一个走进去。客观讲，他挺佩服傅文頔，事实上他们的确可能闯 13/23 失败，并在未来的反复进退中和任何一支队伍重遇。在刚刚被人打败的时刻，傅文頔想的不是报仇，而是对自己队伍最有利的选择，这需要极大的自制力和冷静。

待小伙伴全部进入，徐望按下顶楼键，同时清空大脑，不再想已经过去的这些事情。眼下对于他们最重要的，是前路。

当晚，小分队仍住在酒店没走，白天饱饱睡一觉，晚上进了鸮里又睡，打定主意要把激战两天消耗的精气神都补回来。

一直补到凌晨 04：58，小伙伴们在"叮"声中惊醒。

小伙伴们一个激灵，或鲤鱼打挺，或鹞子翻身，或狗熊打滚，反正以各自方式迅速"起床”，抬手臂查看。

原来是“总成绩榜”开了——

TOP1：池映雪、况金鑫、钱艾、吴笙、徐望（12/23）

看完第一行就足够了。

“第一，咱们第一了哈哈哈！”钱艾这辈子唯一一个第一还是高中运动会扔标枪，如今人生第二个第一入账，兴奋得不知道怎么好了，一把搂过最近的况金鑫用力揉搓。

况金鑫也高兴，跟着傻乐，不料刚咧开嘴，又让池映雪扯了回去。

钱艾怀里一空，愣了愣，再看池映雪，立刻明白自己厚此薄彼了，连忙扑过去，这一次把小况和小雪一并搂住，满腔热血情谊，满臂金刚大力。

况金鑫看一眼池映雪的表情，被逗得上气不接下气，比得了总成绩榜第一还开心。

徐望点开“文具盒”，嚯，不愧是第一名，每人奖励十五个文具——五个防具、五个武具、五个幻具。这要是去无尽海刷，指不定得刷多少天呢，个别罕见的文具就是泡在无尽海也未必得的来。

还没等他仔细查看每一个文具的内容，五个宝箱又从半空中落下。

钱艾立刻松开怀中队友，开宝箱去也。作为近期“总成绩榜”前五的常客，他们十分清楚宝箱里的内容，尤其钱同学，已将其作为重要收入来源。

五宝箱纷纷开启，各伙伴收成分明——

徐望：十万元。

吴笙：十万元。

况金鑫：十五万元。

池映雪：十二万元。

钱艾：八万元、‹幻›HELP。

钱艾：“……”为什么每次都要给他的现金打折再搭配个文具？这文具是镶了金边吗？！

同一时间，2/23，机场。

高：“这个第一名到底哪个队伍啊？这阵子总在榜上看见他们。”

帅：“总成绩榜第一名是咱们该关心的吗？你最近是不是有点儿飘？”

瘦：“钱……”

白：“手头紧了？”

瘦：“我是说这个钱艾会不会就是那个老钱？”

帅："哪个老钱？"

瘦："就在这一关的红眼航班上，一声咆哮字儿就能变成实体那个，我记得当时同队的喊他老钱……"

白："你勾起了我很不愉快的回忆。"

高："让你这么一说，咱们7/23遇见的也是他们吧？我对那个'笙哥'印象深刻。"

帅："哪个笙哥？"

高："就和我接龙那个，乐观的同学B和高中生侦探C不得不说的故事……"

帅、瘦、白："……"

为什么和这支队伍有关的回忆都这么一言难尽？

同一时间，6/23，古堡宴会厅。

冲锋衣小天蓝："哟，还真第一了。"

冲锋衣小酒红："队长，你神预言啊。"

雅灰男："我早说过他们实力超群。可惜啊……"

冲锋衣小深紫："可惜什么？"

雅灰男："可惜被鸮耽误了呗。他们当时接龙的那个绝对是被闯关耽误的作家，那个故事让他讲得曲折动人，给我听得欲罢不能！"

冲锋衣小明橙："队长，你能不能暂时放下文学梦，认真闯关……"

同一时间，8/23，露天咖啡厅。

厉夏："他们第一了。"

韩步庭："以他们最近的效率，正常。"

李子近："他们到底怎么和池映雪磨合的，太神奇了。"

齐闪："甲之砒霜，乙之蜜糖，各花入各眼……"

李子近："齐闪，你要再用这种恶心吧啦的眼神看我，我就……我就把给你的签名键盘收回！"

齐闪："啊，我眼罩呢？我眼罩呢？！"

许言格："……"

同一时间，8/23，露天咖啡厅，另一桌。

魏孟寒："厉害，我就知道他们迟早得上榜首。"

邹珺："队长，咱们现阶段是不是应该考虑隔壁老韩他们什么时候闯关？"

魏孟寒："他们也在观察我们呢。"

冯让："那就大家凑一桌谈谈呗，这么隔空揣测，效率太低了。"

魏孟寒："恩怨太多，不好开口。"

朱墨："其实不用想这么复杂，场上是对手，场下大家还是朋友。"

邹珺："那韩步庭问你要微信你为什么不给？"

朱墨："他的理由是想和我学舞蹈。"

邹珺："……报警吧。"

同一时间，10/23，飞行棋战场外。

王断然："啧，到底让他们第一了。"

顾念："换个角度想，输给排行榜第一，不丢人。"

王断然："也对，就希望他们顺顺利利过完第十三关吧。这破地方，早离开早解脱。"

江大川："到底怎么才能扔出 6 和 10？跪求秘籍啊！"

陈关："……"

孔立泽："大川，你要不要换个思路，比如再酝酿多一点儿衰气，直接把对方一个人也死死扣在起飞点？只要你能和一个人打平，我们就有信心在步数上胜过另外四个！"

江大川："……"

同一时间，无尽海。

秦锐："队长，我们还要在无尽海漂多久？"

傅文顼："漂到我们的内心足够强大。"

武彦超："怎么才算够强大？"

傅文顼："足以面对飞行棋而心态不崩。"

赵沐辰："但我们下一关是 9/23，脑内地狱。"

贺兰山："第十关才是飞行棋。"

傅文顼："我觉得提前酝酿一下更稳妥。"

武彦超、赵沐辰、贺兰山、秦锐："……有道理。"

3

凌晨五点，徐望小分队从鸮里弹出来，第一时间接到岳队长的视频连线。

"旺旺，你们火了！"岳队长一脸自豪，与有荣焉，"我一开微信，好几个群里都在打听你们队！"

徐望："……"他更好奇岳队长到底有几个微信群。

岳帅："怎么样，一鼓作气把十三关拿下？"

徐望知道他是特意过来祝贺和加油鼓劲的，不过这事儿还真不能一鼓作气："我们准备休息一个礼拜再去新疆。"

13/23 在新疆，这是他们从樊先生那儿得来的关于第十三关的唯一情报。

"也对，"岳帅想了想，点头，"编筐编篓，全在收口。好好休息，好好准备。"

徐望其实有挺多话想说，可那些在心里翻滚的各种想法他自己都没个定论，真要往外拿，又不知该怎么讲，最后只郑重点头，带了点儿感谢意味："嗯。"

一周后，五伙伴抵达新疆，又继续休整两天，才坐车去了坐标所在的城市。

他们慎重，不仅仅因为这是最后一关，也因为没人知道这一关究竟是什么。无论是樊先生还是后面和樊先生买过情报并顺利离开鸮的队伍，抑或闯第十三关失败又退回前面关卡的队伍，无一例外都缺失了第十三关的记忆——通关者记得许愿屋，记得后来的选择，惟独不记得他们如何交卷；后退者记得"交卷失败"这一结果，但怎么失败的毫无印象。

"咕咕——"

午夜零点，鸮声悠远而来。

在奇怪的叫声中醒来，他茫然四顾，独立办公室有些杂乱，许多资料放在他的案头，笔记本屏幕亮着，上面密密麻麻的表格数据。

"笃笃。"有人敲办公室的门。

他的大脑仍一片空白，但已机械性开口："进来。"

一个穿职业装的年轻姑娘走进来，文静得体，两个梨涡让她微笑起来也很甜："徐部长，您的咖啡。"

他看着放到自己面前的热咖啡，很快，目光飘到旁边的一盒名片上——××金融公司，徐望，销售部长。

他叫徐望，是这家金融公司的销售部长，事实应该很清晰了，可是他为何毫无印象？

金融公司？切，还不就是空手套白狼。

眼前这个姑娘应该是秘书或者文员。

他是销售部长？那他混得还不错，可他真的不太喜欢忽悠人买理财产品，尤其是这种非银行出品没什么保障的……

你看，他记得一切社会常识，依然具备判断力和分辨力，但为什么忘了自己？他忘了自己是谁，忘了过去，好像凭空就到了这里，走过的路都成了空白。

"叮——"

奇异的声音响起。

桌面上的手机仍黑屏，不是从手机上发出来的。

“叮——”

仿佛意识到一下并不能让他精准锁定，那声音又来了。这一次徐望听得仔细，声音的来源像是……自己身上？

“叮——”

声音第三次响起，徐望终于撸起了自己的袖子，手臂上有一个奇怪的猫头鹰图标，右上角一个小“1”。鬼使神差，他抬手去点，那图标竟然开了。

小抄纸：“活过下午 4：44。”

这是……什么？徐望莫名有些呼吸发紧，抬起头看墙上的时钟，时针分针完全重合，正是中午十二点。

背后的落地窗外，阳光明媚。笔记本屏幕上映出怪异的红晕。徐望回头，窗外，一个巨大的血红色的数字“13”。它像某个公司无聊的广告创意一样停在空中，可它既没有充气，也不是随风飘扬，更像被一只沾满鲜血的大手随意写在半空，浓烈得近乎诡异。

“部长？”女文员似被吓着了，笑容渐渐消失，小心翼翼地唤。

徐望回过头来：“这到底是什么？”

女文员的声音微微发颤：“什、什么？”

徐望怔了怔，忽然意识到姑娘眼中的恐惧对着的不是窗外，而是自己。这可太冤了！他连忙举起胳膊，把猫头鹰图标亮给对方，急切辩白：“我也不知道胳膊上怎么有这么个东西，”又指指窗外，“还有这个数字，我都是第一次见！”

女文员彻底褪去血色，一脸煞白：“部、部长，你胳膊上……还有窗外……什么都没有啊……”

害怕、恍惚，徐望僵硬在椅子里，不知道是自己出了问题，还是对方出了问题。

“部长……我先出去了……”女文员极力保持微笑，可离开的脚步泄露了她的慌张。

徐望静静坐着，听着门板合上的余音在空气里消散。他不知道要干什么，要想什么，好像就这样一动不动缓一缓就能把那些精神错乱一样的幻象驱逐出脑海。

门外传来嘈杂，像是有人在吵架，声音大得门板都隔不住。

“我都和你说了，徐部长不在！”是刚刚那个女文员的声音。

“不在？行，我就在这里等，我看他能躲到什么时候！”是一个愤怒粗哑的男人声音。

徐望皱眉，他得罪过人？可就算有恩怨，带到公司来，还让一个小姑娘帮着挡，也有点儿太难看了。

“你再这样我就叫保安了！”女文员还在尽职尽责地阻拦。

徐望起身毫不犹豫打开门。门外两人愣了，整个办公区里几十位看似在工位上午休，实则眼神唰唰往这边瞟的围观同仁都愣了。

徐望也愣了下，没料到门外是这么大一办公区，这么敞亮一围观视野："别为难小姑娘，"他以整个办公区都能听见的音量朗声道，"有什么话和我说。"

找碴儿者是个戴棒球帽的年轻男人，他双手插兜，帽檐压得很低，看不清脸："还行，算个爷们儿，那我就和你说说。"

棒球帽嘴角一勾，走上前来，揣在口袋里的手以迅雷不及掩耳的速度拿出，照着徐望的肚子就是一捅。徐望都没看清他拿的是什么，只听见一声极小的"扑"。徐望低下头，棒球帽把那东西拔出，又"扑扑"补了两下。他这回看清了，是一把水果刀。后知后觉的疼痛海啸一样席卷而来，周围尖叫四起……

"笃笃。"

徐望晃了下神，直到敲门声第二次响起。

"进来。"他开口，发现自己的声音有些哑。

年轻女文员推门而入，微笑着把飘香咖啡放到他桌上："徐部长，您的咖啡。"

徐望哭笑不得："你不是刚给我送过一杯，怎么，忙忘了？"

女文员怔住，茫然看他。

徐望忽然一个激灵，抬头看墙，上面的钟表时针分针重合，中午十二点。他迅速抬胳膊撸袖子，动作近乎慌乱，直到看见猫头鹰图标。

小抄纸："活过下午 4：44。"

他依然不明白为什么手臂上会有这种东西，但此刻，这诡异的玩意儿却让他莫名安心。他没疯，他的的确确已经看过时间、喝过咖啡、听过争吵，还让人捅了三刀。

椅子缓缓向后转。窗外，血红色的阿拉伯数字变成了"12"。

女文员离开了。徐望看着时钟上的秒针，一圈、两圈……

"我都和你说了，徐部长不在！"

"不在？行，我就在这里等，我看他能躲到什么时候！"

时间 12：04。

徐望腾地起身，拉开门："我在。我们谈谈。"

"还行，算个爷们儿，那我就和你说说。"棒球帽勾起嘴角，大步流星而来，揣在兜里的手顺势而出。

徐望死也不会再让人扎第四刀，一个闪身躲开！他躲得时机刚刚好，棒球帽一刀刺空，在惯性作用下跌进办公室。

徐望从外面把门关上，一边死死拽着，一边冲围观众人大喊："还看什么看，报警！"

话音刚落，他忽然一阵昏眩。

听说过大声喊时间太长容易缺氧，可他刚刚就喊了一句报警……失去意识前，徐望还冷静科学地分析着。

“笃笃。”

徐望木然坐在椅子上，看着被敲响的门板，一脸生无可恋。

墙上的时钟还是十二点，而窗外的血数字变成了“11”。

人死不能复生，但他好像可以。问题是他刚刚明明没有被捅死，好端端拽着门，怎么又回来了？

每回来一次，数字便相应减少，如果到了“0”……徐望不太敢往下想。无论如何，他至少知道那句“活过下午 4：44”的意思了，因为连续两次，他连四分钟都活不过去！

如果把大脑看作一个 1TB 容量的硬盘，徐望现在只存储了 1MB 信息，从第一声“笃笃”开始到此时此刻结束，其余全是空白。但这 1MB 太刺激了，竟然让他觉得“我是谁”“我的过去在哪里”这种终极问题都可以以后再议，眼下专注应付“活着”就好——能活下来，再谈过去和未来。

“进来。”

“徐部长，您的咖啡。”

“我得罪什么人了吗？”

“嗯？”

“一个年轻男孩儿，平时可能喜欢戴棒球帽，身高一米八左右……”徐望尽力描述。既然秘书敢拦，就该知道些内情。

女文员的脸一阵红一阵白，不是羞涩，是羞愧：“部长，对不起。”

“不用道歉，回答我的问题。”已经过去两分钟了，徐望难掩焦灼。

任谁被硬架上跑道，莫名其妙就开始和死神赛跑，都得焦灼。

“和您没关系，是他……他非觉得我和他分手是因为您……”女文员低下头，声音越来越小。

“他是你男朋友？”徐望一直以为那是自己的仇人。

“前男友。”女文员这时候了还不忘纠正。

徐望抚额，记忆的缺失让他心里总是没底：“那我俩到底有没有关系？”

“啊？”女文员愣住，“怎么可能！”

这是什么反应？虽然徐望也希望彼此之间清清白白，但女文员一脸“震惊”还是很伤人。他一表人才，公司中层，未婚未育，怎么就不可能？呃，等等，婚恋这块儿在记忆里好像也是空白……

“砰”，门板被人踹开了，棒球帽看见屋内俩人，眼睛都气绿了：“我和你拼了！”

女文员没出去，棒球帽换台词了。

徐望脑中不受控制地想着这些有的没的，但身体很诚实，一个后跳躲过棒球帽伸来的胳膊。对方被桌案隔住，怒不可遏，竟一跨而上，矫健爬过桌案。徐望呼吸一滞，绕过桌案往门外跑。棒球帽紧追而上，一个跳跃将他从后面扑倒。徐望认命，咬紧牙关，可疼痛还没到来，头顶忽然掠过一阵风。他只觉得身上一轻，就听“咚”一声，压着他的棒球帽被人踹飞了。

“给我按住他！”扫堂腿有一把磁性动听的好声音。

棒球帽被一群保安死死摁在地上。

徐望狼狈爬起来，看见一张万里挑一的脸——万里挑一的英俊，万里挑一的智慧。

他不认识他，而且英俊可以看，智慧怎么看？徐望说不清，但就是知道。

“你没事吧？”救命恩人问。

“没事。”徐望答完，觉得干巴巴的，犹豫着是加个“谢谢”还是直接问“你是谁”，救命恩人却倾身过来再度开口。

这一次，他的声音压得很低，只有他们两个听得清：“你能看见窗外的血色数字吗？”

4

正午时分。

他在持续不断的“哒哒哒”声中回神，却发现是自己在敲键盘。屏幕上一串毫无意义的乱码是他刚刚走神的证明。

这是一间极宽敞豪华的办公室，老板台是实木的，沙发是真皮的，大理石地面光可鉴人，墙上还挂着品位奇怪的装饰。他的目光重新回到满是代码的电脑屏幕，心里十分客观地下了评断——做 IT 这行，办公室装修成这样，有病。

但这是他的办公室。真奇怪。

他的大脑像被格式化过，目前一片空白，桌案上没有任何能证明他身份的东西，但他只慌了最初的一瞬便去摸了裤子口袋。钱包果然在，里面还有身份证、驾照和几张相同的名片——× × 科技公司总经理，吴笙。

他很坦然接受了自己的身份，并认为就该如此。但失忆这件事他没办法坦然，这是会影响到正常生活的严重问题，他必须弄出个究竟。而最快弄清当前处境的方法，就是询问身边人。

吴笙刚想起身，到办公室外搜寻一下可提供帮助的人，一声“叮”又把他定在了椅子上。准确锁定声源，他挽起衬衫袖子，不可思议地挑眉。他的手臂上出现了一个猫头鹰图标，这还挺新鲜的，点进去，先看新信息——

小抄纸：“活过下午 4：44。”

腕表上，时分秒三针刚好重合，十二点。

吴笙微微歪头，眉宇间因思索而皱起。活过下午 4：44……警告？预兆？抑或某种整人游戏？不，不对，科技还没有先进到能在他手臂上无声无息植入一个这样的东西。还有他的失忆也很蹊跷，和手臂上的东西有关吗？

“咚。”背后的落地窗传来碰撞闷响。

吴笙回头，是蜘蛛人正站在吊篮里擦拭外幕墙玻璃，风有些大，吹得吊篮一直晃，不时碰到玻璃。蜘蛛人的背后，一个巨大的血红色的数字“13”悬在半空。吴笙定定地看着那个“13”,心反而落定了——这个世界不正常,所以自己身上出现各种不正常也就正常了。

“咚。”吊篮又碰到了玻璃，看起来晃得更厉害了。吊篮中的工人不得不中断作业，拿出对讲机，应该是让操作台把吊篮放回地面。

吊篮很快开始下行。吴笙莫名有点儿揪心，本能站到落地窗前目送吊篮下降。终于，吊篮稳稳落到地面。吴笙松口气，忽然脑中一阵恍惚，站都站不稳。

“哒哒哒哒……”

视野重新清晰，吴笙看着屏幕上一连串似曾相识的乱码，愣了。

他第一个动作是抬手臂看表，第二个动作是点开猫头鹰图标，第三个动作是转头看窗外——猫头鹰图标中的信息仍在,而表示未读的小“1”已经没了;血色数字也变了,从“13”变成了“12”。只有时间重置了！

“为什么……”吴笙看着“小抄纸”里的字喃喃自语，眼中浮出不解。

——“活过下午 4：44。”

他不知道这句话是谁发来的，但按逻辑推，如果一切风平浪静，谁会特意叮嘱这么一句？既然强调“活过”，相应的就有很大可能“活不过”，也就是说从现在到下午 4：44 之间极有可能存在某种“活不过”的危险。

但他刚刚没遇见任何危险，时间却重置了。难道时间重置是一种必然？不，如果那样，神仙也活不到下午 4：44。

如果时间重置是有条件的呢？发生了某些他不知道的事情，所以时间重置了……吴笙因自己的猜想而兴奋起来，就像在黑暗中摸索的人见到了一丝光。

假设这个重置条件真的存在，他只要找到并阻止这个条件的生成，就可以让时间一直往前走，走到下午 4：44！

4：44 之后会发生什么他完全想不出来，但现在，“活过下午 4：44”就像一道迷人的难题，对他散发着致命吸引力。

“咚。”吊篮又开始磕碰玻璃了。

知道它会稳稳落地，吴笙不再牵挂，起身出门。办公室外是一条长长的走廊，走廊两边都是透明的办公区。此刻正值午休，大部分员工都不在，可能去吃午饭了，少部分员工或趴工位或仰于躺椅，补眠一刻。

吴笙看一眼表，12：02。

两个男员工迎面走来，一手拎着买的午饭，一手划拉手机，全神贯注地“嘿嘿嘿”。

“刷到什么有趣的了，乐成这样？”吴笙迎过去调侃。他不是喜欢开玩笑的人，至少目前不是，可如今每一个遇见的人都可能携带关键信息，他不想错过。

“吴、吴总！”两个男员工当即立正。

“嗯？”简单上调音示意对方自己还在等待回答。

男员工估计觉得自己嘴笨，直接把手机举过来给老总查阅。那是一个名为“××大厦”的微信群，里面正滚动刷屏——

“我天，修罗场！”

“谁绿了谁啊哈哈哈。”

“别光文字直播啊，无图无真相！”

“你直接来三楼看呗。”

“照片.jpg”

“还没敲开门呢，现在就女主和男二，男一躲着没露面。”

“够㞞的。”

“我去去去开门了嘿！”

“打起来了哈哈哈哈哈哈哈哈……”

××大厦，这不就是自己名片上的公司地址吗？这栋大厦的群？三楼？修罗场？吴笙刚捕捉几个关键词，还没来得及深思，似曾相识的恍惚感二度袭来。

“哒哒哒哒……”

手指停下，吴笙看一眼窗外的“11”，迅速起身，一秒不耽搁。与其空想那些信息和他目前的处境有没有关系，不如实地考察。

走廊很静，那俩男员工还没回来。吴笙一路寻到电梯间，发现自己处于七楼，电梯正在往下走，目前已到十五楼，他连忙按下行键。

电梯在七楼停住，吴笙进入，果断按“3”。

中间没被干扰，电梯直接抵达三楼。门一开，吴笙便快步走出去，出来电梯间一转身，就看见“× × 金融公司”的 Logo。这间大厦似乎遵循“一层楼一家公司”的规矩，七楼只有他那家科技公司，三楼也只有这一家。

远远的就能听见男人粗哑的叫喊声，前台探头往里面看热闹，没注意吴笙进来，等发现时，这人已大步流星进了办公区。

吴笙刚一进来，那扇集中了办公区所有八卦视线的门就让那个戴棒球帽的男人踹开了。见那人气势汹汹冲进去，他心里一紧，没来由就跑了过去。

刚到办公室门口，一个人正好逃出来，那是个模样挺不错的男人，眉毛是眉毛，眼睛是眼睛，五官单看就不错，合起来更顺眼。可吴笙刚开始欣赏，还没看够，那人就被棒球帽从后面扑倒了。寒光一闪，棒球帽手里竟然握着刀！吴笙想也没想，一脚过去把人踹开了：“给我按住他！”

保安姗姗来迟，正好赶上最后一个环节——摁住人。

“你没事吧？”吴笙嘴上这样问，眼睛已开始上下打量，自动检索有没有不妥。

“没事。”那人的声音有点儿哑，但还算镇定。

吴笙的“检索目光”在对方露出的一截手臂上停住——同样的猫头鹰图标。他心中一喜，说不清这是因为终于找到了线索，还是因为线索在这个人身上：“你能看见窗外的血色数字吗？”问出这句话时，吴笙压低声音，没压住乱了的心跳。

徐望一把将救命恩人拉进办公室，砰地关上门，直指窗外：“你也看得见？！”

吴笙把手臂上的猫头鹰图标亮出来：“我还有这个。”

“我也有！”徐望简直想抱着他哭，就是那种异国他乡遇见同胞的喜极而泣。

“先别激动，”吴笙拍拍他肩膀，“和我说说情况。”

徐望一股脑把自己的遭遇都说了，但这事儿的时间线太乱，他又很难不激动，于是颠三倒四语无伦次的，到后面自己都听不下去了，就像明明分门别类码得整齐的蔬菜生生让自己弄成了摇滚沙拉。救命恩人从头听到尾，没说一句话，徐望估计人家是根本不知道该从哪里提问，又不好意思打断他。

“那个，你给我一分钟捋捋，”徐望甩甩头，努力让自己冷静下来，“我再重新给你讲一遍……”

“有遗漏？”吴笙问。

“啊，应该没了……”徐望有些窘，“就是我讲得太乱，怕你……”

“不乱，很清楚。”吴笙眼里一片明澈，“你失忆了，经历两次时间重置，一次你被人杀死，一次你拽着门喊报警，但没有任何实际危险。两次都发生在 12：04，窗外数字从“13”减少到“11”，手臂出现奇怪的猫头鹰图标和‘活过下午 4：44’的信息。”

“你是怎么总结出来的……”徐望现在看救命恩人的眼神就像学渣看大神。

吴笙喜欢对方眼里的认可和崇拜，失忆到现在第一次露出真正的笑模样：“因为我和你一样，我也失忆了，也经历两次时间重置，也看得见窗外数字和手臂信息。唯一的区别是，我没有死过，两次都和你第二次一样，一晃神就重置了。”

孤军奋战一下子变成了携手并肩，救命恩人又让人十分有安全感，徐望的慌张慢慢被巨大的疑问取代：“为什么会这样？这是什么变异吗？”

“还不清楚。”吴笙低头看一眼手表，12：09，“目前已知 12：04 是个关键节点，我们已经成功度过，就看接下来会发生什么了。”

“接下来？”徐望心里一紧，“你的意思是接下来还会有危险发生？”

“当然，”吴笙说，“如果一路平安，‘活过下午 4：44’就没理由成为考题了。”

“考题？”救命恩人的思路太难跟上了。

“哦，这只是我的一个比喻。”吴笙把手臂上的猫头鹰图标点开，说，“你看，这里有花名册、文具盒、小抄纸、成绩单四个项目，其中花名册、成绩单都是空白，小抄纸里只有一句‘活过下午 4：44’，文具盒里东西很多，前缀分别是‘防’‘武’‘幻’，看起来像不像玩游戏的道具？”

“是有点儿……”徐望没想到猫头鹰图标里还有这么多门道，他只看了那句话，压根儿没往别处点。而且每次刚过四分钟女文员的疯男友就来了，他也来不及想更多。

“我还没点击，不知道它们具体能造成什么效果，不过有花名册、文具盒、成绩单，在我看来这就是一场考试。”吴笙继续说，“小抄纸本来应该写答案，但放在这里，应该更接近于某种提示。”

徐望想起了最初那几声清脆的“叮”，的确很像手机的提示音。

吴笙收敛笑意，正色起来：“我猜，因为一些难以解释的原因，我们两个被选中参加这场考试，考题就是‘活过下午 4：44’……这期间，这场考试背后的神秘力量会给我们设置各种障碍，一旦我们失败，时间就会重置。窗外的数字是我们可以失败的次数，也就是说，你我共享十三次机会……一旦数字归零，我们将面临什么谁也不知道，但如果可能，我还是喜欢赢下挑战，拿一百分去打考试组织者的脸……”

轻吐口气，他认真看徐望的眼睛：“接下来就是最重要的部分了，我们必须找出时间重置的触发条件。第一次是你的死亡，第二次是什么？”

徐望也认真看他，不说话，就看着。

吴笙怔了怔，大约有些回过味来了："是不是我一口气说了太多，其实没那么复杂……"

"兄弟，"徐望抓起救命恩人一只手，用双手紧紧握住，"你和我说实话，你是不是骗我呢，其实你没失忆，你什么都知道……"

时间12：17，恍惚来得猝不及防。

"笃笃。"

徐望在敲门声中回过神，手心似乎还残留着救命恩人的温度。

窗外数字变成了"10"。

半分钟后，女文员第四次放下咖啡。

一分半钟后，吴笙冲进办公室，气喘吁吁道："不对，参加这场考试的还有别人！"

5

十五楼，××宠物美容中心。

"汪汪！汪汪——"

"林琳，它怎么一直叫啊？"他不知道自己哪里出了问题，竟然要靠胸前别着的名牌才能想起来自己和旁边同事的名字。

说"想起"其实也不恰当，他的脑袋还是一片空白，只是暂时记住了看见的这两个名字——他的名牌上写着况金鑫，旁边帮他安抚狗狗的女孩儿叫林琳，看着比他还小两岁。

正在享受服务的是只金毛，理应温顺，可叫得很凶，林琳一直安抚，它还是焦躁不安。

"怀孕了嘛，要当妈妈的时候是最敏感的。"林琳摸摸金毛的头，极温柔地安抚。

况金鑫把宠物梳子放下："嗯，差不多了。"

林琳一愣，哭笑不得："你才梳了两下。"

"啊？"况金鑫有些茫然地歪头，"可我觉得梳好久了啊。"

金毛忽然跳下美容台往外跑。正好一个员工路过，把狗截住，好言好语哄半天，才把狗狗哄得愿意让他扛回来。

况金鑫看着重新趴到美容台上的金毛，一时茫然。如果他没记错，狗狗已经跑出去三回了，每次都是这位员工恰好路过，太奇怪了。

"你发什么呆呢？"林琳拿过他的宠物梳忙活起来。

况金鑫环顾美容室，四面都是墙，没窗，只一个玻璃门，还让公司Logo贴得密不透风。

估计是这屋里有点儿闷，他想，所以才生出那种莫名其妙的错觉。

十六楼，××品牌设计工作室。

假人模特随处可见，各色布料杂乱横行，设计师们忙碌奔走，顶灯好像还坏了，物业师傅坐在梯子上维修，一派热火朝天的工作景象。

一个漂亮男人坐在一隅，虽然是开放式办公区，还是可以看出他周围的空间相对更大，也更独立一些。他没在忙碌，而是把椅子转了半圈望着窗外，虽是皱眉，但姿态悠闲，和满室奋战员工形成鲜明对比。

"池总监，这是下一季的主题，您看一下。"员工送来策划。

沉思中的男人没回头，仍陷在自己的审美体系里："这是哪家公司的倒计时广告？"

"嗯？"员工不明所以。

"太丑了。"男人也不需要员工回答，自己就给了个真情实感的评价。

员工随着领导看窗外，蓝天白云，哪儿有什么广告。

池映雪不再看那个又大又丑的红色"11"，转回椅子，目光落在策划案上。这是他第三次收到相同策划案了，果然是梦。只有在梦里，他才可能记忆一片空白，而他的员工也一遍遍重复做过的事情。还有胳膊上多出的文身，无论设计还是配色都离"美"差太远，唯一的优点是能点开，还挺稀奇。

不过既然是梦，那就没必要约束自己了——楼下的狗叫声吵得他头疼。

员工第二次送策划案时他就问过了，楼下是个宠物美容中心。他咕哝着起身，直接就往外走："在大厦里开什么宠物美容……"想睡个好觉，做个安稳梦，这要求不高，理应得到满足。

员工被晾在一旁，回忆刚刚领导一脸的"我要去找碴儿"，愣没敢喊那个离去的背影。

凌乱的办公区让池映雪从工位到门口这段路走得七绕八绕，其间还差点儿被维修工人梯子上落下的钳子砸到头，幸亏被他灵活闪过。

只下一层楼，他懒得等电梯，直接走了楼梯。楼梯上正遇见一群保安抓着一个男人下来，估计怕影响不好，没坐电梯。他不急，文明让路。那男人却在路过他的时候忽然发疯似的挣脱保安，要来勒他的脖子。

他也不知道对方是病急乱投医还是真有自信能徒手挟持他，反正他没给对方机会，一脚给踹趴下了，还给保安吓够呛，怕对方挨这一脚再活不到警察来。其实他留着力呢，要真踹，对方就得滚楼梯底下去。

闹完这么一通再到楼下，本来没什么火气了，哪儿知道狗叫声更凶，听得更真切，又把他的头疼勾了起来。没搭理前台的阻拦，他愣是直接闯到了美容室，一开门就看见两人、一狗。

况金鑫和林琳也愣了。金毛却忽然跳下来，扑池映雪腿上就不走了，又吐舌头又摇尾巴，连叫声都欢腾了。

池映雪一脸莫名其妙。

况金鑫笑了，说："它喜欢你。"

池映雪总觉得这声音很亲切，但梦中的大脑实在不中用，他认真打量对方，忘了自己为什么来，开口就是："我们是不是在哪里见过？"

他的目光定在况金鑫脸上太明显了，让旁边的林琳连会错意都省了，"扑哧"乐出声。

况金鑫先是有点儿蒙，而后挠挠头，带着点儿不确定地问："哥，你是在和我搭讪吗？"

池映雪还没回答，一阵恍惚就同时袭向他们俩。

……

顶楼，时间 12：00。

"钱总！钱没了可以再赚，人没了就真没了啊！"

聒噪的呼喊声中，钱艾的视野渐渐清晰，他踩在顶楼外围的边沿上，身后是万丈深渊，眼前是一个保安打扮的男人，对方似乎不敢离太近，就站在两米外苦口婆心地喊："钱总，你想想摔下去得多疼！粉粉碎啊，人就成肉饼了啊！"

肉饼？香河……肉饼？

都什么时候了，还想吃？！他在心里狠狠鄙视了一下自己。但很快他就发现不对，他记得香河肉饼、四川串串、东北乱炖、北京烤鸭以及等等等等，却想不起来自己是谁、自己为什么站在这儿。

"钱总——"

"别号丧了！"他实在扛不住了，本来顶楼风就大，再被这么号几句，他容易失足，"我是谁？"他迫切想知道这个问题的答案。

"钱总啊！"

"全名！"

"叮——"

"钱艾，草头艾。"

"我是什么人？"

"商贸公司老总，就在咱们十楼办公啊！"

"叮——"

"你能不能先把你的破手机关了？！"

“这不是我手机的铃声……”保安快哭了，为了劝这位轻生的老总下来，他真是煞费苦心，连对方装疯卖傻都一概配合，还要怎样？！

他倒希望这位钱总真失忆，至少不会再闹自杀了啊：“钱总，想想你家里人，想想你老婆，想想你孩子，留得青山在，不怕没柴烧……”

“老婆？孩子？”钱艾脑中一片茫然，“我有吗？”

保安就顺嘴那么一说，这种家务事他哪儿知道。

空气突然安静，保安的对讲机里传出焦灼声音：“快来三楼，快来三楼，有人闹事！”

钱艾叹口气，决定先从这个危险的地方下来，不管保安说得是真是假，反正他现在是一点儿不想死，就算真破产了，那就从哪儿跌倒从哪儿爬起来呗。

保安刚按住对讲机，想汇报自己这边的情况，余光忽然瞥到钱艾抬起一条腿。他呼吸一滞，奋不顾身扑过去。钱艾瞪大眼睛，恐慌地看着保安朝自己扑来。就在保安抱住他腿的一瞬间，他猛地感到一阵恍惚……

“钱总！钱没了可以再赚，人没了就真没了啊！”

钱艾站在外围边沿上，身形微微晃了晃，有种微妙的不真实感。这话，他好像已经听过了？

“钱总，你想想摔下去得多疼！粉粉碎啊，人就成肉饼了啊！”

这话，他也听过了……

“钱总，想想你家里人，想想你老婆，想想你孩子，留得青山在，不怕没柴烧……”

有问题，绝对有问题，不是他疯了，就是保安疯了！

保安身后是下楼的门，门玻璃上反射出一抹红。钱艾鬼使神差回头，半空中，一个血红的阿拉伯数字“12”。

“快来三楼，快来三楼，有人闹事！”

对讲机的声音拉回钱艾的注意，一些零碎片段从他脑海中闪过，对讲机、三楼、保安、扑过来……扑过来？钱艾被记忆片段冲击到了，过于震惊以至于竟然有些站不稳，突来的强风更是让他身形晃得厉害。

“钱总！”保安大惊失色，奋不顾身扑过来。

还来？！

双腿被抱住的瞬间，昏眩感并没有如期而至。钱艾有一瞬的发怔，却在下一秒身体后仰，跌出楼顶——保安扑得太猛了，抱住了腿，却撞倒了人，根本等不及收紧胳膊，人就已经出去了。事实上，就算他收紧了，抱腿那点儿力量也留不住一个大男人。

昏眩，恍惚，12：00。

“钱总！钱没了可以再赚，人没了就真没了啊！”

“住口！闭嘴！你不许动！”钱艾气势如虹三连击，闪电侠似的从外边沿上下来，一口气跑到楼顶中央，这才在气喘吁吁里踏实了。

楼外半空，血色“12”变成了“11”。

“钱总，你想通了？！”保安惊喜得近乎激动，声音都变了调。

“废话！”钱艾抹一把脑门，也不管那里有没有冷汗，“再不想通又让你扑下去了！”

“啊？”保安一脸天真懵懂。

钱艾想给他一棒子。风吹过顶楼，让钱总稍稍冷静了些：“你对讲机该响了。”

保安有听没懂。过了几秒，对讲机还真响了：“快来三楼，快来三楼，有人闹事！”

保安神奇地看他一眼，和那头回应：“好的，这就来。”临到门口，见钱艾没动，他问：“钱总，一起下去？”

钱艾摇摇头：“忙你的去吧。”

保安眼里的担心又回来了。

钱艾翻个白眼：“放心吧，我就吹吹风，要想死我刚才就跳了。”

保安一想也是，对讲机里又催得急，叮嘱两句之后便走了。

钱艾认认真真蹲在顶楼抽了两根烟，然后什么都没思考出来。这局面太诡异了，完全不科学，更加没头绪。他掏出手机看看，12：15。叹口气，他起身回了楼内，那人说他在十楼办公，也许回到公司能想起来一些事情。

大厦二十二层到顶，他站在顶楼电梯门前等了一会儿电梯才到。12：17，电梯在十楼缓缓打开。钱艾走出去，刚看见“商贸公司”几个字就觉得后脑一疼，眼前瞬间漆黑。失去意识前的最后一刻，他用肉体的直觉判断出——板砖。

6

时间12：01：30，窗外血色数字“10”。

“不对，参加这场考试的还有别人！”

救命恩人风风火火冲进来，第一句话就是这个。

徐望关上门，隔绝了女文员好奇的目光：“你确定？”

“如果我们俩好端端聊着天都时间重置，这题就无解了。”吴笙呼吸渐稳，目光笃定，“必然还有其他人触动了重置条件。”

“所以重置条件到底是什么啊？”徐望快让这一次次反复给折腾疯了。

“我猜是死亡。”吴笙沉下声音。

“死、死亡？”徐望后背发凉。

“嗯，”吴笙把徐望按进会客沙发里，又拉来一张椅子和他面对面，“从开始到现在，我们唯一遇到的特殊事件就是棒球帽。我之前说过了，既然考题是‘活过’，那必然要设置阻碍来让我们‘活不过’。棒球帽就是阻碍之一……”

“他给我造成的结果，就是重置触发条件。”徐望有点儿明白了。

吴笙看一眼时间，加快语速：“如果这个前提是对的，那就一定还有其他参加考试的人在我们不知道的地方死过两回。数字共享也有他的份儿。”

徐望被他的动作引得也看了一眼时钟，12：03。时间不多了，他赶紧把心中盘桓多时的话问了：“恩人，你方便把名字告诉我吗？”

吴笙一回忆，还真没说过：“吴笙。”

徐望咧开嘴，也不知道自己乐呵什么：“我俩都是两个字儿。”

吴笙好整以暇看他：“这概率很低吗？”

“……好吧，我就是想和你套个近乎，”徐望叹口气，“你就不能配合一下？”

吴笙伸手过来，很自然地摸一把他的脑袋：“不用套，我们俩肯定有关系。”

徐望心里划过一丝异样：“啊？”

“这场考试放着那么多人不选，偏偏挑中我们俩，肯定有缘故，失忆或许就是为了掩盖这些信息。”

“……”徐望总觉得有人给面前这位划了考试重点，不然没道理彼此差距这么大啊。

吴笙抬头看一眼手表，忽然起身。徐望想也没想就跟着站了起来。吴笙看他一眼，忽然走过来大手一揽，把人牢牢揽在身边。徐望还什么都没反应过来已经被带到办公室门口，吴笙一手搂着他，一手开门。

门外，女文员的前男友正双手插兜气势汹汹朝这边而来，女文员已挡在门前，对这位偏执狂前任只剩气愤和无奈。

开门的动静把所有人的注意力都吸引了过来。办公区的八卦同仁等着看徐部长怎么应对。

徐望一眼扫过去全是看热闹和幸灾乐祸的眼神，有点儿心塞，就没一个人想过他可能是无辜的吗？

头顶的光线忽然被挡住——吴笙偏头过来亲了他的脸颊。徐望石化，就一颗心还能动，噼里啪啦乱得像爆炸糖。

棒球帽一个急刹车，瞠目结舌瞪着他俩。

空气突然安静，一片鸦雀无声。

吴笙不看别人，就看棒球帽，但声音整个办公区都听得到："你和你女朋友爱怎么闹怎么闹，别扯上我的人。"说完也不等对方反应，揽着徐望就往外走。

走出公司徐望才意识到发生了什么，欲哭无泪："大哥，你就这么毁我啊？！我以后还怎么上班……"

"没时间和他耗，我们得赶紧去找其他人。"吴笙回头瞟一眼棒球帽，确认对方没有追上来完成攻击的意思才拍拍徐望的肩膀，"放心，后面指不定还要重置几回呢，我们现在说什么做什么都没关系。"

电梯下到三楼，门缓缓打开。

徐望跟着吴笙走进去："我们现在去哪儿？"

吴笙按下"1"："保安监控室。"

徐望："你怎么知道保安监控室在一楼？"

吴笙："上次他们抓住棒球帽的时候，说过要去一楼监控室等警察。"

徐望："这世上还有你不知道的事儿吗？！"

时间 12：00，楼外血色数字"10"。

"钱总——"

"你放心，我不跳了。哎，看见没，我下来了。你赶紧回三楼，四分钟以后你们头儿会叫你。"叽里咕噜叮嘱完，钱艾一溜烟跑回楼内，果断放弃电梯，钻进消防楼梯间一层层往下走。下楼也是个力气活，一口气下到十楼，钱艾有点儿腿肚子转筋。

后脑勺没伤，但那一砖头不只呼他脑袋上，还呼在了他心上，他必须看看是哪个孙子下的黑手。为什么忽然就时光倒流了？钱艾觉得就是老天有眼，让他报仇雪恨呢。

做贼似的从楼梯间出来，沿着走廊墙边悄悄接近电梯。终于，他来到转角，蹲下来探头往电梯门前瞅，空无一人。钱艾掏手机看一眼，蓦地反应过来，早了——前次他是在楼顶抽了两根烟才坐电梯下来的。

因为不确定那人会从哪里过来，安全起见，钱艾重新躲回消防楼梯——就算那人也走楼梯，好歹上下还能跑上一跑。盘算时间差不多了，他重新出来，走廊依然空荡，他顺顺当当回到墙角，蹲下瞭望。

电梯门旁边的墙壁上靠着一个男人，二十来岁，穿着黑色连帽衫，五官端正，好好捯饬捯饬也能挺帅，但非染个蓝头发。

钱艾莫名对染发没什么好感，更何况对方手里还握着一块砖头。

电梯缓缓下行，也不知道哪个倒霉的在下楼。蓝头发把帽衫的帽子兜起来，后背紧贴墙壁，握着砖头的手掂了掂。

电梯在十楼没停，直接下去了。迟迟没等来开门声的蓝头发回头看门上数字，发现已经到了十楼以下，眉头深深皱起。

钱艾本来想和他当面锣对面鼓，但真等机会来了，求生欲突然上线。他一边默默往后退，一边拿手机拨了110。

对面很快接通：“你好——”

也不知道是哪个女警，声音洪亮，正气凛然，愣是把听筒讲出了免提效果，走廊又空，还带了点儿回音。

钱艾一脸绝望。

“噔噔噔”的脚步声由远及近，蓝头发挡住了走廊尽头窗户照进来的阳光。他笑，眼神却阴狠：“钱总，报警啊？”

钱艾直起腰，非常光明磊落地挂了电话：“没啊。”

蓝头发又掂了掂砖头，红色砖头和他的蓝色头发还挺有CP感：“欠债还钱，天经地义，报警也该是我报警。”

“我欠你钱？”钱艾转头看着身后一片空旷寂静、满地凌乱的办公室悲从中来，忽然有点儿明白自己为啥失忆了，估计是太痛苦，心态崩了。

“你赖账的方法挺花花啊，前天失恋，昨天被狗咬，今天装失忆？”

“……这都什么破理由？！”他这个当事人都听不下去。

“无所谓了，反正这钱我也要不回来了，我今天就想让你明白一个道理。是，我们乙方是孙子，但你们甲方也别欺人太甚，光脚的不怕穿鞋的，看谁先死！”

“不是，兄弟，你用你的大双眼皮好好看看，哥公司都人去楼空了，哥也光着脚呢啊——”

蓝头发拎砖头就上，哪里还听得进话。

钱艾果断转身就跑——在“识时务”这方面，他好像有傲人的天赋。

没想到蓝头发跑起来跟飞似的，才跑几步就追上来了。钱艾也不费口舌了，立刻双手护头。蓝头发一砖头下去，呼钱艾手背上。钱艾伸腿一绊，把人弄倒，继续跑。蓝头发一跃而起，扑他后背。钱艾向前扑倒，回头就见板砖已到面门。

鸮：“有人对你使用了 < 防 > 坚不可摧哟。”

“啪”，砖头在他鼻尖上撞碎了。呃，碎了……钱艾吸吸鼻子，不疼，但被砖头碎裂扬起的红灰呛着了。

蓝头发听见脚步声，警惕回头，还没看清跑过来的两个身影都什么样儿，耳畔就响起悠远、安宁的音符。

鸮：“有人对你使用了<幻>摇篮曲哟。”

困意袭来，蓝头发趴到钱艾身上安然入睡。

趴在地上的钱艾：“……”动还是不动，这是个问题。

“他应该一时半会儿不会醒。”吴笙来到跟前，一边在脑中捕捉那种点击文具后的微妙感应，一边把蓝头发架起来放到墙根。

徐望把钱艾拉起来：“你没事吧？”

钱艾看看地上碎裂的砖头，人还是蒙的，连感激都忘了：“怎么做到的？气功？法术？”

徐望赶紧自报家门，不然一会儿对方能猜到凌霄宝殿了：“我叫徐望，楼下金融公司的，就是卖理财产品那个……”

钱艾张大嘴：“现在拉业务都这么拼了吗？”

徐望和吴笙以为有了窗外数字和手臂图标，大家确认身份只是个眼神的事，结果用了快二十分钟才让钱总彻底相信这不是什么高科技圈套，他俩也不是诈骗集团，而是和他同病相怜的难兄难弟。

徐望快把嘴皮子磨破了，心想这钱总可能受过什么伤害，不然哪儿来那么强的防备心。

他负责动之以情，吴笙负责晓之以理：“……综上，触发重置的条件已经确定，就是死亡。第一次是徐望，第二次和第三次都是你。”

“难怪我第一次刚被抱腿就时光倒流了，第二次是掉下去才回到12：00。”粗线条如钱艾只发现了这一点蹊跷，如今也得到了解答。

“十三次机会是我们共享的，现在还剩下十次，”吴笙看一眼窗外血红色的数字，沉吟片刻，“如果我们不乱跑，不主动惹事，应该够用了。”

“你的意思是我们干坐在这里，什么都不做就行？”钱艾尽量避免去看窗外，那血红色跟讨债油漆似的，看着闹心。

“对，什么都不用做。死亡等于失败，相应的，活着就等于成功。”吴笙看一眼手表，“现在是12：38，距离4：44还有246分钟，14760秒，坚持过去就是胜利。”

钱艾默默转头看徐望：“他是怎么顺嘴就把秒数算出来的……”

徐望拍拍他肩膀：“习惯就好了。”

一秒心算太小儿科了，这人还过目不忘，细节控到发指，能记住每一次重置的所有人、事、物。自己还蒙着的时候，这人已经主动找过来会合，自己刚对这一场考验有了笼统概念的时候，这人已经能够精准使用文具——除了后来回亲了一下，这场考试里他基本没有拿得出手的“贡献”。

思来想去，他以过来人身份又叮嘱钱总一句：“别攀比，影响心态。”

钱艾并没有这种好胜心，不过死了还能重来，这让他多少减轻了压力，连带着就开始想些有的没的：“你们说这是一场考试，那通过了会怎么样？有奖金吗？”

吴笙：“……”

徐望满头黑线：“钱总，你到底多缺钱？”

钱艾一脸凄苦：“徐部长，债主都上门拿板砖拍我了……”

徐望：“我们公司看起来很不正规，应该有那种无抵押贷款，试试吗？”

钱艾：“再见。”

三人一时无话。

时间一分一秒流逝，但这种平静的流逝让人安心。

钱艾点开自己手臂上的猫头鹰图标，看着“文具盒”里一排排的图标，还是觉得不可思议。吴笙说这些都是可以使用的道具，但究竟有什么效果，只能结合文具类别（防、武、幻）和名字进行延展联想，像为救他用掉的“摇篮曲”和“坚不可摧”，就属于比较容易确定效果的。

反正闲着也闲着，钱艾便研究起自己的文具来——

防具栏：公主抱、仙人跳……

武具栏：悲伤的杀人咆哮、出口成针……

幻具栏：HELP、看谁先死……

为什么他的文具名都这么玄幻？！

椅子忽然震动起来，带得钱艾也跟着颤，他正疑惑自己坐的也不是按摩椅啊，就发现周围的一切也在晃。

徐望和吴笙则在晃第一下时就迅速站起来了，满眼警惕。

徐望：“地震？”

吴笙：“不确定，先去桌子底下！”

话是徐望问的，吴笙说的，第一个行动的却是钱艾，那叫一个灵活矫健。

刚各自找了桌子躲起来，摇晃就停了。三人你看我我看你，困惑不解。如果这也是“危机”之一，结束得太快了，毫无杀伤力。但如果这不是“危机”，大厦平白无故晃什么，又没有台风。

三人压下心中疑惑，等了片刻，发现的确是不晃了，才小心翼翼从桌子底下出来。还没站直，他们忽然不约而同一阵恍惚。

视野重新清明，徐望坐在自己的部长椅里，回望窗外，生无可恋——数字变成了“9”。

考场里到底还有几个人？！

7

四十五分钟之前。

时间12：05，数字“10”，十五楼，宠物美容中心。

池映雪靠在美容室门前，定定地看着况金鑫：“这是我第二次来找你了。”说完似又不太确定，蹙眉追加一句，“是吧？”

况金鑫再迟钝也知道事情不对了。

“林琳，我出去一下。”无故离开工位，总要和同事打个招呼。

小姑娘拉住他，低声道：“别去走廊，去那边杂物室，不然让经理看到，又要说你上班偷懒了。”

况金鑫谢过她，又不着痕迹问了杂物室的具体位置，便带着池映雪悄悄溜了过去。一关上门，池映雪就掐了他的脸，下手不能说多重，但也绝对不轻。

况金鑫有一瞬的迟疑，但下一秒还是果断把肆虐的手打掉了：“你干吗？”

池映雪问：“疼吗？”

况金鑫莫名其妙：“当然。”

“哦，”池映雪点点头，“看来不是梦。”

况金鑫：“……你可以掐自己。”

“疼。”池映雪说得理直气壮。

况金鑫服了他了，也不是生气，就觉得哭笑不得：“哥，我也疼。”

池映雪轻抿嘴唇，那一声“哥”让他心里像羽毛拂过一样，痒痒的，酥酥的。瞥一眼况金鑫胸前别着的名牌，他的眉眼舒展开来：“小四金……”这三个字像早就说过千百遍了似的，亲昵自然。他单手撑门，凑近况金鑫，声音柔软得像请求，语气却又透着霸道：“你再喊我一声，我就让你掐回来。”

况金鑫第一眼就觉得这人好看，如今离得近了才发现不是好看，是美。他有点儿招架不住，尤其池映雪说话的时候热气一点点吹到他脸上，吹得他晕乎乎的，再多一会儿，别说喊哥，很可能池映雪一抬手，他就把脸凑过去让人掐了。

危险！

况金鑫的防御本能自动触发，他靠着门板往下一滑，往旁边一闪，灵巧溜出池映雪手臂：“能不能先告诉我这到底是怎么一回事？”

池映雪看着空荡荡的门板有点儿失落，但很快又释然了，跑得了和尚跑不了庙：“我也想知道是怎么一回事。”他伸出袖口挽起的手臂，“胳膊上多了一个丑图标，窗外多了一个更丑的广告牌，时间一遍遍倒流，大概就是这样。”

“……”况金鑫决定还是自主研究吧。

窗外的数字，况金鑫在来杂物室的路上已经看见了，现在是“10”。按照池映雪的说法，最初是“13”，时光每倒流一次，就相应减一，很像倒计时。

况金鑫现在终于明白为什么自己明明梳了那么久的毛，林琳却说他才梳几下，为什么狗狗跑出去好多回都被同一个同事拦住，敢情时间一直在回溯，只是他没察觉。

可现在的问题是，为什么会发生这种事，以及为什么是他和这个人。

“呃，你叫什么名字？”况金鑫有点儿不好意思，应该最开始就问的。

池映雪歪头看他，不说话。

况金鑫福至心灵：“哥。”

池映雪满意了：“池总监。”

况金鑫：“……这是名字？”

“职位吧。”池映雪回想一下，确认，“嗯，是职位，公司员工都这么喊我。”

况金鑫：“那名字呢？”

池映雪摊手，漂亮的眸子里尽是无辜：“我失忆了。”

况金鑫：“……”这位总监就没有一点儿好奇心吗？

地面忽然震动起来，连同周围的纸箱子也跟着晃。况金鑫立刻扶住墙，可摇晃越来越厉害，他努力压住心中慌张，看向池映雪：“好像是地震，下楼来不及了，我们得找地方……”

“文具。”池映雪打断他。

况金鑫没听清：“什么？”

池映雪：“不是地震，是我用的文具。”

况金鑫愣住，这才认真看对方，发现突如其来的摇晃里，人家一脸兴味盎然。

“还挺有意思的。”池映雪发表评价，认真的表情就像游乐园里点评游乐设施的熊孩子。

况金鑫无语：“你先停下来。”

池映雪：“……”

况金鑫：“……”

池映雪：“怎么停？”

“……”况金鑫总觉得失忆前的自己应该是个脾气挺好的人，但现在，他想黑化。

摇晃终究还是停下来了，在池映雪终于摸索到文具感应的窍门之后。他用的文具是“‹武›摇摇欲坠”，幸亏停得早，再多晃几下，大厦说不定就坠了。

池映雪不认可这一指控：“欲坠，就是一直要倒一直没倒。”

况金鑫想吐槽一句“诡辩”，话到嘴边突然没声了——一条黑体白节的蛇正在置物架上，朝池映雪吐着信子。这里怎么可能有毒蛇？但况金鑫已经来不及细想了。他只知道这是银环蛇，陆地第四大毒蛇，被咬的人死亡率极高。

“怎么了？”池映雪见他脸色突变，很自然就想上前。

“别动！”况金鑫心跳差一点儿暂停，声音严厉得几乎变了调。

池映雪定住，似乎感应到了什么，慢慢低头。对视一刹，毒蛇随之而动。但况金鑫比它更快，拿了旁边的纸箱子就往它身上罩。毒蛇上半身随着攻击往前冲，纸箱只来得及压住它后半段。

况金鑫死死压着，几乎是整个人压到纸箱上。毒蛇挣扎，上半身忽然扭过来一口咬在况金鑫压着纸箱的手上。况金鑫没感觉到疼，只是脑袋恍惚了一下。等他再回过神，已经重又在美容室里给狗狗梳毛了。

十分钟后，一脸阴云的池映雪出现在美容室门口，比上一次慢了五分钟，手里多了个又时尚又复古的金色铁铲，往地上一杵，杀气腾腾：“走。”

况金鑫错愕：“还去？”

池映雪淡淡抬眼，漂亮的眸子里一片寒冰：“给你报仇。”

同一时间，大厦十楼，钱总公司仅剩的一台复印机正热火朝天工作着。

“这有用吗？”钱艾捞起一张刚印出来还带着热乎劲的A4纸，心里没底，“画得也不太像啊……”

那是吴笙用几分钟时间写出来的一张传单，内容简洁明了——“你能看见窗外血色数字吗？你的手臂也有猫头鹰图标吗？如果是，你的朋友正在十楼焦急地等待你，请速来会合！”

除了文字，还画了一个猫头鹰头。

“几分钟时间，你画一个我看看。”徐望把传单扯过来认认真真欣赏一遍，末了感慨，“文字言简意赅，配图形散神不散，完美。能想出挨个楼层发传单这个点子，天才。”

钱艾怀疑吴笙在徐望公司买理财了，很可能还是大客户。

第七章 白热化

BAI RE HUA

流浪同学找到家，共享机会还剩啥。

1

时间12：10，血色数字“9”。

“林琳，我出去一下，”况金鑫再一次和旁边的小姑娘交代，但比前次多了一句，“你千万别去杂物室，那里有危险。”

按原本的发展，林琳该建议他去杂物室的，但被他这样一讲，小姑娘没再说什么，只怔怔应下了：“哦，好。”

况金鑫拉着池映雪去了楼梯间。

一路上，池映雪还耿耿于怀报仇的事儿，况金鑫对他真是没辙：“报什么仇啊，它又不是人，哪儿懂什么该咬什么不该咬。”

池映雪听着别扭：“你怎么替一条蛇说话？”

况金鑫瞥他：“还有人拿把铲子要和一条蛇决一死战呢。”

池映雪：“……”

况金鑫：“再说，那是条银环蛇，特别毒，我俩对付不了的。”

池映雪：“你刚才拿个纸箱子就扣过去了。”

况金鑫：“它要咬你啊，我哪儿想得了那么多。”

池映雪：“小四金。”

况金鑫：“嗯？”

池映雪："手机号、微信号、身份证号给我。"

两人刚走进楼梯间，话赶话就聊到了这里。况金鑫以为自己听差了，又问一遍："什么？"楼梯间很静，正常说话都带着回音。

"手机号、微信号、身份证号给我。"池映雪一字一句，声音淡淡的清凉凉的，像夏日沙冰，"我们交个朋友。"

况金鑫有点儿防备地看他："交朋友还要身份证号？"

"一般朋友不用，你用。"池映雪眨下眼，说得理所当然。

况金鑫发现自己不只跟不上对方思路，有时候连对方的意思都云里雾里。这个和他一样被困在时间怪圈里的人既不着急，也不慌张，关注点永远在一些很微妙的事情上，但又不是故意和你对着干或者耍着你玩，而是……自我。

他终于想出个合适的词，对，就是"自我"。一般人说话做事，会考虑环境、事件、人与人的关系，结合这些才能做出恰当的行为。可这人不，他就随着自己的心情，任性得让人无奈，也让人羡慕。

"哥，"况金鑫知道对方喜欢他这样喊，通常以此开头，交流的成功率都很乐观，"我们能不能先找消防过来把蛇处理了，然后想想怎么结束时间倒流，等一切回正轨了，再加微信？"

池映雪："还有电话和身份证号。"

况金鑫："嗯，都给你。"

池映雪不喜欢等，但偶尔可以破例。

况金鑫打消防报警电话的时候手中被塞了一张名片，电话接通，他也看见了名片上的字——×× 品牌设计工作室，艺术总监，池映雪。

合着这一次晚到的五分钟里，不光找铲子，还找了名片。

都时光倒流了，还坚持要让自己有姓名，况金鑫都不知道该怎么说他好，但细一想又觉得还挺可爱。

打完消防报警电话，他终于稍稍安心点儿，思绪回到时光倒流上来："为什么偏偏是我们俩呢？"

池映雪挑眉，难得也起了好奇。选中他俩，难道是他和小四金之间有什么联系吗？池映雪倒挺喜欢这个推测。

"倒计时的数字是什么意思？到了'0'，时间就再也不会倒流了？"况金鑫不是真要他给答案，而是希望能两个人一起讨论，集思广益。

池映雪总算开口："未必，也可能到了'0'我俩就没命了，真死了。"

“那在‘0’之前，活过下午 4：44 呢，是不是就能结束这一切？”况金鑫总觉得小抄纸上的话是这件事最关键的线索。

池映雪刚要再说话，楼上却传来好几个人的脚步声，有些杂乱。他想起了之前的“意外”，立刻将况金鑫拉过来护到身后。

几个保安带着一个人下来，那人一脸凶相，目光落到池映雪身上。

池映雪对这个已经交手过的人完全不感兴趣，武力值低，颜值更低。他感兴趣的是旁边保安手里的传单——那个狗头画得还挺有神韵。

凶徒如期而来，池映雪精准出脚，在保安的惊叫声里收腿，特自然地抽走了保安手里的传单。他看的是“狗头”，很认真地欣赏了一番。

况金鑫从他背后伸脑袋出来，看的却是文字，下一刻，情不自禁抓紧了池映雪的衣服。

池映雪蹙眉，这才看见传单内容，当即问保安：“传单哪儿来的？”

保安刚把凶徒重新制服，对这位“一脚定乾坤”的大厦员工心存忌惮，立刻如实回答：“有三个疯子满楼发呢，要不是今天事儿太多人手不够，早把他们逮了！”

“事儿太多？”忽然被触动的第六感让况金鑫追问出声。

“对啊，”保安一肚子牢骚，显然被折腾得不轻，“楼顶有个要跳楼的，楼下有个持刀找情敌的，这不刚又抓到个鬼鬼祟祟的。”

他瞅一眼凶相男人，满腔郁闷都迁怒到这人身上了：“瞪什么瞪，你别以为你嘴硬死扛着就行了，你一外人偷偷摸摸溜进来想干吗？一看就没憋好屁……”保安拧着人，骂骂咧咧下了楼。

况金鑫问：“哥，你觉得这些事儿和时光倒流有关系没？”

“说不准，”池映雪难得思考一下，“先去十楼。”

况金鑫：“嗯。”

别的暂且不管，有人知道血色数字和猫头鹰图标，这个必须一探究竟。

刚下了一层楼的保安们和那个凶徒似乎又打起来了，听声音不算激烈，毕竟保安人多，控制局面不难。但两个人不想“穿越战场”，以免引来更多麻烦，于是转身回了走廊，改坐电梯。不料电梯刚下到十三楼，猛地停住了——不是有人在外面按了电梯，就是毫无预警突然停住，甚至可能都不是正正好好的十三楼。

电梯内的灯一闪，灭了。

一同暗下的还有按键板，只剩紧急联系的按钮还微微亮着红灯。

“……停电了？”

况金鑫有些紧张地摸出手机，亮起手电筒，发现池映雪愣愣站着，脸色恍惚，像失了神。他心里一紧，不知为什么，这比被困电梯还让他紧张。他几乎是想也不想就把人抱住，哄孩子似的轻拍对方后背："没事儿没事儿，一会儿就好了。"

池映雪回过神，一脸莫名其妙。他只是被停电意外了一下，可以确定自己并没有什么情绪波动，不懂况金鑫哪里看出他需要"安慰"了。不过……被这样轻轻拍着还挺舒服的。

池映雪抬手将人环住，轻轻蹭对方的头发，忽然希望时间别前进，也别倒流了，就停在这里，和电梯一样一直停住。可惜他刚把眼睛闭上，还没来得及继续享受，头顶就传来一声巨大的"咣当"，电梯轿厢随之猛烈晃了一晃，像是有什么重物落到了电梯井里，砸在了轿厢顶上。

两人下意识抬头，可全封闭轿厢哪里看得到外面。

余音很快散尽，两人的心却在越来越静的空气里提了起来。

"小四金，照这边。"池映雪抬起手臂。

况金鑫立刻把光线打过去。

池映雪在"文具盒"里翻翻找找，最后点了一个"‹防›透视墙"。大约七八秒后，头顶的轿厢板在池映雪的凝视下渐渐变得透明。

越透明，况金鑫的呼吸越紧，到最后，他喉咙紧得已经无法呼吸。

一个满脸血的女孩儿趴在轿厢顶上，身体扭曲成怪异角度，眼睛不甘地睁着，鲜血慢慢涌出，染红了她胸前的名牌——林琳。

况金鑫不由自主红了眼眶，难以置信不久前还对自己甜甜笑着的姑娘就这样没了。

池映雪微微眯眼，透过尸体缝隙捕捉到了电梯井上方的光亮。有光亮，只有一个可能——电梯门是开着的。十七楼？十八楼？池映雪凭光线透进来的位置判断那扇打开的电梯门的位置，女孩儿很可能就是从那一层踩空掉下来……

不！池映雪的眼神忽然锐利起来——一个人正从光亮处探出头往下看。太远了，光线也不够，他看不清那人的模样，却感觉得到对方不惊慌。如果是发现意外或者一探究竟，人会本能有很多小动作，可那人探头出来就定定凝视，脑袋连一丝晃动都没有——对方在看他推的人死透了没。

鲜血彻底将轿厢顶染成了"血盖"，外面忽然传来砸门声："有人在里面吗？"

况金鑫没敢应，池映雪也沉默。

"电梯故障，我是大厦物业过来维修的，现在要撬门了，如果里面有人，往后面躲一点儿，别担心，很快的——"

随着池映雪目光的转移，电梯门缓缓变成透明。门外，一个穿着灰外套的师傅正在用工具开电梯门，布满沧桑的脸上都是担忧和焦急。

况金鑫悬着的心终于放下。

门很快开了，师傅看见里面有人，一脸错愕:“有人啊，那我喊那么半天怎么不说话？”埋怨归埋怨，还是把两人拉了出来。

况金鑫刚想说“谢谢师傅”，池映雪忽然把他扯到后面，淡淡问：“师傅，怎么不穿工装？”

灰外套愣了一下，笑了，忽然从兜里掏出一把弹簧刀，一按，刀刃弹出，由下往上朝着池映雪就捅，整个动作一气呵成，娴熟得可怕。

池映雪险险闪过，一把推开况金鑫，反手就擒住了对方的胳膊。未料对方一个转身，竟凭巧劲儿挣脱。池映雪蹙眉，这人不好对付。

况金鑫从地上爬起来，心里已经想明白了，池映雪那话连“怀疑”都谈不上，如果对方真不想惹事，至少也要周旋几句，可这人上来就掏刀，分明冲着弄死他俩来的，不论他俩有没有识破他的伪装！

“干什么呢？”一个保安满头大汗跑过来，“还让不让人消停了？！”

况金鑫立刻迎过去：“他要杀我们！还有，有人在电梯井里……”话没说完，他就在电击声里失去了意识。

池映雪发现保安掏出了电击枪，但已经晚了，而他这一分神，正好给了灰外套机会，一刀扎进胸口，他在剧痛中迎来恍惚。

2

时间12：00，血色数字“8”。

这一次池映雪只用了五十秒就抓住了况金鑫，二话不说拉着人便往十楼去。

况金鑫也是这个想法。再不找知情人问点儿什么，他快让这一连串的“意外”给弄疯了。

“别离开美容室，千万别离开，谁找也别离开！”临走之前，他对林琳几乎是千叮咛万嘱咐了。

林琳一头雾水，目送他离开。

两人一口气跑到楼梯间——短时间内他俩没办法信任电梯了——没停，继续往楼下跑，可跑着跑着就听见楼上也有一个人在往下跑，而且比他俩还急，脚步还特别沉，“踢里踏拉”听得人神经莫名绷紧。

池映雪和况金鑫加快速度，同时又放轻脚步，终于跑到十楼，飞快离开楼梯间。

本以为这样就能和身后的“未知人”彻底错开，不料他俩前脚刚进走廊，那人后脚也跟来了。他俩立刻向后转，全身戒备。

那人也看见了他俩，脚下连忙急刹车。

“你们是看见传单过来的？！”那人先开了口，声音微颤，不像恶意，倒像激动。

池映雪和况金鑫对视一眼，不约而同抬起手臂将图标亮出，不同的是，一个斜抬着，写意潇洒，一个乖乖举着，像上课要回答问题。

钱艾这回是真惊喜了，没想到吴笙那一招还真有效，而且是飞快见效。他立刻也举起手臂，亮出猫头鹰：“同学，咱们是同学啊！”

况金鑫：“……啊？”

钱艾上前，热情拉近彼此距离：“吴笙说了，咱们现在处于一个考场，参加同一场考试。”

况金鑫在这人身上感觉到的都是善意，还有扑面的热情，不自觉就松了些防备：“吴笙是谁？”

“和咱们一样的人，呃……”钱艾犹豫一下，还是有点儿心虚，老老实实补了个条件，“不算智商，和咱们一样。”他继续道，“还有徐望，也是参加这场考试的。”

况金鑫听得有点儿乱：“你总说考试考试，到底考什么？”

“就考这个，”钱艾点开“小抄纸”，把那句话亮出来，“这就是我们的考题。”

况金鑫恍然，到这会儿才算是听懂了。

“一共几个人？”池映雪忽然问。

“五个，”钱艾如实相告，“你们加我，还有他俩，现在为止就咱们五个，不排除还有其他人。”

“五个……”池映雪指指手臂，“都是猫头鹰图标吗？”

钱艾点头：“对啊。”

池映雪眉毛皱起，很认真地疑惑道：“那为什么传单上要画个狗头？”

这么灵魂的拷问，钱艾觉得自己和画手吴本人可能都答不上，得徐望来。

没一会儿，徐望和吴笙就到了十楼。五个人刚打上照面，就听一声五合一的“叮”。

花名册：“组队完成。”

这短短四个字直接帮五人省略了确认眼前同伴加搜索潜在同伴两个重大环节。尤其后者，耗时耗力在其次，关键是耗心，你永远不知道还有没有其他考生，随时都要提防着又被共享掉一次机会。而现在，终于可以安心了。

当然，为了谨慎起见，吴笙还是和况金鑫、池映雪确认了截至目前的经历，直至把五次重置缘由都一一落实对上号才彻底踏实：13，徐望被刺；12，钱艾被保安误推下楼；11，钱艾被拍板砖；10，况金鑫被银环蛇咬；9，池映雪被假维修工刺。

果然，死亡就是时间重置的触发条件。

不过配合吴笙落实这些的主要是况金鑫。池映雪已经得到了“狗头真相”——人家那是猫头鹰头——于是陷入了审美的冲击里。

那个叫徐望的还拿着传单过来劝：“你再仔细看看，其实挺像的。”

池映雪：“不是像不像的问题，是丑。”

对方竟然还不乐意了：“你这个艺术总监怎么什么都不懂？这叫灵魂主义，是后现代很重要的一个绘画流派。”

池映雪：“……”

蓝头发的到来给这场艺术探讨画上句号。

文具用掉就是用掉了，并不会随着时间重置再度出现，所以这次蓝头发再没机会享受“摇篮曲”那么温和的待遇，徐望的一个“‹武›请回家看看”直接把人弄没了。

钱艾有点儿愧疚，毕竟是自己欠钱不还，还暴力躲债，只能祈祷蓝头发的家近点儿，别在路上吃太多苦。

“现在的局面已经很明朗了，”回到钱艾办公室，吴笙没啰唆有的没的，直奔重点，“我们五个是一队，共享十三次机会，目前还剩八次，我们最好的成绩是小四金被银环蛇咬那次，坚持到了 12：50。”

“况金鑫。”池映雪指指身边人胸前的名牌，提醒。

吴笙愣那儿，没明白什么意思，刚才池映雪不就这么叫的吗？

徐望明白了，也乐了：“哟，你能管人家叫小四金，我们就只能叫况金鑫？”

池映雪很大方：“小况也可以。”

徐望：“……”

“那我们叫你什么？”钱艾好事地凑过来，“小雪？”

池映雪蹙眉，一脸毫不掩饰的嫌弃。

钱艾：“雪仔？”

“前面那个。”池映雪果断做出选择。

“叫什么都行，现在的问题是怎么完成考题。”吴笙轻叩桌面，像个敲黑板讲重点的老师，“这栋大厦杀机四伏，我们不能总是被动挨打，要自救。”

幸好还有一个认真听讲的况同学：“怎么自救？”

吴笙冷静道：“先离开大厦。”

一语惊醒梦中人。的确，他们现在已经完成组队，没道理继续留在大厦任人宰割。虽然事情的发展越来越不科学，但远离“灾难源”绝对是明智的。

“那还等啥，赶紧走啊。”钱艾瞬间准备就绪，别说离开一时，离开一世都行，他公司剩那点儿家当都不值当打包。

“别急。”吴笙说，“既然是考试，考场就未必局限于大厦，外面也可能有危险，我们要做好心理准备。”

徐望抬眼看他，深深地看：“准备好了，跟着你就行。”

吴笙咽了下口水。徐望信任他，他知道，可现在，那人眼神里分明还多了其他东西，说不上来的勾人。

一队人说走就走，避开电梯走楼梯，转眼就到了一楼。

这种时候就无所谓旷工不旷工了，万一数字退到“0”，等待他们的真是死亡，别说出去躲四个小时，躲四年都行。

一楼人来人往，大多是午休出来进去的各层员工。五人佯装自然，走出大门。阳光落在身上的一刹那，“叮”一声——

小抄纸：“犯规。”

恍惚，重置，血色数字变为“7”。

时间12：18，十楼，蓝头发第三次被制服，五人第二次聚在钱艾的办公室。

没人说话，池映雪不介意破冰。他不轻不重哼一声：“离开大厦，这主意不错。”

吴笙沉默，的确是自己草率了。

钱艾听着觉得刺耳：“你别阴阳怪气，有能耐刚才提啊，现在放什么马后炮！”

“我没能耐，我也不给建议。”池映雪不恼，依旧凉凉的。

但这种不恼恰恰让钱艾恼得不得了：“你……”

“哎哎，”徐望及时把人拦住，此时内讧百害无一利。钱艾一看就是暴脾气，池映雪一看就是气死人不偿命的主，他保证不出三句俩人就能动手。

钱艾闭上嘴，气呼呼地一屁股坐沙发里，看天看地看窗外，就不看池映雪，闹心。

池映雪耸耸肩，一派云淡风轻。

徐望看不得内讧，但也不愿意和稀泥：“小雪，我们现在在一条船上，没人知道正确方向。你说你没能耐，也不给建议，你可能认为这是自知之明，但在我看来，这就是没勇气承担责任……你别看我，我也和你一样，钱艾、况金鑫都一样，不提建议当然就不会错，但我们不会把唯一愿意担责任、辨方向的人一脚踢进海里。”

池映雪不言语了，但眉宇间的抗拒依稀可见。他又不是真要把吴笙怎么样，转眼就少了一次机会，还不能挖苦两句？

“你也觉得我不对？”池映雪发现况金鑫也对着自己皱眉。

况金鑫：“你应该给笙哥道歉。”

池映雪倏地眯眼，漂亮的眸子瞬间变得犀利：“你是不是见谁都叫哥？”

况金鑫怔住。

钱艾和徐望也愣了，情绪没跟上突变的聊天节奏，出现了断层。

池映雪一看况金鑫就有点儿心软，决定退一步：“你叫他吴笙，我给他道歉。”

况金鑫定定地看了他半晌，忽然转向吴笙：“笙哥，笙哥笙哥笙哥笙哥。”一口气喊了五个。

池映雪：“……”

钱艾看着池映雪那彻底黑下来的脸，在心里默默给小况点了个赞。这才叫不惯病呢，好样的！

况金鑫也不知道自己抽什么疯，可他就是不想顺了池映雪的意。对就是对，错就是错，哪儿有错了还耍赖要人迁就的道理。可是这样一来，估计池映雪后面都不会搭理他了，其实他还挺舍……

“对不起。”

突兀的道歉打断了他的思绪——话是池映雪说的，对着吴笙。

况金鑫讶异地看着池映雪的侧脸，明明百般不情愿，可话说出去就是说出去了，既没往回收，也没追加什么不相干的。

况金鑫是讶异，钱艾则是震惊了，这是怎么训练的？不让喊哥，喊了五遍，末了还乖乖道歉了，这是下了蛊吧？！

“没关系。”吴笙应完，又道，“我也该说声对不起，下次会更谨慎。”

这话不是客气，吴笙真是这么想的，对待难题，任何轻率都是对自己和他人甚至出题者的不尊重。

池映雪没再说话，走到沙发前面。

钱艾双臂环胸，全身戒备。

池映雪看也没看他，在离得最远的另一角坐进去，不动了。从钱艾的角度瞅着，就觉得这人有点儿可怜巴巴，但一想到刚才那个嚣张气焰，又不想同情，于是就在“安慰”和“落井下石”之间疯狂纠结。

尴尬在安静中蔓延。

吴笙一肚子新思路急于分享，竟也不知道该怎么起头。

况金鑫时不时往池映雪那边瞥一眼，有点儿犹豫。

徐望看在眼里，莞尔，走过去轻拍一下他后背，凑近小声道："就是个熊孩子，你做哥哥的要包容。"

况金鑫最后一点儿犹豫也被逗没了，果断往沙发那边去了。

徐望给钱艾一个眼神。

钱艾："嗯？"

徐望无语，走过去亲自把人拎过来，拉到吴笙这边，三人围成小圈："吴笙，你有什么新想法，先和我俩说说。"

"不等他俩了？"钱艾回头看一眼，还什么都没看清呢，又被徐望扭回来。

"你自己听明白了就行，别操心别人了。"

"可是……"

没什么可是，吴笙已迫不及待地分享起最新的解题方向。

等讨论得差不多，池映雪和况金鑫也归队了，前者脸上依旧淡淡的，但眼里的光透露了他的好心情，后者皱眉，眼里懊恼，脸有点儿红。

徐望饶有兴味地打量两位队友，笑而不语。

吴笙对流淌在气氛中的微妙毫无所觉，见人回来立刻热情提供"讨论笔记"："我们刚刚研究过了，可以确认大厦就是考场，出考场会被视为犯规，那么我们现在就只剩下两种选择……"

况金鑫和池映雪听着，慢慢正色起来。

徐望叹口气，还指望这俩能让吴笙开窍呢，现在看，吴笙把这俩拉回"早自习"还比较容易。

"一、全力防御。既然目标是'活过下午 4:44'，那我们找个相对安全的地方，用上防具，全力耗时间，不管中间发生什么，兵来将挡，水来土掩……二、主动出击。梳理并找出所有可能威胁我们的意外，逐一锁定，各个击破……"吴笙缓了片刻，再开口，声音更沉稳，"第一种选择更稳妥，会帮我们规避掉一部分危险，只有那种主动找上门的需要我们对付，缺点是被动；第二种选择更主动，缺点是不确定性太大，而且容易触发更多的未知风险。"

"我们仨都选第一种，"钱艾问小况，"你怎么想？"

况金鑫点头："我也觉得第一种更安全。"

"咳，你呢？"钱艾用此方式不计前嫌地向池姓队友伸出橄榄枝，对方要是敢不接，他绝对要拉黑名单……

"没必要问我了，"池映雪转头看墙上的财神爷贴画，咕哝，"少数服从多数。"

钱艾的灵魂老泪纵横："小雪，你成熟了。"

下午1：00，血色数字"7"。

他们也没去别的地方，就去了钱艾公司的财务室。

出纳会计们早没了影，就剩六个工位冷冷清清空着，还有保险柜，比工位还空。

五人关好门窗，各自寻一个工位坐进去，无事可做，真就是干耗时间。

钱艾百无聊赖，不经意间从抽屉翻出两副扑克，乐了："咱们五人斗地主？"

徐望坐他斜后方，摇头叹息："我算知道你公司怎么黄的了……"

管财务的抽屉里放扑克，这敬业心可能随了老总。

钱艾被戳到痛处，悻悻把扑克又塞了回去，悲伤一叹："唉！其实想想失忆也挺好，等到真通过这场考验找回记忆了，估计你们也就再见不着我了……"

"你欠多少钱？"池映雪打个哈欠，问。

"不知道，"钱艾哀怨想想，"但就我公司这个规模，不得几百上千万啊……"

池映雪："申请破产就不用还了，顶多把你剩余资产按偿还顺序分分。"

"那不行，"钱艾想也不想，"欠债还钱天经地义，我一申请，像蓝头发他们怎么办，哭都没地方哭了。"

池映雪："你不申请也没钱。"

"至少、至少他们还能找到我这个人，有个念想……"钱艾越说越没底气，其实没钱什么都是虚的，但物质是一方面，精神也得有寄托——他就是债主们的精神寄托。

池映雪淡淡抬眼："这不想得挺美，还跳什么楼？"

钱艾："……"

好有道理，他竟，呃，等等，什么叫想得挺美？虽然他懂对方想表达的意思，但这个形容跑偏得有点儿厉害吧？

趁钱艾和池映雪说话的时候，徐望也和吴笙说起了悄悄话。他俩座位相邻，一偏头就能对视。当然，是徐望主动找上的吴笙，不然后者能持续沉浸在深度思考里。

"你是做IT的？"

吴笙还以为徐望又递眼神又挥手是有什么重要情况，结果一转头听来这么一句，显然徐望兴致勃勃想和他聊天。吴笙倒也欢迎，反正现在的确做不了什么。

"嗯，应该是一些企业软件。"几次重置，吴笙也大概瞄过几眼桌上放着的资料。

"哦……"徐望趴到桌子上偏头看他，像上课时偷偷聊天，"我是做理财销售的。"

吴笙点头："我知道，你说过了。"

徐望又问："你结婚了吗？"

吴笙被问愣了，过了几秒才摇头："我不记得。"

徐望忙追问："感觉呢？"

吴笙乐了："这怎么感觉？"

徐望还真说不出个具体方案。

"不感觉了。"吴笙放弃地摇摇头，看徐望，"如果还会重置，我直接问我员工不就行了。"

"……对啊。"徐望眨眨眼才转过弯，他怎么忘了，可以直接问啊。

自认识到现在，徐望一直都很机灵，现在忽然犯迷糊一下，吴笙就觉得有点儿稀奇，移不开眼了。

那边钱艾和池映雪也聊到没话了。财务室安静下来，只墙上的时钟指针尽职尽责地走着。

下午1：30。

下午2：00。

下午2：30。

下午3：00……

时间在无所事事中总流逝得很慢，单调和安静滋生了困倦和睡意，五人都打起了瞌睡，个别的已经睡着了。

徐望做了一个柔软的梦，像掉进了棉花糖，又像闯入了云朵国，不记得具体，只记得那种飘飘软软的感觉。

"笃笃。"

怎么会有敲门声？

"笃笃。"

徐望一个激灵彻底清醒，不可置信地看着墙上的时钟，12：00。

窗外，血红色的"6"。

3

"一氧化碳中毒？"钱艾现在看着自己的公司哪儿哪儿都像藏着死亡陷阱，要不是没来得及设置第二个重聚点，他绝对不想回来这里，"是不是就是那种烧炭闹的，好比吃铜火锅涮羊肉不开窗不通风，吃不到两个小时保准晕菜……"

"钱总，呼……你都失忆了，生活经验还这么丰富……"徐望双手叉腰调整呼吸，撂倒棒球帽加上一口气从三楼跑上十楼，赶上铁人三项了。

“小抄纸”没有任何犯规提示，他们也没摄入任何可疑食物、水，再加上重置前困倦、想睡一类的症状，除了一氧化碳中毒，吴笙想不出第二个结论。

“笙哥,那这是意外还是人为？”况金鑫眉头紧锁,态度端正认真,就像真的在参加考试。

“肯定是人为啊，”钱艾插嘴，“我们又没在财务室里涮火锅。”

徐望没好气地扫一把他后脑勺：“你要饿了就去饮水机那儿灌个水饱。”

三口不离吃，这是老总还是老饕啊？！

“如果是人为，为什么呢？”况金鑫像在问吴笙，也像在自语思考。

“再来一次不就知道了。”一直没说话的池映雪不咸不淡截过话头。

果然，况金鑫转向他了：“再来一次？”

池映雪喜欢他把目光放自己身上：“再去财务室，时间一到，就知道是谁在搞鬼了。”

吴笙没想到，第一个和他想到一起的竟然是池映雪。

再来一次，说着简单，却意味着要拿宝贵的一次机会去赌，赌赢了，不代表通过考试，顶多又做一道大题，赌输了，留给他们的机会就只剩下五次。

时间12：30，财务室，还是那六个工位。

但这次只坐了三个人。

“等这该死的考试过去，我第一件事就给那小子还钱，卖血卖身都还！”钱艾一拳头捶在桌面，“咚”的一声，真情实感。

十三分钟前，蓝头发又被他们“招待”了，现在钱艾心里“欺负对方”的愧疚远大于“欠钱不还”，看那一脑袋蓝头发都不觉得刺眼了，觉得像一幅蓝色的画，扑面而来的忧郁。

“现在都无偿献血了……”况金鑫好心提醒。

“你，卖身？”徐望也好心提醒。

钱艾对于第二个“好心”很在意，一把将袖子撸到底，抬臂亮出肱二头肌：“质疑哥们儿体力？”

徐望被这气势震住了，真心建议：“要不你来我们公司催收部吧？”

等待，尤其是等待危险降临，总是难熬的。屋内还好，聊聊天扯扯淡就打发过去了，唯一的任务就是三个人要聊出五个人的热闹效果。屋外蹲守的则更辛苦一些。

财务室在员工办公区的最里面，门外正对着走廊，走廊两边则是其他部门办公室。吴笙和池映雪眼下就躲在财务室一出门右手边的办公区域里。这是个多人办公区，玻璃隔档中间磨砂，上下透明。吴笙和池映雪在最靠近玻璃隔档的工位后面席地而坐，以办公桌挡住身体，透过玻璃隔档下方的透明部分可看见走廊地面。

时间一分一秒流逝，两人无话，就你看我我看你，还看得挺安逸和谐。

下午2：20，透明玻璃外出现一双脚、一双手和一条胶皮软管。

池映雪先发现的。这两个半小时他连动都没动过，只静静看着玻璃外，这份定力和耐力连吴笙都自叹不如。

那人弯着腰，正把不知源头在何处的软管慢慢送到财务室门板下的缝隙——磨砂玻璃挡住了他的脸。

如果什么都不做，再过五十分钟，软管内无色无味的气体就会神不知鬼不觉充满财务室，一如上次。但这次不是上次。

鸮："有人对你使用了<武>束手就擒哟。"

池映雪点掉文具的同时，吴笙已冲出办公室。

那人双手被一股奇异的力量向后拧到一起，就像被一根无形绳子束缚住了双臂。他惊得直起腰，正和冲出来的吴笙打了照面。下一秒，意识到不对的他转身就跑。

束手就擒，束了手，没束脚，很科学。

但……"就擒"两个字的效果在哪里？！

吴笙也没时间腹诽这个了，拔腿就追。

他前脚跑，后脚池映雪就跟出来了，正好看见凶徒一个背影："灰外套？"

吴笙一直追到电梯间，电梯门正好打开，灰外套一头扎进去。吴笙无语，电梯门又不是秒关，以他现在的距离绝对赶得上……

"咣当！"

高空坠落的声响让吴笙浑身一震。他和赶上来的池映雪一起冲到电梯门口，哪里有轿厢，就一个空洞洞的电梯井。拿着手机电筒往下照，真正的电梯停在很下面的楼层，灰外套以一个扭曲姿态摔在轿厢顶上——他有四条胳膊。

吴笙呼吸一滞，又将拿着手机的胳膊往下伸了伸，终于辨别出还有另外一个人，一个被灰外套压在身下的人——大部分身体都被挡住了，只露出两条纤细的胳膊。

屋外声响让财务室的三人知道凶徒上套了。他们循声而来，却只见到吴笙和池映雪在电梯口发呆。况金鑫有一种不好的预感，快步跑到电梯门口。吴笙的手机电筒还开着，照亮了深渊一样的电梯井。

"林琳……"

吴笙回过头来："就是你说过的你们公司被害的那个小姑娘？"

况金鑫想"嗯"一声，可嗓子发紧，竟没出声，只能睁着酸涩眼睛轻轻点头——他记得林琳躺在轿厢上的样子，就是这样的姿势。他一直抱着幻想，只要他和池映雪不坐电梯，林琳就不会出事，就像玩游戏避开支线剧情那样，原来只是自欺欺人。

徐望叹口气，安慰地摸摸他的头，又对吴笙说："报警吧，出人命了，不是闹着玩儿的。"

吴笙沉吟，忽然想起什么，目光去找池映雪："小况说过，电梯坏那次，攻击你们的冒牌维修工穿着灰外套？"

池映雪跳过问题，直接指轿厢底下："就是他。"

吴笙："另外一个是保安？"

池映雪："对。"

吴笙："那这一次，保安在哪儿……"

一句提醒绷断了所有人的神经，聚在电梯门口的五人几乎是同时回头。

猝不及防的巨大推力让五人中的四人跌入电梯井，就一个钱总扒着门边，凭借自身重量死活没掉下去，这才看清了那身保安制服和那张狰狞的脸。

时间12：15，十八楼，血色数字"5"。

下午2：20才出现的一氧化碳陷阱太晚了，这一次他们改变战略，提前在林琳可能被推进电梯井的地方埋伏——根据池映雪在透明轿厢里仰头看见的光亮位置，林琳跌落下来的楼层最终被锁定在十八楼。

那一次池映雪和况金鑫是12：10去楼梯间里说话的，然后遇上保安，发现传单，还帮着收拾了一顿被保安擒住的"鬼鬼祟祟可疑者"，按这样推算，进入电梯的时间应该在12：20到12：30之间。

眼下，已经12：20了。

蹲点这种枯燥工作，尤其神经还高度紧绷，堪称度秒如年。

12：21。

12：22。

12：23。

12：24。

"砰。"

一道声音从楼外面传进来，隔着楼体和层层玻璃进到五人耳中时，已有些闷，有些平，听不出本来样子。但是很快，各楼层的骚动和楼外的尖叫便混合成了不寻常的嘈杂。

"有人跳楼了——"

五人随着看热闹的员工跑到最近的窗户往外瞅，楼下已聚集了许多围观者。从高层往下看，人像蚂蚁，根本看不清坠楼者。最后还是况金鑫回了十五楼自己的公司，才确认就是林琳。

“怎么会这样……”徐望有点儿蒙了。明明所有事情都重复发生，他的棒球帽、钱艾的跳楼、一氧化碳陷阱……怎么到了这里忽然变了？

“惯性运动的物体，只有外力才能让它改变轨迹。”吴笙抬头，瞳孔映出窗外的血色数字，“我们被发现了。”

钱艾：“你是说害那个姑娘的王八蛋发现我们在蹲点？”

吴笙：“对。”

况金鑫：“那现在怎么办？”

“直接把他们俩揪出来。”吴笙这话是对着池映雪说的。

池映雪耸耸肩，这个动作在他这里可以代表“哦”“知道了”“行了”等很多意思，用着十分方便。

鸮：“有人对你使用了 < 幻 > 印象追踪哟。”

幻具是用在池映雪自己身上的。

他闭上眼，在记忆中调取那两个家伙的外貌影像，没多久，两个场景便进入他的脑海——灰外套正在下楼梯，墙壁上写着“14F”；那个保安也在下楼梯，墙壁上写着“15F”，与其说尾随，更像保护。

眼下五人就在十五楼，他们面面相觑片刻，无人发令，默契冲向楼梯间，“砰”一声撞开楼梯间大门！

按时间算，两人至少已经又下了两层楼。然而吴笙和况金鑫都有加速文具，前者眨眼就追到了灰外套前面，后者用文具还有点儿生疏，但也还是成功截住了保安。

两人前后脚扑倒各自截住的人，正等着后来的伙伴携文具加入战斗，却在突如其来的爆炸里魂归 12：00。

窗外血色数字，“4”。

三楼，徐望：“……”

七楼，吴笙：“……”

十五楼，况金鑫：“……”

十六楼，池映雪：“……”

顶楼天台，钱艾：“用不用自爆这么狠啊？！”

保安：“钱、钱总？”

钱艾：“你别劝我了，我现在觉得跳楼也挺好，真的……”

心如死灰的钱老板最终还是悻悻回了十楼——要真能一跳了之倒也解脱了，现在是一跳下去，哎，我又回来了，你说气人不？！

4

“战术还是太糙。”再度会合，吴笙一开口就这四个字。

池映雪想说风凉话，忍住了。不是谁都能揽过责任当团队大脑的，更别说一遍遍调整、改进战术，至少他没那个操心的爱好，既然坐享其成，也别挑三拣四了。

“我们现在把文具汇总一下，不能再单一地去攻击、搜寻或者防御，要打组合战。”吴笙扯过一张空白A4纸，头也不抬，“文具盒。”

四伙伴听话地点开“文具盒”，把手臂伸过去，像教室里排队等待扎疫苗的乖宝宝。

吴笙以最快速度把所有人的文具抄下来，写满了半张纸。

“单单制住他们不够，要防止他们引爆身上的炸弹，还要能讲实话的幻具……”他一边喃喃自语，一边在纸上左一个圈右一个圈地画，全神贯注。

已经收回胳膊的四伙伴静静坐在旁边，看他一个人散发着学霸之光。

时间12：20，十八楼。

组合战术第一招——况金鑫，‹防›你看不见我。

隐身幻具让五人再无暴露可能。

12：22，林琳出现，一边走进电梯间，一边左右看，像在找人。

12：23，保安出现，林琳对他毫无防备，两个人还简单打了招呼。

12：24，林琳似乎没等到要来的人，想走，电梯门此时打开，保安乘其不备狠狠将她推了进去。

组合战术第二招——徐望，‹防›软着陆。

坠落电梯井的女孩儿没有发出“咣当”的撞击声，保安察觉不对，探头往下看。

就是现在，组合战术第三招——池映雪，‹幻›放下屠刀。

保安“扑通”就跪到电梯门口了。

五伙伴屏息不语。

半分钟后，见势不对的灰外套从暗处蹿出来：“喂，你……”

吴笙没让他把话说完，已送出第四招——‹防›泥足深陷。

灰外套脚下忽然动不了了，刚一低头，钱艾送上等待多时的大招——‹武›水漫金山。

一场大雨来得猝不及防，眨眼就将所有人淋成落汤鸡，又流连忘返，直到水漫过腰才堪堪停下，管你身上绑着什么火药也都成哑炮了。

两个人已经被组合拳打得彻底蒙了，关键是压根儿不知道对手在哪儿。

“谁在搞鬼？给老子出来——”

一声吼，引得十八楼公司的员工纷纷探头出来。

趁着围观群众还没上来，隐身中的五人用文具绑住两个王八蛋，扛起来一溜小跑回了十楼。

十楼，那就是钱总的天地了，清场清得特别彻底。

世界终于安静了。

五伙伴把人扔进钱艾的办公室，钱总殿后关上门。

隐身幻具仍未解除，按照吴笙的战术，安全起见，能隐身就一直用着，所以灰外套和那个保安只茫然看着空气，靠在一起瑟瑟发抖。

吴笙走上前，给其中一人送出最后大礼——‹幻›Don't lie to me。

虽然听不见提示，但根据事先碰头的战术，围观小伙伴也知道吴笙用的是什么。徐望、钱艾、况金鑫都在期待着效果，就池映雪微微蹙眉，本能不太喜欢这个文具。

幻具悠悠起效，空气里出现吴笙的声音：“为什么杀林琳？”没开场白，上来就是核心问题。

围观伙伴现在对吴笙已经戴上“他对”滤镜了，全称“听他的就对了”滤镜。刚才打组合战术的时候，对这位队友的认可和钦佩已经达到峰值，现在再听他开口，就觉得这场考试的全套答案要呼之欲出了。

“她知道得太多了。”中幻具的是灰外套，目光已飘忽。

保安看不见别人，就能看见同伴，结果同伴还中邪了似的对空气中那个鬼一样的声音有问必答。他已经吓得连叫骂都忘了，脸色煞白。

“她都知道了什么？”吴笙继续问。

灰外套：“她知道我们要炸大厦。”

吴笙虽有预感，还是惊了一下。

“炸大厦？”钱艾没控制住，脱口而出。

突然出现的第二个陌生声音让保安猛地哆嗦了一下。灰外套却置若罔闻，似乎只对吴笙的声音有反应。

吴笙：“为什么要这么做？”

灰外套：“好玩，嘿嘿，末路说小打小闹不刺激，要干就干出大动静。”

吴笙没想到他在幻具状态内还能有类似“情绪”的表达，这得是偏执到何种程度，才能在心里留下这么深的烙印：“末路是谁？”

灰外套："我们的神。"

吴笙："真实名字。"

灰外套："不知道。"

吴笙："长什么样子？"

灰外套："不知道。"

沉吟几秒，吴笙忽然换了问题："你们有几个人？"

灰外套："四……"

"咚！"

突来的撞击声打断了问话。

窗外，吊篮在狂风中剧烈晃动，像寺院撞钟的钟杵一下下撞击着玻璃。

"啪！"钢化玻璃彻底碎裂。

"小心——"喊出声的同时，吴笙将左右最近的徐望和钱艾扑倒，同时第一时间去找防具。

池映雪将人抱住，带着况金鑫倒地。

钢化玻璃碎裂成无数细小颗粒崩进屋内，边角圆润，其实并不能对人造成真正伤害。但和钢化玻璃碎屑一起进来的还有吊篮。

倒地的一瞬间，吴笙已经条件反射地去找防具，可还是慢了一步。缆绳断裂的吊篮在狂风和摆动的惯性里就像一枚钢铁炮弹，砸进屋内，砸在所有人身上——不算大的办公室里，扑倒在地上的人无一幸免。

时间12：00，血色数字"3"。

所有小伙伴都憋着一股劲，没任何迟疑，再度启程投入考试！

这就好比已经答到最后大题了，差一点点就能完成，突然被换了一张空试卷，那就恨不能一口气凭记忆把前面的答案都重新填完，再回上一轮的关键点。

战术思想没换，吴笙用最快速度替换了其中的文具，而后五人完美复制了上一轮的流程，12：27已将人丢进钱总办公室。

但这一次，他们没有能诱供的幻具了。好在想知道的已经差不多了，现在的关键在于对方有四个人——用吊篮制造攻击的算一个，依旧还有一个在楼里潜伏。

屏息等待中，吊篮如期而至。吴笙已提前用了"‹防›金钟罩"，却没料到吊篮竟然冲破了防具！

心急，往往让人大意。

时间12：00，血色数字“2”。

灰外套、保安、伪装成吊篮工人的凶徒终于被五人稳稳拿下。

其实有了文具，想对付他们几个并不难，难的是不知道何时会发生的意外和自己可能会犯的错误。吴笙不想再犯错误，但也不能松劲儿，只剩两次机会，一松下来，怕就真的没机会了。

“还剩一个人。”他看向四个伙伴，“会是谁？”

四脸茫然。

三个凶徒被文具缠成蚕蛹，困在墙角。没有诱供幻具，他们竟然真的不说一个字，哪怕用武具给他们些许疼痛都是徒劳。而五人也下不去手真的严刑拷打。

“我们每个人都再捋一下独处的时候经历过的事情，”吴笙强迫自己不要心急，冷静下来，“不管你觉得它重要不重要，只要遇见了就算。”

徐望：“秘书敲门给我咖啡，棒球帽来找我寻仇，剩下的就都是和你们在一起的了。”

况金鑫：“我在给狗狗梳毛，然后池……呃，哥，就找过来了。”

钱艾：“我跳楼，保安劝我别跳，但是扑过来救我反而是害我，后面我就一路下楼回自己公司……啊，”他眼睛一瞪，“是那个保安吧？他明面上要救我，其实就是故意推我的！”

“先存疑。”吴笙朝池映雪示意。

池映雪靠到墙壁上，经历过的事情走马灯一样在脑子里过：“我从工位上起来，往门口走，物业在修灯，梯子上的钳子掉下来，被我敏捷闪过。我只下一层楼，所以走楼梯，正好遇见保安押着一个人下来，他想挟持我，被我完美制服，然后就到小四金那里了，再来就是你们。”

钱艾：“池总监，你还真是见缝插针就给自己镶好词儿……”

“不对，”吴笙眼里一闪，“保安押着的是谁？”

钱艾：“攻击徐望那个棒球帽呗，这不就对上了。”

“对不上。”吴笙说，“徐望在三楼，保安带着棒球帽往下走，怎么可能和从十六楼往十五楼走的小雪撞上？”

钱艾、徐望、况金鑫：“……”

因为这位根本没掀起什么真正波澜，自始至终都不在五人的视线范围内。

“三个嫌疑人，”吴笙直接总结，“顶楼的保安、修灯的工人，还有那个楼梯间的人。”

徐望：“你想怎么做？”

吴笙：“兵分两路。钱总、小雪、小况，你们仨押着他们三个去一楼保安监控室，顺便确认一下顶楼的保安和楼梯间里遇见那个人在不在。我和徐望去十六楼找那个维修人员。

如果那个被押下去的人还关在监控室，你们三个先别动，等我们过去会合。”

保安监控室里除了保安，只有一个“外来者”，就是那个自不量力、在楼道里企图甩开保安劫持池映雪的鬼祟男人。棒球帽不在，自从徐望找对解决套路，棒球帽就再没动过刀，也就彻底和保安室无缘了。

灰外套三人被带进保安监控室，鬼祟男人一怔，立刻低下头，不给彼此视线相交的机会。

徐望再三叮嘱要特别注意进门第一刻每一个人的反应。况金鑫记在心里了，于是这一细微动作没逃过他的眼睛。

保安们的反应倒很一致，先是对他们的到来感到奇怪，待看清被绑着的三人里还有一个穿保安制服的自己人，就错愕警惕起来。

钱艾和保安解释清楚了这三人的情况，保安吓得立刻报警，吴笙、徐望带着修灯那人下来的时候，报警电话刚挂上。

况金鑫悄悄把观察到的情况说给了徐望。

徐望一扫鬼祟男人，再看看灰外套三人，双方是极彻底的零交流，连偶尔的视线相碰都没有。过犹不及，其实这时候如果有一方招呼一句“嘿，哥们儿，你们犯了什么事儿啊”，反倒自然了。

保安无异状，被他俩硬带下来的维修人员更是一脸茫然，第四人究竟是谁，答案已经出来了。

12：55，大批警察抵达，徐望他们五个以最快速度汇报了情况，警察立即疏散整个大楼，拆弹警员逐层搜寻炸弹。

灰外套三人和鬼祟男人被直接送上警车，吴笙他们坚持不走，最终和前线指挥的警员一起留在了保安监控室。徐望作为代表，继续配合警方做更详细的笔录。吴笙靠在墙边，望着前方一块块监控器画面，脑中飞快梳理着事件脉络，看还有没有遗漏。

林琳。

这个名字又一次跳出来。

这场事件就像一条湍急汹涌的河，而林琳就是水下的一条小鱼，被河水裹挟着，从头到尾只蹦出水面一次，可大部分时间里都能看见她在水下的影子。那个女孩儿说她什么都不知道——这是再次重置时，况金鑫问来的结果——有两种可能：一、女孩儿没说实话；二、女孩儿无意中撞见了某个场景或者某个人，这让四人以为女孩儿洞悉了他们的邪恶计划，而事实上女孩儿并未察觉。

而最有资格对此进行判断的况金鑫说：“笙哥，我觉得她不像在撒谎。”

这一事件的背后有四个人，如今四人身份都已落实，加上况金鑫的第六感，吴笙更倾向于第二种推断。不过他不敢再赌了……

“队长，人带过来了。”一个警察推门而入，旁边跟着个惊慌失措的姑娘。

“嗯。”紧盯监控器的中年警察动也没动，“看住她。”

林琳环顾全屋，总算找到一张熟面孔，立刻靠到况金鑫旁边。况金鑫低声安慰她几句，没说更多。

吴笙终于彻底踏实。是他和警察说林琳有可疑的，但这种可疑充满了不确定，警察也不能随便拿人，索性带到眼皮子底下监视——不管林琳是不是无辜，众目睽睽之下，她做不了任何事情，这就够了。

下午1：30，在五楼发现炸弹，和灰外套他们绑在身上的不同，是防水的，只有拆除一条路。

下午1：50，确认每一层的同样位置都安放了炸弹。

下午2：40，徐望笔录结束。

下午3：40，炸弹拆除进展到五楼，还差十七层。

自笔录结束，保安监控室就处于一种忙碌而紧绷的寂静里。这寂静带着人慢慢接近胜利曙光，也压得人心头越来越重——靠近终点时，才最忐忑。

吴笙提前打破了它：“来不及了。”

此话一出，四伙伴心里“咯噔”一下。并肩奋战到现在，他们不会再质疑吴笙的判断。

“4：44之前如果不能把炸弹全部拆除，还是会爆。”

为什么考题是“活过下午4：44”，吴笙曾不止一次思考过，如果只是找出炸弹狂徒，那这个时间点没有任何意义。唯一的解释就是，4：44是引爆炸弹的时间。

“拆下来的炸弹上并没有定时装置。”那位一直盯着监控器的中年警察终于回过头来，神色一如既往的刚毅镇定。

“遥控装置呢？”时间这么紧，吴笙不信他们能查得这么细。

中年警察愣了下，随即又摇头：“四个人已经全被我们控制住了，就算有遥控装置，也没机会引爆。”

“如果不需要人来引爆呢？如果他们把遥控装置放置在某个定时装置上，时间一到，自动按……”

“一队一队，”中年警察呼叫对讲机，拧起的眉头里泄露一丝焦灼，“让老耿再检查一遍拆下来的炸弹……对，从里到外每一个角落都给我掰开了揉碎了查……”

放下对讲机，中年警察又拿起手机拨了个电话：“小王，给我再搜一遍那几个兔崽子……我知道炸弹已经湿了，我要找遥控引爆器……”

三分钟后，对讲机嘈杂响起："头儿，我是老耿，真让你猜着了，炸弹里有远程遥控装置，藏的地方特邪性……"

对讲机没说完，电话又打过来了："头儿，他们四个身上没发现引爆器。"

对讲机和电话一起安静下来，中年警察缓缓看向吴笙，目光锐利得像刀："你怎么知道会有远程引爆，还那么确定时间就在 4：44？"

吴笙没办法解释，对方看不到他手臂上的猫头鹰图标，在对方眼里，现在的他比那四个人还可疑。

"警官，"徐望走过来，"你可以怀疑我们的身份，但不能怀疑我们的目的。如果我们希望炸弹引爆，没必要大费周章抓那几个人，还上赶着报警。"

中年警察沉吟片刻，目光又落到吴笙身上："你既然知道这么多，那再帮我猜一猜，引爆器会在什么地方。"

吴笙笃定："就在这幢大厦里。"

中年警察想也不想就摇头："随便找个人，在附近任何一个地方都可以远程遥控，藏这幢大厦里太蠢了。"

或许蠢，但这是一场考试，答案不会藏在考生去不到的地方，否则大家都无解，就拉不开成绩高低了，不合逻辑。

吴笙："再信我一次。"

重新拆检炸弹，是第一次。

全楼地毯式搜索引爆器，是第二次。

下午 4：00。

下午 4：15。

下午 4：30……

时间所剩无几，引爆器毫无踪影。

保安监控室里，静默蔓延成了压抑。五伙伴和中年警察一样紧盯监控器，看着忙碌在各楼层的警察，手心不自觉握紧。

下午 4：40。

"头儿，找到了！找到了！"对讲机传来兴奋呼喊。

四人把引爆器藏在了一个公司茶水间的冰箱后面，用冰块当定时器，一旦冰块彻底融化，引爆按钮就会触发。

监控器里，冰块融化得只剩薄薄一层。警察将引爆器小心翼翼取出，拆掉电池，切断了最后一丝隐患。

吴笙紧绷多时的身体骤然放松。

钱艾一屁股坐到地上，满头大汗，呼吸急促，像刚跑完马拉松。

池映雪吹了一记口哨，随心所欲地揉乱了况金鑫的头发。

况金鑫拍掉他的手，从口袋里掏出身份证。没等递，池映雪直接眼疾手快抢过去，举起来端详半天，眼眉舒展得像雨后晴空，末了在身份证照片的位置吹了吹。况金鑫猝不及防涨红了脸，懊恼去抢。

徐望长舒口气，拍拍吴笙的肩膀："你干 IT，真是我公安队伍的……"

"损失"两个字和爆炸声混在一起，成了徐望最后的记忆。

5

时间 12：00，血色数字"1"。

心态，崩了。

徐望起身走出办公室，在门口站着，一直站到棒球帽来："你捅死我吧，赶紧的，给我个痛快。"

棒球帽："……"

同一时间，顶楼——

钱艾："别劝我了，我意已决……不不，和破产没关系……兄弟，哥给你一句金玉良言，没钱还可以东山再起，考试才是地狱……"

七楼——

"吴总，你怎么了，脸色这么差……"

十六楼——

池总监花蝴蝶一样飞往十五楼。

十五楼——

况金鑫一下下梳着金毛的背。一次次失败已经磨平了他的焦急和懊恼，他现在就是觉得空落落的。机会就剩一次，而他们已经尽了最大努力，完全不知道还能再做什么。等到这次机会也消耗完，数字变成了"0"，他们会怎么样？会不会就……真的死了？

金毛又冲出了美容室，又被路过员工抱住送回来。况金鑫没好气地拍拍金毛的头："最后一次了，还不老实。"

"什么？"林琳没听清他的话。

况金鑫冲小姑娘摇摇头，笑了，有点儿苦。

“你怎么了，不太对劲呢……”林琳敏锐感知到了他的情绪波动。

况金鑫深吸口气，看一眼时间，12：03，无论如何还是要先去和队友会合，即便是最后一次了，他也不想拖大家后腿！

“别去杂物室，别去十八楼，别去天台。”他照例嘱咐这三句，也不管小姑娘能不能听懂。

快步走出美容室，想到或许再没机会回到这里了，况金鑫脚下忽然一顿。虽然只有这重复了十几次的记忆，可他还是对这个地方、对这些同事，生出了一点儿不舍。

回过头来，他朝林琳笑一下，充满告别意味：“你今天的耳钉很漂亮。”

林琳眨下眼睛，也冲他乐了：“你故意的吧，我哪儿有戴耳钉。”

“啊？”林琳的耳垂在半长发丝的掩映下影影绰绰闪着一点光，明明就是耳钉，可对方这样一讲，况金鑫又不确定了。

女孩儿白他一眼，带着点儿娇嗔，抬手将两边头发别到耳后：“看清了吧，什么都没有。”

是看清了，就在她左耳垂，小巧的闪光精致而迷人。

况金鑫像被某种力量牵引，转身回到林琳面前，鬼使神差抬手，指尖轻轻去碰那闪光。

鸮：“恭喜寻获 13/23 失忆徽章一枚！”

况金鑫像被闪电击中，记忆的盒子随之炸开！鸮、关卡、队长、笙哥、钱哥、小雪……

“小四金。”门口有人在叫他，漂亮的眉毛轻轻挑起，浑身上下散发着“我最厉害”的欠揍气息，一如桅杆上的初见。

“你也想起来了？”况金鑫的声音带着忐忑的轻颤。

池映雪没答，斜倚着门框：“为什么给我身份证？”

况金鑫语塞，好半天，避重就轻咕哝：“反正也是假的……”

徐望、吴笙、钱艾在恢复记忆的那一刻，几乎是同时起步，屏着一口气冲到十楼。不过吴笙、徐望先到，钱艾楼层太高，还且得跑一阵。一碰头，徐望就把吴笙抱住了，死活不撒手。吴笙乐得接受。

抱过瘾了，徐望才恋恋不舍把人松开一点儿，就一点点：“因为徽章？”

“应该是。”徽章一到手，记忆就回来了，怎么想都是因果关系。

“也不知道谁找着的，这得发奖金啊……”徐望瞬间队长归位。

吴笙静静看着，想把忘了的都补回来，然后想起什么似的说：“哦，对了……”

徐望抬头：“嗯？”

吴笙微笑：“我没结婚。”

钱艾冲进办公室时，两人还维持着这姿势呢，于是他默默退出办公室，到旁边扶墙——他招谁惹谁了？！

况金鑫和池映雪过来，看见的就是钱总蹲在自己办公室门前踌躇不进。

五伙伴终于会合，得知是况同学拿的徽章，大家全无意外，甚至有一种“果然如此”的踏实。要是老钱找到的，他们反而要胡思乱想了。

“喂！！！”钱艾对于这种假设提出严正抗议。

徐望活动活动肩膀，看着窗外的血色数字“1”：“从现在开始才是真正闯关，准备好了吗？”

如果不存档，每一关的机会都只有一次，他们不是浪费了十二次机会，而是翻山越岭终于到了真正的第十三关起跑线。

况金鑫随他看向窗外：“嗯。”

钱艾抡起胳膊：“放马过来。”

池映雪微微颔首。

吴笙迟迟不语，直到所有伙伴看过来，才指指自己的大脑：“完全解锁了，之前一直智商打折，对不住。”

徐望、况金鑫、池映雪：“……”

钱艾：“那个，你这样谦虚并不能使我们高兴……”

事实证明，军师真没谦虚。

时间 12：20。

“还是原流程，先抓灰外套和保安，带到十楼来，别报警……”

时间 12：44。

“注意，吊篮要过来了……”

时间 12：50。

“老钱，你和小雪在这里看着他们，徐望和小况去保安监控室把第四个人弄过来，我去找引爆器……”

下午 1：30。

钱艾办公室里，四个炸弹凶徒老老实实被锁住，引爆器被切断，局面完全和上次一致——除了没报警。

“为什么不报警？”钱艾一直没明白这个。

吴笙沉下眼：“因为还有第五个人。”

钱艾蒙了：“不是四个吗？难道幻具出了问题？”

“幻具没问题，”吴笙说，“他们的确只有四个人，但还有一个神。”

——“末路是谁？”

——“我们的神。”

四伙伴同时回忆起灰外套那一刻眼中偏执的虔诚，后背蹿起凉意。

“这个末路就在大厦里工作。”徐望懂了，他像一滴水融进大厦这片汪洋里，伪装得天衣无缝。

况金鑫恍然：“引爆器有两个，一个用冰块做了定时，一个就在末路手里，上一次就是他最后引爆的炸弹！”

池映雪点点头：“那的确不能报警，一疏散，再别想抓住他。”

钱艾张半天嘴愣是没跟上，顿时产生强烈怀疑：“我肯定是还有记忆没回来。”

时间已到下午 2：00。

末路是谁？这是横亘在小分队面前最严峻的问题。

一阵漫长的沉默后，吴笙忽然开口：“有两件事我一直没想明白。”

“哪两件？”徐望知道他有门儿了。

吴笙：“一、小况公司杂物室里的银环蛇；二、我们在财务室的一氧化碳中毒。”

徐望一点就透：“因为没道理？”

“对，就是这个。”吴笙眯起眼，眸子深处闪着犀利的光，“这一关里所有的变故、意外都有原因。棒球帽袭击你，因为女朋友；老钱跳楼，因为破产；小雪差点儿被钳子砸到，因为那人在修灯，楼道里被攻击，因为那人想逃跑……但是袭击小况的那条银环蛇没头没尾，就像凭空出现的。我们在财务室被攻击更是没有道理，他们要做的是炸掉整座大楼，费力弄死我们图什么？我们那时候还根本不知道他们的计划。”

“除非……”吴笙看过来，目光最终落在况金鑫身上，“从头到尾，他们想杀的都是小况。”

况金鑫一脸茫然：“为什么？”

池映雪从后面把人圈住，护严实了，看吴笙的眼神就像在看炸弹狂徒。

“这就要问你自己了。”吴笙深呼吸，“小况，把你所有经历过的事情再捋一遍。这一次我要每一个细节，”他一字一句强调，“每一个。”

况金鑫一秒没耽搁，立即进入回忆。这一次，他几乎逐帧逐帧地过——梳毛，狗狗一直叫，狗狗跑出去撞到了同事，同事把它抱回来，林琳还说了一句什么……

“说了什么？”吴笙突然打断他。

况金鑫顿住，茫然许久。他那时候刚苏醒，一切都是恍惚的，几乎每一次确实的记忆都是从同事把狗狗抱回来开始，在此之前的景象就像云雾缭绕的梦里。林琳的那个笑和说的那句话，就像梦境与现实的分界点，一半虚一半实。

况金鑫闭上眼，将每一次林琳说话时候的画面拼叠起来，辨认着吐字的嘴型：“她说……

谢谢，咦，什么味道……”霍地睁开眼，他的记忆彻底清明，“对，她说的就是这个，‘咦，什么味道’。”

“什么味道？”吴笙追问。

况金鑫摇头：“那个同事笑笑，转身就走了。”

“那你闻到什么了吗？”徐望帮自家军师换了个方向。

况金鑫沉默下来，拧眉思索，没一会儿额头都出了汗。

“是……鞭炮，”他终于开口，“我小的时候把鞭炮拆开，把里面的火药倒出来玩，就是那个味道！”

最后一块阴影拨云见日。

银环蛇、一氧化碳都是冲着况金鑫来的，末路认为他和林琳一样，都从那句话里窥见了他的秘密——神，也是做贼心虚的。

两人留守十楼，吴笙、徐望、池映雪直奔十五楼，那人还在工作，一副好好先生的架势，见他们过来，笑脸相迎。

斯文的镜片给他的眼睛遮上一层温柔的光，徐望却一眼就看见了藏在那后面的不见底的深渊。

相隔十数米，那人抬手，极自然地去轻抚胸前的名牌。

没有激烈，没有凶险，这个刹那宁静得像午后湖畔的一缕风。可吴笙已早早用了“‹幻›孟婆汤”。

手指在触碰到名牌前的最后一刻停住了。那枚伪装成名牌的引爆器永远没有机会被人按下了。

徐望用文具将这位先生捆了个结结实实：“神？你先赢了我们军师再说。”

吴笙解除“‹幻›孟婆汤”。末路阴鸷下来，真真正正的穷途末路。

池映雪没机会出手，乐得清闲。

报警，疏散，拆弹。

下午 4：44，拆弹只完成 50%，然而再没有幕后黑手将它们引爆。

鸮：“恭喜过关，13/23 顺利交卷！亲，许愿屋见。”

6

芬芳，温暖，安逸。

徐望在柔软的长毛地毯上醒来，旁边是陆续苏醒的四个伙伴。

“咱们过完十三关了吧？”钱艾挠挠头，第一个开口。

“应该是，”徐望其实不太有底，“如果我没记错的话。”

况金鑫冥思苦想，还是一片空白：“果然像樊先生说的，关卡内容全忘了。”

吴笙起身走到一扇湖蓝色的门前，没轻举妄动：“这里应该就是许愿屋。”

池映雪趴在地毯上不愿意起来，琢磨着回去也买个一样的。

“叮——”

小抄纸：“徽章扫描完毕，符合许愿屋开放要求。”

一条提示卷走了十三枚徽章，连同隐藏物品栏一并从五伙伴的“文具盒”里消失。

耳内戏谑声紧随而至——

鸮：“宝贝儿，许愿屋会在十三分钟后开放，想好你们要带去后十关的愿望哟。”

13/23 被强制遗忘带来的那种空落落感还在心头笼罩不去，新提示又衔接紧密得不给人半点儿思考时间，以至于过了好一会儿徐望才意识到真到这里了，抬起眼，湖蓝色的门像一片如洗碧空。

心心念念多时，犹犹豫豫多时，真到门前了，他竟然一秒纠结都不再有，笃定得让他自己都诧异——他没有愿望想带去后十关，他只想关闭鸮。

站在门前的吴笙回过头来，仿佛感觉到了他的目光和心情。

徐望下决心似的长长吐出一口气，给了他一个顽皮的笑。

吴笙看着他，眼里含着光，那种“你要月亮我给你摘、你要星星我给你网”的光。他嘴唇微动，吐出两个无声但清晰的字：“陪你。”

你要离开，我陪你;你要关闭，我陪你。你只管做你想做的事，哪怕横冲直撞往前去，有我呢。

徐望心里生出热气，一直蔓延到眼底。

“受不了了，你俩到底打算什么时候说？”钱艾盘腿坐在地毯上皱眉瞪眼，满面不耐，像个怒罗汉。

“啊？说什么？”他和吴笙的事儿还用说？

看徐队长一脸状况外，钱艾更来气了：“你俩不是想关闭前十三关吗？这许愿屋门都快开了，还准备瞒着我们？”

况金鑫和池映雪没说话，但也自动自觉和钱艾一个坐姿，立场已然分明。

徐望的确不止一次和吴笙聊过想关闭前十三关，但没人知道要付出什么代价，他自己心里都没底，怎么和队友提？而且樊先生说过，许愿屋里的选择是各自独立的，他可以选择关闭，队友也可以选择离开，他不想让队友为自己的任性买单。

不过眼下的问题是，这风声怎么透出去的？徐望第一个去看吴笙，带着凌厉眼风。吴军师睁着懵懂双眼，每一根头发丝都写着“冤”。

“说话啊，”钱艾看不来这个眼波流转，等不及地催，“都这时候了，还真打算一瞒到底，就你俩去当喋血双雄？”

徐望不猜了，索性直接问：“你怎么知道的？”

钱艾本来占着气势高地，被这一问，蓦地心虚了一下，只能出卖队友了。他朝况金鑫一转头：“他告诉我的。”

徐望唰地看况金鑫。

况同学措手不及，立即朝池映雪一转头：“他偷听的。”

徐望目光唰唰唰地再射池映雪。

池映雪也学着前辈们一转头……没人了：“嗯，我偷听的。”

徐望、吴笙：“……”

接下来的时间里，再没人说话。

直到十三分钟过去，湖蓝色大门缓缓开启，钱艾拉过况金鑫和池映雪，一手搂一个，代表队友团给这事儿落锤定音：“九九八十一难都一起过了，最后要取真经，把我们仨甩了，想得美！”

宇宙、星空，极静极美。

谁也没想到，湖蓝色的大门背后竟是这样的地方。五人像进了浩瀚宇宙，如一粒尘埃飘浮在这无边无际的星群之中。

鸮：“欢迎来到许愿屋……”

耳内的声音仿佛来自这片宇宙深处。

鸮：“作为进入后十关的奖励，我可以满足你一个限定条件的愿望。宝贝儿，说出你的愿望吧……”

徐望上前两步，回头。

吴笙笑着点头。

况金鑫握拳鼓励。

钱艾不断扬下巴催促。

池映雪向上吹了口仙气儿。

收回目光，直视前方，徐望的声音明朗而坚定：“我要和鸮对话，我要和鸮对话，我要和鸮对话。”

“宇宙”忽然颤动，漫天流星划过，拖着火光尾巴将静谧的美好烧毁殆尽。

待五人重新站稳，视野恢复清明，触目所及哪里还有浩瀚星河，只一个四面墙的密室，像空屋，像牢房。

一面墙上缓缓出现影像，先是一个猫头鹰头，然后慢慢消失，浮现出两个选择框。

1. 关闭 1/23—13/23。

2. 提前离开，永不再入。

没有“叮”，没有耳内提示音，连墙上投影都不甚清晰，这一环节简陋得都不像鸮了。可越这样，越让人觉出这里和别处的不同。

这里本来就不属于鸮，或者说，不属于现在这个修复完善的鸮。它属于那个只在 Bug 缝隙中寻得短暂自由的鸮。这个粗糙的选择小屋已倾尽了它全部能量，可还是没挡住侵蚀，让鸮内自带的强大修复力硬生生插入了第二个选项。

没人说话。

一只手覆上选项一，然后是第二只、第三只、第四只、第五只。

手心盖着手背，五个人，一条心。

墙上的影像模糊起来，像老电视被干扰了信号，而后忽地消失。

密室重归寂静。但很快，空气中就出现一个微弱声音，带着似曾相识的电流音。

鸮：“终于……来了……”

徐望猛地一激灵：“就是这个声音，十年前和我说话的就是这个声音！”

顾不上震惊，吴笙忙不迭问：“怎么才能关闭鸮？”

鸮：“只能……关闭前十三关……后面……后面是不同的……”

“那怎么才能关闭前十三关？”钱艾好奇死了，也急死了，“您老能不能把语音调一下八倍速？”

鸮：“前十三关……每一关……都有一块鸮玉……找出来……敲碎……”

吴笙：“鸮玉？”

像是回答他，墙壁上缓缓浮现一块紫色透明水晶板。五伙伴瞪大眼睛，这东西他们可绝对不是第一次见。

钱艾：“这不是汪汪在飞行棋那关刨出来的玩意儿吗？！”

鸮：“十三块鸮玉……同一晚……找出来……敲碎……”

“同一晚？”况金鑫脱口而出，马上又闭嘴，但心里全是问号。别说他们现在成绩定在 13/23 不能动，就是其他关卡真对他们开放了，他们也顶多兵分五路。

“我们只有五个人啊，”钱艾也发现了问题，“还是说，你能让我们随时在每一关来去自如？”

鸮："不能……"

钱艾："……"

"同一晚的意思，是零点到五点之间吗？必须在同一晚的这个时间段内找出全部十三关的鸮玉，然后敲碎？"吴笙问得更精确。

鸮："是的……鸮玉……是连通外部的……能量源……必须同一晚毁掉……剩下一个……也能让其他关卡……重新开放……"

五伙伴愣住，继而恍然大悟。难怪小三花弄碎水晶板之后，隔天他们就进不去飞行棋那关了，因为通路被切断了，要靠其他关卡的能量来恢复。这就像一个并联电路，一条线断了不怕，其他线路照样有电，想彻底停电，就要扯断所有线路。而且他们只能快，慢一点儿，鸮就满状态复活了。这种自我修复功能太可怕。

鸮："每一关……鸮玉的位置……"

徐望刚要问这个，发现鸮主动说了，立刻竖起耳朵。其他伙伴也不自觉屏息静听，心里都明白这是重中之重，要是没地图没坐标没提示，别说一晚上，一百晚上他们都不见得能找出一块鸮玉。

鸮："……位置……在……在……在……"

电流音毫无预警大起来。

这正是紧要关头，五人急得双拳握紧，又不知道往哪儿使劲。

墙壁上浮现出十三张极模糊的地图，就像没真正打开的缩略图，分辨率那叫一个低。五人盯得眼睛都要瞎了，一张也没看清。

"你到底想不想让我们帮你啊？！"钱艾急了，"你这图拿显微镜都……"

吴笙拦住他："不对，有问题。"

鸮还在重复那个"在"，在嘈杂电流音的掩盖下，像卡顿了的电脑。

"它在被干扰。"吴笙紧盯墙壁，看着上面的十三张地图刚要清晰一点儿又倏地缩回原样，"被真正的鸮。"

这话说得没头没尾，可伙伴们都懂。

刚才和他们对话的鸮更像是分离出来的一小团独立意识，藏在选项一里蛰伏着，等待着。而真正的鸮早在十年前修复完毕，运行到如今。后者既然能在前者里插入选项二，那再干扰一下选项一好像也不是难事。但挑的这个时候真是太让人火大了，他们还没看清地图，还有一肚子注意事项想问呢！

"嘶……"手臂忽然灼烧一样疼，徐望倒吸口冷气。

一道光影从他手臂中飞出，落在墙根："吱——"

灼烧感消失了。

光影散尽，小三花歪头看着他们。

“汪汪……”徐望轻唤出声。

小三花抬爪子洗洗脸，又软绵绵叫了一声：“吱……”这一声，竟带了点儿留恋意味。

电流音慢慢变浅，鸮的声音重新清晰，墙上的地图也开始分明，小三花的身体却越来越透明。

鸮：“鸮玉的位置……在……地图上……”

地图彻底明朗，小三花最后剩下的淡淡轮廓也消失了。

这是当年的鸮用自己的能量给他的，现在它又把能量收回去，去抵抗修复力的侵蚀。徐望想得通，可挡不住心里微微的酸。他不常叫汪汪出来，就怕太频繁了影响小家伙的寿命。他知道这个想法有点儿可笑，但每次看到“文具盒”里的图标，心里都会暖一下——它一直陪着他们，他知道。

许是小三花提供了足够的能量，鸮没再发生波动。吴笙将所有地图看一遍，记在心里，另外四伙伴将地图瓜分，各自记忆第二遍，双保险。

都记完了，地图还在。

“那个，我们记住了。”徐望试探性地出声。

墙壁影像缓缓消失。

徐望莫名松口气，鸮还在：“我再多问一句，如果前十三关关闭了，后十关会怎么样？”

鸮：“不会影响……前十三……后十……是两个……地方……”

“但是后十关的人不会再增加了，因为我们把源头切断了，对吗？”

鸮：“是的……再也不会有人被卷入……已经卷入的……只要成绩……还在前十三关……立即离开……永不再入……”

“关卡里的那些人呢？我是说生活在关卡里的那些人。”徐望知道他们或许只是一堆能量或者数据，可当他们和真人像到了极点，真假已经分不清了。

鸮：“摧毁的……是通路……不是关卡……关卡和里面的一切……仍然存在……但是……解脱了……”

五伙伴互相看一眼，这是什么意思？

鸮：“再也……不会……日复一日……日复一日……日复一日……”

鸮的语调并没有变化，可莫名就让人觉得悲伤。

“如果，我是说如果，”徐望咽了一下口水，“我们失败了呢？”

鸮：“永远……在13/23……或者……无尽海……”

"啥？"钱艾后脊梁一阵凉，"出不去了？一辈子都在鸮里了？"

鸮："0：00……5：00……时间不变……永不结束……"

钱艾松口气，那好像还是可以商量的，就当一辈子没通关呗，每天晚上报到一下……啊，他忽然一个冷战，自己让鸮折磨得都快没脾气没底线了！不能失败，必须成功！

鸮："时间……到了……"

似乎真的到了尽头，鸮再没给他们说话机会，一阵昏眩袭来。

五伙伴等着咕咚落地，摔在不知名街道，可左等右等，只晕，没摔。光芒散去，他们眼前还是那个简陋密室。

"什么情况？"钱艾左看右看，"不会又出Bug了吧？"

这还没开战呢，就被套住了？

"队、队长……"况金鑫忽然颤巍巍出声，"你的胳膊……"

徐望低头，"文具盒"自动打开了，里面的"曹冲称象"正散发着诡异的紫光。他都快把这个文具忘了！

鸮："我可以满足你一个限定条件的愿望……"

提示音是从徐望手臂上传出来的，不带一丝戏谑的语气，和十年前的鸮很像，却没有那份断断续续的虚弱。更让人错愕的是提示内容，明明在刚进许愿屋的时候就听过了，他们理都没理，直接喊了十年前的鸮出来，现在难道又回了原点？

可是不对，美得让人窒息的宇宙并没有出现，鸮也没说这是进入后十关的奖励，更重要的是，那一次是耳内提示，每个人都听得见自己的——如果他们当时真想继续闯后十关，每人都可以许一个愿望——而现在，鸮好像只对着一个人说。

鸮："说出你的愿望吧……"

声音还在按部就班继续，台词和刚进许愿屋的那个鸮一模一样，除了没喊他们"宝贝儿"。

"关闭前十三关和外面世界的通路。"吴笙忽然开口。

鸮："不符合限定条件。"

徐望不明所以看他。

吴笙拉住他的手，望着上面发着光的"曹冲称象"："拥有能在所有关卡随时穿梭的能力。"

鸮："不符合限定条件。"

吴笙："只要前十三关或者后十关呢？"

鸮："不符合限定条件。"

吴笙沉吟片刻，退一步："拥有能够和任意关卡中的任意闯关者随时沟通的能力。"

鸮："前十三关可以，后十关不符合限定条件。"

吴笙紧绷的嘴角终于勾出一抹弧度："那就要前十三关。"

鸮："如你所愿。"

"曹冲称象"消失，紫光汇成一条浅浅光带萦绕着徐望的胳膊，良久，慢慢淡去。

真正的失重感到来。

徐望在天旋地转里终于明白——十年前的鸮在他这里存了两样东西，一只喵、一个愿望。

第八章　决　战

J U E　Z H A N

兄弟一起往前冲，披荆斩棘势如虹。

1

“你……给我点儿时间消化一下……”视频那头的岳帅队长有点儿怀疑人生。

“没事，我等你。”徐队长举着手机，耐心像情意一样绵绵。

相顾无言三分钟，岳队长勉强消化完了，胃疼：“所以你们舍弃了进入后十关的资格，舍弃了提前离开的诱惑，最后选择了关闭前十三关？”

徐望：“嗯。”

吴笙：“对。”

况金鑫：“是的！”

钱艾：“就这么回事儿。”

池映雪：“哼。”

“呀，你们别突然一起凑过来。”岳帅让满屏脸吓一激灵，还有，好像谁哼了一下？

“但这事儿我们自己干不成，十三块鸮玉必须在同一晚毁掉。”徐望鼻尖都快顶上屏幕了，就怕岳队长看不见他眼中的诚恳。

“不是，旺旺，你想过没有，失败了怎么办？”岳帅是真心实意替他们操心，“你让我帮忙找队伍，行，反正失败了我们又没损失，继续闯关总能离开。可是你们呢，你们就一辈子都困在13/23了！”

徐望嫌弃：“你怎么总这么悲观？一次不行两次，两次不行三次，那宋江还三打祝家庄呢。”

岳帅还悲观到底了：“如果就是不行呢？”

徐望十分谄媚地飞过去一眼：“不是还有你们嘛，革命事业总要薪火相传。”

岳帅：“……我们才不会选择一！！！”

木已成舟，再讨论选择哪个其实已经没意义了。徐望知道岳帅只是担心他们，不是那种礼貌性的客套，是真的设身处地，像自己队伍做了这样选择似的担心着他们这伙朋友。

“需要多少队伍？”再开口，岳帅少了暴躁，声音沉静。

“十三关，十五支队伍。”

“两队替补？”

“7/23 故事接龙和 10/23 飞行棋各需要两队才能触发关卡。”

到了此刻，岳帅才切实感受到了对面人的认真。他们不是头脑一热就揭竿而起了，他们在思考，在谋划，在严阵以待。

想做，是信念。

能做，是本事。

“你们有没有信得过的队伍？”岳帅问。

“有几个，”徐望说，“打过交道，比较有底。”

岳帅点头：“把名单给我，也许和我的关系网有交叉。”

“行，等下整理完发你，”徐望敢断言，“肯定有交叉。”

岳帅挑眉：“这么自信？”

徐望：“不是自信，是信你。”

——岳队长交际之广，天罗地网。

关掉视频，一回头，对上四双疑惑的眼睛，徐望问：“怎么了？”

“有些关卡不用组队。”池映雪提醒。

“嗯嗯，”况金鑫猛点头，“像 3/23 和 8/23，一个人也可以在城市里转。”

3/23 末日都市和 8/23 意外恶魔，单人也可以在地图上晃荡，无非是不触发关卡罢了。

话都让队友说完了，钱艾只能提建议：“要不要再连一下岳帅，告诉他也不用非要那么多队伍？”

吴笙沉吟半晌，似有所悟：“你是不是有其他考量？”

徐望低头，手机屏已经黑了，可在另一端，怕是许多队伍都要被骚扰了：“如果可能，我希望每一关都能是一支完整队伍来找鸮玉。一来，万一队里有人反悔了，还有其他人在，除非全队一起反悔，那我认。二来……”他轻轻呼出一口气，像是这样就能让心头的重压减少一点儿，“也没那么孤单。”

仨伙伴疑惑尽解——军师讲效率，队长讲感情，完美。

吴笙静静看了徐望一会儿，忽然伸手将他手里的电话抽走，换自己的手握上去，坚定，有力。

徐望抬起眼。

吴笙微笑，胸有成竹：“一定能成。”

徐望不自觉弯了嘴角，心里那让人透不过气的重压奇异地消解了大半：“是，你就没得过低分。”

吴笙谦虚摇头：“除了求和信。”

被彻底遗忘的三名队友默默回了自己套房，一个准备开直播，但不吃了，改和粉丝们聊聊感情；一个准备认认真真回顾一下前十三关，为决战做准备；还有一个要给亲哥打电话，把地毯款式和小四金其人都给对方描述一下，两个都是想要的，趁早打打预防针，哦对，还得要笔钱，虽然关闭前十三关是好事，但也不能确保人人都愿意无偿劳动，弄个奖金池还是有必要的。

2

七天之后，北京，某会议中心。

“这谁想出来的名字……”一头紫毛的秦锐站在会议室入口的迎宾立牌前感慨。

立牌做得精致洋气，“猫头鹰健步走北京分会”十个大字鎏金夺目，下面还对应了一行花体英文。

“我更好奇谁找的会场，”武彦超是正经北京小爷，对整个四九城门儿清，“这地儿一般人可不接待。”

傅文颀没说话，一直在观察四周哪儿有灭火器、哪儿有消防栓、哪边是紧急出口，直到这些都了然于心才踏实。

“你们也被找来了？”王断然顶着一头卷卷毛哈欠连天，显然和傅文颀是老相识，他随口问，“到第几关了？”

傅文颀、武彦超、秦锐、贺兰山、赵沐辰：“……”

江大川一看对面五张沉默的脸，福至心灵，贱气飘上眼角眉梢：“又卡在 10/23 了是不是？是不是？”

秦锐认真问傅文颀："我能打他吗？"

傅文颀安抚他："等开完会。"

"别嘚瑟了，"陈关鄙视江大川一眼，"你扔骰子的破运气也就能赢他们。"

江大川："……"

傅文颀、武彦超、秦锐、贺兰山、赵沐辰："……"

一刀，扎六心。

两队前脚刚进去，另外两队又在门口遇上了——魏孟寒、邹珺、冯让、朱墨、计云雷从西城过来，韩步庭、李子近、许言格、厉夏、齐闪从南城过来，就这愣是在门口碰了头。

上一次见还要追溯到8/23，两队僵持到最后也没沟通，硬是选了同一天闯关，过程不再赘述，反正互相折磨得不轻，末了魏老师他们侥幸胜利，交卷前进，韩步庭队后退三关，之后两队再无交集。

如今冤家路窄，"猫头鹰健步走北京分会"的牌牌见证了场面的尴尬。

凝固的空气中，还是魏老师以园丁的博大胸怀先朝对方点头笑笑："巧哈。"但也仅此而已，给自己给对方都有一个简单台阶，说完便带队伍进了门。

韩步庭的目光落在那抹高挑纤细的背影上，良久。

李子近拿胳膊顶他一下："光看有什么用，要电话要微信啊。"

"你失忆了？"厉夏双手插兜，嚼着口香糖，"队长要多少回了，人家不给你有什么招儿。"

许言格笑笑，不参与八卦。

齐闪凑到韩步庭身边，小声提供经验："世上无难事，只要肯登攀，你看我……"

"加完了。"韩步庭淡淡道。

齐闪惊讶："什么时候……"

"问岳帅要的。"

"……"还真是见缝就插针。

许言格还是没忍住，起了一丝好奇："你加他，他就通过了？"

韩步庭整理一下风衣领子，正气凛然："我用的小号。"

"……"

会场内人头攒动，一派喜气祥和。抵达的队伍有认识的，有不认识的。

认识的温情脉脉忆过去——

高："有机会再一起去月光迷宫呗，你给我那个'‹幻›欲仙欲死'，我一直没机会还。"

乐醒："不用这么客气，你们一直在前五关，文具还是省着点儿用好。"

帅："你说什么？！"

伏崎："哟嚯，练练？"

白："别在这里闹。"

赵昱侃："坐下。"

瘦："岳帅的朋友圈绝对有问题，怎么什么人都往里招？"

井静林："岳帅——"

董晞："有人背后说你——"

瘦："……"

不认识的，噼里啪啦套交情——

迷彩壮汉："哎哟，五彩冲锋衣，你们这个队服亮眼！"

雅灰男："过奖过奖，主要是好辨认，到哪里都不怕丢队友。"

迷彩壮汉："你这个科学，灰、蓝、红、紫、黄一个人一个色，简单醒目！"

小明橙："呃，大哥，我这个是橙色。"

迷彩壮汉："不行，我们队也得改进，现在太单一了。"

迷彩1、2、3激动："终于不用再穿迷彩了？！"

迷彩壮汉沉吟半晌："丛林迷彩、废墟迷彩、雪地迷彩、沙漠迷彩、虎斑迷彩，很好，够用了。"

迷彩1、2、3："……"

徐望小分队除池映雪外都坐在前排角落，一回头就能纵观全场，但又不引人注目。

眼见着人越来越多，徐望不可避免地紧张起来，等下要说的话已经在心里滚瓜烂熟了，但毕竟是上这么大的台，且要面对不少被他"欺负"过的小伙伴，就莫名有点儿心虚。

"哈……"一个长长哈欠吸引了徐队长的注意。

那位就坐第二排，他们斜后方，眼睛已经快睁不开了，撑着最后一丝清醒和身边队友抱怨："这谁定的上午十点啊，不知道咱们的生物钟都调到夜猫子模式了？"

"他倒是想定晚上十点，你让会议中心怎么想？什么正规组织晚上十点开会？"旁边的队友显然清醒多了，"得了，睡吧，等会儿开始了叫你。"

"不行，"这位同学坚持，"万一一开始就让选负责关卡呢？"

"我们就是豁出命去也保证不要第六关，行了吧？"

"嗯，刀抵脖子上也绝对不要。"

最后这句恨不得字字咬碎了，徐望心说这是多不待见第六关啊，偷偷瞄一眼，愣了——不认识，但微妙的眼熟。

这时候就得找自家军师了。

“哎，”他低头凑近吴笙，目光往后头瞟，“你对他们有印象吗？”

吴笙回头看一眼，立即调出档案：“古堡快乐线，我们第一次进第六关的时候。”

徐望霎时想起了漫天狂舞的扫把，这下知道什么仇什么怨了。

岳队长像一只花蝴蝶一样在会场里穿梭，将每一队都安排到合适的位置，尽量避免有过节的队伍离太近，当然有那种就想离得近的他也满足。

大部分队伍是他找来的，一小部分则是徐望亲自出马。他们发出邀请的时候就将来龙去脉说清楚了，没半点儿隐瞒，所以今天来的这些队伍都知道他们聚在一起是为了什么。只不过没建大群，因此各队只知道要做的事，却不知道还有谁。当然，现在彼此都清楚了。

这是徐望和岳帅一起商量的。话可以在语音、视频里说清，可真要一起谋划个事情，还是大家坐下来面对面聊上一聊才好——前路茫茫，凶吉未卜，纵是心中有团火，也要知道正在和谁一起燎原。

池映雪倚在会场门口不远处的窗户旁接电话，外面一片松林，翠色幽静：“有事？”

池卓临：“会场怎么样？”

“没什么问题，可以。”池映雪淡淡的语调听着更像老总。

“钱给你打过去了。”

“看见了。”

池卓临放下签字笔，单手揉揉太阳穴，忽然觉得自己这辈子都不可能结婚要孩子了，养个弟弟已经耗费了他全部心力：“现在能告诉我你想做什么了吗？”

池映雪直截了当：“发奖金。”

池卓临：“给你那些驴友？”

“嗯，”池映雪说，“不过也不一定，看情况，有需要就发。”

池卓临在定会场的时候就调查过这个什么猫头鹰健步走北京分会了，根本没注册没备案。今天过来的都是些什么人，名单、背景也已经在他桌上了，倒是都清清白白，看不出什么非法、危险的迹象。可这些人实在太五花八门了，什么职业都有，完全八竿子打不着的也凑到了一起，这就蹊跷了。

损失点儿钱无所谓，他担心自己弟弟的安全。

“池卓临。”

电话那头忽然喊了他名字，池总裁立刻正襟危坐：“嗯？”

“谢了。”一声咕哝，不竖耳朵都听不清。

池卓临怔在那儿，好半天，眉宇间的疲惫被掩不住的喜悦冲淡：“有什么需要再和哥说。”

能让他弟领情甚至和他道一声谢，这组织只要不在法律和道德边缘疯狂试探，他这个金主就当定了！

简单几句挂了电话，池映雪微微蹙眉，总觉得到最后他哥过分热情。

北京时间10：00，池映雪从里面关上会场的门，抬起头，自家队长已经在台上调试麦克风了。

徐望要十三队，岳帅给他找来了十六队，其中九队在徐望打过交道的名单里，剩下七队全然陌生，可岳帅信得过他们，徐望信得过岳帅。

不到一百人，在这个大型会场里并不显得多。尤其各队还毫无组织纪律性，刚抵达时还能相互联络，客气寒暄，没过一会儿就开始放飞自我，聊天的、喝水的、刷手机的、联机对战的，干什么的都有，怎么看都是不像要谋大事的正经人。

直到徐望终于在台上打了第一声招呼："大家好……"

会场的音响设备是顶级的，这不大的一声却环绕包裹住了会场的全部角落，就像在每个人的耳边。所有人闻声抬眼，无论正在做什么，会场气氛一刹那起了变化——那一双双眼睛里，有好奇，有玩味，有警惕，有谨慎。

视线相对的一瞬间，徐望把早早打好的腹稿都扔了："我就不自我介绍了，认识我的早认识了，不认识我的也该打听完了。"他拿着麦克风，单手一撑跃上桌子，坐着比站着舒服多了，两腿还能惬意地晃，"今天咱们为什么聚这儿，岳队长找你们来的时候就说明白了。现在有什么问题尽管问，问完了，想留我欢迎，想走我不拦着。"

徐望掏出手机看一眼，放到桌边："十分钟，时间一到，还坐这儿没走的，我就当你入伙了。"

全场沉默。

不是被震住了，是真没什么可问的。徐望他们怎么买的情报，怎么在许愿屋里召唤的鸮，怎么最终舍弃了提前离开而选择了关闭……这一系列经过，岳帅全然坦诚，哪怕那情报是他们花钱买的也没藏着掖着。他们能来，就是信得过岳帅。

但让他们无条件听徐望的指挥和安排，任谁心里都要犯嘀咕。情报是徐望他们买的，许愿屋也是徐望他们进的，谁能证明徐望说的就是实话？不过这质疑一提就要伤和气，还什么都没干呢，先伤了和气，哪队都不愿意出头。

"还有六分钟。"徐望身体微微前倾，像是个想要和台下促膝长谈的架势，"一个问题都没有？这么默契？"

"啧，一个个都哑巴了？"王断然不满地踹一下前排椅子，轻而易举打破了沉闷，"鸮玉的事我信，要是没有，一挖就露馅了。"他朝徐望扬起下巴，"但你怎么证明同时毁掉十三块鸮玉的结果是关闭前十三关而不是其他？”谁也别指望王小爷讲究时间、地点、人物、面子。

老板起头了，江大川只能代表自家队友跟上：“对啊，只有你们和那个 Bug 鸮说过话，万一毁鸮玉是为了满足你们个人的愿望呢？”

“啪！”徐望猛一拍桌子，声音从话筒扩出去，震撼全场。

王断然腾一下起身：“吓唬我？”

“看着了吗，这才是正经要干事儿的样儿！”徐望从桌上跳下来，眼里终于有了光，“我不怕你们问，就怕你们不问！小卷，大江，问得好！”

王断然、江大川：“……”

陈关、顾念、孔立泽面面相觑——没出头果然是对的。

“怎么证明？我没办法证明。”问题是王断然提的，徐望却看向全场回答，“所以我给你们反悔的机会，要走赶紧走。如果入完伙，分好关卡，上了战场你告诉我不干了，那对不住，不管是鸮里还是鸮外，你都别想安生。”

深吸口气，又慢慢呼出，徐望沉静下来，目光如火如刀：“关闭鸮要十三个关卡共同努力，想清楚了再入伙，你一个人临到关头撂挑子，其他关卡的兄弟就白玩儿命了。”

十分钟到，无一队离开。

“老钱，发地图。”徐望把麦克风放回桌上，利落下台。

一共十三张地图，人手两份——一份灵魂派，吴军师手稿；一份写实派，池映雪根据灵魂草稿重新绘制的。

算上徐望、岳帅两队，一共十八支队伍，其中十七支果断选择写实派认真翻阅，就徐队长带领大家直面灵魂。

鸮玉的位置决定了负责这一关的难易程度，各队翻了一遍，心中就大概有了数。再上台的是岳帅，也不废话，直接开始选关卡，大方针是毛遂自荐，遇上一关被好几队相中，那就择优录取。

傅文顼是最先举手的，没半点儿犹豫：“10/23 飞行棋，我们对那里的环境十分熟悉。”

秦锐、贺兰山、武彦超、赵沐辰：“……”只有自家队长能把“死活过不去这一关”说得如此清新脱俗。

再也不想骑扫把的快乐线队紧跟着表态：“6/23 古堡，我们……”

岳帅：“行，就你们了！”

快乐线：“……”他们想说“6/23 古堡我们绝对不要啊”！！！

这一连两个“自告奋勇”倒提醒了老钱，他立刻回头找到隔了两排的高帅瘦白，热心建议："你们就 2/23 红眼航班呗！"

高帅瘦白不想说话，只想向他扔"〈武〉字字珠玑"。

很快，十一个关卡都有了负责队，只剩 7/23 故事接龙和 9/23 脑内地狱。这两关是没有地图的，翻到那一页纸，只有四字提示：

7/23，第三现场。

9/23，恐惧之源。

五彩冲锋队队长雅灰男已早早守候在 7/23，但故事接龙至少俩队，还差一队伙伴。而 9/23 是压根儿没人选，谁也不想再直面一次自己或队友的内心恐惧。

已经选了 11/23 乱世民国的魏老师队商量半天，由朱墨淡淡举手："岳队，要不我们改九……"

"第九关我们来。"韩步庭开口，低沉嗓音自带混响效果，轻松将朱墨的声音覆盖。

朱墨回头看他一眼。韩步庭微微颔首，一派绅士风度。但这位绅士想和他学跳舞，每次想起这个搭讪理由，朱墨都想打人。

最终，各关卡负责队伍如下：

1/23 雪原森林——岳圈一队（全称"岳队长复杂的社交关系圈第一梯队"，下同）

2/23 红眼航班——高帅瘦白

3/23 末日都市——岳圈二队

4/23 月光迷宫——迷彩壮汉队

5/23 鬼宅无间道——岳帅、苏明展、陶阿南、蔚天杭、季一鸣

6/23 古堡探秘——快乐扫把队

7/23 故事接龙——五彩冲锋雅灰男队 + 岳圈三队

8/23 意外恶魔——乐醒、赵昱侃、伏崎、井静林、董晞

9/23 脑内地狱——韩步庭、李子近、厉夏、齐闪、许言格

10/23 幸运飞行棋——傅文顷、秦锐、贺兰山、武彦超、赵沐辰 + 岳圈四队

11/23 乱世民国——魏孟寒、邹珺、冯让、朱墨、计云雷

12/23 万圣节捉鬼——王断然、陈关、江大川、顾念、孔立泽

13/23 失忆大厦——徐望、吴笙、钱艾、况金鑫、池映雪

还剩三支岳队长找来的亲友团队，不定关卡，完全机动，以防突发状况进行候补。

发地图、确认关卡只是第一步，接下来的一段日子，各队还要抓紧奔赴自己的位置——不是每个队伍都正好在自己负责的关卡，各就各位也需要时间。

好在这件事情并不是火急火燎，他们有的是时间准备、磨合。

徐望握着地图，乐观地想。

3

当夜，北京时间0：00。

雪原森林里一片冷清。

伙伴们中午就散了，不过就算不散，一起进来也得分开——第一关各队是相互独立的空间。这倒方便了徐望测试通讯。之前一起谋事的队伍未定，他怕节外生枝，硬是忍住心痒，一次没用，将这个能力捂得严严实实。

冰瀑前，徐望和自家小伙伴确认："我开始了？"

"赶紧的吧。"四伙伴也挺期待。

闭上眼，徐望集中精神，像第一次用文具那样努力在脑中构建某种连接。不同的是，连接文具有特定指向，而这种沟通连接是徐望单方面向四面八方传送信号，等待回应。

一分钟、两分钟、三分钟……

回应来了！

"啊……"徐望猛然蹲下来，痛苦地抱住头。

吴笙慌忙蹲下："怎么了？"

徐望喘息着松开手，抬起一张泛白的脸："一千只鸭子在叫。"

吴笙又心疼又气："你别群发，一对一私聊！"

徐望听话，立刻重新闭眼调息凝神，改成点对点模式，第一个浮现脑海的自然是岳队长。

一分钟、两分钟……

"徐望？疯了，你能进我脑子？！"

"鸮给的能力，"徐望慢慢睁开眼，试探看看沟通会否中断，"你现在还能听见我说话吗？"

"能。但这么脑内沟通很惊悚啊……"

"那你就用嘴，和语音、电话一样。"

"你不早说！"岳队长的声音清晰响在徐望耳畔。

"能说话就行，我换人试了，回聊。"

"哎，等等，鸮怎么给你的……"

"咔嗒。"徐队长单方面切断语音，利落潇洒。

一分半钟后。

乐醒："你还藏着多少我们不知道的神技？"

徐望："真没了，我拿我家军师发誓。"

乐醒："……"

一分钟后。

王断然："你这是什么文具？太酷炫了！还有没，多少钱我买！"

徐望："有人连我了，拜拜。"

王断然："行吧，等会儿再……你给我等一下，心灵感应还能插队？！"

半分钟后。

傅文顷："找鸮玉那天就靠这个沟通？"

徐望："对。"

傅文顷："很好，解决了一个大问题。既然有这么便利的条件，我对方案又有一些新想法，找个时间我们再谈谈。"

"……"这位伙伴到底有多迷恋"谈谈"？！

技能越用越娴熟，等待回应的时间也越来越短，锲而不舍骚扰了各路伙伴一个多小时，徐望基本可以做到随时沟通了。

寻个冰洞坐下来，徐望舒口气，琢磨着等过两天各队伙伴们离开北京抵达了其他关卡，再多试几次。可漫漫长夜，闲着也是闲着，徐望又蠢蠢欲动，想试试群聊。一个一个沟通太影响效率了，如果像多人语音那样大家同时在线，彼此都方便。

四人一看徐望那架势，就知道队长又要拨号了，也不打扰，就静静围观。

这次徐望重启第一回的模式，将沟通的橄榄枝发给全部十八支队伍，连自家队友都没落下。很快，脑中嘈杂声四起，闹得人头痛欲裂。徐望咬牙坚持，努力拨开纷乱，将一个个伙伴熟悉的声音从混合音里剥离、梳理。

"不是试完了吗？又来？"这是不耐烦的王断然。

"刚做个好梦，让你搅了。"这是打着哈欠的魏老师。

"还有事？"这是冷静的韩步庭。

"只剩……六天……"

徐望霍地睁开眼，满脸错愕。

吴笙疑惑挑眉："嗯？"

徐望摇摇头没说话，重新闭眼睛去寻找那个声音。

"只剩……六天……"

断续，电流音，不是队友，是鸮！

“什么六天？”徐望慌了。

他的突然出声吓了四伙伴一跳。

“六天后……鸮玉的位置……会彻底改变……”

“为什么？你当时没说有时限！”

“你们……被察觉……消除……不稳定……已启动……”

“那就等鸮玉变完，你再给我们新地图？”

“我……找不到……”

“你、你别和我开玩笑。”徐望底气不足了。没地图那就是大海捞针，一晚上在海里捞出十三根针，他没那本事。

“只剩……六天……只剩……六天……”

鸮最后留下的话像梦魇绕在徐望耳边，久久回荡。冷风吹进冰洞，他打了寒战。如果没有不管不顾猛发沟通信号，如果不是坚持要把嘈杂语音一条条剥离，也许他就要和这条信息擦肩了，一想到这里，徐望就后怕。

“到底怎么了？”吴笙抓起他冰凉的手焐着，“什么时限？”

徐望抬起头看他，也看另外三个伙伴：“六天之后，鸮玉的位置会变。”

“修复？”池映雪一语中的。

徐望点头：“它说我们被发现了，消除不稳定已启动。”

钱艾：“那不应该动鸮玉，应该动我们啊！”

池映雪把手心里玩了半天的冰块扔掉，“啪嗒”一声：“也许动完鸮玉，就动我们了。”

“……”钱艾决定不再插嘴，以免听到更多打击性猜测。

十分钟后，第一次发起群聊成功的徐队长扔下定时炸弹。

“六天？！”

这种二字咆哮基本是所有队伍的第一反应。然后慢慢的，各队前景陆续分明——

迷彩壮汉：“我们没问题，多一天我都不想在这里待下去！”

王断然：“以我们的实力，六天太长了。”

快乐线：“可以，闭眼睛我都能认出来古堡一草一木。”

雅灰男：“那就没机会演习了……”

“我们还在 5/23 呢！”乐醒队负责 8/23。

一通人仰马翻的联络直到临近 5：00 才消停。

回到酒店，徐望精疲力竭，倒床上就不想动了。吴笙和衣躺到他旁边。

“只剩六天。”徐望闭上眼，脑中有一条路，尽头渺茫。

“还有六天呢。”吴笙伸手过去摸了摸他的头发。

徐望知道对方在安慰自己，但实在轻松不起来：“你就盲目乐观吧。”

吴笙纠正：“这叫凭实力乐观。”

徐望磨牙，没好气地把头上的手打了下去。

五天后，北京时间0：00。

“咕咕——”

徐望已经记不清听过这叫声多少次了，但没有一次像今天这样让人紧张，仿佛长跑比赛最后一圈的裁判摇铃，终点就在前头，成败在此一举。

雾霭缭绕的大厦空旷寂静，没一个人影。

他们的13/23已经交卷，严格来说，他们不再属于这里。

事实上，所有闯过这一关的人都不可能有第二次回到这里的机会——交卷成功后直接进入许愿屋，选择离开就不说了，选择后十关的人也会立即进入后十关模式，彻底和前十三关切断，即使交卷失败，也是按照后十关的规则来，不会再退回前十三关。所以直到四天前，还没有人知道13/23究竟什么样，知道的也忘了。

四天前，徐望他们回到了这里，迎接他们的就是这幢云山雾罩的大厦。他们没再失忆，或者说，关卡压根儿没有被触发，一连四天都是这一个地方。

不过闯第十三关的时候他们究竟经历过什么，是不是也在这栋大厦里，对现在的徐望小分队来说都不重要了。13/23的鸮玉地图是一张楼层平面图，经过三次踩点，他们已锁定鸮玉的位置——十楼某公司财务室。

一路走楼梯上了十楼，小分队熟门熟路摸到财务室，进门不用多讲，分工早已明确——吴笙、钱艾、况金鑫、池映雪挥锹抡镐挖地砖，徐队长坐墙角串联其他队伙伴，顺便给自家队友刨地腾空间。

“都怎么样？”徐望将信息飞速发散。

十二关各处定点接收，很快传来反馈——

岳圈一队：“正往标识点去，凿冰文具也有，放心！”

高帅瘦白：“才登机，还没飞呢，我们总不好现在就拆行李架。”

岳圈二队：“已取得交通工具，暂时未发现同行，丧尸对我们构不成威胁，放心。”

迷彩壮汉：“跑着呢……呼哧……迷宫太绕了……呼哧……没工夫和你多说……”

岳帅：“我现在是桃花鬼，老美了，可惜没机会给你发自拍……”

徐望高冷指挥官的形象在岳队这里破功：“亲，你的任务是鸮玉，不是鬼宅Cosplay。”

岳帅还没答，快乐扫把队的回应先来了：“啊啊啊啊啊——”

徐望心里一紧，连忙和对方连线：“出事了？”

快乐扫把队：“没有……啊……很好……啊……就要到烟囱了啊啊啊啊——”

徐望沉默。

钱艾终于挖起一块地砖，擦把汗，问：“咋了？谁出事了？”

徐望：“没事，快乐队又骑扫把了。”

钱艾、吴笙、池映雪、况金鑫：“……”

六条线，回回选快乐线，这不就是口嫌体直吗？！

徐望能听见所有队伍的声音，但反过来，各队只能听见徐望和自己沟通的声音。后几关的队伍怕和前面汇报的混在一起，稍微等了等，算着时间差不多了才纷纷开口——

赵昱侃：“一切正常，以旅行团现在的速度，一小时后就能到地点，有新情况我会及时汇报。”

徐望纳闷儿：“你们乐醒队长呢？”

赵昱侃：“刚被车刮了一下、花盆碎片蹭到一点儿、热咖啡泼了一身，收拾呢，没大事。”

“……”徐望看向正热火朝天刨地的自家队友，觉得个个像天使。

飞行棋专业户傅文顷队长插入：“现在没空，等下再谈。秦锐，别扔骰子了，现在不需要起飞，用‘‹幻›水中捞月’！”

徐望一怔，捞，这是……鸮玉已经出来了，在水里了？效率啊！

魏孟寒：“徐望，在？”

“嗯。”徐望赶紧回，忙碌得堪比客服，同时在脑袋里整理信息，这位同学应该在11/23 乱世民国。

“我们五个刷新点不一样，我正在赶往会合点，问题应该不大。”魏孟寒刚说完，一声枪响刺耳。

徐望吓一激灵：“怎么了？没事吧？”

“没事，巡捕抓贼呢。”

“那你离远点儿。”

“我是贼。”

“……”

“咔嚓！”

突兀的碎裂音打断通话，徐望抬起头，就见一地坑坑洼洼混着紫色碎片。

徐望不敢置信：“成了？”

况金鑫嘿嘿一乐，钱艾咧开大嘴，池映雪眉眼浅弯。

吴笙扶锹而立，玉树临风："早说了，凭实力乐观。"

徐望想跳起来挨个亲一口，王断然的声音却抢先一步进了耳朵："搞定。"

"你们也成了？"双喜临门得太突然，徐望有点儿接不住。

"也？"王断然语调上扬，"有人抢到我们前面了？"

"……没有。"徐望如今已有了大局观。

12/23、13/23 搞定，其他关卡也都有了回应，就差 7/23 和 9/23 这两个没地图的关卡。

徐望的一颗心悬了起来。

4

7/23，故事接龙，游戏室。

雅灰男、岳圈三队队长、一个穿运动服的年轻男人、一个穿黑 T 恤的成熟男人，四人围坐在圆桌旁。大家都很友好，接龙也有条不紊地进行，已经接完的故事是这样的——

可爱少女 A 暗恋帅气学长 B，写了一封情书塞进他的书桌，但是让绿茶女 C 发现，偷偷换到了和学长 B 同班的不良少年 D 的书桌里。不良少年 D 误以为少女 A 喜欢自己，遂约少女 A 去看电影。少女 A 来了之后才知道是误会，明确拒绝了不良少年 D，并告诉他自己的心上人是帅气学长 B。说完少女 A 就离开了，不良少年 D 一个人看了情侣座的电影，却发现隔壁的隔壁座里，帅气学长 B 也一个人在看这场电影。

"不良少年 D 一看帅气学长 B 就怒从心中起，立刻冲过去……"运动服讲得正嗨，猝不及防被打断。

"打断！"雅灰男祭出第一张打断牌，深吸口气，酝酿两秒，"不良少年 D 揪住帅气学长 B 衣领的一瞬间，忽然觉得暴力不能解决问题，倒不如和帅气学长 B 学习一下如何获得女孩子的喜欢，于是他决定拜师……"

雅灰男出牌——拜师。

运动服、黑 T 恤："……"

"但拜师得有个仪式，不良少年 D 便选了自己最熟悉的 KTV 袖珍玲珑包厢！"

雅灰男出牌——KTV。

牌刚亮起，他已迫不及待喊出声："徐望！！！"

同桌三人差点儿让这一嗓子惊得魂飞魄散。

雅灰男无暇体谅："能听见我说话吗？你让他就在 KTV 里挖，游戏室这边我控场！"

第一现场，递情书的教室；第二现场，电影院；第三现场，KTV袖珍包厢。

远在13/23的徐望几乎是瞬间捕捉到信息，立刻转给小天蓝、小酒红、小深紫、小明橙：“鸮玉就在包厢里！”

其实不用徐望说，红蓝紫橙四同学也算着场景呢，不过根据剧情，真正转到包厢这个场景中的只有不良少年D（小酒红）和帅气学长B（运动服队里的剧情人员）。

一到包厢，小酒红立刻开启掘地三尺模式，边找边感慨队长贴心。袖珍、玲珑，为了把第三现场范围框定得尽可能小，队长挥霍了他词库里的所有迷你形容词。

帅气学长B站在旁边傻眼，反复确认并没有新的接龙剧情，于是默默退到墙角，看着疯狂翻箱倒柜并企图刨地的小酒红，凉气直往脑门蹿。

雅灰男的信息让徐望揪着的心松开了一些，眼下就剩韩步庭那边没音了。

十五分钟前，00：01，9/23，脑内地狱。

韩步庭在座位上醒来，他知道他的身体还在暗格中沉睡，只是意识进入了队友的脑内地狱。这是一架宇宙飞船，看过科幻电影的都认得出来，抬眼瞭望，飞船外一片浩瀚宇宙。他坐在主驾驶位上，左右两边的副手位上，队友们也陆续苏醒——许言格、厉夏、齐闪。

没有李子近。

每个人，包括韩步庭，脸上都带着诧异。这是他们第四次来到这关，前面三次都是许言格的噩梦，他们想当然认为这次也一样。

“怎么可能……”齐闪不死心地四下看，但心里明白的确是李子近被留在了暗格里。

许言格思忖片刻：“可能是前几次的闯关消解了我一部分的压力，最近我的确是不太想那些事了。”

当最大的恐惧消失，排在第二位的自然替补。这是很容易想明白的事，但他们没想到会是李子近。

李子近有什么噩梦呢？齐闪唯一能想到的就是退役，可李子近明明已经准备复出了，最近一直很积极。况且退役和宇宙飞船有什么联系？

“轰隆！”

飞船在巨大的炮火声里猛烈摇晃，控制板发出遇袭警告。

齐闪一下子反应过来：“我们被击中了！”

韩步庭、许言格、厉夏：“……”

这是什么科幻噩梦？！

北京时间 1：00，入鸮已一小时整，徐望终于第一次收到 9/23 的讯息。

“抱歉，有些突发状况。”韩步庭的声音一如既往冷冷的，让人很难听出情绪起伏，但一上来就反省，足见他清楚这一役的轻重。

“发生什么事了？”徐望脸色凝重下来，既然不是故意不回，那就是遇着坎儿了。

吴笙、池映雪、况金鑫、钱艾见状也不约而同关注过来。第十三关的鸮玉已经找到了，他们现在唯一能做的就只有等。

“好的，知道了，还有时间，慢慢来。”沟通结束，徐望抬起头，“韩步庭他们遇见新地狱了。”

钱艾瞪大眼睛：“全新的？”

徐望：“刚上架的新款地狱，第一次拆封。”

“那不就等于从头开始？”况金鑫担忧，“还能找到恐惧之源吗？”

徐望叹口气：“不好说。”

本就是没地图的关卡，只知道鸮玉藏在“恐惧之源”里，可一个陌生地狱哪儿是那么容易探索到核心的。

“到底是个什么样的地狱？”吴笙关心试题。

“世界大战？”池映雪提供不负责任猜测。

“你离真相很近了，”徐望拍一下小雪的肩膀，“星际大战。”

吴笙、钱艾、况金鑫、池映雪：“……”

“他们现在正驾驶着一艘太空飞船和不知道什么势力的舰队周旋，”徐望忠实传达战况，“韩队长说，他们被打下来只是时间问题。”

钱艾小心翼翼：“打下来，落哪儿？”

徐望：“解体，尘埃飘荡在宇宙。”

钱艾：“……”

吴笙眉头皱起：“就没一点儿取胜可能？”

徐望沉吟片刻：“看齐闪能不能创造神迹。”

四伙伴一愣，不明所以。

“只有齐闪会开飞船，”徐望摊手，“他现在是舰长。”

钱艾惊呆：“现在都有学宇宙飞船的驾校了？”

“说是国外有很多模拟操作的飞船游戏，操作台和控制板都大同小异，齐闪正经热衷过一阵子呢。”

钱艾：“他们队还真是人才济济……”

吴笙疑惑：“齐闪开飞船，那谁做的星战噩梦？”

徐望：“李子近。”

钱艾：“国内俱乐部不打这种游戏吧？”

徐望：“也许是藏在心底的白月光。”

四伙伴：“……”

这缕月光，太硬核了。

同一时间，10/23 幸运飞行棋。

鸮：“有人对你使用了 <武> 海神的愤怒哟。”

棋盘格外的水面掀起巨浪，打在坑坑洼洼的石壁上，打在布满裂纹的彩绘玻璃上，打在所有飞行棋小伙伴的身上。

一个平头青年终于受不了了：“你们有完没完？！到底是下飞行棋来了，还是强制拆迁来了？！”

整整六十分钟，棋盘格没走几步，整个空间快让这两队疯子毁完了。地震、海啸、飓风，简直是所有灾难性文具大集结。关键这武具还不是用在他们身上，而是用在建筑上、水上，并不会被判定攻击闯关者犯规。

“老贺——”傅文颃实在顾不上理这位同行，集中精力将文具掀起的波浪控制在一个合适的尺度，既要离队友近，又不能碰到队友，形成事实攻击。

那掀起的水浪就在贺兰山身边，水浪中隐约可见一抹紫色。贺兰山伸手穿入水幕，奋力一抓。同前几次一样，沾了水的鸮玉滑得像泥鳅，加上水浪本就不稳，一抓就跑！

“啧！”又一次失手，贺兰山懊恼出声。

开局没一会儿，他们就把鸮玉弄出来了，从那以后，鸮玉就在水里神出鬼没。他们又不敢用“大禹治水”那一类的文具，怕鸮玉随着水流走，到时候哭都没地方哭去。

“傅队，我们不能出棋盘格，限制太大了，”配合傅文颃他们的岳圈四队队长给了新思路，“让文具自己去。”

让文具自己去？傅文颃顿一下，了然：“沐辰。”

赵沐辰知道傅文颃的意思，事实上岳圈四队队长说完他就明白，估计得用自己那个文具了。也不是舍不得，就是收藏太久了，难免有点儿感情。不过一想到关闭鸮之后再也见不到这些文具，还不如趁机看一看它的真面目，毕竟承载了自己无数浪漫美好的幻想……

鸮：“有人对你使用了 <幻> 美人鱼哟。”

海神的愤怒骤然平息，荡漾水波之下，有个身影一闪而逝，游向水下深处，只留给岸上的人一个曼妙幻影。

赵沐辰屏住呼吸，定定地望着水下，一眼都舍不得眨，同时在脑中不断地将寻找鸮玉的念头传递给对方。

傅文顼小分队和岳圈四队都不由自主安静了，微微水声里，是所有人的紧张。

小平头和自家队友也很紧张。他们遇见两队疯子，是硬着头皮飞到底，还是趁早脱身安全第一？

“哗啦”，鸮玉破水而出，像被人丢出来的，带着小巧的水花落到赵沐辰怀里。

小平头眯起眼，忽然意识到自己可能疏忽了。这两队不是疯了，只是遇见了值得他们发疯的宝贝。那紫色透明的玩意儿究竟是什么稀世珍……

“咔嚓！”赵沐辰一秒没耽误，拿住鸮玉就扔脚下踩碎了。他今天特意穿的短钉鞋，硌了一个小时脚，终于值了。

小平头：“……”

不闯关，就扔文具，不要钱地扔文具，终于把宝贝挖出来，然后踩碎了。踩，碎了。这就是十个精神病好吗？！

“哗啦——”更大的水声里，一个湿漉漉的脑袋冒出来，贴在赵沐辰所在的棋盘格边缘，抬起眼睛，带着笑意看他——是美人鱼。

赵沐辰看着那双灿若星辰的眼，忘了呼吸……气的。

傅文顼、贺兰山、武彦超纷纷别开眼，不大忍心。

秦锐就在他后面一格，伸胳膊安慰似的摸摸他后背：“那个，理想和现实肯定有差距……”

——美人鱼是很漂亮，能让世间所有男人黯然失色的那种英俊的漂亮。

13/23，财务室。

“成了？太棒了！”徐望情不自禁握拳一挥，喜悦过后，又不放心地问，“没人受伤吧？”

“呃，基本没有。”傅文顼罕见地有一丝迟疑。

徐望立刻听出不对，索性向最不会藏话的秦锐发信息：“你们队有人受伤了？”

“咦，你怎么连我了？没人受伤啊，啊对，伤心算吗？”

“谁伤心了？”

“赵沐辰。唉，一直幻想的美人鱼妹妹刚才用了，是个大哥，虽然也是真好看吧……”

“等、等一下，用了？！”

“用他找鸮玉了啊。”

“……哦。”

“徐望，你刚才是不是少儿不宜了？”

“没有！”

果断切断联系，徐队长平静两秒，刚想和自家队友通报喜讯，脑内一直待命的队长热线又有一条信息过来了。

“徐队，这里是1/23，鸮玉解决了，现在摔成四大块两小块，需要再碾碎一点儿吗？”

“呃……你们要是闲着也闲着就碾吧。”毁彻底点儿总没坏处。

“第一关和第十关也成了。”徐望第一时间把进度报给自家队友。

还差九个关卡。

吴笙忽然问：“乐醒他们怎么样了？”

第一次连线时赵昱侃说过，一小时后就该到鸮玉地点了。徐望看下手机，现在是1：14，一个小时已经过了。集中精神，他向乐醒发出呼唤，无人回应。他又向赵昱侃发信号，一连试了几次，同样无果。

徐望睁开眼，一颗心往下沉：“乐醒和赵昱侃都连不上了。”

四伙伴面面相觑，吴笙皱眉：“再连其他人。”

伏崎、井静林、董晞。徐望在心中默念这三个名字，尽可能让信息持续发送。

终于，那边传来井静林和伏崎的回应：“徐队。”“徐望？”

“怎么样了？到地点了吗？”徐望这话是说给两个人的。

井静林：“到了，正在挖。”

伏崎：“到了，别急，就快成了。”

徐望不想干扰对方，可心里实在担心：“我联系不上你们队长还有赵昱侃了。”

伏崎：“他们仨先走了。”

徐望：“仨？”

伏崎：“还有董晞，都被强制弹出了。”

徐望坐不住了：“怎么呢？”

伏崎：“斗地主的时候，电磁炉爆炸了。”

徐望：“斗地主为什么会有电磁炉？！”

伏崎：“火锅斗地主啊，边吃边斗，其乐无穷。不过幸亏桌子坐不下五个人，不然全毁了。”

徐望：“……”

井静林：“啊——”

伏崎：“啊！”

“怎么了？”徐望变了脸色。

吴笙跟着心里一紧，过会儿就见徐望看过来：“伏崎说领队和两个大学生打起来了，要出事。”如果伏崎和井静林再被强制弹出，那就真完了。

领队是旅行团领队，他们闯关的时候，队里就有两个大学生，还有一对女闺蜜、一个异地恋……这些吴笙都记得很清楚，因为都是被他发过卡片的。

“你让伏崎扔卡片。”吴笙说。

徐望艰难咽了下口水：“真要试？”他们的确是让每队都揣了一沓军师自制卡片 3.0，但……

“成了算意外，不成也没损失。”吴笙钻研实践了这么长时间，临要离开鸮了，依然没见收获，总有点儿不甘心。

徐望硬着头皮给那边的小伙伴建议：“你们把卡片扔过去，看看能不能转移他们的注意力。”

伏崎、井静林：“……”

槽多无口，但他们还是照做了。

“怎么样？”这边是徐队长和吴军师的殷切期待。

“有效果，”那边是伏崎和井静林的生无可恋，“卡片角把领队脸划着了，现在我俩正式参战。”

同一时间，2/23，红眼航班。

“这、这位旅客，请不要乱翻行李架。”空姐快哭了，又不敢真上前拦。几个空少已经被这帮家伙变魔术似的弄没了，现在机组人员除了开飞机的就剩她一个。

高帅瘦白也想哭，明明地图标得很清楚，就在行李架中部，可把中间行李都翻遍了，把人家登机箱都撬开了也没有，还和相关旅客打了好几架。

“位置肯定就是这里，”冷白脸拿着地图比对，“如果不是行李架，那就只剩……”

“机体里？”瘦麻秆小心脏一颤。

大高个黑线：“难不成还要拆飞机？！”

经济舱某不起眼座位里，马六八望着窗外云层，内心很宁静。他在飞机上装了炸弹，他的目的是要带着一飞机的人给自己献祭。他知道会有某种力量将炸弹警告提前发给被选中的人，这些人会阻止他神圣而伟大的仪式。他甚至有些期待和这几个人交手，让他们知道神是凡人无法战胜的。但他一直等到现在，也没等来阻碍者。神表示很失落。

3/23 末日都市，城南。

一辆柠檬黄小吉普朝着城市最南端飞驰而去。

车里硬塞了五个人，丁小车快被挤成了馅饼，还在替外来者们操心："你们拿的到底是什么地图啊，真没问题吗？"

"闭嘴！"岳圈二队对这个 NPC 一直挺客气的，但架不住这人聒噪啊，一路碎碎念，快让人头炸了。

丁小车也不想多嘴，孟章说过，外来者有自己认定的一套规矩，他们只需要配合就好，说太多反而惹麻烦。可今天不一样，他借过数不清多少次车了，就这一次的外来者不去城北，去城南，太奇怪了啊。

丁小车知道自己是个滥好人，改不掉了："喂，你们不是应该去医院吗，医院在城北！"

苦口婆心的劝阻终于引来了四个外来者的注意。岳圈二队队长兼司机一个急刹车，不可置信回头："你说什么？"

丁小车被看得有点儿紧张："我、我说，医院在城北……"

岳圈二队队长紧紧盯住他："你知道我们来干什么？！"

丁小车："……嗯？"

岳圈二队全部伙伴："现在装傻太晚了！"

"NPC 觉醒了？！"徐望让 3/23 传回的信息惊得一个鲤鱼打挺站了起来。

吴笙眼里闪过错愕，况金鑫张大嘴，池映雪感兴趣地挑眉。

"啥玩意儿？"钱艾怀疑自己听错了。

"二队说，借他们车那个 NPC 知道他们要去医院……"徐望说着，依然觉得难以置信，"还知道他们要去送疫苗……"

吴笙眯起眼："是当时借我们车的那个人吗？"

"听二队描述，像，他还说他叫丁小车……"

"是真的觉醒了吗？也许是设定更新？"

徐望答不上，别说他不在现场，就是在，也未必判断得出。

吴笙："你让二队问，他这是第几次借车。"

一分钟后，徐望带来二队的询问结果："他说数不清多少次了，但是孟章让他一直装失忆。"

"孟章？"吴笙念着这名字，忽然抬起眼，"三教殿那个神君？"

徐望点点头："他的神仙朋友。"

吴笙心里再难平静，给 NPC 发卡片的目的就是让他们脱离鸮的桎梏，拥有某种意义上的自主意识，要是能引发骚乱影响甚至关闭鸮，那就最好不过了。没想到发卡片的没效果，没发卡片的自己觉醒了！

“你让二队和丁小车说实话，”吴笙也站起来，“就说他们是来关闭鸮的，一旦成功，再也不会有像他们这样的人进城市捣乱。如果他和他那个神仙朋友有本事把疫苗送去医院，并保证批量生产、接种，说不定整个城市的丧尸就能永远清除。”

“你这不是给人家 NPC 画大饼吗……”钱艾怎么听都觉得异想天开。

“不试试怎么知道。”吴笙说，“在此之前，我们也没想到 NPC 真能觉醒。”

“然后呢，”钱艾仍坐在地上，盘腿仰头，“和丁小车说完这些，能怎么样？”

徐望走过来，胳膊搭到吴笙肩膀上，队长、军师一起微笑：“让他找神君过来出仙力。”

7/23 故事接龙，游戏室。

“打断！”战局才过半，雅灰男已祭出最后一张打断牌。

此时故事早辗转了近十个场景，目前发展到不良少年 D 和帅气学长 B 分手——谈恋爱是雅灰男干的，分手是运动服和黑 T 恤共同努力的。

“兄弟，都已经分手了，别往回拉了。”运动服几乎是恳求了，好不容易棒打鸳鸯，又让对方打断，他是真怕了这位同行的神转折了。

“放心放心，不复合了，就缅怀一下。”雅灰男真诚安抚，“不良少年 D 分手后难忘旧情，独自一人回到当年缘分开始的地方，那个袖珍玲珑 KTV 包厢……”

“徐望，又回包厢了！赶紧让他继续刨，就差一块地砖了！”

饶是运动服和黑 T 恤已经适应了他的一惊一乍和惊悚的朝半空喊话，还是被吓了第一百零一次。

财务室里，徐队长连忙帮着转接。

故事战场上，终于再次回到包厢的小酒红徒手掀起最后一块地砖，总算看见了紫色鸮玉！他举起地砖往上面猛地一砸。砖碎，玉碎，碎碎平安。

“完美收工。”这是第一次，徐望负责报喜。

雅灰男和岳圈三队队长拍案而起，隔着半张桌子喜悦击掌。

运动服：“还能玩不？”

黑 T 恤：“不玩我掀桌了。”

紧跟在 7/23 故事接龙后面的，就是 8/23 意外恶魔的捷报。

井静林：“架打完了，鸮玉也砸完了。”

伏崎："这就行了吧？其他关怎么样？"

"1/23、7/23、10/23、12/23、13/23 都搞定了，加你们已经完成六关了。"高兴归高兴，徐望还是有点儿担心乐醒、赵昱侃和董晞，毕竟是带着伤离开的。

"嗯，速度还不赖。"伏崎还有闲心点评。

徐望："不是，你就不担心强制弹出的三位伙伴吗？"

伏崎："嗐，又不是第一回死了，我们到这关就和回家一样。"

"……"队队有本难念的经啊。

5

北京时间 2：30。

2/23 红眼航班和 6/23 古堡前后发来讯息，一喜一忧。

红眼航班的鸮玉毁坏完毕。虽然机舱也破了个洞，好在用文具顶住了，他们现在正在努力找炸弹密码。虽然今晚的目的是鸮玉，但如果可能，他们还是想避免体验高空爆炸。

古堡的快乐扫把队遇到了一点儿小麻烦。鸮玉的位置在存档 NPC 的房间里，但是 NPC 只给他们存档，不让他们挖地凿墙。

"那个老作家？"吴笙眼里又发出微妙的光。

"嗯。"徐望点点头，已领会了对方的全部渴望，闭眼向那边进行建设性提议，"把我给你的卡片扔给他试试。"

吴笙当时给那位老人家的可是 2.0 升级版，徐望想，也许真能……

"没任何反应，"快乐扫把队的回执打断了徐队长的乐观，"其实我到现在也没明白，为什么非打印这么多卡片带进来……"

"咳，不重要，你们加油，保持联系。"

半小时后，快乐扫把队搞定，岳帅那边也有了消息："鸮玉砸碎了，我也快被人打死了，不对，被鬼。"

徐望乐了，故意道："没事儿，鸮玉毁了就行。"

"喂——"岳队长心塞。

徐望无情戳破他："你要真快死了，还能这么悠闲和我聊天？"

"我这是好不容易才逃出来。那个饿死鬼，你们遇见过没，简直凶残……"

一些记忆片段在脑中闪回，徐望心里微动："再遇见也别打，直接跑。"

岳帅："怕我打不过？"

徐望："他是我朋友。"

北京时间3:00，完成九关，还剩四关——3/23末日都市、4/23月光迷宫、9/23脑内地狱、11/23乱世民国。

地图显示，11/23的鸮玉在大帅府。魏孟寒带领自家伙伴抵达后才发现不够具体，准确讲，是在大帅府大帅寝室的床底下。

他们用隐身文具潜进去的时候，大帅正被翻红浪双鸳鸯。飞贼魏孟寒、名伶朱墨、纨绔二世祖邹珺、当铺掌柜计云雷和业余侦探冯让统一被震着了，惊叹之余，更佩服大帅的花样。不料学习得太投入，一分神，隐身文具就断了线。五人见势不妙，乘着"‹防›云海御剑"就跑了。

不是不能打，但鸮玉是第一位的，真让大帅把手下兵将都招来，他们还要费力突围，反而影响效率。

于是眼下大帅在自己的寝室里，对着还没散尽的缭绕云雾发呆，怀疑自己刚才做了仙人御剑下凡看片的噩梦；五人则蹲在大帅府西北角外墙根，盘算着怎么二度潜入——他们再没有隐身文具了，并且大帅府已经有了动静，明显正在加强警戒。

"要不，调虎离山？"魏孟寒琢磨。

计云雷浓眉一挑："怎么个调法？"

朱墨、邹珺、冯让对视一眼，笑："找个事让他们忙活就行了。"

4/23，月光迷宫。

"不许走，你们要陪小白玩！"一袭白色蕾丝公主裙的少女坐在一面藤蔓墙上任性嚷嚷。

藤蔓墙是凭空生长出来的，正好堵住了迷宫路。

迷彩壮汉队队长耐心地和她讲道理："妹子，我们真的有很紧急的事情要做，做完了再回来陪你玩，怎么样？"

"不要！"白裙少女洋伞一挥，藤蔓墙忽然伸出一根带刺的藤，直冲迷彩队而去。

迷彩队四人狼狈躲过，心中苦不堪言。他们迷路了三个多小时，好不容易就要摸索到鸮玉地点了，却遇上这么个姑奶奶。过往战绩里，他们和这位的胜率一直在五局三胜——打五次，三次被人家获胜。换在平时，他们可以搏一把，大不了输了后退呗，但今天不行。那么多队伍一起拼命，他们绝对不能卡在这里！

"D计划！"迷彩壮汉一声吼，震得藤蔓都在抖。

这是他们和徐望小分队学来的，提前规划，提前准备，而且交手时喊出"××计划"，特别有利于提升士气。

"收到！"仨伙伴齐响应，立刻转身往反方向跑。

小白微微一怔，但很快不以为意地优哉游哉晃荡脚丫。下一刻，藤蔓墙咻地化为一根藤条，急速朝三人追击，眨眼间便追上，不疾不徐在三人面前重新筑起绿色屏障。小白被一片叶子重新送到墙顶，百无聊赖地打个哈欠："你们好弱。"

迷彩仨伙伴松口气："没事儿，有队长。"

小白愣住，再看三人身后，那个熊似的大汉早跑到了转角，一闪就没了影。

丢卒保车，简称D计划。

9/23，脑内地狱。

"轰隆——"

激光炮精准击中远处一架嚣张多时的敌舰，火光映亮了齐闪兴奋的眼，他啪地打了个响指："又搞定一个。"

"你这叫游戏渣？"厉夏按照齐闪的吩咐监视着战舰的防御系统。单是防御，已让他手忙脚乱了，齐闪这又全盘指挥又远程狙击的竟然有条不紊，玩儿似的。

让厉夏这么一说，许言格也觉得奇怪："你不是说你水平不行，当不了职业选手，只能当职业选手的粉丝，所以才粉上李子近的吗？"

"那不是一款游戏。"齐闪调整激光炮，瞄准下一个对手，"国内俱乐部上的那些游戏我都不行，我怀疑开发者就奔着克我来的，怎么玩儿怎么手残。"

"轰隆"，又一架敌舰被毁。

齐闪咧开嘴，白牙在星际炮火里闪闪发亮："但这类模拟操作的，我谦虚一点儿说，国内外高手全过来，来一个灭一个，来两个我灭一双。"

厉夏："舰长，你对谦虚和吹牛的意思是不是整反了？"

"啧，你别不信，我当时玩儿的那款游戏根本不分服务器，全世界玩家都在一个排行榜上，以自己的战舰名为ID，我的'俄罗斯方块号'雄踞榜首，"齐闪骄傲地竖起一根指头，"一年。"

厉夏无语，这什么鬼名字："一年之后被人干下去了？"

"那是我不玩儿了，"齐闪耸耸肩，"独孤求败，没劲。"

"……"厉夏想给他一激光炮。

韩步庭已从舰长位换到了副手位负责雷达监控，一直兢兢业业，这时终于忍不住，回归队长姿态："别贫了，有时间就想想恐惧之源到底是什么。"

话音刚落，飞船再一次被击中。这次比前几次都要严重，刺耳的警报声里，无感情的语音一遍遍重复："飞船遇袭，目前损毁46%。"

"厉夏，"齐闪正色起来，"开超级防御。"

"能量顶不了太久。"厉夏迅速进入状态。

"知道，先开五分钟。"齐闪说完，又问韩步庭："敌舰位置。"

韩步庭沉默一秒："不详。"

齐闪错愕看向他："啊？"

韩步庭摇头："雷达上扫描不到。"

"不可能。"齐闪起身快步过来，低头仔细查看，雷达上的确没有任何敌舰踪迹。他盯着雷达屏发了一会儿呆，忽然抬手一顿操作猛如虎。

韩步庭看傻了，怎么都觉得就是毫无章法地乱弄。

齐闪按下最后一键，收手。

驾驶舱里响起新的语音："反隐身装置启动。"

雷达上立刻出现一架敌舰身影，韩步庭惊讶，语气难掩赞赏："真有你的！"

齐闪脸上却无半点儿喜悦，反倒都是不可置信："怎么可能……"

韩步庭听出话音："有什么问题吗？"

齐闪抬起头，一字一句道："这是隐藏技能，只有我玩过的那个游戏里才有。"

3/23，末日都市。

"就是这么回事。只要毁了鹗玉，再不会有外来者到这里，说不定丧尸疫苗都能起效！"丁小车蹲在三教殿墙后面，对着自己的神仙朋友洗脑，"你就帮帮他们呗。"

孟章越听越觉得外面就是一群骗子，骗了车，还要骗丁小车。

"反正也没损失，大不了保持原样，但是万一成了呢？"丁小车眼巴巴望着他，"那我就可以换个离这里近的工作啦，再也不用天天和经理辞职。"

孟章听到这里，终于动了心弦。

墙壁翻转，青龙神君带着丁小车飘然落地。他走到岳圈二队面前，只悠悠一句话："敢骗他，我让你们升天。"

三分钟后，一行五人一神落于护城河畔。孟章纵身入水，化为青龙，眨眼工夫破水而出，利爪中一块紫玉随意往下一丢。紫玉正落在岸边护栏上，清脆而碎。随后青龙驮起丁小车飞至高空，低头浅望，竟有睥睨天下之感。

"这就行了？"

青龙没说话，可孟章的声音却直接传进了岳圈二队的脑海里，就像徐望和他们沟通时那样！

13/23，失忆大厦，财务室。

“漂亮！”漫长的等待后，徐望终于再接到好消息，“你们现在找个地方躲起来，注意安全，别让丧尸伤着，还差三关，不会太久的。”

“放心，青龙神君守着我们呢，他说要一直陪我们等到最后。”岳圈二队队长的声音听起来并不是很快乐。

徐望疑惑：“那不是很好吗？”

岳圈二队队长：“如果最后发现我们骗了丁小车，就一口吃掉我们，不吐骨头。”

徐望：“……”

“徐望……呼哧……徐望……”

“小迷？”徐队长立刻切换线路，并准确识别出对方身份。

“我这里……呼哧……可能有点儿麻烦……”

徐望严肃起来：“你别急，慢慢说。”

“不能不急……呼哧……我怕再晚……这黑妹子就不给我机会……留遗言了……”

“黑？”徐望一惊，“你遇上黑茉茉了？”

“黄白……黑……都让我遇了个遍……他们仨留给小白了……呼哧……现在就我一个人……”

吴笙握住徐望的胳膊。

徐望覆上他的手，给了自家军师一个“放心，我懂”的眼神。

“小迷，朝她扔卡片！”

“……”

迷彩壮汉怀疑徐望在耍他，但这种生死关头，死马当活马医吧——掏兜，扔卡片，天女散花，还挺美。

正准备进行最后一击的黑茉茉在纷乱卡片里动作一顿，微微蹙眉，伸手，一张卡片落进掌心。她捏起卡片对着月光，上面密密麻麻的字。她又从口袋里掏出一张只剩一半的卡片，两张比对着看。字的内容是不一样的，可字体和卡片的纸张、图案都一模一样。

“你是谁？”黑茉茉看向迷彩壮汉，带着茫然，带着探究，“你从哪里得到的卡片？”

迷彩壮汉在这一刻智商占领高地：“答案就在你脚下，挖出来你就知道了。”

五分钟后。

“你们这是什么神奇卡片……”

“有用？”徐望意外，本来已经不抱希望了，让迷彩壮汉扔卡片完全是给军师一个安慰。

“不是有用，是有奇效。鸮玉毁完了。”

“黑茉茉帮你的？”徐望喜出望外，但很快发现对面不是很兴奋，“小迷，你好像有点儿低迷……”

迷彩壮汉：“骗了人家小姑娘，正在惭愧反省中。”

切回 11/23，徐望向魏孟寒发出慰问：“还顺利吧？”

魏孟寒：“这个，要看你对‘顺利’的理解……”

徐望：“魏老师。”

魏孟寒：“好吧，我们放了一把火，成功把整个大帅府的人都引到火场，顺利进入大帅寝室了，挪床刨地，然后……”

徐望：“这里有一个转折？”

魏孟寒：“床底下有一个密道。”

徐望：“通向哪里？”

魏孟寒：“还在爬。”

徐望：“垂直往下吗？”

魏孟寒：“怎么可能，那不成井了。”

徐望：“往旁边爬，不就偏离标识点了吗？”

魏孟寒：“……”

徐望：“……”

魏孟寒：“兄弟们，原路爬回！”

北京时间 4：15，魏老师的捷报也来了，鸮玉就在地道入口的土壁里。

徐望深吸一口气，向等待中的小伙伴们通报：“3/23、4/23、11/23 完……”

“成”字被他咽回了喉咙。

狭小的财务室里凭空出现了一个极高大的男人，比钱艾还高出一个头。他就像某种高科技投影，投射在屋中央，先是一点点拼出了个边缘，甚至初期还看得出边缘有不平滑的锯齿状，可随着他的形象越来越清晰，那种电子感也消失无踪了。那完全就是一个真实的人，像鬼一样出现在他们面前。

“徐望？”

“怎么了？怎么不说话了？”

“不会第十三关又出什么事了吧？”

“徐望——”

各关小伙伴的担忧在徐望脑中交织成一片杂乱，但他已无暇顾及。

吴笙和池映雪几乎同时起身，前者点掉“‹防›安全隔离栏”，后者用的“‹防›闪闪钻石盾”。

徐望、况金鑫、钱艾紧跟着起身，五人呈防御阵形。

升起的隔离栏和钻石盾挡在了他们和不速之客中间。

高大男人一身白色西装，像要去教堂的新郎，可他脸上没有任何表情，这让他看起来有一种非人类的机械感。

鸮：“定点清除，开始。”

耳内突来的提示让所有人呼吸一滞。

下一刻，男人掏出手枪，朝着五人扣动扳机，没半点儿迟疑。

子弹出膛，穿过隔离栏，打在钻石盾上。盾牌“啪”的一声碎裂开来。子弹却没停，继续向前，打在徐望腹部。徐望在剧烈的疼痛中倒地，后脑勺重重磕在地板上，可他已经感觉不到了，世界仿佛只剩下那颗子弹，让他灼烧一样疼。

“徐望——”

不知谁喊的，他已经听不清了。

手臂被抬起来，好像有人在翻他的文具……

鸮：“有人对你使用了 <幻> 孔融让梨哟。”

鸮：“有人对你使用了 <幻> 岁月倒流哟。”

失去意识前的最后一刻，徐望总算记起来，“孔融让梨”是吴笙的，“岁月倒流”是自己的，吴笙用前者偷走了后者，然后用在了他身上。

意识一瞬回笼，徐望眨眨眼，发现自己不知什么时候又站起来了，腹部血迹消失，摸上去也不疼，根本没有中弹痕迹。还没来得及思考，忽然一阵风卷起他，再睁眼已是楼梯间，万幸伙伴们都在。

“是鸮的修复力，”吴笙懊恼地拍一下楼梯栏杆，语速快且急，“我早该想到的。它要修改鸮玉的位置，自然也要扫清一切不安定因素。”

况金鑫收起刚刚逃命用的“‹防›隐匿之风”：“笙哥，你的意思是鸮现在锁定了我们，要消灭我们？”

吴笙点头：“我们既没有进入后十关，也没有离开，这不符合鸮的规律。换句话说，我们的存在，现在就是鸮的 Bug。”

“可是我们已经把这一关的鸮玉毁了，”钱艾不解，“它就是把我们强制弹出也没用啊。”

池映雪向后倚着墙：“执行人只是刚刚出现在我们面前，但清除指令未必是才下的。”

钱艾思索片刻，懂了。鸮既然能提前那么多天就酝酿更改鸮玉位置，说明当时已经发现鸮里有不稳定因素的存在，很可能那时候就启动了修复清除，只是现在才真正锁定他们。

“而且不是强制弹出，”吴笙伸手摸上徐望刚刚中枪的位置，眼底沉下来，“恐怕是真正死亡。”

一枪都换不来弹回现实，那就是不想让你出去了。

6

9/23，脑内地狱。

“徐望那边怎么了？”齐闪指挥许言格更改飞行轨道，在太空里和那艘会隐形的敌舰玩躲猫猫，余光里见韩步庭眉头锁得越来越紧，忍不住问。

韩步庭久久不语。刚才徐望那边中断联络他就觉得不好，如今联络恢复，预感成真。

“队长？”许言格和厉夏也悬起了心。

韩步庭终于开口，也不铺垫，言简意赅：“他们遇见一个强力 NPC，负责定点清除。”

许言格没懂：“清除什么？”

韩步庭沉声道：“清除他们五个。”

“清除的意思是……强制弹出？”厉夏猜测。

韩步庭摇头。

齐闪变了脸色：“不会真死吧？”

“徐望中了一枪，还在关卡里。”

齐闪扶着操控台的手微微颤抖：“他们打得过吗？”

“打不过，”韩步庭没给他留半点儿希望，“防具防不住，武具打不中，现在他们只能在大厦里逃。”

齐闪不再说话，目光落在操控台上，那一个个按钮、开关忽然变得狰狞起来——脖子上挂着生死，摘错就没机会了。

“他说他们会坚持到我们毁掉鸮玉。”韩步庭从背后轻轻拍上齐闪的肩膀，“你觉得我们行吗？”

齐闪沉默半晌，深吸口气：“许言格，重新修正轨道，和它正面来！厉夏，再开超级防御！”

12/23，万圣节小镇。

王断然坐在大南瓜灯上，悠悠点了一支烟——作为最先完成的队伍之一，他们已经等了近四个小时。

“你们说能成吗？”

顾念仰望星空：“这个得问大川。”

陈关抬胳膊给了身旁不出声的江大川一下。

江大川一个激灵，而后叹口气：“我觉得够呛。”

孔立泽松口气：“行了，大川说够呛，那就肯定成。”

王断然、顾念、陈关：“嗯。”

江大川：“……”

5/23，鬼宅。

岳帅躺在桃花树下吹着阴风，看着鬼火，朝满布黑云的天空无声吐出两个字：“加油。”

这一刻，每一个关卡内的兄弟们都念着这一句。

13/23，失忆大厦。

“小雪，你把他引电梯里！”

“老钱，切电源！”

“笙哥，轿厢困住他了！”

“困不了多久的，但能拖一会儿是一会儿，去天台！”

9/23，脑内地狱。

“它从后面追上来了。”韩步庭紧盯雷达。

“舰尾局部提升防御？”厉夏询问齐闪。

齐闪眯起眼，缓缓摇头：“不，这是佯攻，它真正想打的是舰腹。”他看向许言格，语速不快，但坚定，“调整轨道，我们先开火。”

“它要是同时开火，我们就废了。”许言格犹豫。

“不会，”齐闪几乎是笃定了，“它在蓄能激光炮。”

“轰隆——”

一切都如齐闪所料，对方没开火，结结实实被轰了个正着。虽然它也开着超级防御，并没有被一击致命，但绝对元气大伤了。可比这更让小伙伴们在意的是齐闪的料事如神，仿佛战局就按着他剧本来似的。

没等队友问，齐闪先开了口：“厉夏，帮我个忙。”

厉夏按下疑惑：“你说。”

齐闪校准射击点，重新锁定那架伤痕累累的战舰：“驾驶舱门上有一块金属片，你把它拆下来。”

厉夏负责的防御系统已进入稳定状态，暂时不需要他的操作，这也是齐闪点名他的原因。

厉夏二话不说，拿工具走到舱门前，三两下就把那金属片拆下来了。他翻来覆去看金属片，也没看出什么特别，纳闷地举起来朝齐闪晃晃：“什么都没有……”

“不是让你看金属板，让你看门，”齐闪哭笑不得，“门上是不是刻着‘MILLENNIUM FALCON’。”

厉夏听都没听清，但是抬起头，就见被金属片挡住的那块门板上真的刻了一串英文：“M-I-L-L……”

“千年隼号，”不用他读完，齐闪已经确定了，“《星球大战》里的飞船。”

韩步庭：“这个游戏是《星球大战》？”

齐闪：“不，这是当时游戏里紧咬着我不放的排行榜第二名。”

韩步庭、许言格、厉夏：“……”

第一名叫“俄罗斯方块号”，换他们当第二也想轰掉第一啊！

等等！韩步庭忽然意识到了什么。这是李子近的梦，如果“千年隼号”是他的主场，那他的恐惧之源……

“齐闪，”他定定地看向舰长同学，“现在我们驾驶的是游戏里的第二名，那游戏里的第一名呢，你的飞船在哪儿？”

齐闪朝他轻轻挑眉，无辜眨眼。

韩步庭看着雷达上那个和他们厮杀了大半天的战舰，有种不祥的预感：“不是吧……”

“向左偏二十度，它等下肯定要打我们的燃料舱。”对许言格部署完，齐闪把头重新转向韩步庭，一声叹息：“我哪儿知道我偶像的噩梦是我啊！”

攻击如期而至，果然是冲着燃料舱。战舰及时偏移，这一下没有致命，但还是让飞船损毁指数继续升高。

“飞船遇袭，目前损毁77%。”

俄罗斯方块号的损毁应该在60%左右——齐闪不用估算，回忆一下就行了，当年那么多局都这么过来的。

不过这一次，胜负恐怕要逆转了。

“言格，向右偏转四十五度！”

“厉夏，关掉防御，全部能量转到激光炮上！”

这一次，换他来打燃料舱。

齐闪屏住呼吸，瞄准，锁定，发射。刺目光炮准确无误轰在俄罗斯方块号的燃料舱！战舰在激光炮中化为一团火球，耀眼的光映亮了大片宇宙。

李子近的千年隼号终于干掉了俄罗斯方块号。

齐闪想，亲手轰掉自己的飞船这么大的牺牲，回去必须向偶像邀功。

火焰渐渐湮灭，一点儿紫色的光在战舰残骸中若隐若现。

“前进——”

战舰飞近残骸，近到足以看见鸮玉的轮廓，齐闪瞄准锁定，用了最低等的弱激光炮。鸮玉顷刻成了无数碎片，像宇宙中的微光。

13/23，失忆大厦，天台。

徐望、吴笙、钱艾、况金鑫、池映雪一字排开，退到天台边缘。

白西服的枪被他们毁了，但白西服还有无数武具，并且防御无敌。现在，他就站在他们面前，身上没一点儿伤，脸上仍是木然。

短短二十分钟，他们几乎把能用的文具都用尽了，此时已是绝路——跳楼而亡还是中弹而亡，这是一个艰难的选择。

“后悔吗？”半只脚已到天台之外，徐望问自家伙伴。

钱艾：“后悔有屁用。”

况金鑫：“这不还没死嘛。”

池映雪：“有时间后悔……”

吴笙：“不如再揍他几拳。”

池映雪第一个发动，几乎是熊抱着扑到白西服身上，吴笙、钱艾晚一步，正好一人一只胳膊，况金鑫俯冲过来抱大腿，徐望最后一个猛虎出闸，用尽这辈子全部力气朝白西服脸上狠狠一拳！

此时是北京时间 4：37，最后一块鸮玉在 9/23 破碎。

“咚！”

“咚！”

“咚！”

“咚！”

“啪——”

“怎么就我每回都是脸先着地？！”钱艾揉着腮帮子爬起来。

徐望坐在地上，黑漆漆的夜色底下，路灯温暖。

“我们……出来了？”况金鑫有点儿不敢相信，明明前一刻还差点儿死掉。

池映雪勾起嘴角，把他拉过来一通乱揉：“不是出来，是离开。”

吴笙亮起手机时间，朝徐望晃晃：“还没到五点呢，我们成功了。”

徐望一个猛子扑过来，用力抱住他。

钱艾看看左边，看看右边，确定自己没人疼没人爱，只好两手并用揉腮帮子。

遥远夜色里，再没有猫头鹰叫。

鸮，飞走了。

（全文完）

（同系列《子夜十》制作中）

番 外　他们的4：37

TA MEN DE 4：37

1

五个人从鸮里弹出来，就齐闪一个人挂在了树上。

“别看热闹了，赶紧救我啊！”四米高树杈，他连根手指头都不敢动，生怕打破力的平衡。

“等着啊，我找个文具接你。”厉夏煞有介事抬起胳膊，在啥都没有的手臂上划拉。

齐闪想，跳下去砸他一个同归于尽算了。

“成了吗？”李子近问韩步庭，茫然里带着不确定的忐忑。

韩步庭把微信群打开，第一条也是一个小伙伴小心翼翼在问——成功了？

之后是徐队长的秒答：“现在是北京时间 4：37，还没到 5：00，十三块鸮玉尽毁，你说呢？”后面还附带邪魅一笑表情包。

至此，建立了不到一周的“猫头鹰健步走北京分会”微信群里，被疯狂刷屏。这才出来半分钟不到，满屏“哈哈哈哈”和各种风格、各种性别、各种物种的“放声狂笑表情包”，炸成一片魔性海洋。

李子近看着乐出声，如释重负，也才终于敢问：“我到底梦见什么了？”

他也没想到这次留在暗格里的会是自己，可究竟做了什么噩梦，他毫无头绪，醒来只觉得心里乱糟糟的，更加不安。幸好队友们成功了，否则他就是罪人。

“梦见什么了？”厉夏意味深长地说，“这个要问齐闪。”

李子近抬起头，月挂半空，齐闪挂梢头。

“你的千年隼！”齐闪迫不及待邀功，可临到关头，又有点儿粉丝羞涩，后半句声音低下来，“还有我的俄罗斯方块。”

李子近瞠目：“你的……俄罗斯方块？”

如果齐闪离得近一点儿，就能捕捉到那危险上扬的尾音，奈何他挂得太高了：“没想到吧？我和你说，我也没想到，打了半天才发现，操作系统太熟了！后来金属片一拆，我们开的就是你的千年隼！你猜恐惧之源是谁？”

“你。”李子近面无表情。

他缺失的情绪，齐闪都补上了，一会儿害羞，一会儿兴奋：“你说咱俩怎么就那么有缘呢，这么冷门的游戏都能撞上？！我那时候要知道千年隼是你，哪儿还能回回灭你啊，我能八抬大轿给你送榜首上去！”

李子近：“……”

齐闪：“可惜没法录像，刚才那场我打得巨漂亮。俄罗斯方块的套路我太熟了，打它玩儿似的，也算间接帮你报仇了，对不？”

李子近走到树下，张开手臂：“下来。”

他的身形还是少年人的单薄，看起来就像一个弟弟要接住哥哥，齐闪怕自己把偶像砸坏了：“你让言格过来吧。”

李子近一动未动，仰头看他：“没事，下来，我有话和你说。”

齐闪心跳加速，伸手去后背摸到勾着的那块衣服，毫不犹豫往下一扯，身体随之自由落体。李子近终是被冲击得没站稳，摔倒在地。但齐闪在扑到他身上的一瞬间便收拢怀抱，将人牢牢护住。两个人摔在一起，都安然无恙。

齐闪放任自己压在偶像身上，幸福得此生无求了：“你想和我说什么？”

李子近平静得像个没感情的杀手：“你被开除粉籍了。”

2

同一时间，远在贵州的朱墨收到一条微信私聊——

HBT：成功了？

微信群里都嗨翻天了，这人单独问他……要不是碍于“被尬撩者”的身份，朱墨真想手把手教韩步庭搭讪。

邹珺见他对着手机神情微妙，随意瞄一眼屏幕：“很……变态？这人谁啊？”

朱墨一怔，通常加了不太熟的人，他都会把对方备注修改成真实姓名，方便辨认。修改这位的时候，因担心对方哪天头脑一热发来什么不该发的，引起误会，他多绕了个弯，备注变成了首字母缩写。现在，他很愧疚。

邹珺也就随口一问，转头就抱着手机奔赴表情包大战了。

朱墨把韩步庭的备注改回来，犹豫一下，发了回复：“嗯。”

一般人看见这么一个字，都该明白意思了。但韩队长不是一般人。

韩步庭：“发错了？”

朱墨心累，比闯关都累：“没有。”

韩步庭：“我很高兴。”

朱墨有一种被老教授点评的微妙压迫感。

韩步庭：“等我一下。”

几分钟后。

韩步庭：“好了，我们继续。”

朱墨好奇起来：“做什么去了？”

韩步庭：“注销微信账号。”

朱墨：“你不是正在和我聊？”

韩步庭：“现在和你聊的是大号，注销的是小号。”

朱墨：“为什么要注销？”

一人有多个微信号不奇怪，朱墨闹不懂的是，好端端和自己说着话，怎么就忽然想到去注销小号了？

韩步庭：“你愿意和我大号聊了，就不用小号了。”

朱墨：“……”他现在懂了。

韩步庭：“等一下回去，我会把自己的简历发给你，你觉得可以，我们再进行下一步。”

简历？下一步？朱墨看着每一个字都认识，组合起来就发蒙，还不能细想，一想就好像看见个大坑，坑底吹出来冷飕飕的风。

韩步庭：“你……应该明白我的意思吧？”

朱墨深呼吸，云贵高原的空气终于让他平静下来：“其实不太明白。”他并不想了解对方的身高、籍贯、爱好、职业经历和一切可能出现的诡异信息！

韩步庭：“没事。你先回酒店，好好睡一觉，来日方长。”

一同坐进出租车的后排，邹珺看见朱墨很认真地按手机，屏幕上是微信修改备注名称的页面，原备注已被删除，朱墨正在录入新的三个字——很变态。

“对嘛，改中文多直接。”邹珺上次看见“HBT”，这次看见“很变态”，完全不知道自己中间还漏掉了一次修改。

远在广东的韩步庭也不知道，他在变态之前，曾短暂拥有过姓名。

3

如果说这一晚还有哪个队是在认真闯关，非五彩冲锋雅灰男队莫属。

4：37的时候，故事线正进行到英俊学长B的母亲来学校找老师，举报不良少年D带坏了她家孩子，不良少年D被记过停课，英俊学长B从头到尾没敢帮他讲一句话。

弹出来后，雅灰队长做的第一件事就是痛斥他，真情实感痛斥他："渣男！"

扮演英俊学长B的剧情人员来自一支不明真相的无辜队伍。他们忍受了两个对手一晚上的精神病，尤其他自己还在剧情强迫下三番两次陪着不良少年D死刨KTV，这男朋友当得堪比力工，末了落这么个名声？

再说……

"这是你们接出来的剧情好吗？！"编剧甩锅给演员，什么逻辑？！

可人家俩对手压根儿不理他们了，十个人抱在一起，又叫又跳，喜庆得像结婚伴郎团。

英俊学长B也是欠，偏就忍不住好奇，非问："你们到底在乐什么？什么成功了？"

"学长，"不良少年D小酒红还保留着习惯称呼，"从现在开始，你们、我们，所有前十三关的人都不用再进鸮了！"

英俊学长B及队友整齐划一后退半步，转身拦出租车。

疯了，绝对的！

4

同在河南、只是城市不同的岳帅小分队和扫把小分队此时正在通电话。

岳帅："打算怎么庆祝？"

扫把队长："等会儿早点铺开门了，喝碗胡辣汤。"

岳帅："出息，就知道吃，不能健康纤体一点儿？"

扫把队长："比如？"

岳帅："比如旅旅游。终于有时间了，有心情了，不用瞎跑了，趁这机会转转河南啊。"

扫把队长："来这么多回，还真没转过，你想去洛阳看牡丹，还是去开封寻包拯啊，我们都奉陪。"

岳帅："嵩山少林寺。"

扫把队长："……"

5

傅文颎和王断然两位队长一个在湖南，一个在江西，弹出后的反应却如出一辙——神情平静，仰望苍穹，像一个哲人。

两队队友不得不按住狂欢庆祝的冲动，小心翼翼地问："队长，你在想什么呢？"

傅文颎仰着头一动未动，他其实想了很多，可最终只说出一句话，带着参透生死的沉静："这辈子，我是说这辈子，别再让我看见飞行棋。"

王断然顶着卷卷毛，回忆着坐了一晚上的大南瓜，眼神向往："想喝南瓜粥了。"

他们心底有成功的喜悦，可这喜悦被更大的安宁温柔覆盖住了。那安宁来自终于结束的梦魇，来自回归正轨的生活，来自琐碎却珍贵的烟火气。

6

北京时间4：37，再过两个小时，城市就要苏醒。

茅七平会带媳妇儿最爱吃的早点回家，并且很快就会知道，他需要再找一份工作了。

池总裁将开启忙碌的一天，并在不久的将来收到"猫头鹰健步走北京分会"的解散通知。

番外　风生水起

FENG SHENG SHUI QI

那一天回到酒店，徐望倒头就睡，睡醒了叫送餐服务，吃完了继续在房间里坐着，一整天什么都没干，彻底放空，直到夜晚再次到来。吴笙没这么空虚，他看了一整天的书。

午夜零点，吴笙躺在床上，徐望枕着他的腿，两个人一横一竖把总统套房的大床占满，静静望着天花板。

0：00：01，0：00：03……

秒针又转了一圈，午夜过一分了，没有猫头鹰叫，没有紫色旋涡，什么都没发生。

“真的结束了……”徐望自言自语，清晰感觉到心里的最后一根弦松弛下来。

吴笙静静坐起，低头看他的脸，影子把人笼住了，仿佛两个灵魂静静融到了一起。

徐望等了半天没等来说话，也没等来行动，眨下眼睛，嘿嘿乐了：“看我看入迷了？”

吴笙没听清他说什么，注意力都被微微开合的嘴唇夺走了。

复古时钟滴答在走，玻璃花瓶里的新鲜百合暗香浮动。

“叮！”

突来的提示音让两人身体一瞬僵硬。

过了几秒，徐望才不情愿地坐起来，伸手摸过来床头柜上的手机，解锁一看，果然是微信群：“这帮家伙到底是有多闲？！”

“没设置免打扰？”吴笙在中午的时候就设了。不是不讲伙伴情分，实在是一分钟几十条聊天记录，这个聊完十分钟那个又顶上，他和他的手机都有点儿扛不住。

“设了，”徐望叹口气，“架不住@我啊。”

吴笙从背后贴过来，感受着他的温度，下巴搭他肩膀上："谁@你？"

话是问了，但不用徐望回答，吴笙已经看见了——

岳大帅：@旺旺 你都潜水一天了，赶紧冒泡！

徐望正打着字，手机忽然被人抽走了。他疑惑地看吴笙："嗯？"

"我们不能一直住在酒店。"吴笙凑过去，声音有种性感的哑。

什么手机，什么岳大帅，徐望在这一瞬间都忘了，只怔怔顺着吴笙的话答："嗯，对，毕竟是小雪哥哥出钱……"

"明天去找房子吧。"

"好……"迷迷糊糊答应的同时，徐望挣扎着用最后一丝理智想，刚刚要做什么来着？

星期六，宜乔迁，宜安床。

"你这是露营来了？"徐望看着钱艾左手电磁炉，右手电风扇，背后双肩包还鼓鼓囊囊不知道塞了什么，忽然有点儿害怕把人放进新居。

"哎，我就知道没我不行。"钱艾大大方方进门，特自然地换鞋，过玄关，进客厅，扫视一圈之后选了餐桌旁边的一块空地放下电磁炉，又引来插线板，连上电源。

池映雪和况金鑫比他早到，已经参观完新居了，在钱艾来之前，他俩正坐沙发上看电视，现在电视也不看了，就看钱艾忙活。

弄好电源，钱艾又端着电磁炉上的空锅去厨房接水。

这间三室一厅的房子是开放式厨房，正在洗水果的吴军师全程围观了队友的"热情"，见人过来，立刻让出水龙头。

钱艾欣慰地朝他点点头："我就知道你懂。"

吴笙其实不太懂，但不妨碍他装懂。

大半锅水被放到电磁炉上，开煮。钱艾坐在地板上等，徐望站在他旁边，小况、小雪坐在沙发里，吴笙站在厨房，都陪他一起等。

水开了，钱艾连上电风扇，抱着那架半米高的风扇开始满屋吹，一边吹一边指挥徐望："窗户打开。"

徐望立刻照做，生怕慢一拍，钱艾又弄出什么招数。

沸水咕嘟嘟冒泡，热气升腾，风扇欢欢喜喜地转，凉风里流动着惬意。

"乔迁新居，必须风生水起！"钱艾扛着风扇立在屋中央，掷地有声地说。

徐望看了他两秒，忽然蹲下来，把电磁炉调到最强火力，让沸水更热闹。

乔迁饭吃火锅，鉴于钱艾多带了一个电磁炉来，于是五个人吃两锅，十分霸道。

“钱哥，你今天怎么没直播？”吃到一半，况金鑫忽然问。

徐望这才发现，难怪一直觉得这顿饭怪怪的，原来是没“老铁双击666”的BGM（Background music，背景音乐）啊。

“停了，”钱艾精准地从锅里夹上来一块豆腐，“休息一段时间。”

徐望意外：“想改行了？”

“那倒没有，就是重新思考一下直播的定位和方向。”钱艾说归说，手上动作没停，豆腐在筷子上颤颤巍巍，像是时刻准备着往下掉，可最终完完整整进了他的油碟，堪称技艺高超。

徐望叹为观止：“别改了，就吃播吧，你是被食神选中的男人。”

钱艾一口热豆腐下肚，精神抖擞：“真的？”

徐望重重点头，无比真诚：“绝对真。”

“行了，别说我了，”钱艾嘴上说别说，嘴已经咧到后脑勺，“你们以后什么打算啊？”

“我找工作呗，”徐望指指吴笙，“他再从头创业。”

钱艾：“原来那个公司呢？合伙那么长时间，不能回去？”

“能，但他不想。”徐望眼尖地看见又一块豆腐，立刻下筷子，一捞，碎了。

吴笙拿过漏勺，捕获锅里仅存的最后一块完整豆腐，放进徐望油碟里，这才和钱艾说：“我现在有了新的研究方向，和原来的公司没办法再统一步调了。”

钱艾好奇：“你要研究什么？”

池映雪和况金鑫也感兴趣地看过来。

吴笙目光炯炯：“人工智能。”

仨伙伴：“……”没机会再教NPC（Non-Player Character，非玩家角色）做人，终于要对自己的产品下手了……

吃完饭，五人又在客厅里聊起来，直到天色渐暗，况金鑫才拉着两个伙伴告辞。

送走小伙伴，徐望在厨房刷碗，不时回头看一眼正收拾客厅的吴笙，说不出的满足。

“再偷看我，收费。”吴笙带着笑意挑眉。

徐望“切”了一声：“就怕我不看了，你还得花钱来求我看。”

吴笙很没骨气地沉默了。

徐望把刷得干干净净的盘子放到架子里，一个挨一个，井然有序。骨瓷在灯光下洁白通透，很漂亮。

如果幸福有模样，就是此刻。

番外　请进

QING JIN

1

这个夏天发生了三件大事。

钱艾签了公司，从一个三无主播变成了一个有靠山有宣传的预备役网红主播。其实也不能算预备役了，刚签约公司就给他弄了一波营销宣传，让他从业多年终于尝到了小火滋味，目前他正在加倍努力，要把小火烧成大火。

后两件事说起来就比较简单明朗——况金鑫毕业了，池映雪的驾照到手了。

“哥，车钥匙。”

难得不用应酬的周末，池总裁在自己家的二楼书房里偷得浮生半日闲，亲弟弟就找过来了。池卓临先是惊讶，这才上午十点，一贯午后才起的池映雪竟然神清气爽，看打扮显然是要出门，再一听对方诉求，眉头就皱起来了：“你昨天才拿到驾照，今天就要开车？”

池映雪莫名其妙看他：“拿驾照不就为了开车吗？”

池卓临把手中的 iPad 放到桌上，摘掉蓝牙耳机，语重心长地说：“我的意思是，你才拿到驾照，最好先选个你想开的车熟悉磨合几天，再真正上路。考驾照那些东西和实际的路况是两码……”

“算了，我租个车吧。”租车还比从自家地库拿省事点儿。

池映雪说话就要走，池卓临没辙，赶紧改了口风：“行行，想开哪辆？”

池映雪朝他伸手：“G500。”

不是跑车，是一辆奔驰G系敞篷越野，和他以为的“手痒想要飙车”好像有点儿出入。按下心中诧异，池卓临打电话让司机把车开出来。

没一会儿，停好车的司机就上楼敲了书房门，送来了钥匙。

池映雪拿过钥匙，随口说了“谢”，便很自然往外走。

“谢”这个字，池卓临现在偶尔就能听见一句，免疫力已有提升，但还不足够，于是情不自禁心花开了一朵。就这么一朵花的绽放时间，亲弟弟就要消失在书房门口了。池总裁赶紧问：“你到底要干吗去？”

池映雪没回头，背身朝他摆摆手，声音轻快：“兜风。”

坐进越野车里，池映雪才后知后觉池卓临刚刚放到桌上的iPad一直亮着屏幕，在播什么东西。他当时只顾着要钥匙，没多注意，现在再回想，好像是一个花里胡哨的界面，而且花得似曾相识，屏幕里那个身影轮廓也莫名熟悉……但也仅止于熟悉了，余光有限，心思不在，能记住这些就不错了。

“在自己书房里还戴耳机……”池映雪咕哝着发动汽车，把辨认失败归结于池卓临没外放声音。

二楼窗前，池卓临看着越野车离开，又看着一辆不起眼的丰田跟在后面，这才放心。他转身坐回椅子，重新戴上蓝牙耳机，拿起iPad，看着看着不由自主陷入了“午餐到底要吃什么”的严肃思考。

2

池映雪到况金鑫学校的时候，十一点刚过。学校不让外来车进，他把车停好，优哉游哉走进校园。

烈日炎炎，校园里绿树成荫。池映雪走在林荫里，不时和同学们擦肩，完全没意识到自己收获了一路回头率，就惦记着等下小四金见到自己会是个什么表情。

走过树荫，一片草坪广场上到处都是穿着学士服的人，摆各种POSE、各种阵形，热火朝天拍照合影。

哦，毕业季了。池映雪不以为意，继续往前走，刚走一步，忽然停下——小四金好像也是大四。他重新看向广阔草坪，目光像人脸识别系统一样挨个扫过学士服，半晌，视线停在不远处一座雕塑旁。那雕塑十分抽象，反正池映雪理解不了。雕塑下，几个穿学士服的大男孩儿老神在在坐成一排，人手端着一杯茶，画面十分佛系。

“一、二、三——”拍照者按下快门。

前一秒还端庄谦和的几位立刻嘻嘻哈哈笑成一团，活泼、朝气，像这灿烂盛夏。一个男孩儿蹿到小四金背上，被他无情掀下，然后报仇反扑，其他人一看有热闹，立刻凑过来，一通打闹，学士服全滚到了一起。

池映雪走到最近的树底下，阳光太刺眼。

况金鑫是很久之后才发现池映雪的，那时候他们拍得差不多了，也拍累了，准备一起去食堂，抬起头，第一眼就看见了树下的人。他愣住，连忙让同学先走，自己一口气奔过去，先前的喜悦还在脸上，但眼里又多了另一种欢喜。

“你什么时候来的？”他的脸红扑扑的，跑得太急，有点儿喘气，“怎么不提前说一声？”

刚离开鸮没多久，他就带小伙伴们逛过自己的学校，吃了一顿食堂，但没想到池映雪会再来。

“不提前说就不能来了？”池映雪倚着树干，没有要动的意思。

“你又闹什么别扭呢？”心情太好，况金鑫想什么说什么，“我是怕你扑个空，万一我今天不在学校呢？再说，你都看见我了干吗不叫我？”

“我认为你应该也能马上看见我。”池映雪理直气壮。

况金鑫哭笑不得，伸手去拉他的胳膊：“走啦，带你吃糖醋小排去！”上次池映雪一连吃了两份，并很认真地考虑要把食堂做这道菜的阿姨高薪挖走。

池映雪低头，看着被况金鑫拉住的胳膊，放弃抵抗，乖乖跟着走了。

一顿饭快吃完，池映雪才说：“驾照下来了，带你去兜风。”

况金鑫一愣，筷子停在半空：“啊？”

池映雪蹙眉，心里堵了一下：“你这是什么表情？”

“不是，”况金鑫知道他误会了，“我不是不想和你兜风，但是我们班下午有聚会，吃散伙饭。”

“都散伙了还聚什么？”再说，池映雪看一眼彼此的空盘，提醒，“你刚吃完饭。”

“下午先聚，唱歌玩桌游什么的，晚上再吃饭。”况金鑫耐心解释流程。至于为什么散伙还要吃散伙饭，他觉得就算解释了，池映雪也未必明白。

食堂的人越来越多，声音也越来越嘈杂。池映雪扔下一句“那你聚吧”，转身就走了。他的盘子里还剩两块排骨，是一份里最大的两块——他喜欢把最好的留到最后吃，况金鑫记得。

一整个下午，况金鑫都有点儿心不在焉，直到晚上全班一起聚餐，真正有了要离别的气氛，他才回过神，四年点滴在心里翻涌，生出许多不舍。

聚餐一直持续到晚上十点多，男班长喝趴下了，见人就抱住哭，其他男生连忙把女生们护住，薅着男班长塞进出租车。

班长一走，聚会也就散了，大家三三两两聚在路边拦车，一辆黑色奔驰 G500 在街对面停下来，按了一声喇叭，拉得极长，一听就是故意的。

“我去，这车帅啊！”身旁男同学双眼放光，“哎？他好像在看咱们？”

车篷敞着，驾驶者单手搭方向盘上，转头定定地看这边，他的五官在夜色下不甚清晰，目光却穿透幽暗径直而来。

况金鑫不自觉咽了下口水，借口还有事，特意等到把所有同学送走了，又转身回了饭店里面。

池映雪眯起眼，郁结了一晚上的烦躁升到最高点。

况金鑫又出来了，手上拿着什么东西，等到往来没车了才一溜小跑过了马路，来到车门边：“你该不是等了一晚上吧？”

“还有一下午。”池映雪向来不懂“谦虚”。

“就不能给我发个微信、打个电话吗？”

“你不是要吃那个什么……”池映雪卡住了，想一下，“哦对，散伙饭。”

所以就一声不吭等着，从 KTV 外面等到饭店外面？

“你是不是傻？！”况金鑫又生气又心疼，把东西塞到他手里——一瓶橘子味汽水，刚从冷柜里拿出来的，冰冰凉，瞬间驱散了盛夏夜的闷热与烦躁。

池映雪拿汽水瓶贴着脸滚来滚去，汲取凉气：“上车。”

3

说兜风就真兜风，车开起来再没停过，一路开出六环，再然后况金鑫就不认识了，到后面都不是马路，是土路，两边全是荒地。地荒，况金鑫心也慌，怀疑池映雪是真生气了，准备找个没人的地方把他扔了。

午夜十二点半，谢天谢地，车停了。

况金鑫脸上麻麻的，风吹的。他觉得后半辈子都不会再想兜风了。

车停在一片大野地，地里不知长的什么草，有一种特殊的植物气味，淡而朴素，很好闻。

池映雪把车熄火。

郊外的夜空很明，每一颗星星都看得清。

“这里怎么样？”向后放倒靠背，池映雪斜斜看过来，月光洒在他脸上，映出好看的轮廓。

“空旷，辽阔……”又有些寂寥。这后半句况金鑫没说。

环顾四周，他有个新发现："这里没蚊子！"夏天的野外简直是蚊虫大本营，可这里只能听见远处蝉鸣，近处静谧安宁。

"阎王说是因为这里的草能驱蚊。"池映雪双手枕到头后，看夜空。

况金鑫愣愣看他："阎王？"

风吹过野地，草声沙沙。

"阎王喜欢来这里。"

况金鑫的座椅靠背被放到一样的倾斜度，他仰躺着总有点儿不安，最后侧过身来面向池映雪，肩膀靠着椅背。

池映雪还在看天："以前我经常一睁眼就发现自己躺在这里。"

况金鑫疑惑："阎王做的事情，你不是都能知道吗？"按理说不该觉得突然。

"是我想知道就能知道，但大部分时间里，我对他的事情都没什么兴趣。"

"……"

"不过这件事，我倒一直挺好奇。"

"什么？"

"他为什么喜欢来这里。"

况金鑫沉默一下，问："你喜欢这里吗？"

"不喜欢。"池映雪答得极快，语气笃定。他的鼻梁和下颚连成好看的侧脸线条，不管是无理取闹还是任性耍赖，都好看。

"你没说实话。"况金鑫毫不留情戳破。

池映雪转过头来，眉眼挑起。

况金鑫也挑眉，迎着他的视线："我要是刚拿驾照，一定先去自己最喜欢的地方。"

四目相对，空气突然安静了，连蝉鸣都好像消失了。

池映雪欺身过来抱住他，抱得极轻，极小心，像在一点点试探不会被拒绝的尺度。

况金鑫任由他抱着。

忽然，那人撑起上半身，居高临下打量他，带着一丝疑惑和不安问："今天怎么这么乖？"

况金鑫不说话，只看着他，眼睛很亮。

朴素的植物气味弥漫在夜风里，月色似乎都染上了。

这是藏在池映雪心底的一块地方。

这是他第一次打开那里的大门，和他说，请进。

这一刻，况金鑫想，如果池映雪也愿意到他的心里看看，他就一直乖下去。

番外　另一端

LING YI DUAN

1

一场大雨席卷了这个城市，也带来了久违的清爽。

傍晚，雨停了，夕阳躲在云后不露脸，只留下微微熏染的红。

“小丁，一起啊。”几个同事打算下班后小酌一番，很自然招呼他加入。

“不了，我约了朋友。”丁小车摇头，歉意笑笑，“你们玩得开心点儿。”

同事们毫不意外，但还是忍不住调侃：“你一个礼拜能拿这个理由对付我们七回。到底什么朋友啊，非得一周七天都占着，这么霸道？”

丁小车看向窗外，很快，扬起嘴角，可骄傲了：“神仙。”

远方，一团云正悠悠飘来，云里似有什么，影影绰绰像龙的轮廓。

“它进巷子里了，快追！”

“北面，北面又来一个！”

“啊，注意身后——”

低空飞行的青龙一个利落摆尾，便将背后偷袭的丧尸扫了个灰飞烟灭。

其实不用背上的人提醒，孟章也足以眼观六路、耳听八方，可这样显然会打击某人的“战斗参与感”。

剿灭最后一个丧尸，青龙重新飞高，盘踞在空中不动了。

夜幕之下已难觅丧尸踪影，骑在龙背上的丁小车放松下来，身体前倾，脸贴到龙颈上，幽幽一叹："丧尸越来越少了。"

孟章在心中挑眉，这是还挺不舍？

丁小车当然不舍，一旦城北的丧尸都被消灭，他就再也不能理直气壮让孟章带着他飞了。虽然丧尸被剿灭是好事，但骑着青龙大杀四方也很神气啊！

当然，他只负责"骑着青龙"的部分。

三个月前，他和孟章帮一群外乡人在护城河里找到一块紫玉。那些人说那是"鸮玉"，只要毁了，就再不会有外乡人来到这里，如果他们能让疫苗起效，或许连整个城市的丧尸病毒都可以消灭。

当时的他们并没有抱太大希望，只不过觉得在护城河里找东西这事对孟章来讲实在是举手之劳，帮一下也无妨。谁也不曾想到，那日之后，这个城市竟然真的再没有来过外乡人，他的车再没有被强借，孟章的三教殿里也再不见外乡人的香火。

更不可思议的是，周遭的人们开始记得"昨天"了！经理记得他昨天辞了职，楼下卖水果的记得他昨天买了梨子，曾经日复一日的记忆清零渐渐远去，一切都开始延续，不管是记忆，还是生活。

如果不是那帮人给他们留下的疫苗箱，丁小车真要以为这只是一场美梦了。

后来他和孟章将疫苗送到医院，盯着医生将之放进设备，外乡人曾反复提醒的"医生很可能会在你们走后将疫苗取出来扔进垃圾桶"并没有发生。因为他和孟章就没走，一直在医院待着，直到疫苗被成功复制，批量生产。

接种过疫苗的城市里，丧尸病毒再没有蔓延传播的机会，剩下的就是如何消灭现有丧尸了。

因为不再惧怕传染，许多市民自发组成了围剿小队，丁小车和孟章也成了其中一员，每当夜幕降临，他们便奔赴丧尸最稠密的城北。

如今城南早已恢复正常秩序，城北也只剩下零星的漏网丧尸，肃清也就是一日半日的事。

夜风吹过，舒服的微凉里，孟章惬意地眯了眯眼，而后才感觉到背上的安静。

"在想什么？"化身为青龙时，孟章不需要说话，可以直接让自己的声音传到丁小车的心里。

"那些外乡人说他们要同时毁掉十三个地方的鸮玉，"热气拂过龙鳞，是丁小车在说话，"不知道那些地方都怎么样了。"

"去看看？"

丁小车一愣，猛地坐起来：“你能带我去？！”

“不知道。”孟章实话实说，他虽有仙力，但还真没试过离开这里，不过……“试试总无妨。”

成了，天地任遨游，不成，就守着这座城、这个人，也是美哉。

“咦？现在就走吗？”青龙突然御风而动，丁小车及时抓住龙角才没掉下去。

几分钟后，青龙停在城市某处上空。

丁小车看着下面的4S店，落地玻璃里，展位上又换了辆孔雀绿的新车。

“想，都，别，想。”他的柠檬黄还能开呢，绝对不要这么快又和新色彩培养感情！

“长途跋涉，交通工具很重要。”

“有龙了，谁还要车？”

这一反问太过有力量，孟章还没想出该怎么回就先心花怒放了。

2

月光森林里，也有一抹孔雀绿被发现了。

那是一块鹅卵石，月夜深幽的溪水都遮不住它的光芒。

以为是什么宝贝，小黄三下五除二就把它捞了上来，借着月光看了半天，终于确认，颜色再美，还是一块鹅卵石。

小白却不这么想，她一把将石头夺过，爱不释手地翻来覆去看，最后掌心一翻，鹅卵石消失，显然是又进了她那间看不见的娃娃屋。

小黄挠挠头，皱眉咕哝：“你怎么什么都当宝贝啊，就一块破石头。”

这一路上，小白不知道收了多少东西，但凡有点儿新奇、好玩的，就往娃娃屋里塞。那屋子他进过一次，虽然因为呼吸困难立刻又被放出来了，但也看清了满屋子的娃娃，如今又加了这么多乱七八糟的东西，估计更“眼花缭乱”了。

“这么美，怎么会是破石头。哎呀，和你说你也不懂！”小白嫌弃地看他一眼。

小黄这叫一个心塞。他无比怀念曾经的小白，虽然古灵精怪，但至少对他还算温柔，现在也不知道是不是大家认识太久了，太熟悉了，古灵精怪越发强烈，温柔可人荡然无存。

一个捧着脸忧伤地蹲在河边，一个有点儿后悔、欲言又止，纠结着要不要道歉。

黑茉茉看着这俩吵了一路的伙伴，脸上表情仍旧冷清，可目光是自己都没有察觉的温柔。那张边缘已经磨得破损的半张卡片仍放在她的口袋里。她已经不需要靠它才能想起小白和小黄了，可她还留着它。

自从那夜之后，她忽然不再失忆。

她知道一定和那些奇怪的迷路者有关。

他们穿着颜色奇怪的衣服（他们称之为“迷彩”），朝她扔一把莫名其妙却似曾相识的卡片，后来又诓她挖出一块紫色的玉。直到那些人消失，她还是没弄懂发生了什么，那些人给她解释的什么“徐望”“吴笙”“关闭鸮”，她也无法理解。

那天之后，她凭着卡片和小黄、小白会合，三个人一起来森林里玩，一路走走停停，竟然就到了现在。

冥冥之中，她总觉得该有个声音呼唤他们回去，回到迷宫里，回到他们应该守的迷宫路上，不管他们愿意不愿意。

可那个声音没有出现。他们就这样一直往前走，走了很久很久，久到她已经没什么信心可以找到回去的路了。

但回不去又怎样呢？

黑茉茉抬起头，茂密的枝叶遮盖了大半天空，月光却还是沿着缝隙照进来，在草地上洒下斑驳光影。一头小鹿在不远的大树后面好奇地探出头，对上她的目光，又害羞似的跑没了影。黑茉茉深吸口气，青草香里，有露水的味道。

“唉，走了这么久，连个小木屋都没看到。”小黄走过来，一屁股坐到她身边，有些失望。

黑茉茉看了他一会儿，忽然道：“那就盖一座吧。”

小黄呆住，连那边的小白都惊讶地抬起头：“我们盖？”

“对啊，”黑茉茉笑了，她很少笑，于是浅浅笑意都显得灿烂，“我们来盖一座小木屋吧。”

他们在迷宫里待得够久了，是时候建一个新家了。

3

月光森林里叮叮当当盖房子的时候，某座遥远的荒岭鬼宅正在咔嚓咔嚓拆房。

被拆的是西院最华丽的一间苑所，原是西院老大弹孔鬼的住处和议事厅。如今西院被东院吞并，老大沦为小鬼，保命还来不及，哪儿还顾得上院子。

拆房的劳力都是些犯了错的游魂野鬼，既然平日闲着喜欢惹是生非，倒不如踏踏实实干点儿活。

这其中有两位最投缘，一个没有脑袋，只剩下满是刀剑砍伤的身体，前西院老大弹孔鬼的军师——无头鬼；一个面如冠玉，声如清泉，要不是眉宇间一抹浪荡，还真像个好男鬼的东院原住民——风流鬼。

前者被罚做苦力的原因很简单，东院打过来的时候，他陪着弹孔鬼殊死抵抗，不知道灰飞烟灭了多少东院鬼，如今东院老大饶他不死，已是格外开恩。后者被罚的原因就更简单了，数十个女鬼为他打架，打得整个东院不得安宁，管事的一句“秽乱东院风气”，他就被送来吃苦出力重新做鬼了。

两只鬼也不知道怎么看对眼的，要知道无头鬼连“眼”这个东西都没有，但二鬼的确是一见如故，一谈入心，自打拆房开始就凑在一起干活，交头接耳，嘀嘀咕咕，几天下来，快把各自知道的东西院的历史、秘闻交换得差不多了。

今日终于谈资耗尽，又见监工离得有些距离，无头鬼按捺不住，将腹诽多日的话吐露出来：“好端端的院子，因为老大……咳，那个弹孔鬼住过就要拆？暴殄天物啊。”其实他想说的是新老大气量也太小了，但实在没那个胆子。

不过风流鬼一听话音就明白他的意思了，虽然从没见过住在天界的老大，但毕竟是东院的鬼，本能地维护起自家老大来：“根本不是你想的那回事儿，和弹孔鬼住不住这里没关系，我听说是因为这苑所华而不实，占地很多却住不了几个鬼，所以老大才想拆掉多盖些房子。”

“真的？”无头鬼嘴上怀疑，但毕竟是做过军师的，心里一想就明白这话有道理了。

自打东西院合并，原本乱七八糟的西院也开始使用东院的制度，分成地府、人间、天界三块区域。奈何西院屋宇大多破败，鬼们更是散漫惯了，乱糟糟地随意飘，于是分完区域，又开始修缮房屋。基于鬼多地少的局面，如何让每只鬼头上都有一片遮风挡雨的瓦，的确需要认真思量、细致打算。

“那边那俩，嘀咕什么呢，好好干活！”不远处监工的力鬼声如洪钟。

无头鬼和风流鬼不约而同缩缩脖子，老实了。

力鬼叹口气，于阴云底下负手而立，眼望拆房现场，心里却还惦记着一二三四五六七件事。他是堂堂地府管事，要操心的事情太多了，一刻懈怠不得，尤其今天还有两件重中之重——

一、炼魂井旁边要立一块碑，明确告知众鬼此井危险，生鬼勿近。

一口破井还要立碑？力鬼实在理解不了。真有不长眼的鬼非愿意往里跳，跳就跳呗，那也是他们自找的。

但是不行，天界那边直接传来老大的金口玉令，这提醒石碑必须立。

二、老大又微服出巡私访地府了。

一个老大不好好在天界待着，有事没事总偷摸来地府干吗？力鬼实在理解不了。

但上头说了，老大要是在他地盘上少一根汗毛，唯他是问。力鬼欲哭无泪，他连老大什么样子都没见过，上哪儿护驾啊？！

归根结底一句话，老大不省心，手下泪沾襟。

4

地府，梦鬼院落。

正在窗外探头往屋里看的饿死鬼莫名其妙打了个喷嚏。他心里一紧，生怕把屋内床上的鬼吵醒。

但是没有，床榻上披头散发的家伙还在睡着，那张瘦得可怜巴巴的脸皱成一团，脸色惨白，嘴唇颤抖，豆大的汗浸湿枕头。

饿死鬼已经暗中观察很久了，却还是没看出来这只鬼和这张床到底有什么可怕。可是下面报上来消息，说就是这一户周边无鬼敢靠近，一间占地不大的小房愣是清空周边，弄出了孤宅的气势，这在如今一块地恨不能掰成八瓣来安置前西院鬼的地府来说，实在是严重的浪费。

既然下属办不到，他这老大就亲自来。

以前他只管东院，现在东西两院都纳入了他的地盘，要处理的事情比以前更多更杂，可饿死鬼一点儿不觉得累。相反，他很开心。

统一东西两院，让整个鬼宅的鬼们都有栖身之所，都能安定生活，是他一直以来的心愿。从前不知道为什么总在努力却总达不成，就像有一堵无形的墙挡着他，每每进行到一定程度就碰了壁。他其实也说不清、想不起那阻碍着他的究竟是什么，只知道回过神，东院、西院仍是泾渭分明。

直到遇见桃花鬼。

那是一只特别奇怪的鬼，还带着几个同样可疑的手下，他们在某天突然出现，然后开始在东院、西院刨坑挖地，也不知道要找什么东西。他一出手，那帮鬼就跑，追赶中听见那些手下喊那只桃花鬼“岳队”，他不明白那是什么意思。

后来那帮鬼就像烟一样消失不见了，再没出现过。可也就是从那以后，他打败弹孔鬼，东西院合并，直至今日，重建、修缮进行得如火如荼，那堵曾经挡过他的墙再也没有出现。他甚至开始怀疑，所谓的“墙”可能只是自己的臆想。

“啊……”床上的鬼发出痛苦呻吟，身体蜷缩得更紧，紧闭的双眼上，秀气的睫毛剧烈颤抖。

饿死鬼忽然好奇起来，他想不通有什么样的噩梦能将鬼吓成这样。

既然好奇，那就看看呗。

他爬进窗户，悄无声息上了梦鬼的床，全然不觉得有什么不妥。

刚一沾床，他就被一股力道拽得躺倒下去，随后就有无数双手从床边伸出来，将他牢牢锁在床榻上。起初他以为是梦鬼，可一转头，梦鬼还挣扎在自己的噩梦里呢，根本没醒。

手越来越多，伸得也越来越长，然后慢慢带出脑袋、身体……那是一只只索命的小鬼！饿死鬼被勒得难受，眉头不耐地皱起，张嘴对着最近的小鬼一吹，就像在吹惹人厌的灰尘。气息随意得近乎敷衍，可那小鬼竟然一沾就化为了青烟。

饿死鬼如法炮制，转头从左往右吹了一圈，前一刻还嚣张凶狠的小鬼们就像被蒲扇扇灭的蜡烛，"噗"一下，连个火星都不剩。

房内的气息一下子清爽起来，连身下的床的颜色都好像浅淡通透了些许。

饿死鬼满意坐起，正准备再细细打量有无漏网之鱼，就见身边的鬼睁开了眼睛。那是一双很漂亮的凤眼，不过眼底发青，一看就是休息不佳，劳累疲惫——梦鬼醒了。

一把乌黑发丝缠上了饿死鬼的脖子，梦鬼语带凌厉："你是谁？"

"饿死鬼，你可以叫我小饿。"其实他还有个"挖心鬼"的正统名，可他更喜欢"小饿"这个不知道什么时候印到脑海里的小名。

"你来我家做什么？"梦鬼嘴上逼问着，目光却时不时往自己的床上飘，仿佛这张日日卧着的床发生了什么难以言喻的变化。

"别看了，那些讨厌的小鬼都被我赶走了，你以后再也不会做噩梦了。"饿死鬼毫不紧张，甚至还好奇地摸了摸脖颈间的黑发，悠闲地感受起发丝的柔软来。

梦鬼不可置信地看他，那些折磨了自己生生世世的东西，对于面前这个不起眼的家伙来说，就只一句轻飘飘的"赶走了"？

"不信的话，你再睡一下。"

梦鬼信。根本不用试，这间房里曾经的黏腻阴冷、窒息压抑统统不见了。明明是自己熟悉的屋子，却像到了别人家做客——曾经他是那么地羡慕那些"别人的房子"，哪怕他已经记不住它们的陈设，却还记得它们干燥清爽的味道。

"你到底是谁？"梦鬼不傻，整个地府的鬼都怕进他的院子，更别说上床，眼前的家伙绝对不简单。

"哎，先别管我了。"这个问题可一时半会扯不清楚，眼下饿死鬼更好奇另外一件事，"既然一沾床就做噩梦，把床毁掉不就好了？"

这位倒好，不毁就算了，还持之以恒地在梦魇床上睡，图什么？

梦鬼收回夺命乌丝，微微低头："只有在这张床上，我才睡得着。"

饿死鬼费解："都是噩梦的觉，有什么好睡的？"

梦鬼抬眼看他："不睡觉，还能做什么？"

饿死鬼以为对方在玩笑，可看了半天，发现对方竟然是很认真在问。饿死鬼心里忽然一酸，仿佛自己也曾这样茫然，可茫然什么，他又想不起来了。

"就……到处飘飘，或者找朋友玩嘛。"想了一下，饿死鬼给出中肯建议。

梦鬼眼神一黯："我没有朋友，他们都怕我。"最后半句，咕哝得几乎听不清。

但是饿死鬼听得清清楚楚，心里那一丝酸莫名其妙就躁动起来，他脱口而出："我来当你第一个朋友。"

梦鬼愣住，先是惊喜，而后又变成了胆怯和犹豫："你那么厉害，肯定有很多朋友，不需要我这样一个……"

"谁说的，"饿死鬼打断他，"你也是我第一个朋……"话到此处，突然顿住，一些模糊的影子闪过脑海，饿死鬼想抓，没抓住，他下意识喃喃自语，"不对，不是第一个……"

梦鬼没听清，微微凑近："你说什么？"

"第三，你是我第三个朋友。"饿死鬼终于确定，目光一瞬清明，"你看，我也没有很多朋友。"

梦鬼这回听明白了，反倒好奇起来："另外两个是谁？住哪个院子？"

饿死鬼一怔，刚舒展的眉头又重新成了小山。对啊，另外两个是谁？明明脑海里就有两个影子，可为什么他拼命去擦拭，仍看不清："为什么想不起来了呢……"他有些痛苦地看梦鬼，像是疑惑，又像在求助。

梦鬼后悔问这些了："你别想了，我不问了，不问了。"

饿死鬼看见他的嘴在动，可声音却缥缈起来，取而代之的是另外一个声音，越来越近，越来越清晰——"我叫徐望，他叫吴笙，我们记住你了，你也别把我们忘了……"

饿死鬼浑身一震，良久，长长舒口气。

"你们看，我没忘。"他在心里和自己说，又像在和两个老朋友说。

梦鬼困惑地看着他，不懂刚还痛苦万分的家伙这会儿怎么忽然又笑了。

还没等他开口问，院外忽然传来惊叫和嘈杂。

饿死鬼回过神，眉头一皱，立刻关切地飘了出去，一探究竟。梦鬼犹豫了一下，也随着跟上。

院外不知何时聚集了许多鬼，但他们不是来找梦鬼的，只是恰好驻足在院子周围，此刻正纷纷抬头看天，惊叫者有之，议论者有之，七嘴八舌好不热闹。

"肯定是外邦恶鬼要抢咱们这块风水宝地！"

“鬼都是从地底下冒出来的，哪儿有从天上来的？”

“依我看，定是神仙下凡。”

“呵，神仙会来我们这荒山野岭？”

“说不定就是过来捉拿我们的！”

“你别瞎说，弄得鬼心惶惶，说不定就是路过。”

小饿抬起头，既没看见恶鬼，也没看见神仙，就看见一团云正从天边飞来，形状挺漂亮，像龙。

④/night owl

子夜鸮

作者
颜凉雨

封面绘图
弦得凰

封面设计
杨小娟

内文版式
周沫

图片总监
杨小娟

责任编辑
徐慧

出版社
中国致公出版社

总出品
湖北知音动漫有限公司

制作出品
知音动漫图书·漫客小说绘

官方微博
https://weibo.com/xiaoshuohui

平台支持
知音漫客 漫客小说绘

图书在版编目（CIP）数据

子夜鸮. 4 / 颜凉雨著. -- 北京 ：中国致公出版社，2021

ISBN 978-7-5145-1628-9

Ⅰ. ①子… Ⅱ. ①颜… Ⅲ. ①长篇小说－中国－当代 Ⅳ. ①I247.5

中国版本图书馆CIP数据核字(2020)第035617号

子夜鸮 . 4 颜凉雨 著
ZIYE XIAO.4

出　版	中国致公出版社 （北京市朝阳区八里庄西里 100 号住邦 2000 大厦 1 号楼西区 21 层）
出　品	湖北知音动漫有限公司 （武汉市东湖路 179 号）
发　行	中国致公出版社（010-66121708）
作品企划	知音动漫图书 • 漫客小说绘
责任编辑	徐 慧
责任校对	吕冬钰
装帧设计	杨小娟 周 沫
印　刷	武汉鑫兢诚印刷有限公司
版　次	2021 年 6 月第 1 版
印　次	2021 年 6 月第 1 次印刷
开　本	787mm×1092mm 1/16
印　张	18.5
字　数	350 千字
书　号	ISBN 978-7-5145-1628-9
定　价	39.80 元

小说绘 晋江文学城 www.jjwxc.net

他从来没有遇见过这样一个人，轻而易举就能让他高兴，让他难过，让他想靠近，又害怕靠近。这些喜怒哀乐并不受控于自己，而是攥在对方手里。

上架建议：青春 幻想 畅销

ISBN 978-7-5145-1628-9

9 787514 516289 >

定价：39.80 元